Capitaine Terra Wilder

Du même auteur

A.N.G.E., tomes I à VII

Les Ailes d'Alexanne, tomes I à IV

Les Chevaliers d'Émeraude, tomes I à XII

Les Héritiers d'Enkidiev, tomes I à V

Qui est Terra Wilder ?

À paraître

Les Héritiers d'Enkidiev 6
Nemeroff

A.N.G.E. 8
Periculum

ANNE ROBILLARD

Capitaine Terra Wilder

Michel LAFON

7- 13, boulevard Paul-Émile-Victor – Île de la Jatte
92521 Neuilly-sur-Seine Cedex
www.michel-lafon.com

E. LECLERC TIGNIEU
ESPACE CULTUREL
TEL: 04 78 32 88 38

CARTE BANCAIRE
LECLERC
38 TIGNIEU
le 09/08/13 a 17:15:02
HYPER LECLERC
38230 TIGNIEU JAMEYZ
IEU
4239986
XXXXXXXXXXXX5828
85F52C91A8F732FE
060 001 001938
C

MONTANT = 5,15 EUR
DEBIT

TICKET CLIENT A CONSERVER
MERCI AU REVOIR

E. LECLERC TIGNIEU
ESPACE CULTUREL
TEL: 04 78 32 88 38

CARTE BANCAIRE
LECLERC
38 TIGNIEU
le 09/08/13 a 17:13:02
HYPER LECLERC
38230 TIGNIEU JAMEYZ
IEU
4239986
XXXXXXXXXXXX5828
85FB2C91A8F732FE
060 001 001938
C

MONTANT = 5,15 EUR
DEBIT

TICKET CLIENT A CONSERVER
MERCI AU REVOIR

À tous les braves capitaines de ce monde…

1

Peu de petites villes au Canada avaient connu le même essor que Little Rock, en Colombie-Britannique. En deux ans à peine, cette petite communauté presque entièrement à la charge de l'aide sociale s'était transformée en une véritable cité médiévale, digne de celles d'Europe. Des milliers de visiteurs s'y arrêtaient maintenant, surtout l'été, pour y vivre des expériences uniques dans ses rues étroites, ses auberges, ses fêtes champêtres et ses tournois entre chevaliers. Mais ce qui étonnait le plus les économistes, c'était qu'un seul homme était l'auteur de ce miracle.

Astrophysicien employé de la NASA, d'abord en Californie, puis au Texas, Christopher Dawson avait scellé son destin lorsqu'il s'était lié d'amitié avec un de ses collègues, un savant hollandais qui pouvait créer de puissants systèmes de propulsion, uniquement au moyen de formules mathématiques. Dawson était loin de se douter que les interminables parties de Donjons et Dragons qu'il avait jouées avec Terra Wilder allaient le plonger dans cette extraordinaire aventure.

Croyant qu'il s'agissait d'un nouveau jeu, Terra et Christopher avaient accepté de se joindre à un ordre secret de chevalerie, qui réunissait ses membres régulièrement à Galveston. Ils avaient vite déchanté, car le groupe se prenait au sérieux et obéissait à des règles strictes. Ces hommes, pour la plupart très riches, ne s'étaient pas seulement donné les noms des légendaires chevaliers de la Table ronde, ils menaient aussi une véritable lutte contre les forces du Mal.

Armés de leur esprit critique, les deux astrophysiciens s'étaient d'abord contentés d'observer leurs nouveaux frères d'armes. Puis, sans s'y attendre, Terra avait été couronné roi, et pas n'importe lequel : on lui avait donné le nom d'Arthur ! Il jouissait cependant de peu de privilèges. Tout comme les autres membres de l'ordre, il était tenu d'assister aux nombreux banquets et aux périodes de formation en escrime ancienne. Malheureusement, le Hollandais n'avait jamais eu le loisir de se perfectionner dans les arts de la guerre. Un terrible accident de voiture lui avait ravi plusieurs années de sa vie.

Tandis que Terra reposait entre la vie et la mort à l'hôpital militaire, Christopher Dawson avait eu son lot de préoccupations. Au moment de son adoubement, on lui avait donné le nom de Galahad, le chevalier parfait. L'ordre ne s'attendait à rien de moins de sa part. Sous la tutelle du chevalier Lancelot, Galahad avait découvert la véritable raison de la création de ce groupe de fanatiques du Moyen Âge : ils n'étaient que des pions sur un grand échiquier où un sorcier et un magicien se disputaient partie après partie, depuis la nuit des temps.

Au fil des siècles, les soldats du mage blanc avaient aussi bien été des gladiateurs que des chevaliers ou des samouraïs. Mais ceux du mage noir étaient toujours des créatures surnaturelles qui n'hésitaient jamais à utiliser des tactiques déloyales pour faire avancer leur maître sur le plateau de jeu. Le sorcier gagnait presque tous les matchs, se délectant de voir tomber un à un les défenseurs du Bien. Heureusement, les règles du jeu, que respectaient plus ou moins les factions opposées, spécifiaient qu'une victoire du magicien obligeait son adversaire à attendre cent ans avant de le défier à nouveau. Toutefois, le vil personnage transgressait à son gré ces règles, qu'il jugeait stupides…

Terra et son ami astrophysicien avaient failli être tués lors de la dernière partie entre les deux immortels. La confiance que Christopher Dawson avait accordée aux membres de la Table ronde s'était également effritée lorsqu'il s'était aperçu qu'ils avaient fait un pacte avec la partie adverse. Pourtant, ils avaient longtemps représenté sa seule famille. Aussi, une fois que Terra eut remis sa couronne à sire Kay et sire Lancelot, le jeune savant avait quitté le Texas pour s'établir à Little Rock.

Dawson, qui portait toujours fièrement le nom de Galahad, avait tout de suite entrevu le potentiel de cette petite ville de Colombie-Britannique. Sa situation idéale à la campagne, loin des grandes villes, avait permis à Galahad d'opérer la transformation radicale de Little Rock en quelques mois seulement. Il avait déposé son plan d'action au conseil municipal, bien décidé à se battre pour relancer l'économie de la région. À sa grande satisfaction, ses idées avaient été très favorablement accueillies.

Le conseil avait tout d'abord accepté de changer le nom de Little Rock par celui de Nouvelle-Camelot. Tenace, Galahad avait ensuite harcelé tous les échelons de gouvernement afin d'obtenir les subventions nécessaires à la modification des devantures des magasins et des commerces. Le chevalier ne s'était pas arrêté là. Il avait redessiné le plan de la ville pour que les rues adoptent la configuration tortueuse des cités médiévales. Les habitants avaient accepté avec quelques réticences de voir leurs maisons, désormais recouvertes de pierres de taille, déplacées par d'énormes camions, puis collées les unes aux autres. Finalement, rassurés par la confiance qu'affichait Galahad, ils avaient participé à l'érection de la muraille qui entourait entièrement Nouvelle-Camelot et à la pose du macadam dans toutes les rues. Même les lampadaires électriques avaient été remplacés par des réverbères à gaz, allumés tous les soirs par des équipes de surveillance vêtues de tuniques et de tabards aux couleurs de la nouvelle municipalité, à savoir le vert, le noir et le blanc ou, comme les appelaient les experts en la matière, le sinople, le sable et l'argent.

Tous les ouvriers de Little Rock s'étaient recyclés dans les métiers du Moyen Âge, si bien que le taux de chômage était presque tombé à zéro en à peine un an. Certains travaillaient le cuir, d'autres fabriquaient des vêtements, des armes anciennes et des tapisseries, ou bien façonnaient des bijoux exquis.

L'importante restructuration de la ville avait occupé Galahad à un point tel qu'il avait dû quitter son poste d'enseignant à l'école secondaire. En plus de rencontrer régulièrement des politiciens capables de lui venir en aide dans la concrétisation de ses projets, le preux chevalier avait supervisé la construction de son propre château, à la frontière nord de la ville, à l'orée de l'immense forêt qui s'étendait jusqu'aux montagnes. La plus grande partie de ce territoire avait été déclarée zone protégée par le gouvernement de Colombie-Britannique, puisqu'elle abritait plusieurs oiseaux et animaux en voie de disparition. Galahad était donc assuré de ne jamais avoir de voisins. Sa forteresse se dressait au bout d'une longue allée qui partait de la cité. Elle renfermait un donjon, quatre tours reliées par une épaisse muraille, une cour intérieure et un vaste hall, au-dessus duquel se trouvaient les appartements privés de l'astrophysicien et de son épouse. L'oriflamme de Nouvelle-Camelot flottait fièrement sur un haut mât, affichant sur son blason noir et vert un ours blanc tenant deux longues épées en acier entre ses griffes.

Chaque été, Galahad organisait des tournois pour les amateurs de ce sport ancien. Le reste de l'année, il entraînait des chevaliers et leurs chevaux, qui provenaient aussi bien de la région que d'autres continents. Son épouse, Chance Skeoh, l'avait finalement persuadé d'accepter les femmes dans ces compétitions pourtant vigoureuses. Galahad s'était difficilement plié à cette requête de la part de celle qui partageait désormais sa vie, car il avait trop longtemps fait partie d'un ordre de chevalerie où les femmes étaient davantage des objets de vénération que des combattantes. Heureusement, son amour pour Chance avait petit à petit effacé de sa mémoire les préceptes de la Table ronde, ce qui lui avait permis d'en établir de nouveaux pour l'ordre de Nouvelle-Camelot.

Chance maniait habilement l'épée, mais sa peur des chevaux lui avait fait préférer les combats singuliers aux tournois, au grand soulagement de son mari, d'ailleurs. Toutefois, une jeune fille, chère au cœur du chevalier, lui causait beaucoup d'angoisse depuis qu'elle avait commencé sa formation à son château. Béthanie, fille d'Amy Dickinson et de Terra Wilder, avait hérité de l'amour de ce dernier pour le monde médiéval, tandis que son frère jumeau, Aymeric, partageait plutôt l'attrait de Terra pour la science.

Par mesure de prudence, Galahad ne permettait qu'aux femmes les plus douées de se mesurer aux hommes dans des tournois ou en combat singulier. À peine âgée de quinze ans, Béthanie figurait parmi ses championnes. Puisque Terra était son meilleur ami, le châtelain se sentait obligé de veiller sur elle, ce qui ne plaisait évidemment pas à l'adolescente.

Les jumeaux Wilder n'étaient pas identiques. Aymeric avait les yeux bleus et les cheveux blonds de sa mère. Pas très costaud, il était cependant doté d'une intelligence bien au-dessus de la moyenne. Il s'intéressait à l'abstrait plutôt qu'au concret, et l'informatique n'avait plus de secret pour lui. Sa sœur, plus robuste, avait les cheveux noirs et les yeux verts de Terra. Davantage portée sur les sports que sur les sciences, Béthanie s'était rapidement distinguée dans toutes les disciplines athlétiques de l'école, mais au lieu de rêver de participer un jour aux Jeux olympiques, elle voulait plutôt devenir l'équivalent féminin du chevalier parfait.

Terra avait froncé les sourcils lorsque Béthanie lui avait parlé de ses aspirations. Il n'avait toutefois pas utilisé sa logique pour la faire changer d'avis, lui-même ne s'imposant aucune frontière et essayant tout au moins une fois. L'astrophysicien avait plutôt fourni à sa fille le meilleur équipement sur le marché et s'informait régulièrement de ses progrès auprès de Galahad.

Béthanie avait rapidement ébloui son maître d'armes, car elle apprenait rapidement et n'oubliait jamais un conseil. Elle s'entraînait plusieurs fois par jour, avant les classes et au retour de l'école, après ses devoirs et ses leçons, sans que ses résultats scolaires ne s'en ressentent. La situation était bien différente pour son frère jumeau, qui voyait ses notes chuter chaque fois que ses parents lui procuraient un nouveau jeu vidéo.

Amy accordait beaucoup de liberté à ses enfants. Elle voulait qu'ils soient heureux dans la vie. Les honneurs que convoitait sa fille n'avaient jamais été accordés à une femme, mais cela ne signifiait pas que l'exploit fût impossible. Aux côtés de Terra, Amy avait appris à croire à l'inconcevable. Elle savait aussi que l'inconstance de son fils était passagère et engendrée par l'adolescence. Elle le surveillait discrètement pour qu'il ne se rebiffe pas, prête à l'aider à trouver sa voie. Aymeric possédait la même capacité de concentration que Terra. Lorsqu'il se plongeait dans un livre de science ou dans un jeu électronique, plus rien n'existait autour de lui. Il en oubliait même de manger.

Terra et Amy n'avaient pas eu d'autres enfants, car ils en avaient plein les bras avec les jumeaux. L'avenir leur avait donné raison. Puisque Béthanie et Aymeric avaient des tempéraments diamétralement opposés et des besoins différents, leurs parents avaient dû se consacrer à tour de rôle à l'un, puis à l'autre. Même s'il avait repris sa forme physique, l'astrophysicien n'arrivait cependant plus à partager les activités sportives de sa fille comme il l'avait fait lorsqu'elle était petite. À dix ans, elle croisait déjà le fer avec les meilleurs escrimeurs du pays ! Son père se contentait donc maintenant de l'encourager.

Terra n'avait revu ni le sorcier ni le magicien après la terrible défaite du roi noir. Si tous les joueurs connaissaient les règles du jeu, aucun d'entre eux ne pouvait affirmer que le sinistre personnage respecterait le délai de cent ans imposé entre les matchs. L'astrophysicien, tout comme son ami Galahad, surveillait donc attentivement les habitants de la nouvelle cité, qui ne savaient rien du jeu.

Le Hollandais avait lui aussi transformé sa maison en châtelet, sans aucune ambition de l'agrandir un jour. Il se plaisait dans sa nouvelle vie et se contentait de peu. S'il refusait de porter son titre de roi, en revanche, il acceptait maintenant les dons qu'il avait reçus du ciel, à la suite de son accident de voiture au Texas. Ses mains, chargées d'énergie, guérissaient tous les maux. Mais comme chacune de ses interventions miraculeuses lui dérobait une partie de sa force vitale, il ne pouvait pas se permettre de soigner les malades tous les jours. D'un commun accord avec l'hôpital de Nouvelle-Camelot, il ne s'attaquait désormais plus qu'aux cas difficiles. Tant que les arbres accepteraient de lui redonner sa vigueur initiale, il continuerait à utiliser ses magnifiques facultés pour le bien de tous.

Terra enseignait toujours la philosophie à l'école secondaire de la région, aux jeunes comme aux adultes. Il participait aussi, secrètement, à certains travaux de recherche, mais uniquement à l'intention du Programme spatial canadien. Quelques années après sa mésaventure dans une base souterraine de Californie, le Hollandais avait reçu des lettres d'excuses de la part de divers niveaux du gouvernement américain, mais cela n'avait pas suffi à le persuader de retourner vivre à Houston.

En fin de compte, Terra Wilder était un homme comblé. Il aimait son épouse et ses enfants, faisait sa part dans la communauté et ne cherchait jamais les ennuis. Même les sept terreurs, ces premiers étudiants auxquels il avait inculqué les principes du non-étiquetage, le rendaient très fier. Ils étaient tous dans la trentaine, maintenant, et ils menaient des vies rangées.

Comme tout le monde s'y attendait, Marco avait épousé Katy lors d'une belle cérémonie médiévale au château de sire Galahad. Rien n'était trop beau pour un frère d'armes, de l'avis de ce dernier. Quelques années plus tard étaient nées de cette union deux belles filles, qui ressemblaient à leur mère. Clara était maintenant âgée de dix ans et Morgane, de huit ans. Marco travaillait à l'hôpital en tant que physiothérapeute, et Katy avait ouvert sa propre boulangerie au cœur du village. Elle était donc au courant de tous les potins de Nouvelle-Camelot. Les Constantino vivaient dans l'une des maisons qu'on avait déménagées au centre de la cité, coincée entre deux autres maisons à deux étages. Ils avaient un tout petit jardin dans la cour qui leur suffisait, car ils n'avaient pas vraiment le temps de s'en occuper. Lorsqu'ils avaient besoin de grands espaces, ils n'avaient qu'à sortir des murailles et à pique-niquer à la campagne.

Clara et Morgane, lorsqu'elles avaient terminé leurs devoirs, aidaient souvent Katy à préparer la pâte et les pâtisseries du lendemain. Cette activité permettait à la mère d'en apprendre davantage sur les pensées profondes et les aspirations de ses filles. Quant à Marco, dans ses temps libres, il continuait à améliorer ses techniques d'escrime et aidait Galahad à former les chevaliers de demain. D'ailleurs, dès qu'elle aurait onze ans, Clara pourrait devenir écuyer, ce qui permettrait au père de passer lui aussi du temps de qualité avec elle.

De leur côté, même s'ils habitaient toujours Nouvelle-Camelot, Karen et Fred avaient opté pour un style de vie différent. Pas question pour eux d'avoir des enfants. Ils avaient fait le pacte de prendre soin l'un de l'autre et de ne laisser personne leur dire quoi faire. Ils avaient étudié la musique à Vancouver et avaient d'abord fondé un groupe rock, qui avait eu beaucoup de succès au Canada, aux États-Unis et même en Europe. Après une longue tournée mondiale, ils étaient revenus à leur point d'origine, épuisés mais contents d'avoir atteint leur but dans la vie. Il leur en fallait maintenant un nouveau. Un matin, Fred s'était réveillé avec la brillante idée de transformer leur groupe rock en groupe médiéval. Cette soudaine décision leur avait fait perdre leur batteur, leur bassiste et leur claviériste, qui vivaient en banlieue de Vancouver. Toutefois, elle leur avait aussi permis de découvrir de nouveaux talents à l'intérieur même des murailles de Nouvelle-Camelot.

Ayant déjà amassé une fortune considérable, le couple Mercer habitait une maison insonorisée, dans le jardin intérieur de laquelle il donnait régulièrement des concerts sur une vaste pelouse agrémentée de statues de chevaliers, de belles princesses, de licornes et de dragons. Ils se produisaient encore un peu partout dans le monde, mais uniquement lors d'événements en lien avec le Moyen Âge, et ils passaient le plus clair de leur temps dans le studio d'enregistrement de leur maison, à adapter d'anciennes mélodies ou à en composer de nouvelles. Leur groupe, qui portait le nom d'Estandart, figurait parmi les meilleurs vendeurs de disques de musique médiévale.

Au grand étonnement du petit groupe des terreurs, Julie avait épousé Frank Green, le nouveau pasteur de Nouvelle-Camelot. La jeune femme avait étudié à Vancouver pour devenir médecin d'unité de traumatologie. Elle aurait pu faire une belle carrière n'importe où dans le monde, mais elle avait décidé de revenir dans sa ville natale pour mettre ses connaissances au service de sa communauté. Entre-temps, toujours aussi croyant, Frank avait étudié la théologie et amassé des dons pour la construction d'une magnifique chapelle en plein cœur de la cité. Lorsque les deux anciens amis s'étaient finalement revus, Cupidon avait lancé ses fléchettes au bon endroit et ils avaient commencé à se fréquenter de plus en plus sérieusement.

Ils habitaient la petite maison attenante à l'église et n'avaient pas encore d'enfants, ce qui n'étonnait personne, puisque la plupart du temps, leurs horaires ne concordaient pas. Frank travaillait le jour et Julie, le soir. Ils se croisaient donc au petit déjeuner et au dîner pour bavarder de leurs expériences respectives à l'église et à l'hôpital, et rêver du jour où ils pourraient enfin jouir d'une retraite bien méritée.

Chance, le septième membre du groupe d'adolescents qui avaient fait partie des premiers élèves de Terra, avait évidemment épousé Galahad dès qu'elle avait été majeure. Après l'obtention de son diplôme d'études secondaires, la jeune femme avait entrepris des études de piano qui lui avaient finalement assuré une belle renommée dans le monde de la musique classique. Elle avait enregistré des disques avec les meilleurs orchestres internationaux, mais n'avait joué en public que quelques fois à peine, et seulement au Canada. Timide à l'extrême, elle préférait sa vie de châtelaine à celle d'une virtuose du piano, mais tout le monde croyait que c'était son amour pour son beau chevalier qui l'empêchait de quitter Nouvelle-Camelot.

Un autre couple faisait jaser les habitants de la cité, car on les voyait déjà mariés et avec une ribambelle d'enfants. Il s'agissait d'Aymeric Wilder et de son amie Mélissa Penny. Terra écoutait les ragots d'un oreille distraite. Il savait mieux que quiconque que les deux adolescents n'étaient que des amis, élevés ensemble depuis leur naissance et partageant les mêmes goûts. Ils adoraient les jeux vidéo et s'y livraient une féroce compétition. Mélissa, la fille du docteur Penny, n'était pas une aguicheuse. Elle ne portait une robe que lors des grandes occasions, sous la menace de ses parents, et préférait se vêtir de jeans et de pulls un peu trop grands pour elle et qui ne montraient aucune de ses formes féminines. Cependant, elle n'avait que seize ans, alors tout n'était pas encore perdu.

Terra ne voyait nullement d'un mauvais œil une éventuelle union entre son garçon et la fille de son ami, mais il préférait qu'elle se fasse lorsqu'ils seraient adultes. En ce début de vacances d'été, les deux adolescents s'intéressaient encore aux divertissements électroniques et boudaient même les danses organisées par leurs camarades de classe.

Tout était donc parfait, dans le meilleur des mondes possibles…

2

Les cours étaient terminés. Chez les Wilder, dont les deux parents étaient enseignants et les deux enfants, étudiants, c'était véritablement le début des vacances estivales. Comme tous les ans depuis qu'il avait recouvré l'usage de ses jambes, Terra fêtait le début de ce congé bien mérité avec un séjour de deux semaines à Disneyland en compagnie de ses amis, les Penny. Les deux familles en profitaient pour passer du temps ensemble, car leur vie remplie ne leur permettait plus de se voir aussi souvent qu'elles l'auraient désiré.

Amy avait donc dépoussiéré les valises et commencé à laver des vêtements pour les remplir. Lorsqu'ils étaient petits, les jumeaux devenaient insupportables quand ils voyaient leur mère procéder à cet important rituel. Maintenant qu'ils étaient adolescents, ils traînaient la patte, mais chez les Wilder, c'étaient encore les parents qui prenaient les décisions.

Pendant que son épouse vaquait aux préparatifs de leur pèlerinage annuel chez Mickey Mouse, Terra s'assurait que tous ses dossiers étaient à jour. Ayant depuis longtemps abandonné l'ordinateur du salon aux enfants, il travaillait désormais sur une super machine installée dans un coin de sa chambre à coucher, où ils n'avaient pas accès. Le travail qu'il faisait pour le gouvernement canadien n'était pas aussi complexe que les recherches qu'il avait jadis effectuées pour la NASA. Sans vouloir nécessairement renouer avec son passé, Terra aimait encore s'adonner, de temps en temps, à cette gymnastique cérébrale qui avait fait de lui un savant de renommée mondiale. Il avait cependant évité, depuis que les enfants avaient atteint l'âge de raison, de se lancer dans des projets personnels d'astrophysique, de crainte que les jumeaux ne les découvrent par inadvertance. En plus d'être curieux, Aymeric et Béthanie étaient très intelligents.

Terra s'empressait de terminer ses vérifications lorsqu'on frappa à la porte de sa chambre. Il se tourna légèrement et aperçut son garçon, portant des jeans troués et un pull aux couleurs de son jeu vidéo préféré.

– Que puis-je faire pour toi, Aymeric ?

– J'aimerais qu'on se parle.

Terra fit pivoter complètement sa chaise pour se retrouver face à l'adolescent. Au lieu de son sourire habituel, celui-ci arborait plutôt une expression de profonde inquiétude.

– Ne viens pas me dire que tu es coincé dans le jeu que nous t'avons acheté hier ? le taquina Terra.

– Tu sais bien qu'ils n'en ont pas encore inventé un que je sois incapable de déjouer.

– Si ce n'est pas de cela qu'il s'agit, alors je n'ai aucune idée de ce qui peut te tracasser.

Aymeric prit place au pied du lit en se tordant nerveusement les doigts. « Mais qu'a-t-il bien pu faire ? » se demanda le père.

– Je sais à quel point ce voyage est important pour toi, commença son fils. Tu nous as raconté au moins cent fois que c'était un rêve que tu n'avais jamais pu réaliser à cause de tes jambes.

– Cent fois ? s'offensa Terra.

– Peut-être un peu plus, je ne les ai pas toutes comptées.

– Ah…

– J'ai quinze ans, maintenant, et je suis allé à Disneyland quatorze fois.

– Là, au moins, je suis d'accord avec ce chiffre.

– Je t'en prie, laisse-moi parler. Ce n'est pas facile pour moi de te dire que je n'ai plus envie d'y aller. Si tu avais choisi une autre destination, pour changer, je me serais sûrement laissé tenter, mais…

– Ta mère est-elle au courant de ton mécontentement ?

– Ce n'en est pas et non, elle ne sait rien. J'adore voyager avec ma famille, mais le monde est vaste, papa.

– Je vois.

– Écoute, je ne veux surtout pas te faire de la peine.

– Cette petite révolte m'étonne plus qu'elle ne m'afflige. Je croyais que vous aimiez ces quelques semaines à faire des folies en famille.

– Je ne parle pas pour Béthanie, seulement pour moi.

– Et si nous décidions de te laisser ici, que ferais-tu ?

– Mais rien du tout, évidemment. Est-ce que ça veut dire que tu acceptes de ne pas m'emmener ?

– Je dois d'abord en parler avec ta mère et vérifier aussi que la loi ne défend pas aux parents de laisser leur fils de quinze ans à la maison tandis qu'ils sont à des centaines de kilomètres de là.

– Je ne suis plus un enfant, tout de même ! Je sais cuisiner, faire la lessive et même passer l'aspirateur.

– Une ou deux fois par année ?

– Très drôle…

– Laisse-moi terminer ce travail et en discuter avec Amy, d'accord ?

Aymeric hocha la tête, l'air abattu, car de ses deux parents, celui qui se montrait le plus inflexible, c'était sa mère. Terra était plutôt enclin à laisser ses enfants faire leurs propres expériences. L'adolescent quitta donc la chambre et réintégra la sienne. Amy avait ouvert sa valise sur son lit.

– Ce ne sera pas facile, se dit l'adolescent, découragé.

Il ne leur demandait pas de partir tout seul pour l'Europe. Il voulait uniquement prendre congé des manèges et des soirées thématiques dans les milliers de restaurants que comptait le parc d'attractions. De plus, le jeu vidéo le plus génial de tous les temps serait bientôt en vente ! Il voulait évidemment être le premier à se le procurer à Nouvelle-Camelot.

Aymeric ne revit ses parents qu'au dîner. Il aperçut tout de suite le regard noir de sa mère. Elle n'était pas contente du tout. Sans dire un mot, il prit place à table, en face de sa sœur. Terra fut le dernier à se joindre à la famille.

– Ton père m'a fait part de tes intentions, lança Amy sans le moindre préambule.

– Quelles intentions ? s'étonna Béthanie.

Elle savait habituellement tout ce qui concernait son jumeau.

– Ton frère ne veut pas nous accompagner à Disneyland.

– Pourquoi ?

– Parce que j'y ai déjà tout vu et tout essayé, se défendit Aymeric.

– Que fais-tu du plaisir que nous avons à nous retrouver là-bas tous ensemble ? s'attrista sa sœur.

– Nous en aurons encore lorsque nous irons finalement ailleurs.

– Tu sais pourtant à quel point cette activité familiale est importante pour ton père, lui rappela Amy.

– C'est justement parce que je le sais très bien que je ne l'empêcherai jamais d'y retourner jusqu'à la fin de sa vie, si ça lui chante. Mais moi, je n'en peux plus.

– Les enfants n'ont pas forcément les mêmes goûts que leurs parents, lança alors Terra pour le soutenir.

– Je ne suis pas très chaude à l'idée de laisser mon garçon de quinze ans seul à Nouvelle-Camelot, résista Amy.

– Que pourrait-il m'arriver dans la ville la plus fortifiée au monde ? s'exclama Aymeric.

– Nous vivons à l'extérieur des murailles, lui rappela Béthanie.

Son jumeau lui jeta un regard glacial.

– Je trouve bizarre que Mélissa ait fait la même demande à ses parents, continua Amy.

– Je n'ai rien à voir avec sa décision, affirma son fils.

– Êtes-vous en train de mijoter quelque chose ?

– Absolument pas !

– Donald et Nicole ont-ils accepté de laisser leur fille à Nouvelle-Camelot ? voulut savoir Terra.

– Oui, car la mère de Donald ira habiter chez eux pendant leur absence, le renseigna Amy.

– Vous n'allez tout de même pas demander à ma grand-mère de faire la même chose, au moins ? s'effraya Aymeric.

– Elle aimerait peut-être passer un peu de temps avec toi, voulut le réconforter Terra.

– Tu n'y penses pas, papa ! La dernière fois qu'elle nous a rendu visite avec grand-papa Dickinson, à Noël, elle m'a harcelé sans arrêt pour que je me fasse couper les cheveux !

Terra était bien placé pour savoir que sa belle-mère était une femme criblée de préjugés et qui tenait mordicus à ses idées. Si Aymeric aimait porter ses cheveux à l'épaule, c'était son affaire.

– Si nous ne réussissons pas à trouver un adulte qui pourrait garder un œil sur toi, tu devras nous accompagner en Californie, trancha Amy.

Aymeric soupira avec découragement. Les Wilder n'avaient ni famille ni voisins proches dans cette section de Nouvelle-Camelot. Il commençait à vraiment craindre que sa mère ne s'adresse à sa grand-mère...

– Puis-je faire une suggestion ? se risqua Béthanie.

– Bien sûr, ma chérie, l'encouragea Terra.

– Tu pourrais demander à Galahad de surveiller Aymeric.

– Me surveiller ! s'exclama son jumeau, offusqué.

– À moins que tu ne préfères aller chez lui pendant trois semaines, évidemment.

– Il n'a même pas de téléviseur !

Galahad était un as de l'informatique qui avait participé au Programme spatial américain pendant de nombreuses années, mais depuis qu'il vivait dans la région, il s'adonnait très peu à son ancienne passion. Il ne possédait qu'un seul ordinateur et refusait d'y installer quelque jeu que ce soit.

– C'est à prendre ou à laisser, l'avertit Terra.

– Je vais y réfléchir, grommela son fils.

Aymeric, qui avait à peine pris une bouchée, repoussa sa chaise et quitta la salle à manger.

– Combien de temps l'adolescence dure-t-elle ? soupira Amy.

– Chez les garçons, une trentaine d'années environ, répondit Terra avec un sourire moqueur.

– Crois-tu que Galahad acceptera de s'occuper de lui ? Il a un horaire plutôt chargé.

– Je le lui demanderai tout de suite après le repas et, personnellement, je pense qu'il sautera sur l'occasion afin de tisser des liens avec le jumeau de sa guerrière préférée.

– Je ne suis pas sa préférée, le corrigea immédiatement Béthanie. Un chevalier n'est pas censé privilégier un de ses compagnons d'armes plus qu'un autre.

– C'est vrai, admit le père, mais ce sont aussi des êtres humains.

– Tu étais roi. Ce n'était pas pareil.

– J'étais traité de la même façon que Galahad, je t'assure.

Terra tint sa promesse et donna un coup de fil à son vieil ami astrophysicien après le dessert. Béthanie resta avec sa mère pour l'aider à desservir la table et à laver la vaisselle.

– Avec plaisir, mon frère, répondit Galahad à la requête de Terra. Je pourrai encore une fois tenter de l'intéresser à la chevalerie.

– À ta place, je ne perdrais pas trop de temps là-dessus. Même s'il a grandi dans une cité médiévale, le sang qui coule dans les veines de mon fils est celui d'un savant.

– Mais il y en avait aussi au Moyen Âge.

– Je t'aurai prévenu.

Même si les deux hommes avaient connu une courte période d'intimité au Texas avant l'accident de Terra, ils étaient désormais tous les deux mariés à des femmes extraordinaires qu'ils vénéraient chacun à leur façon. Leurs liens étaient cependant plus solides que ceux de simples amis, car ils avaient aussi fait partie de la Table ronde, au sein de laquelle ils avaient appris que la loyauté n'avait pas de prix. Terra et Galahad n'étaient pas seulement des chevaliers, ils étaient aussi des frères d'armes.

– Je passerai chez toi au moins une fois par jour, afin de m'assurer qu'Aymeric a tout ce qu'il lui faut.

– Je te revaudrai ça, Galahad.

– Je te suis déjà redevable de tout ce que tu as fait pour moi ces dernières années, alors il est tout naturel que je te rende ce petit service. À votre retour, nous organiserons un grand banquet pour célébrer l'arrivée de l'été.

– Tu cherches toujours des prétextes pour fêter.

– Et je les trouve !

L'enthousiasme de Galahad mit du baume au cœur à Terra, car, au fond de lui, la décision de son fils de ne pas le suivre le chagrinait. Il savait bien qu'un jour, ses enfants deviendraient des adultes et qu'ils partiraient de la maison pour vivre leur propre vie. Mais comment pourrait-il les protéger s'ils décidaient comme lui, jadis, d'aller s'installer sur un autre continent ? Les craintes de Terra provenaient évidemment de sa propre enfance, pendant laquelle il n'avait pas bénéficié de la protection de son père. Il avait beaucoup souffert du rejet de ce militaire aigri et égoïste, et il ne voulait pas que ses enfants vivent la même chose que lui.

Tandis que Terra s'enlisait de plus en plus dans ses vieux souvenirs, Amy et Béthanie finissaient de nettoyer la cuisine. Même s'ils n'étaient pas identiques, les jumeaux se souciaient beaucoup l'un de l'autre. Ils se disputaient de temps en temps, comme tous les frères et sœurs, mais jamais au point de se faire du mal.

– Ne t'inquiète pas pour Aymeric, maman, déclara l'adolescente en rangeant la dernière assiette. Je pense que cette expérience lui apportera un brin de maturité.

Amy esquissa un sourire en observant le visage sérieux de sa fille. Béthanie ressemblait tellement à Terra avec ses grands yeux verts brillants de curiosité. Ses longs cheveux noirs étaient raides et impossibles à friser. Amy avait tout essayé, lorsque sa fille était petite, pour lui faire de longues boucles de cheveux roulées en spirale. Mais même après des heures sur des rouleaux et plusieurs bouteilles de fixatif, ils redevenaient aussi plats qu'avant dans son dos.

Béthanie s'était toujours montrée plus raisonnable que son frère. Était-ce parce qu'elle était une fille ou parce qu'elle avait hérité de ce trait de caractère propre à son père ? L'adolescente coupa un morceau de la tarte qui avait été servie au dessert et se versa un grand verre de lait.

– Tu as encore faim ? s'étonna la mère.

– C'est pour Aymeric. On ne peut pas le laisser mourir de faim.

– Et que fera-t-il lorsque nous serons partis ?

– Il s'empiffrera probablement de biscuits, puis il ira manger au restaurant.

Béthanie disparut dans le corridor avec les victuailles. L'assiette dans une main et le verre dans l'autre, elle se servit du bout de sa sandale pour frapper à la porte de la chambre de son frère.

– Aym, ouvre-moi.

– Je n'ai pas faim, soupira-t-il en ouvrant la porte.

– C'est de la tarte au citron ! Ta préférée !

Béthanie entra et déposa le dessert sur le bureau, entre deux piles de manuels explicatifs de jeux vidéo.

– Que reproches-tu à Galahad, exactement ? demanda-t-elle en s'asseyant sur le lit.

– Il ne vit pas sur la même planète que moi.

– Ne serait-ce pas là une merveilleuse occasion de vous enseigner mutuellement quelque chose ?

– Il ne s'intéresse plus à la science. Il vit dans son monde de fantaisie comme s'il était atteint d'une maladie mentale.

– Là, tu vas trop loin, Aymeric Wilder. Galahad est l'homme le plus respectueux et le plus courtois que je connaisse ! Il a eu le courage de s'arracher à une vie très payante à Houston pour vivre dans des conditions qui lui plaisaient davantage. Peu de gens ont cette audace. Il ne mérite vraiment pas que tu le juges aussi sévèrement.

– Le Moyen Âge, c'est du passé...

– Qu'il a brillamment adapté à notre vie moderne. Te rends-tu au moins compte que c'est grâce à lui que cette ville est désormais prospère ?

Aymeric poussa un long soupir de découragement.

– Il ne ferait que jeter un coup d'œil sur moi, rien de plus ?

– Cela dépendra de toi, évidemment.

Aymeric plongea le bout d'un doigt dans la gelée au citron, puis le fourra dans sa bouche.

– Je te conseille tout de même d'apprendre à mieux le connaître, continua Béthanie. Papa dit que l'on n'a jamais assez d'alliés.

– Dans son jeu de Donjons et Dragons...

– C'est toi qui lui reproches de tirer des principes d'un jeu ? railla Béthanie.

– Arrête, je vais me sentir coupable.

– C'est justement le but de ma présence ici, Aym. Il faut que tu arrêtes de ne penser qu'à toi. Tu es entouré de gens extraordinaires. Fais un effort pour les voir.

– C'est bon, je ferai tout ce que tu dis. Maintenant, laisse-moi tranquille.

– N'oublie pas d'aller porter ton assiette dans la cuisine, recommanda-t-elle en bondissant sur ses pieds.

Elle lui souffla un baiser et quitta la chambre en refermant la porte derrière elle.

– Les filles ne comprennent vraiment rien, maugréa Aymeric.

Puisque Galahad avait accepté de veiller sur leur fils, Terra et Amy poursuivirent les préparatifs du voyage. Ce furent les Penny qui vinrent les chercher, le jour du départ, car ils possédaient une petite camionnette capable de contenir à la fois les valises et les passagers. Tandis que Donald, Terra et Nicole empilaient les bagages dans le coffre arrière de la voiture, Amy fit ses dernières recommandations à Aymeric.

– Ne passe pas tout ton temps devant l'ordinateur ou la télévision. À quinze ans, on a aussi besoin de prendre l'air.

– J'irai voir Mélissa en scooter.

– Un peu d'exercice te ferait pourtant du bien.

– Elle habite trop loin pour que je m'y rende à pied, protesta l'adolescent.

– N'utilise la carte de crédit qu'en cas d'urgence, pas pour acheter d'autres jeux.

– Oui, maman.

– S'il devait survenir un problème que Galahad ne peut pas régler, appelle-nous. J'aurai toujours mon téléphone portable sur moi.

– Oui, maman.

Donald referma la porte arrière de la camionnette et rejoignit Amy dans l'allée qui menait à la maison.

– On dirait Nicole, se moqua-t-il. Elle aussi a assommé Méli de conseils avant que nous quittions la maison.

– Mais elle a une grand-mère qui s'occupera d'elle, riposta Amy.

– Vous avez aussi trouvé une nounou pour Aym, à ce qu'on m'a dit.

– Je ne suis plus un enfant, protesta l'adolescent. Je suis capable de rester ici tout seul.

– Ne donne pas de fil à retordre à Galahad, l'avertit Terra en le serrant dans ses bras.

Béthanie fit de même.

– Ne fais pas cette tête-là, chuchota-t-il à l'oreille de sa sœur. C'est toi qui auras tous les prix qu'ils vont gagner.

Amy et Nicole embrassèrent Aymeric, et Donald lui serra la main pendant que ses passagers montaient dans le véhicule.

– Veille sur Méli, d'accord ? fit-il, une lueur d'inquiétude dans ses yeux bleus.

– Partez sans crainte, oncle Don. Je ne laisserai jamais rien lui arriver.

Rassuré, le médecin s'installa derrière le volant et fit démarrer le moteur de la camionnette. Aymeric attendit qu'ils aient quitté la longue allée avant de rentrer. Il sauta ensuite sur le divan du salon et s'empara des manettes de jeux.

3

Galahad aimait la nouvelle vie qu'il s'était créée. Orphelin, il avait longtemps été ballotté d'un foyer d'accueil à un autre, avant de voler de ses propres ailes. Extrêmement intelligent, il avait facilement réussi les examens d'entrée à l'université en sciences, car il refusait l'idée de passer sa vie comme serveur dans un restaurant. Ce petit travail lui avait pourtant permis de se payer une toute petite chambre près du campus, ainsi que ses études. Comme il avait obtenu les meilleures notes de sa promotion, Galahad avait immédiatement été recruté par la NASA comme astrophysicien dans le secteur des communications spatiales.

Bien que passionné par l'histoire ancienne, Galahad, alors connu sous le nom de Chris Dawson, avait travaillé avec enthousiasme à la création de logiciels et d'appareils de communication qui assuraient des contacts de plus en plus fiables entre la Terre et les engins qui étaient envoyés dans l'espace. Il avait loué à Houston un appartement de plusieurs pièces, qu'il avait tout de suite commencé à décorer de meubles, de tapisseries et d'objets médiévaux, en se promettant de posséder un jour son propre château. Il était loin de se douter, à l'époque, qu'il réaliserait son rêve.

Le jour où il avait rencontré Terra Wilder, tout s'était magiquement mis en place pour le rendre heureux. Les deux savants étaient des génies dans leur branche respective d'astrophysique et ils adoraient le Moyen Âge. Ils avaient tout de suite commencé à jouer à Donjons et Dragons, ajoutant sans cesse des pièces et des quêtes à ce jeu qui leur permettait d'échapper pendant quelques heures à leurs importantes responsabilités.

C'est en visitant la boutique médiévale où ils achetaient leurs quêtes de Donjons et Dragons qu'ils étaient tombés sur sire Lancelot. Galahad savait maintenant que cette rencontre fortuite avait été manigancée par l'ordre de Galveston. Lancelot était son père naturel, et il cherchait depuis longtemps à se rapprocher de lui. Malheureusement, il n'avait pas eu le courage de lui avouer sa véritable identité, mais il avait tout de même insisté pour devenir son mentor. Il lui avait aussi donné le nom de Galahad, fils de Lancelot dans la légende arthurienne. Malgré tous les bons souvenirs qu'il gardait de l'ordre, Galahad était incapable de lui pardonner sa duplicité. Les chevaliers de la Table ronde avaient profité de cette rencontre pour faire de Terra leur nouveau roi, non pour bénéficier de sa sagesse et de son intelligence exceptionnelles, mais pour le sacrifier éventuellement au sorcier sur le plateau de jeu.

Galahad ne savait pas ce que l'ordre avait reçu en échange. En fait, il préférait ne plus jamais en entendre parler. Cette trahison lui avait fait quitter ses frères du Texas, mais il ne regrettait pas sa décision. Il était heureux sur ses terres, aux côtés de sa belle. Il avait bâti une cité de toutes pièces, un exploit dont peu d'hommes pouvaient se vanter, et, depuis plusieurs années, il formait les meilleurs jouteurs au monde et il était respecté. Grâce à lui, au lieu de se réunir en bandes de rue, les jeunes de tous les pays commençaient à se regrouper en garnisons d'écuyers aspirant à devenir un jour des chevaliers.

Pendant l'année scolaire, ceux de Nouvelle-Camelot arrivaient après les classes au château de Galahad pour apprendre le maniement des armes. Puis, dès le début des vacances, le chevalier devait les diviser en plusieurs groupes pour que sa forteresse ne soit pas prise d'assaut par des centaines d'enfants. Il leur assignait aussi des horaires différents, mais parvenait tout de même à enseigner à deux, voire trois troupes à la fois. Il donnait des cours toute la journée, du lever au coucher du soleil, du lundi au vendredi, mais la fin de semaine était réservée aux adultes.

Cette journée-là, sous l'œil attentif de Chance, Galahad finissait de donner un cours d'équitation à dix garçons et deux filles de treize ans dans un enclos, à l'intérieur de la grande cour du château, lorsqu'une grosse voiture noire passa sous l'arche de la muraille.

– Attends-tu quelqu'un ? demanda Chance en sautant de la clôture de bois où elle était juchée.

– Non, affirma Galahad.

– Je vais aller voir qui c'est.

Le chevalier en profita pour mettre fin à la leçon et accompagna les adolescents dans l'écurie où ils devaient desseller leurs montures.

Chance s'approcha de la limousine sans la moindre crainte. Les arts martiaux avaient cet avantage de renforcer l'assurance d'une personne. Le chauffeur en sortit et ouvrit la portière de son passager. Chance ne le reconnut pas tout de suite, car il avait beaucoup vieilli en quinze ans. Malgré ses cheveux blancs, le visiteur affichait une prestance digne d'un roi.

– Lancelot… souffla-t-elle, étonnée.

– C'est sire Lancelot, même pour l'épouse d'un chevalier, madame, la reprit-il.

– Pourquoi êtes-vous venu jusqu'ici ?

– Il s'agit, je le crains, d'un sujet délicat dont je ne peux m'entretenir qu'avec votre mari.

– Après toutes ces années, vous n'avez pas encore compris que les femmes sont aussi importantes que les hommes pour le futur de l'humanité.

– Nous ne connaissons pas les règles de votre ordre canadien et nous n'imposons les nôtres à personne.

– Galahad en a encore pour quelques minutes avec ses élèves. Vous avez le choix de l'attendre ici ou de me suivre dans le hall.

– J'apprécierais ne pas devoir rester plus longtemps dans cette humidité qui s'infiltre de plus en plus dans mes os.

Les climats du Texas et de la Colombie-Britannique n'avaient évidemment rien en commun. L'air de Nouvelle-Camelot était toujours humide, même lorsqu'il faisait chaud.

– Venez, l'invita Chance.

Il traversa la cour à ses côtés, et elle remarqua qu'il boitait légèrement. « Est-ce une blessure de tournoi ou l'usure de ses cartilages ? » se demanda la jeune femme. Elle ralentit le pas dans le vestibule pour lui donner le temps d'admirer sa décoration. Lorsqu'on entrait dans la demeure de Galahad, c'était comme si on changeait d'époque. Des carreaux noirs et blancs brillaient sous leurs pieds. Au-dessus de leurs têtes pendait un énorme lustre en métal en forme de roue. Les armures au garde-à-vous au pied du grand escalier étaient armées de hallebardes. Sur les murs étaient accrochées diverses armes en provenance de tous les coins du monde. Le chevalier les avait reçues en cadeau de la part des étudiants étrangers qui étaient venus apprendre les arts de la guerre à Nouvelle-Camelot pendant quelque temps. Au-dessus du palier de l'escalier, là où ce dernier se divisait en deux, un énorme tableau dominait toute la pièce. Il représentait les châtelains dans leurs plus beaux atours.

– C'est par ici, fit Chance en le tirant de sa contemplation.

Lancelot la suivit dans le grand hall, une pièce impressionnante qui pouvait accueillir une centaine de personnes. Près de l'âtre se trouvaient deux bergères séparées par un guéridon en acajou. La jeune femme l'invita à y prendre place et s'assit devant lui, en attendant l'arrivée de son époux.

– Voulez-vous boire quelque chose ?

– J'ai dû arrêter toute consommation d'alcool sur ordre du médecin.

– Un peu d'eau, alors ? Elle provient de notre puits.

– Non, merci. Je ne resterai pas très longtemps.

Elle le laissa promener son regard dans la vaste pièce. Des fanions ornaient les murs, mais Lancelot ne les reconnaissait pas. Entre eux étaient accrochés des armes de toutes sortes, dont une belle collection de lances anciennes. Du plafond pendaient une multitude de lampes semblables au lustre du vestibule. Dans un coin de la salle étaient empilées les planches qui se transformaient en tables lors des festins. L'énorme foyer était véritablement la pièce maîtresse du lieu. Intégralement fait de pierres taillées, sa tablette en ébène était plus haute que la tête d'un homme, et son âtre était suffisamment large pour y faire brûler de grosses bûches. Sur la hotte figuraient les armoiries que Galahad s'était choisies : un écu tranché de sable dans sa partie supérieure et d'azur dans l'autre, occupé en son centre par un dragon doré, les ailes déployées.

– Comment se porte Terra ? s'enquit le chevalier du Texas.

– Il s'est très bien remis des épreuves que vous lui avez fait subir, si c'est ce que vous voulez savoir.

– Vous êtes encore en colère contre moi.

– Contre vous et contre votre ordre. Des innocents ont failli mourir au cours de ce jeu stupide, sire. L'avez-vous déjà oublié ?

– Il faut parfois en sacrifier quelques-uns pour sauver tous les autres, madame. Il s'agit d'une stratégie de guerre.

– Pourquoi ne pas avoir refusé tout simplement d'y participer ?

– Ce ne sont pas les pions qui décident de se retrouver sur l'échiquier, mais les joueurs qui les choisissent. Le jeu existe depuis des milliers d'années. Ce n'est pas l'ordre de Galveston qui l'a inventé. En fait, il n'en a été que la malheureuse victime.

– Étiez-vous déjà engagés dans le jeu lorsque vous avez recruté Terra et Galahad ?

– Oui, mais il nous manquait un roi.

– Vous auriez dû les prévenir.

– Mais nous l'avons fait, assura Lancelot. Ils ont été informés de l'existence du magicien et de son rôle. Galahad nous servait même de messager auprès du vieil homme. Il nous était cependant impossible de prédire les gestes du sorcier.

– Vous en parlez avec un tel détachement…

– Je ne vis pas dans le passé, madame. Je suis plutôt préoccupé par l'avenir.

– C'est donc pour cette raison que vous êtes ici.

Chance n'eut pas le temps de l'interroger davantage. Son époux venait d'apparaître à la porte du hall, anxieux de connaître l'identité de son visiteur. Il se figea lorsqu'il reconnut les traits du membre de l'ordre de Galveston.

– Que venez-vous faire chez moi ? balbutia Galahad, surpris.

– J'aurais aimé que ce soit une visite de courtoisie, mais mes motifs sont plus sérieux.

Le chevalier s'approcha prudemment de lui.

– J'aimerais te parler seul à seul, précisa Lancelot.

– Je n'ai aucun secret pour Chance.

– Moi, oui.

De toute façon, la jeune femme n'avait jamais aimé la compagnie du vieil homme.

– Je serai dans la bibliothèque, annonça-t-elle en se levant.

– Tu n'es pas obligée de partir, protesta Galahad.

– Je sais.

Elle l'embrassa sur la joue au passage et quitta le hall. Les deux chevaliers s'observèrent un long moment avant que l'un d'eux ne se décide à ouvrir la bouche. La seule présence de Lancelot rappelait à Galahad tout ce qu'il avait enduré pour délivrer Terra des griffes du sorcier.

– Vous auriez dû me prévenir de votre visite, laissa finalement tomber le plus jeune.

– M'aurais-tu reçu ?

– Probablement pas, car je me suis juré de ne jamais recevoir de traîtres chez moi.

– Oublie cette vieille histoire et écoute-moi, Galahad.

– Après, vous devrez partir.

– Soit.

Lancelot se leva en gardant le bras appuyé sur le dossier de la bergère.

– Je suis venu te mettre en garde, commença-t-il.

– Contre quoi ?

– La couronne que le roi nous a rendue chez sire Kay a disparu.

– Et alors ?

– Le sorcier ne la reprend que lorsqu'il est prêt à poursuivre le jeu.

Galahad secoua vivement la tête.

– Je ne vois pas en quoi cela me regarde, sire. J'ai été éliminé dès le début et, de toute façon, le sorcier ne reprend jamais les mêmes joueurs deux fois de suite.

– Terra n'a pas été vaincu.

« Il a raison », s'alarma intérieurement Galahad.

– C'est la deuxième fois que cela se produit depuis l'apparition du jeu sur cette planète. As-tu pris le temps de lire toutes les règles ?

– Je les ai jetées au fond d'une malle…

– Dans ce cas, je te conseille fortement de les retrouver. Au revoir, Galahad, et bonne chance.

Le vieil homme passa devant lui sans s'arrêter, et il ne fit rien pour le retenir. Sa rancune était trop vive. Galahad marcha plutôt jusqu'à la grande fenêtre qui donnait sur la cour. Il vit Lancelot retourner à sa limousine, y monter et quitter sa propriété.

– Où ai-je mis ces documents ?

Il s'élança vers le vestibule, grimpa les marches quatre à quatre, courut dans le couloir jusqu'au petit escalier qui menait au grenier. Il s'immobilisa devant les dizaines de grosses malles qui s'alignaient de chaque côté de lui. Galahad était un homme méthodique. Il avait certainement rangé ces papiers avec d'autres vestiges de l'ordre. Il se mit à ouvrir les boîtes de plus en plus précipitamment.

– Que cherches-tu ? demanda Chance en le faisant sursauter.

– Te souviens-tu des règles que je te lisais lorsque tu habitais dans la maison de ta grand-mère ?

– Tu les savais par cœur, alors pourquoi en as-tu besoin maintenant ?

– Il y a une partie de celles-ci que je n'ai pas pris la peine de consulter.

– Est-ce relié à ce que Lancelot avait à te dire ?

– Au lieu de me questionner, viens plutôt m'aider.

Elle se mit à fouiller elle aussi dans les malles.

– Maintenant que je t'aide, réponds-moi, exigea-t-elle.

– Le magicien n'a presque jamais gagné le jeu, alors je n'ai pas cru utile de m'informer des règles qui régissaient les victoires.

– Pourquoi cela t'effraie-t-il autant, Galahad ?

– Parce que notre roi n'a pas été défait. J'ai peur que la partie ne se poursuive autour de lui.

– Terra ? Mais il ne fait plus partie de quelque organisation que ce soit.

– Il est professeur.

Le visage de Chance devint alors aussi livide que celui de son époux.

– Le magicien utiliserait ses élèves comme pions ? s'effraya-t-elle.

– Peut-être. Je ne sais pas. Il faut que je trouve ces règles.

Ils fouillèrent toutes les caisses, jusqu'à ce qu'ils découvrent enfin les documents imprimés par Galahad des années plus tôt dans un cahier de cuir, entre une cotte de mailles et une tunique de l'ordre du Texas. Assis en tailleur, l'un près de l'autre, le couple tourna les pages de plus en plus rapidement, jusqu'à la section sur les victoires.

– La voilà ! s'exclama Galahad, les mains tremblantes.

Il se mit aussitôt à lire à voix haute.

– La partie prend fin lorsque le roi noir ou le roi blanc est éliminé, virtuellement ou physiquement. Le roi survivant sera remis en jeu lors du match suivant, s'il est toujours en vie.

– Tu avais raison ! s'exclama Chance. N'y a-t-il pas quelque part l'obligation de prévenir ce pauvre roi qu'il devra affronter une fois de plus son opposant ?

Galahad parcourut rapidement les autres paragraphes.

– Le jeu ne peut reprendre que lorsque tous les pions éliminés lors de la partie précédente ont été remplacés.

– Comment les joueurs s'y prennent-ils ?

– Tout comme le sorcier, le magicien effectue son propre recrutement.

– Autrefois, il communiquait avec toi, non ?

Galahad hésita.

– Ce n'est pas le moment de perdre confiance en toi, l'encouragea Chance.

– En fait, j'ai deux choix dans cette affaire. Je peux tout simplement attendre de voir ce qui va se passer, ou je peux prendre l'offensive et m'adresser au magicien. Mais c'est peut-être justement ce geste qu'attend le sorcier pour forcer Alissandre à choisir ses soldats.

– D'une façon ou d'une autre, tu dois prévenir Terra.

– Oui, je sais…

De l'avis de Galahad, l'astrophysicien avait suffisamment été éprouvé lors de la partie précédente. Il ne méritait pas d'être utilisé une fois de plus par le magicien pour mener ses troupes.

– Je l'appellerai plus tard et je lui demanderai conseil.

Les châtelains quittèrent le grenier en apportant le document avec eux. Galahad mangea du bout des lèvres le repas du soir. Son esprit tentait d'analyser tous les scénarios possibles. Il ne s'attendait pas à ce que le sorcier respecte les règles du jeu, alors le chevalier ne devait rien laisser au hasard. Une seul élément restait commun à tous les synopsis : Terra Wilder. Peu importe où se dérouleraient les prochains combats, il serait la pièce centrale à abattre.

Le sorcier n'était pas que maléfique, il était aussi excentrique, ce qui fit penser à Galahad qu'il ne voudrait pas se battre deux fois sur le même terrain contre les mêmes pions… « Pas à Disneyland ! » s'alarma-t-il intérieurement. Il but le reste de sa coupe de vin d'un trait et quitta la salle à manger. Il retrouva le numéro de téléphone du mobile d'Amy dans son petit carnet d'adresses et le composa sur son propre appareil.

– Galahad ? fit la voix étonnée d'Amy. Aymeric a-t-il déjà fait une bêtise ?

– Non, milady. J'ai besoin de parler à Terra, et c'est le seul numéro que j'ai trouvé.

– Je te le passe tout de suite.

– Bonjour, Galahad, le salua son ami. Qu'y a-t-il ?

– Il s'agit d'un sujet délicat. Peux-tu me répondre librement ?

– C'est plutôt difficile dans une camionnette roulant sur l'autoroute.

– En code, alors ?

Assis en avant, sur le siège du passager, Terra savait que son épouse l'entendrait et que l'utilisation du langage symbolique que les deux astrophysiciens avaient créé lui mettrait aussitôt la puce à l'oreille.

– Quelque chose de plus simple ? suggéra-t-il.

– Comme oui et non ?

– Exactement.

– Je doute que tu t'en contentes, mais je veux bien essayer. Alors voilà, plus tôt aujourd'hui, Lancelot m'a rendu visite. Il est venu nous mettre en garde, car la couronne du roi a disparu à Galveston.

– Qu'est-ce que cela signifie pour nous ?

– Le sorcier est sur le point de commencer une nouvelle partie.

– En quoi cela nous regarde-t-il ?

– Tu n'as pas été vaincu, Terra. Tu es toujours le roi du magicien.

– Mais je ne fais plus partie de l'ordre.

– Les règles du jeu exigent que le sorcier somme son adversaire de trouver de nouveaux pions. Alissandre devra sans doute les choisir parmi ceux qui se trouvent autour de toi.

– Mickey Mouse et Donald Duck ?

– Ce n'est vraiment pas le moment de plaisanter, Terra.

– À qui penses-tu, exactement ?

– Tes élèves, ou les professeurs de l'école. Je ne vois pas qui ce pourrait être à part eux, car tu ne fréquentes personne.

– Que me recommandes-tu, Galahad ?

– Tu dois garder l'œil ouvert et ne faire confiance à personne. Je regrette infiniment de gâcher tes vacances de la sorte, mais je ne voudrais pas qu'il t'arrive malheur en Californie.

– Merci, mon ami. Je serai prudent.

– De mon côté, je devrais communiquer avec le magicien, mais j'ai peur que cela ne donne le coup d'envoi à la prochaine partie.

– Alors, n'en fais rien jusqu'à ce que nous ayons un indice concret.

– D'accord.

– Je t'appelle dès que j'apprends quelque chose. Merci, Galahad.

Le chevalier raccrocha en pensant que Terra avait raison. Il était inutile de paniquer avant que le sorcier ne se manifeste.

– Comment a-t-il réagi ? demanda Chance de la porte.

– Mieux que moi. Je vais recommencer à faire mes rondes dans la cité.

– Je t'accompagnerai, cette fois-ci.

Au cours des premiers mois qui avaient suivi la défaite du roi noir, Galahad avait veillé sur la ville avec la vigilance d'un aigle. Lorsqu'il avait été vraiment convaincu que le danger était passé, il avait cessé cette pratique défensive.

– Allons-y, décida le chevalier.

Il prit la main de sa belle et se dirigea vers la sortie. Les palefreniers étaient partis, à cette heure tardive. Il sellerait donc les chevaux lui-même.

4

Le lendemain du départ de ses parents, Aymeric se réveilla vers midi. Le soleil inondait sa chambre, ce qui était plutôt inhabituel à Nouvelle-Camelot, où il pleuvait la moitié de l'année. C'était la première fois de sa vie qu'il n'était pas sous la supervision de ses parents. Il passa donc un long moment sous la douche, sa sœur n'étant pas là pour réclamer qu'il n'épuise pas le réservoir d'eau chaude, et se vêtit d'un vieux jean découpé sous les genoux que sa mère tentait de mettre à la poubelle depuis des mois. Puis il enfila un pull blanc sans manches et se dirigea vers la cuisine. Habituellement, lorsqu'il se levait, le petit déjeuner était déjà sur la table. Au cours des prochaines semaines, il devrait se débrouiller seul. Aymeric savait faire la cuisine, une activité qu'il aimait partager avec sa mère, mais il ignorait où elle rangeait ses livres de recettes. Il ouvrit donc l'armoire et s'empara de la boîte de biscuits au chocolat.

Il fila ensuite au salon et alluma le téléviseur. Il allait presser sur un autre bouton de la manette lorsqu'on sonna à la porte. Aymeric jeta un coup d'œil par la fenêtre et aperçut le scooter de sa meilleure amie. Il s'empressa d'aller lui ouvrir.

– Salut, Aym ! s'exclama joyeusement Mélissa.

Tout comme Béthanie, elle avait de longs cheveux raides, sauf qu'ils étaient blonds. Mais c'était tout ce que les deux adolescentes avaient en commun. Autant Béthanie était sérieuse et posée, autant Mélissa était insouciante et ensoleillée. Physiquement, elle ressemblait à Nicole, sa mère, mais elle avait hérité des yeux bleus rieurs de son père.

Ce matin-là, elle portait un chandail moulant aux motifs psychédéliques dans les tons de vert, blanc, bleu et rose qui faisaient ressortir son teint de pêche, ainsi qu'un jean usé. Mélissa embrassa son ami d'enfance sur la joue et trottina jusqu'au salon.

– Ne me dis pas que tu as joué toute la nuit ! s'exclama-t-elle.

– Non, je viens juste de me lever.

– Alors, ne commence rien parce que nous allons prendre l'air. Il fait vraiment trop beau pour rester dans la maison.

– Tu veux aller marcher dans la forêt ?

– Avec ces chaussures ? Tu n'y penses pas, Aym ! D'ailleurs, avec toute la pluie que nous avons eue la semaine dernière, les sentiers sont sûrement inondés. Allons plutôt nous promener en ville.

– Seulement si nous ne nous arrêtons pas dans toutes les boutiques.

– Nous n'irons que chez le marchand de glaces, promis !

Ils grimpèrent sur leurs petites motocyclettes et filèrent vers la cité fortifiée. À l'entrée de la ville, sur la gauche, on avait aménagé un stationnement derrière des palissades coulissantes, afin d'éviter une trop grande circulation dans les rues étroites. Aymeric et Mélissa y laissèrent leurs scooters et poursuivirent leur route à pied. Ils connaissaient déjà la ville par cœur, mais ne se lassaient pas d'en explorer tous les recoins.

– As-tu des plans pour le dîner ? demanda Aymeric.

– Ma grand-mère prépare son excellent ragoût. Je t'invite et dis oui !

– Tu sais bien que je ne peux rien te refuser. Et puis, cela fera plaisir à mes parents que je fasse un peu de socialisation.

Ils passèrent devant la boulangerie de Katy Prescott Constantino et la saluèrent de la main. Ce qui était vraiment merveilleux à Nouvelle-Camelot, c'était que tout le monde se connaissait.

– Tu as pris une décision au sujet de ton avenir? le questionna Mélissa en examinant rapidement une robe dans une vitrine.

– Je serai astrophysicien comme mon père, et je serai le premier à exercer ce métier à temps plein sur un vaisseau spatial qui explorera la galaxie.

– Tu regardes trop de films de science-fiction, Aym. Avant que nos savants en arrivent là, nos os seront redevenus poussière.

– C'est toi qui me dis cela? Toi qui es toujours si optimiste et réconfortante?

– Il y a aussi dix pour cent de réalisme dans ma personnalité.

– Alors, mademoiselle réaliste, comment gagneras-tu ta vie?

– Je serai conférencière sur les droits des femmes.

– Est-ce qu'il existe, ce métier?

Mélissa s'aperçut qu'une nouvelle boutique venait d'ouvrir dans un local vacant depuis plusieurs mois, en biais avec la boulangerie, juste à côté de la librairie. Dans sa petite vitrine, on pouvait voir, disposés sur un fond en voile, des jeux de tarots, des figurines de dragons et de personnages mythiques ainsi que, sur un socle de verre, un très, très vieux livre. Se sentant attirée par sa couverture, la jeune fille s'arrêta devant la devanture vitrée. Un curieux symbole était gravé sur la couverture en cuir, et des mots étaient écrits juste en dessous, mais dans une langue qu'elle ne connaissait pas.

– Tu aimes la magie? s'étonna Aymeric.

– Ces objets ne sont pas pour faire des trucs.

– Tu t'y connais?

– Je lis beaucoup de livres sur l'ésotérisme.

– Tu ne m'avais jamais dit cela.

– Nous avons tous un jardin secret, Aym.

– Pas moi...

Mélissa vit alors l'écriteau qui pendait au-dessus de la porte de la boutique : Timothée Medrawt, Alchimiste de Sa Majesté.

– Tu as déjà lu quelque chose sur lui ? s'enquit Aymeric.

– Non.

– Allons satisfaire ta curiosité, alors.

– Tu m'as fait promettre de ne pas entrer dans les boutiques.

– Celle-là, c'est différent.

Il poussa la porte pour l'inciter à le suivre, ce qui fit tinter une petite clochette accrochée au plafond. Retenant son souffle, Mélissa pénétra dans l'antre de l'alchimiste. La vitrine était la seule fenêtre du petit local coincé entre deux autres commerces, mais puisqu'un rideau bourgogne était tiré devant cette ouverture, il faisait plutôt sombre dans la boutique. Sur le comptoir en bois brûlaient quelques bougies dans un chandelier ancien à cinq branches. L'endroit semblait désert.

Leurs yeux s'habituant de plus en plus à la faible clarté, les adolescents s'approchèrent des gondoles. Elles étaient divisées par thèmes. Certaines contenaient des cristaux de toutes les couleurs, tandis que d'autres étaient couvertes de figurines et de pendentifs aux motifs bizarres. Mélissa s'intéressa plutôt à l'étagère où s'alignaient des dizaines de livres anciens.

– Je n'arrive pas à en lire les titres, déplora-t-elle.

– Sans doute parce que vous n'avez jamais appris le latin, répondit une voix masculine.

Les adolescents sursautèrent. Derrière le comptoir se tenait un homme qui n'y était pas une seconde plus tôt !

– Timothée Medrawt, à votre service.

Leur cœur battant la chamade, Mélissa et Aymeric étaient incapables de prononcer un seul mot.

– J'étais dans l'arrière-boutique, expliqua Medrawt. Je vous assure que je ne suis pas un fantôme. Que puis-je faire pour vous, jeunes gens ?

– Votre boutique est… spéciale, articula enfin Mélissa.

– Il est vrai qu'aucun autre commerce de cette région n'offre mes produits.

– Pourquoi vendre des livres en latin à des gens qui ne le parlent pas ? s'étonna Aymeric.

– Êtes-vous bien certain que cette langue soit morte ? J'ai vendu deux traités d'alchimie ce matin.

– Qu'est-ce que l'alchimie ?

– C'est l'étude de la nature et de sa transformation.

– Mais vous êtes en pleine ville !

– La nature n'est pas seulement dans la forêt, jeune homme. Elle se trouve partout autour de nous.

La voix de Medrawt était rassurante. Il avait des yeux gris sombre rieurs et un visage sans rides. Seuls ses cheveux argentés, qu'il portait très courts, indiquaient qu'il avait certainement l'âge de Terra.

– J'ai déjà lu quelque part que les alchimistes transformaient du métal en or, se rappela Mélissa.

– Lorsqu'on maîtrise les lois naturelles, rien n'est impossible, mademoiselle.

– Pouvez-vous nous montrer comment vous faites ?

– Malheureusement, un alchimiste ne partage ses secrets qu'avec son apprenti.

– Si vous êtes capable de produire de l'or à volonté, vous devez être très riche, laissa échapper Aymeric.

– Un véritable alchimiste n'effectue pas de transmutations pour faire fortune. Il le fait pour l'art.

– Donc, pour vivre, il vend des livres en latin ?

– Ainsi que des grimoires, des pierres magiques et de puissants talismans. Mon but est d'aider les gens à appréhender le monde dans lequel ils vivent.

Aymeric ne comprenait pas pourquoi un homme, apparemment intelligent, s'enfermait ainsi dans un tout petit local sombre où il n'entrerait presque personne. Pour sa part, l'adolescent rêvait plutôt d'une belle carrière et de grands honneurs qu'il ne trouverait certainement pas à Nouvelle-Camelot.

Medrawt ouvrit alors un tiroir et en retira un petit sac en velours noir. Avec un sourire admiratif, il le tendit à Mélissa.

– Pour la jeune dame, expliqua-t-il.

– Qu'est-ce que c'est ? demanda Mélissa.

– Un présent qui saura vous convaincre de la justesse de mes paroles.

Curieuse, la jeune fille l'ouvrit et fit glisser dans sa main un pendentif en cristal, qui avait la forme d'un bouclier.

– Je vous suggère de le porter en tout temps, fit l'alchimiste.

– Pourquoi ? se méfia Aymeric.

– Parce qu'on ne sait jamais ce qui peut arriver. Ce talisman protège son propriétaire des forces du Mal.

Mélissa s'empressa de détacher la chaînette qu'elle portait au cou et la glissa dans l'anneau du pendentif en remerciant Medrawt.

– Vous ne vendez pas de jeux vidéo, j'imagine, soupira Aymeric, qui aimait de moins en moins cet endroit.

– Non, je suis désolé. Ils n'auraient rien à m'apprendre, de toute façon.

– Viens, Méli, notre accord c'était de prendre l'air aujourd'hui.

– Une heureuse initiative, si vous voulez mon avis, acquiesça Medrawt. Il n'a pas fait aussi beau depuis des lustres.

L'adolescente eut du mal à se libérer du regard fascinant de l'étranger, si bien qu'Aymeric dut la prendre par la main pour la tirer dehors.

– Nous n'aurions jamais dû entrer là-dedans, grommela-t-il une fois dans la rue.

– Mais c'est un homme charmant !

– Un peu trop, si tu veux mon avis.

– Est-ce que tu serais jaloux de l'intérêt qu'il m'a porté, par hasard ?

– Tu as seize ans, Méli ! On ne sait rien de lui ! C'est peut-être un prédateur sexuel qui a été obligé de changer de ville !

– Pourrais-tu baisser le ton ?

En effet, les passants commençaient à les observer avec inquiétude. La criminalité était quasi inexistante dans la ville depuis qu'elle avait subi sa métamorphose, et ses habitants entendaient bien conserver cette bonne réputation.

– Il m'a seulement donné un bijou, continua Mélissa. Il n'y a aucun mal à cela.

– J'ai peur qu'il ne te demande quelque chose en échange.

– Il ne connaît même pas mon nom !

– Et s'il y avait de la mauvaise magie dans ce cristal ?

– Aym, il va vraiment falloir que tu commences à faire la différence entre l'environnement des jeux vidéo et la vraie vie. À Nouvelle-Camelot, les gens sont aimables. Il n'y a aucune arrière-pensée dans leurs gestes.

Le jeune homme ravala son dernier commentaire. S'il voulait avoir un peu de plaisir durant les prochaines semaines, il devait arrêter de se quereller tout de suite avec sa meilleure amie.

– Allons faire un tour au cybercafé, grommela-t-il plutôt.

Mélissa le suivit en caressant du bout des doigts le petit bouclier transparent qui pendait à son cou. Ils entrèrent au Columbia Livia, où il n'y avait qu'un seul usager assis devant un grand écran d'ordinateur. Depuis l'avènement de maints nouveaux métiers dans la cité, la population s'occupait autrement qu'en faisant de l'informatique.

– Tu as le meilleur système au monde chez toi, Aym, alors pourquoi venir ici ?

– J'ai peur d'oublier la question qui me trotte dans la tête.

Il s'installa devant une machine isolée.

– Tu n'as qu'à me la dire, proposa Mélissa en prenant place à côté de lui. J'ai une bien meilleure mémoire que toi.

– Je n'en ai que pour une minute.

Il entra son code d'utilisateur et se brancha tout de suite au réseau télématique le plus complet du pays. Mélissa poussa un soupir de découragement en le voyant écrire dans la fenêtre de recherche le nom de Timothée Medrawt.

– Tu es plus tenace qu'un fox-terrier, fit-elle.

Aymeric ne trouva rien correspondant au nom de l'alchimiste ou à celui de sa boutique. Lorsque Mélissa vit apparaître le logo de la Gendarmerie royale du Canada à l'écran, elle sursauta de frayeur.

– Mais qu'est-ce que tu fais ?

– Je veux juste voir s'il a un dossier criminel.

– Tu n'as pas le droit d'accéder aux sites du gouvernement sans permission !

– C'est pour une bonne cause, je te le jure.

Aymeric avait masqué ses traces en utilisant une adresse Internet qu'il avait créée des mois auparavant à l'aide d'une centaine de liens différents qui s'emboîtaient les uns dans les autres et qui faisaient pratiquement le tour de la planète. Avant que la police ne retrace le cybercafé d'où était partie la requête, il se passerait bien des mois. À peine quelques secondes après avoir forcé la protection du site gouvernemental, il le quitta.

– Bon, ce n'est pas un malfaiteur, admit-il. Mais cela ne veut pas dire non plus que nous allons fréquenter assidûment sa boutique.

– Si cet homme t'indispose à ce point, la prochaine fois, j'y retournerai seule.

– La prochaine fois ?

– Il vend une foule de produits que j'ai toujours rêvé de posséder, l'informa Mélissa en se dirigeant vers la porte de l'établissement.

– Comme quoi ? s'exclama Aymeric en lui emboîtant le pas.

– J'adore les figurines de dragons.

– Il n'est pas le seul à en vendre ! Je connais d'autres marchands qui en ont de plus belles !

– Tu es jaloux.

– Non, Méli. Je suis prudent.

– Je pense qu'une glace te fera du bien.

– Tu ne m'écoutes jamais quand je te parle sérieusement !

Mélissa éclata de rire, ce qui eut pour effet de dérider son ami. Ils convinrent d'arrêter de parler de Medrawt afin de ne plus se disputer inutilement, et se dirigèrent tout droit vers le marchand de glaces sans regarder dans les vitrines.

5

Pour se rassurer, Galahad parcourut toute la ville à cheval en compagnie de Chance. Des années auparavant, l'ancien magicien avait stimulé chez lui un don que tous les humains possédaient, mais que bien peu développaient. Il avait le don de ressentir les énergies subtiles présentes dans l'air et dans les objets. Même si le sorcier avait mis le pied ne serait-ce qu'une seule seconde à Nouvelle-Camelot, il l'aurait immédiatement ressenti. Satisfait de l'absence du Mal dans cette cité qu'il chérissait, le chevalier retourna à son château. Il voulut aider son épouse à descendre de cheval, mais elle arrêta son geste.

– Arrête de me traiter comme si je ne savais rien faire toute seule, maugréa-t-elle.

Même après toutes ces années de mariage, Galahad n'arrivait pas à se défaire des règles de courtoisie que l'ordre avait imprimées dans son crâne.

– Je vais aller faire un tour chez Terra, pour voir comment se débrouille Aymeric.

– Ne rentre pas trop tard.

– Promis.

Galahad talonna son cheval et quitta sa forteresse, malgré l'obscurité grandissante. Il le fit galoper le long des murailles de Nouvelle-Camelot, dont les lourdes portes allaient bientôt se refermer. Les Wilder résidaient à la campagne, Terra n'ayant pas voulu faire déménager sa maison en même temps que tout le monde. D'autres habitants de la région, dont les Penny, avaient pris la même décision que lui, mais ces derniers vivaient dans de petits villages séparés appelés « caers » comme dans les temps reculés en Angleterre. L'isolement des Wilder avait toujours inquiété Galahad, car elle rendait son ami et sa famille très vulnérables.

« J'aurais dû mieux m'informer des règles », soupira-t-il intérieurement. Cela lui aurait permis de convaincre Terra de s'installer à l'intérieur des murs de la cité. Mais le professeur de philosophie préférait vivre près des arbres, dont il était devenu un défenseur acharné. À une certaine époque, Galahad lui avait envié cette étroite relation qu'il entretenait avec les seigneurs de la forêt. Tout ceux qui surprenaient Terra à se laisser enlacer par leurs longues branches étaient touchés par la douceur que les arbres manifestaient à son égard.

En remontant l'allée qui menait jusque chez son ami, Galahad remarqua tout de suite qu'il n'y avait aucune lumière dans la maison. Avant d'aller frapper à la porte, il fit lentement le tour du châtelet, tous ses sens en alerte, mais n'y trouva aucune trace de danger. En fait, il n'y avait personne chez les Wilder. Le chevalier mit donc le cap sur le deuxième endroit où il était à peu près certain de trouver l'adolescent : chez la fille du docteur Penny. Il faisait de plus en plus sombre, alors Galahad se hâta. Au lieu de suivre la route, il coupa à travers les champs et atteignit quelques minutes plus tard Caer Mageia, où l'on retrouvait la plupart des médecins et autres spécialistes de la santé de Nouvelle-Camelot.

Les deux scooters étaient garés devant la maison de Donald Penny. Galahad descendit de cheval et sonna à la porte. Une dame âgée vint lui ouvrir, ravie de trouver sous le porche une véritable vision du passé, car son visiteur portait un bliaud noir sur un chainse de chanvre blanc, serré à la taille par une ceinture en cuir. Un fourreau en pendait, protégeant la lame d'une magnifique épée.

Des braies et des bottes de cuir complétaient la tenue du chevalier.

– Je suis vraiment désolé de vous déranger à une heure aussi tardive, madame. Je m'appelle Galahad et je cherche le jeune Aymeric Wilder.

– Il est ici, avec ma petite-fille. Entrez, je vous prie.

Il la suivit au salon. Les adolescents assis devant le téléviseur rivalisaient de doigté face à un jeu vidéo qui semblait plutôt ardu.

– Le repas est presque prêt, monsieur Galahad, lui annonça la grand-mère. Accepteriez-vous de partager notre table ?

– Vous êtes gentille de le proposer, mais mon épouse a déjà préparé le dîner et elle m'attend pour manger. Je ne resterai qu'un instant.

Mélissa poussa alors un cri de victoire et Aymeric un grondement de mécontentement, car elle ne gagnait pas souvent contre lui. Galahad en profita pour aller s'accroupir entre les jeunes et le téléviseur.

– Je suis sain et sauf, soupira d'agacement l'adolescent.

– J'ai promis à ton père de garder un œil sur toi et je tiens toujours mes promesses, répliqua le chevalier.

– Que pourrait-il m'arriver de fâcheux alors que je ne participe à aucune activité dangereuse ?

Galahad ne voulait pour rien au monde les alarmer, mais il ne pouvait pas non plus pécher par omission.

– Je me dois d'insister pour que vous évitiez les gens que vous ne connaissez pas jusqu'au retour de Terra.

– Mais il en arrive tous les jours dans la cité, protesta Mélissa. Il est seulement naturel qu'ils nous demandent parfois leur route.

– Je ne parle pas seulement des visiteurs, mais aussi de tout nouvel arrivant.

– Comme l'alchimiste ? fit Aymeric.

– Qui ? s'inquiéta Galahad.

– Il vient juste d'ouvrir une boutique de trucs bizarres.

– De livres et d'objets ésotériques, corrigea Mélissa.

– Connaissez-vous son nom ?

– Timothée Medrawt, articula la jeune fille, fière d'avoir retenu ce détail.

Il sembla à Aymeric que l'adulte avait soudain blêmi.

– Est-ce un criminel ? demanda l'adolescent.

– Je n'en sais rien encore.

– Mais tu es à la recherche d'un malfaiteur, c'est bien cela ?

– J'ignore quelle forme elle prendra, mais je perçois la lueur d'une menace.

– Une lueur ne veut rien dire, n'est-ce pas ? s'inquiéta Mélissa.

– Pas pour le moment. Aymeric, si tu ne veux pas que je te suive comme ton ombre durant les prochains jours, j'insiste pour que tu t'abstiennes de parler à cet homme et à tous les autres inconnus.

– Je n'avais pas l'intention de retourner chez lui, ne t'inquiète pas.

– J'aimerais aussi que tu communiques avec moi si tu remarques quelque chose de suspect, d'accord ?

– N'importe quoi ?

– La moindre petite chose inhabituelle ou bizarre.

Aymeric le lui promit d'un haussement d'épaules, juste pour le voir enfin partir. Puis la grand-mère le reconduisit jusqu'à la porte en le complimentant sur sa tenue. Galahad lui fit un baisemain et remonta à cheval. Il était maintenant trop tard pour pénétrer dans la cité. On en avait certainement barré les immenses portes de l'entrée principale. Le chevalier retourna donc chez lui en longeant l'extérieur de ses murailles.

Après avoir pansé son cheval, il prit une douche dans le pavillon qui séparait la maison de l'écurie, puis enfila des vêtements propres. Il rejoignit ensuite Chance dans la salle à manger, où les plats venaient à peine d'être posés sur la table.

– Comment as-tu su que j'entrerais dans cette pièce à ce moment précis ? s'étonna-t-il. Es-tu médium ?

– J'ai entendu les sabots de ton cheval et je sais combien de temps tu passes avec lui dans l'écurie quand tu rentres chez nous.

Il avait à peine eu le temps de prendre deux bouchées que Chance décela sur son visage l'angoisse qu'il tentait de lui cacher.

– Dis-moi ce qui ne va pas.

– Il y a un nouveau marchand en ville.

– Tu ne vas pas commencer à soupçonner tout le monde…

– Puis-je vraiment courir le risque de laisser le loup entrer dans la bergerie ? Rappelle-toi ce que nous avons vécu, il y a de cela plusieurs années.

Tous ceux qui avaient été impliqués dans le jeu, de près ou de loin, avaient beaucoup souffert. Certains avaient mis des années à s'en remettre. Chance se remémora les tourments que le sorcier avait infligés à son époux et frissonna.

– Je ferai une petite enquête tôt demain matin, car je ne reçois des apprentis qu'à dix heures.

– Tu as raison. On ne peut jamais être trop prudents.

Ce soir-là, incapable de dormir, Galahad quitta son lit sans réveiller Chance et grimpa au faîte de sa tour préférée. Il observa le ciel pendant un long moment en se demandant s'il devait ou non questionner le magicien. Théoriquement, il ne faisait plus partie de ses fantassins, mais lors de la dernière partie, Alissandre était aussi devenu son ami. Transi, il regagna finalement sa chambre sans s'être décidé à demander l'intervention du mage.

Il se leva avant Chance et quitta la maison en croquant dans une pomme. Le palefrenier était déjà au travail. Il lui sella tout de suite son cheval. Galahad se dirigea vers la cité, dont les grandes portes étaient de nouveau ouvertes. Il emprunta la rue principale en humant les odeurs du matin. Il n'y avait aucune trace de sorcellerie où que ce soit. Il s'arrêta devant la boutique de l'alchimiste et inspecta attentivement sa vitrine. Contrairement à Aymeric et à Mélissa, il pouvait lire le latin. Le titre du livre en démonstration lui sembla bien inoffensif. Il s'agissait somme toute d'un traité sur les quatre éléments. Il tenta d'ouvrir la porte, mais elle était verrouillée. Il frappa donc quelques coups et attendit qu'on vienne lui répondre. Medrawt semblait absent. « Il est sans doute trop tôt », se dit Galahad. Les heures d'ouverture de la boutique n'étaient pas affichées sur sa façade.

Impatient, le chevalier guida son cheval jusqu'à la boulangerie. Sa propriétaire, même si elle était très occupée toute la journée, semblait toujours au courant de tout ce qui se passait à Nouvelle-Camelot. Peut-être pourrait-elle le renseigner sur le nouvel arrivant. Il attacha les rênes de sa monture à l'un des poteaux plantés devant La Baguenaude et y entra. L'odeur des croissants et du pain frais fit gémir son estomac.

– Bonjour ! claironna Katy en arrivant de l'arrière-boutique.

– Bonjour, milady Constantino.

– Sire Galahad ! Quelle belle surprise ! Je viens justement de sortir mes beignets du four.

Il n'eut pas le temps d'ouvrir la bouche pour les refuser, qu'elle lui en servait déjà deux sur une petite assiette en céramique.

– En fait, je suis surtout ici pour en apprendre davantage sur l'un de vos nouveaux voisins, l'informa-t-il tandis qu'elle l'entraînait vers l'une des petites tables de son établissement.

– L'énigmatique monsieur Medrawt ?

– Savez-vous quelque chose sur lui ?

– Il est arrivé il y a trois jours avec de grosses malles en bois comme dans l'ancien temps. J'ai emballé une tarte aux pommes bien chaude et je suis allée la lui porter environ deux heures plus tard. J'ai été bien surprise de voir qu'il avait déjà installé tous ses produits.

– D'où vient-il ?

– D'Angleterre, apparemment. Il a un accent charmant, pas tellement éloigné de celui de Terra. Il enseignait les arts occultes ou quelque chose du genre à Londres. Quand je lui ai demandé pourquoi il était venu s'installer dans cette partie du monde, il m'a dit qu'il avait seulement suivi son intuition.

– Reçoit-il beaucoup de clients ?

– Pas vraiment. À mon avis, il ne pourra pas survivre à Nouvelle-Camelot, où les gens ne sont pas très intéressés par l'ésotérisme.

– Parle-t-il aux autres marchands de la rue ?

– Il ne sort jamais de chez lui le jour, à tout le moins. Pourquoi toutes ces questions, Galahad ?

– Nous étions convenus de ne plus parler du jeu, mais...

– Pas encore ?

– Je ne suis certain de rien, milady. Je sais seulement que la couronne a disparu au Texas et que c'est habituellement le signal de la reprise de la joute.

– Chance nous a pourtant dit que tous les pions avaient été éliminés.

– Tous, sauf un.

– Terra...

Un client entra alors dans la boulangerie.

– Puis-je emporter les beignets pour les manger sur la route ? demanda Galahad en se levant.

Katy comprit qu'il ne voulait pas parler de ses inquiétudes devant des étrangers.

– Oui, bien sûr.

Elle lui apporta un petit sachet de papier sulfurisé, dans lequel il fit glisser les mignardises.

– Je garderai l'œil ouvert, promit-elle.

Il la salua et quitta sa boutique. Il demeura debout près de son cheval pendant quelques minutes et prit le temps de déguster les beignets en observant la vitrine de l'alchimiste. Il n'y perçut aucun mouvement, mais à Nouvelle-Camelot, les commerces ouvraient leurs portes quand bon leur semblait.

Galahad remonta à cheval et se dirigea jusqu'à la mairie, car personne ne pouvait résider ou faire des affaires dans cette cité sans obtenir la permission de la mairesse. Le chevalier avait longtemps travaillé de concert avec elle pour obtenir les subventions et les permis requis pour tous les travaux de réaménagement de la ville. Il pourrait certainement obtenir les renseignements qu'il cherchait auprès d'elle.

Elsa Goldstein était une jeune femme dynamique qui, comme Galahad, avait caressé de grands rêves pour cette ville qui l'avait adoptée quelques années plus tôt. Elle avait commencé sa carrière comme travailleuse sociale, et son dévouement n'était pas passé inaperçu. Ses interventions auprès du gouvernement pour obtenir des fonds afin de combattre le chômage avaient été fort appréciées par les villageois, si bien que lorsque le vieux maire avait finalement pris sa retraite, ces derniers avaient supplié Elsa de reprendre son poste. Elle avait aussitôt accepté, sachant qu'elle aurait ainsi plus de poids auprès des autorités supérieures.

Tout comme les autres bâtiments de Nouvelle-Camelot, la mairie avait subi une métamorphose médiévale. Tous ses employés portaient à présent des vêtements d'époque, y compris la mairesse. Galahad fit entrer son cheval dans l'écurie de la bâtisse et s'annonça à la réceptionniste.

– Lady Goldstein vient tout juste d'arriver, lui apprit celle-ci. Je vais aller la prévenir de votre visite.

Elle releva sa longue jupe et grimpa l'escalier qui menait au bureau de la patronne. Quelques instants plus tard, Elsa redescendit avec elle, vêtue d'une robe rubis lacée sur le buste qui faisait ressortir ses longs cheveux de jais.

– Que puis-je faire pour vous, sire Galahad ? s'enquit la mairesse, apparemment de très bonne humeur.

– J'aimerais obtenir des informations sur un nouveau résident, milady.

– Accompagnez-moi dans la salle de conférence, dans ce cas.

N'accordant pas facilement sa confiance à tout le monde, Elsa préférait toujours s'entretenir en privé avec les gens. Jamais elle ne leur donnait rendez-vous dans un restaurant ou dans un autre lieu public, où les murs pouvaient avoir des oreilles.

– La dernière fois que vous m'avez fait une telle demande, nous avons dû expulser ce résident, se rappela-t-elle. Qu'avez-vous flairé, cette fois ?

– Je n'en suis pas certain, alors je ne porterai aucune accusation hâtive.

– De qui s'agit-il ?

– J'aimerais connaître l'identité de la personne qui a acheté le commerce vacant sur la rue des Hanses.

Elsa s'approcha de l'ordinateur qui reposait sur une commode en bois et pianota la question.

– Il s'agit de Timothée Medrawt, un libraire de Londres. Il n'a pas acheté la boutique, mais l'a plutôt louée à son ancien propriétaire.

– L'avez-vous rencontré ?

– Pas encore. Toutes les transactions ont été effectuées au moyen de courriels. Il devrait arriver cette semaine, selon sa dernière communication.

– Alors, je vous annonce qu'il est installé depuis quelques jours et qu'il fait déjà des affaires.

– Il n'y a rien d'illégal à cela, puisqu'il possède les permis nécessaires. Pourquoi cette soudaine méfiance, Galahad ?

– C'est une vieille histoire.

– Puisque la sécurité des habitants de cette ville repose en partie entre mes mains, il faut m'en faire part, l'avertit la mairesse en prenant place sur une chaise capitonnée.

Le chevalier imita son geste.

– Il y a fort longtemps, avant que je ne devienne moi-même citoyen de Nouvelle-Camelot, de sombres événements ont secoué cette région.

– Je me souviens d'avoir lu quelque chose à ce sujet, se rappela Elsa. Je crois que cela concernait le bizarre accident du chef de la police de l'époque, que l'on a retrouvé ensanglanté dans la forêt.

– Il n'était qu'une des victimes d'un jeu cruel que se livrent de puissants adversaires.

– Dans une grande ville comme Vancouver, je pourrais le concevoir, mais ici ?

– Ce jeu se joue partout à travers le monde, milady.

Elsa fronça les sourcils, inquiète à l'idée que la paix durement gagnée dans sa cité soit de nouveau perturbée.

– Quel en est l'enjeu ? s'enquit-elle.

– Seulement la suprématie d'un joueur sur un autre.

– Y a-t-il forcément des morts lorsqu'ils se disputent ces parties ?

– Presque toujours.

– Et vous croyez que monsieur Medrawt pourrait être mêlé à ce jeu ?

– Comme je vous l'ai dit tout à l'heure, je n'en suis pas certain.

– Mes dossiers indiquent pourtant qu'il n'est qu'un ancien professeur d'université qui occupe ses vieux jours en vendant des livres...

– Je tenterai d'en apprendre davantage à son sujet, mais il ne faudra pas ébruiter mes soupçons.

– Vous pouvez compter sur moi, assura la mairesse. Tant qu'une personne n'est pas formellement déclarée coupable, elle demeure innocente. Il est donc hors de question de salir la réputation de monsieur Medrawt.

– Cela va de soi.

– Je vais aussi essayer de trouver autre chose sur lui. Tenez-moi informée de vos démarches, Galahad.

– Je vous en fais la promesse, milady.

Il la salua respectueusement et quitta l'immeuble, pas vraiment plus avancé qu'à son arrivée. Mais Galahad était tenace.

6

Toute la journée, après la visite de Galahad, Katy jeta de fréquents coups d'œil à la façade de la boutique de l'alchimiste, de biais avec sa boulangerie. Elle ne vit pas Medrawt y entrer, ni personne d'autre, en fait. Dès que son commerce eut fermé ses portes, elle se rendit chez elle, à quelques rues à peine de son travail, pour s'occuper de sa famille. Elle prépara le repas, laissa ses filles regarder leur émission de télévision préférée, puis les dirigea vers la salle de bains pour qu'elles se lavent les dents. Elle appela ensuite ses amis et les convoqua à une réunion urgente chez elle, dans la soirée.

Marco rentra juste à temps pour mettre Clara et Morgane au lit. Lorsqu'il revint finalement au salon, Katy lui fit part de ses plans. Puisqu'il avait déjà mangé à l'hôpital, il l'aida à préparer la maison pour recevoir les visiteurs. Les anciens copains d'école se fréquentaient régulièrement, mais la nervosité de son épouse fit tout de suite comprendre à Marco qu'ils ne joueraient pas à des jeux de société, ce soir-là.

Fred et Karen arrivèrent les premiers. Ils avaient à peine franchi le seuil de la maison qu'ils remirent leur plus récent CD à leurs hôtes.

– On vient juste d'accoucher ! s'exclama Fred.

– Nous avons découvert de nouvelles sonorités qui se rapprochent des instruments anciens, expliqua Karen.

– Que personne ne veut nous vendre, ajouta Fred.

– Je croyais que cet album ne serait en vente qu'à la fin de l'été, s'étonna Katy.

– C'est exact, confirma Karen. En ce moment, vous êtes les seuls à l'avoir.

Katy les invita à s'asseoir dans le salon, tandis que Marco faisait glisser le disque compact dans le lecteur. Une douce mélodie médiévale les berça aussitôt.

– Il n'y a pas à dire, votre style a vraiment changé, les taquina Marco.

– Nous avons encore de petites crises de rock, assura Fred, mais elles ne durent pas longtemps.

Julie et Frank se présentèrent quelques minutes plus tard avec une bouteille de vin. Ils rejoignirent leurs camarades sur les moelleuses bergères du salon et Marco s'empressa de déboucher leur cadeau. Les anciennes terreurs de l'école secondaire de Little Rock levèrent leurs coupes.

– À nos succès et à notre prospérité ! s'exclama Fred.

– Et à la paix dans le monde, peut-être ? suggéra Frank.

– À cela aussi !

Après plusieurs toasts de plus en plus loufoques, Katy décida de passer aux choses sérieuses.

– Nous voilà une fois de plus réunis, commença-t-elle.

– Mais le groupe n'est pas complet, protesta Karen. Chance n'est pas là.

– Je l'ai invitée, mais elle ne pouvait pas se libérer, ce soir.

– Autrement dit, elle ne voulait pas être obligée d'en parler à Galahad, crut comprendre Julie.

– De quoi s'agit-il, enfin ? s'impatienta Frank.

– Je vous ai convoqués pour vous faire part de mes craintes, répondit Katy. Je crois qu'une nouvelle menace plane sur la ville.

Ils la fixèrent tous avec appréhension, n'osant pas demander de quoi il retournait.

– Avant de paniquer, écoutez-moi, poursuivit Katy.

Elle leur raconta la visite de Galahad à sa boulangerie et leur répéta ses questions au sujet de l'alchimiste.

– Qu'est-ce qui te fait croire que cet homme est une menace ? la questionna Julie.

– On ne sait rien sur lui, et la couronne du roi a été volée à Galveston.

– Décidément, il aurait été plus utile que Chance soit ici, déplora Frank, car elle doit sûrement en savoir plus long que toi sur les inquiétudes du chevalier.

– Rien ne prouve qu'il les lui aurait confiées, nota Karen.

– Parle-nous plutôt des tiennes, Katy, exigea Marco.

– Eh bien, après le départ de Galahad, j'ai beaucoup repensé à la frayeur que j'ai aperçue au fond de ses yeux.

– Peux-tu être plus poétique ? railla Karen.

– Je ne le fais pas exprès !

– Continue, la pressa Marco.

– Je pense que le sorcier est de retour, laissa finalement tomber Katy.

– C'est impossible ! s'exclama son époux, toujours membre de la Table ronde. Galahad nous a clairement expliqué que le jeu ne se joue que tous les cent ans.

– Il y a peut-être des règles que nous ignorons, se risqua Frank.

– Si vous voulez mon avis, intervint Fred, nous n'en avons jamais su grand-chose.

– Si tu nous as réunis ici, ce soir, c'est pour que nous nous en mêlions ? voulut savoir Julie.

– En fait, je crois qu'il est de notre devoir de venir en aide à Galahad, expliqua Katy.

– Même s'il ne te l'a pas clairement demandé ? lança Marco.

– Ce n'est pas le genre d'homme qui demande de l'aide.

– Peut-être que ses soupçons ne sont pas fondés, rétorqua Julie.

– Rappelez-vous que nous nous sommes juré de protéger cette ville et ses habitants contre le Mal.

– Personnellement, je pense que même si Galahad n'avait manifesté aucune méfiance vis-à-vis de l'alchimiste, intervint Frank, nous nous serions quand même penchés sur son cas. Tout ce qui est étrange a le potentiel de devenir dangereux.

– On dirait que tu as oublié les leçons de Terra, toi, le piqua Fred.

– Au contraire. Habituellement, mon premier réflexe est de faire confiance aux gens, mais lorsqu'il est question de magie ou de sorcellerie, ces règles ne s'appliquent plus.

– Il n'y a pas de mal à nous assurer que cet alchimiste soit inoffensif, l'appuya Julie.

– Je vais voir ce que je peux trouver sur l'ordinateur, décida Frank.

– J'irai à la boutique avec Karen pour voir si c'est un mage noir, ajouta Fred.

– Et tu le sauras comment ? s'étonna Marco.

– Karen s'y connaît en ésotérisme et elle a une intuition de sorcière.

Marco haussa les sourcils pour manifester sa désapprobation.

– Quant à moi, je continuerai à surveiller la boutique et je prendrai des photos des personnes suspectes qui la fréquentent, annonça Katy.

Marco se cacha le visage dans les mains, découragé.

– On dirait que tu n'es pas d'accord avec nos démarches, se désola Karen.

– Je fais partie du même ordre que sire Galahad, leur rappela le physiothérapeute en baissant les mains. S'il avait eu le moindre doute que le jeu était sur le point de recommencer, il m'en aurait tout de suite parlé. Étant donné que je n'ai eu aucune nouvelle de lui, force m'est de conclure que ce ne sont que des soupçons. Vous le connaissez pourtant aussi bien que moi. Il est méfiant de nature. Je suis persuadé qu'il enquête sur tous les nouveaux arrivants à Nouvelle-Camelot. Ce commerçant nous semble plus suspect uniquement parce qu'il est alchimiste. Évitons de faire de l'étiquetage trop rapidement.

– Je suis d'accord avec toi, Marco, affirma Fred, mais nous avons tout de même fait le serment de sauvegarder cette ville à notre façon. Il n'y a donc pas de mal à ce que nous fassions notre propre enquête sur ce commerçant.

– À condition de ne pas porter d'accusations hâtives.

– Cela va de soi, trancha finalement Julie.

– Maintenant, parlons d'autre chose, suggéra Karen.

Volubile comme toujours, Fred s'élança dans une description détaillée de l'enregistrement du dernier album d'Estandart. Julie se mit ensuite de la partie et leur raconta les cas les plus sanglants qu'elle avait eu à traiter aux urgences de l'hôpital, jusqu'à ce que ses amis la supplient d'arrêter.

Les couples se séparèrent vers minuit et rentrèrent chez eux à pied, leurs maisons étant situées à quelques minutes à peine les unes des autres. Frank et Julie longèrent la rue principale, main dans la main, afin d'aller jeter un coup d'œil à la boutique du nouveau venu. Ils s'arrêtèrent quelques minutes devant la vitrine, où ils ne virent que les reflets des réverbères sur les figurines.

– Cet endroit ne me semble pas du tout menaçant, chuchota la jeune femme à son époux.

– Le Mal peut prendre bien des formes, lui rappela Frank. Ne te fie pas à tes yeux.

– Comment le reconnaît-on, alors ?

– À ses conséquences, malheureusement.

– Personnellement, je préférerais ne pas attendre jusque-là.

– Nous allons donc faire une petite recherche informatique ce soir.

– C'est mon seul jour de congé, et tu veux que nous le passions devant l'ordinateur.

– Ce ne sera pas long. Je te le promets.

Ils poursuivirent leur route jusqu'à l'église. Frank s'assura une dernière fois que ses portes étaient bien verrouillées et suivit Julie dans leur maison, adjacente à l'édifice. Ils prirent place côte à côte devant l'ordinateur. Même s'il passait le plus clair de son temps à prononcer des sermons pour les habitants de Nouvelle-Camelot qui pratiquaient toujours leur religion, la passion de Frank pour l'informatique ne s'était jamais éteinte.

Ayant retenu le nom de l'alchimiste, il fouilla toutes les bases de données qu'il connaissait, à la recherche de sa véritable identité. Il ne trouva finalement qu'un seul Timothée Medrawt, antiquaire et libraire à Londres, dans la nécrologie d'un journal daté de l'année précédente.

– Nous avons effectivement un problème, soupira-t-il en se tournant vers Julie.

– C'est peut-être un autre individu qui porte le même nom.

Frank fouilla encore et découvrit finalement le site Internet de l'ancienne boutique de Medrawt.

– Paracelsus ? lut Julie à haute voix. Qu'est-ce que cela signifie ?

– C'est le nom d'un alchimiste, astrologue et médecin suisse du XVe siècle. On disait de lui qu'il était rebelle et mystique. Déjà, à cette époque, il s'intéressait à la médecine du travail et à l'homéopathie.

– Comment sais-tu tout cela ?

– Je lis beaucoup.

Ils explorèrent ensemble le site de la petite librairie sise dans l'une des plus vieilles rues de Londres et découvrirent finalement une photographie de son propriétaire. Frank l'imprima en grand format.

– Finalement, l'idée de Katy de photographier tous ceux qui entrent chez l'alchimiste pourrait bien nous servir, concéda Frank. Nous pourrons comparer ce cliché avec ses photos.

– Il serait bien plus simple d'aller fureter dans la boutique pour voir à quoi il ressemble, non ?

– En tant que pasteur de cette communauté, j'ai peur que ce ne soit pas bien vu.

– Fred a déjà proposé d'y aller.

– J'irai lui porter cette photo demain matin, étant donné qu'il ne répond jamais à ses courriels. Mais admettons qu'il s'agisse du même homme, comment se fait-il qu'il soit ici, alors qu'il est mort en Angleterre l'an dernier ?

– Attendons de voir si l'alchimiste est vraiment ce type, d'accord ? Après, on avisera. En attendant, révérend Green, j'ai d'autres plans pour ce qui reste de cette soirée.

– Laisse-moi seulement ajouter ce site à mes favoris, car je suis certain que nous y reviendrons. En fait, je commence à penser que nous devrions mettre Galahad au courant de nos démarches.

– Pas cette nuit.

Julie le saisit par la manche et l'obligea à quitter sa chaise.

7

Après avoir perdu une dixième partie contre Aymeric à leur jeu vidéo préféré, Mélissa décida de mettre fin à la soirée et l'entraîna en direction du vestibule de la maison de ses parents, sans cacher son déplaisir de le voir se gonfler de fierté.

– Si tu étais un chevalier comme ton père, tu me laisserais gagner plus souvent, gémit-elle en ouvrant la porte d'entrée.

– Si tu t'appliquais davantage, tu pourrais me battre plus souvent.

– Bonne nuit, Aym.

Elle le poussa dehors et referma sèchement la porte. Ce n'était pas la première fois que les deux amis se chamaillaient pour si peu de choses. Habituellement, quelques heures après la dispute, l'un des deux appelait l'autre pour s'excuser. Aymeric quitta donc la propriété des Penny sans se sentir offensé par la conduite de Mélissa. Il grimpa sur son scooter et respira l'air de la nuit à pleins poumons. Il quitta Caer Mageia et retourna chez lui. Il alluma quelques lampes dans la maison plongée dans l'obscurité et, tenaillé par la faim, alla chercher un gros morceau de pizza froide dans le réfrigérateur.

Il posa ensuite le casque d'écoute de son baladeur numérique sur ses oreilles et se laissa tomber sur son lit. Il mangea en écoutant la musique de son groupe préféré et s'assoupit sans s'en rendre compte. Aymeric ne se souvenait presque jamais de ses rêves et, lorsqu'il se les rappelait, ces derniers portaient surtout sur des activités banales de son existence, comme sa vie de famille ou d'étudiant. Jamais il ne voyait des monstres ou des trucs impossibles comme sa jumelle. Mais cette nuit-là débuta une série de cauchemars qui allait le marquer à tout jamais.

Aymeric rêva qu'il portait une longue cape blanche et qu'il suivait un groupe d'hommes attifés de la même façon. Des effluves de bois brûlé et d'huile d'olive l'assaillaient, donnant à cette escapade nocturne une allure de réalisme. Le sol sous ses pieds était couvert de petites pierres arrondies dont la surface était glissante. Le groupe marchait dans ce qui semblait être une ruelle étroite entre deux pâtés de maisons. Il faisait sombre comme à la tombée du jour, mais pas suffisamment pour ne pas distinguer les portes creuses, les barils d'eau ou les seaux à l'extérieur des habitations. Au-dessus de l'allée flottait une fumée bleuâtre qui, au fil du temps, avait noirci la façade des immeubles.

« Mais où suis-je ? » se demanda Aymeric. Il se rappelait s'être allongé sur son lit, dans sa chambre. Alors comment s'était-il rendu dans la cité ? Ignorant pourquoi il avait emboîté le pas à ces étrangers et la raison pour laquelle il avait revêtu cet étrange vêtement, il décida de s'arrêter. Les hommes devant lui ne se rendirent même pas compte qu'il ne les accompagnait plus. Ils obliquèrent à droite au carrefour suivant et leurs pas finirent par s'estomper.

Aymeric connaissait toutes les rues de Nouvelle-Camelot pour y avoir si souvent joué avec Béthanie et Mélissa. Il tourna donc lentement sur lui-même, à la recherche d'un indice familier. « Je ne suis pas dans la cité », conclut-il finalement. Il ne comprenait pas ce qui se passait. Au moment où il se décidait enfin à avancer pour enquêter sur ces lieux, un corps tomba du ciel juste devant lui. Sa surprise se transforma aussitôt en effroi lorsqu'il vit qu'il s'agissait d'un homme dont la cape immaculée était tachée de sang. Aymeric leva les yeux vers les toits, s'attendant à voir le balcon duquel le malheureux était tombé. Il se mit alors à pleuvoir d'autres cadavres partout autour de lui.

Paniqué, l'adolescent tenta de fuir cette ruelle maudite, mais les corps s'empilaient les uns par-dessus les autres à une vitesse effarante.

– Assez ! hurla-t-il, au bord des larmes.

L'une des dépouilles releva subitement la tête et se tourna vers Aymeric. Elle portait un horrible masque rouge qui la faisait ressembler à un démon.

– Nous sommes tous morts à cause de toi, l'accusa le zombie.

Aymeric poussa un tel cri de terreur qu'il parvint à se réveiller. Assis sur son lit, il était entièrement trempé de sueur.

– Je ne mangerai plus jamais de pizza avant de m'endormir, balbutia-t-il, encore sous le choc.

Trop effrayé pour se recoucher, l'adolescent se réfugia au salon, sur le sofa, où il s'enroula en boule dans une couverture en flanelle. Il alluma le téléviseur pour se tenir compagnie tandis qu'il tentait de saisir ce qui venait de se passer. Le seul mauvais rêve qu'il avait fait durant sa courte vie remontait à son enfance, après qu'il eut vu un arbre s'emparer de son père. Trop petit pour comprendre que Terra reprenait son énergie de cette façon, il avait longtemps eu peur de s'approcher de la forêt.

Il ne s'endormit que quelques heures plus tard, à bout de forces, mais sans rêver. C'est dans cette position que Mélissa le trouva le lendemain matin. Après avoir frappé quelques coups sur la porte sans recevoir de réponse, elle était entrée et avait tout de suite aperçu son ami pelotonné dans le salon, devant le téléviseur encore allumé.

– Ne me dis pas que tu as joué toute la nuit ! s'exclama la jeune fille en le secouant.

Il battit des paupières, complètement désorienté.

– Pas étonnant que tu sois un champion !

– Un champion de quoi ? Qu'est-ce que tu fais ici ?

– Il est onze heures, et j'ai une surprise pour toi. Allez, réveille-toi.

Aymeric se frotta les yeux en bâillant.

– J'ai fait un détour par le magasin avant d'arriver ici, continua Mélissa. Devine ce que j'y ai trouvé ?

– Le nouveau jeu !

Cette nouvelle ramena l'adolescent à la vie. Il aurait évidemment aimé être le premier à l'acheter à Nouvelle-Camelot, mais puisque Mélissa n'avait pas encore déchiré l'emballage, c'était tout comme.

– Mets-le dans la machine, l'implora-t-il.

– Tu ne veux pas manger d'abord ?

– J'attends ce jeu depuis des mois ! Je mangerai quand je t'aurai battue.

– Tu peux toujours rêver, Aym Wilder. Tu ne gagnes contre moi qu'aux jeux que tu connais déjà par cœur. Cette fois, ce sera différent.

Elle ouvrit le contenant en plastique, en sortit une petite carte et la fit glisser dans le lecteur. Ils jetèrent tour à tour un coup d'œil rapide aux règles de base. Puisqu'ils connaissaient déjà la plupart des logiciels, ils savaient instinctivement où regarder pour comprendre en quelques minutes à peine leur fonctionnement.

– À vos marques ! s'exclama Mélissa. Qui veux-tu être : l'assassin ou le chasseur de primes ?

– Cela m'est égal, je t'aurai.

– Dans ce cas, je serai l'assassin. Essaie donc de m'attraper.

Ils mirent le jeu en marche. Dès les premières images, Aymeric commença à blêmir. Il s'agissait de la même ruelle étroite qu'il avait vue en rêve ! Les portes creuses, les barils et les seaux étaient tous au même endroit...

Sans s'occuper de lui, Mélissa avait tout de suite manœuvré son personnage pour qu'il échappe à la vue des passants sur la grande place en le faisant entrer dans une allée, derrière les maisons. Lorsqu'elle vit que son ami ne réagissait pas, elle se retourna vers lui.

– Aym, est-ce que ça va ? s'inquiéta-t-elle.

– Cette ruelle… réussit-il à articuler.

– C'est une reproduction de l'architecture du XIIIe siècle.

Constatant qu'Aymeric fixait toujours l'écran du téléviseur avec stupeur, Mélissa éteignit l'appareil. L'adolescent se mit aussitôt à trembler de tous ses membres.

– Es-tu souffrant ? s'alarma-t-elle.

– J'ai fait un cauchemar…

– Il devait être terrifiant, si j'en juge par ta mine en ce moment.

– J'étais dans cette ruelle, Méli.

– Donc, tu as déjà joué à ce jeu, soupira-t-elle, découragée.

– Pas du tout. C'est la première fois que je vois cet environnement en état d'éveil, alors comment est-il possible que j'en ai rêvé hier dans les moindres détails ?

– As-tu fait des recherches sur Internet au sujet du jeu ? Peut-être est-ce là que tu as vu ce décor.

– Il n'y avait que la photo du boîtier et la date de sortie, avec de très vagues explications.

– Je suis certaine que tu t'énerves pour rien. À mon avis, ce n'est qu'une très étrange coïncidence.

Il se leva, encore chancelant sur ses jambes, et se dirigea vers la porte.

– Où vas-tu ? s'étonna Mélissa.

– J'ai vraiment, vraiment besoin de prendre l'air.

Il sortit pieds nus dans l'entrée, uniquement vêtu de son slip.

– Aym, attends !

Elle le poursuivit dehors. Son ami était désorienté comme un homme qui a trop bu. Heureusement, les Wilder n'avaient pas de voisins immédiats, sinon c'en aurait été fait de sa réputation. Mélissa lui saisit les bras et le dirigea plutôt vers la cour. Il la suivit sans faire d'histoires et accepta même de s'asseoir sur la balançoire.

– Dans un cauchemar, il y a forcément des éléments qui inspirent de l'horreur, commença-t-elle. Qu'as-tu vu dans cette ruelle ?

– Des centaines de morts…

– Des gens que tu connaissais ?

– Non. Mais eux semblaient savoir qui j'étais. Ils m'ont dit que j'étais responsable de ce qui leur était arrivé.

– Ce n'est qu'un mauvais rêve, Aym. Rien de ce que tu as vu n'était réel. Je te connais depuis assez longtemps pour te jurer que tu n'as tué personne.

Il se tourna vers elle, les larmes aux yeux.

– Je ne sais pas comment t'expliquer ce que j'éprouve, balbutia-t-il. Une partie de moi sait parfaitement que c'était un cauchemar, mais une autre me dit que cette accusation n'était pas sans fondement.

– Là, tu divagues, mon pauvre Aym.

– Je me sens coupable de leur mort…

– Eh bien, moi, je pense que tu réagis tout simplement au départ de ta famille. Tu n'es jamais resté ici tout seul. Si tu te sens coupable de quelque chose, c'est de ne pas les avoir accompagnés à Disneyland.

– Il y a quelqu'un ? fit alors une voix qu'ils reconnurent en même temps.

– Nous sommes dans la cour ! répondit Mélissa, heureuse de voir arriver la cavalerie.

Galahad contourna la maison sur son destrier et l'arrêta devant les adolescents.

– Aymeric, que fais-tu dehors dans une tenue pareille ? s'étonna-t-il.

– Il a fait un horrible rêve dont il n'arrive pas à se débarrasser.

Le chevalier voulut évidemment en apprendre tous les détails. Il mit pied à terre et Mélissa lui raconta ce qu'elle savait, espérant qu'Aymeric complète les blancs de son récit, mais celui-ci demeura ébranlé et muet. Galahad plaça alors ses mains sur les tempes de l'adolescent, à la recherche d'une énergie qui aurait pu appartenir à un être démoniaque. Il ne décela rien d'anormal dans la force vitale d'Aymeric.

– Les cauchemars expriment parfois des craintes qu'on est incapable d'affronter dans sa vie éveillée, expliqua-t-il en reculant de quelques pas et en mettant un genou en terre.

– J'ai peur d'être un assassin, au fond de moi, avoua Aymeric.

– Tu n'as pas une seule once de méchanceté ! protesta Mélissa.

– Elle a raison, renchérit Galahad. Dès que tu auras pris une douche et que tu auras commencé ta journée, ces impressions vont commencer à se dissiper. Je t'assure qu'il est normal de se sentir déboussolé après une telle expérience.

Aymeric hocha doucement la tête pour signifier qu'il comprenait ses paroles.

– Te sentirais-tu plus rassuré si tu venais passer la journée chez moi ? offrit le chevalier.

– Non, je veux rester ici.

– Je m'occupe de lui, assura Mélissa.

L'adolescent se leva et marcha en direction de la maison.

– Si tu as besoin de moi, tu sais comment me joindre, lui rappela Galahad.

Mélissa lui promit de l'appeler si son ami ne se remettait pas bientôt, puis le regarda partir vers son domaine. Elle retourna au salon, rassurée d'entendre couler l'eau de la douche. Bien souvent, lorsqu'elle était toute petite, elle avait aussi fait des cauchemars. Seul son père était alors arrivé à la consoler. C'était peut-être la même chose pour Aymeric. Devait-elle appeler Terra pour lui raconter ce qui venait de se passer ?

Pendant qu'elle réfléchissait à la meilleure façon de traiter la situation, Aymeric eut le temps de sortir de la douche et de s'habiller. Lorsqu'il revint enfin au salon, il avait repris des couleurs.

– On dirait que tu vas mieux, se réjouit Mélissa.

– Galahad avait raison. Les images sont de plus en plus floues dans ma mémoire.

– Que dirais-tu de mettre ce jeu de côté pendant un petit moment ?

– Je crois que c'est une bonne idée.

Mélissa l'obligea alors à manger des céréales, puis l'invita à passer la journée chez elle pour lui changer les idées. Aymeric trouvait la grand-mère de son amie bien gentille, mais il ne voulait pour rien au monde qu'elle le questionne sur son air égaré. Il choisit plutôt d'aller marcher dans la forêt avant qu'il ne recommence à pleuvoir sur leur petit coin de pays.

8

Galahad retourna à son château, où l'attendait un premier groupe d'élèves de onze ans auxquels il enseignait l'escrime. En plus de leur montrer comment manier l'épée, il en profitait pour leur inculquer les règles de la chevalerie, surtout celles qui concernaient l'honnêteté, l'équité, l'impartialité et la probité. Il était important à ses yeux qu'ils apprennent à n'utiliser leurs armes qu'en dernier recours et seulement pour une cause qui en valait la peine. Le chevalier donna ainsi trois cours d'escrime et un d'équitation, puis se retira dans sa demeure jusqu'à ce qu'arrivent les adultes qui étudiaient les rudiments du tournoi.

Il en profita pour remettre le nez dans les pages imprimées sur le fonctionnement de l'ordre de Galveston, qu'il avait heureusement conservées. À la suite de la disparition de la couronne du roi Arthur, il devait s'attendre à tout. Chance le trouva une heure plus tard, plongé dans sa lecture, dans le petit boudoir attenant à la porte secrète qui menait aux écuries. C'était le seul endroit où il se permettait de passer du temps quand ses vêtements étaient imprégnés par l'odeur des chevaux.

– On dirait que tu as fait une découverte qui ne t'enchante pas, remarqua-t-elle depuis la porte.

– En effet…

Son épouse vint s'asseoir sur le pouf tout près de lui pour l'inciter à se confier.

– Te rappelles-tu la légende du roi Arthur ? demanda-t-il.

– Dans ses grandes lignes, oui.

– Les membres de la Table ronde de Galveston s'en sont inspirés pour trouver leurs noms. Selon ce document, tous les rôles devaient être comblés.

– Ils en ont oublié ?

– Ouais…

– Est-ce grave ?

– Cela n'a pas empêché le magicien et le sorcier de s'affronter il y a quelques années, mais l'absence de certains chevaliers originaux dans nos rangs signifie que ces postes pourraient fort bien être attribués si ces deux personnages magiques décidaient de reprendre le jeu.

– Là, je ne te suis plus, Galahad.

– Lorsque j'ai entendu le nom de l'alchimiste, il m'a tout de suite dit quelque chose, mais je n'arrivais pas à mettre le doigt dessus.

– Il est l'un des vôtres ?

– Oui, malheureusement. Medrawt se traduit aussi par Mordred.

– Le fils bâtard d'Arthur ?

– C'est exact. Dans la légende, il est dit qu'il était le plus beau et le plus perfide de tous les chevaliers. Il ne respectait jamais les règles de la courtoisie et il était détesté par ses pairs, car il était fourbe et sournois.

– Tu penses que l'alchimiste pourrait être ce pion manquant ?

– C'est une possibilité que je ne peux écarter.

– Quel aurait été son rôle dans le jeu, s'il en avait fait partie, il y a quelques années ?

– Il aurait trahi Arthur.

– Terra ?

Galahad hocha doucement la tête, découragé.

– Est-il en danger en Californie ? s'alarma Chance.

– Pas si Mordred se trouve à Nouvelle-Camelot.

– Mais nous ne sommes pas encore certains qu'il s'agisse de l'alchimiste.

– Je n'ai plus le choix, maintenant. Je vais devoir me confronter à lui.

– Cela mettra-t-il ta vie en péril ?

– Pas si cet homme n'est pas le chevalier perfide.

– Et s'il l'est ?

– Tout peut arriver, car Mordred est imprévisible.

– Alors, je ne sais pas si je te laisserai y aller. Peut-être serait-il préférable que tu attendes le retour de Terra et que vous le rencontriez ensemble.

– Je vais y penser.

– Il vaut mieux que tu remettes cette réflexion après ton dernier cours. Certains de tes élèves sont déjà arrivés.

Il déposa les feuilles sur le guéridon, se pencha pour embrasser sa femme et disparut par la porte qui menait à l'écurie. Chance s'empara aussitôt du document et se mit à le lire à son tour, considérant que deux têtes valaient mieux qu'une.

Galahad trouva les quatre adultes qui voulaient apprendre l'art de la joute appuyés contre la clôture de l'enclos, dans la grande cour.

– Messieurs, les salua le chevalier.

– Quand serons-nous prêts à combattre, Galahad ? s'impatienta Henry, qui gérait la banque de Nouvelle-Camelot.

– Quand vous ne vous ferez plus désarçonner par un mannequin en bois, le taquina le chevalier.

Pour les préparer aux véritables tournois, Galahad leur demandait, dans un premier temps, de lancer leur monture au galop et de décrocher avec leur lance un anneau fixé à une perche. Le second exercice consistait à toucher du bout de la lance un écu attaché à un ressort géant. La troisième épreuve était plus hasardeuse. Galahad avait fabriqué une statue articulée, armée d'une lance, qui tournait sur elle-même. Il fallait lui frapper les bras et, en même temps, éviter de se faire assommer par le javelot. Jusqu'à présent, aucun des étudiants n'était arrivé à l'esquiver.

– Ton mannequin est truqué, se plaignit Olivier.

– S'il arrive à vous jeter par terre, alors un véritable adversaire pourrait vous embrocher, les avertit le chevalier. Il faut que vous parveniez à maîtriser vos armes et vos chevaux avant que nous en arrivions là.

Il leur fit tout d'abord réchauffer leur monture dans le manège, puis commença la leçon. Les quatre hommes devenaient de plus en plus habiles et dirigeaient bien souvent leur cheval uniquement avec la pression de leurs genoux. Debout dans l'enclos, Galahad suivait attentivement la course de chaque animal et les mouvements de chaque cavalier. Le tournoi était un sport dangereux même si l'on utilisait désormais des armes émoussées ou faites de matériaux qui ne risquaient pas de voler en éclats.

Lorsqu'il faisait encore partie de l'ordre de Galveston, Galahad n'avait été défait que par un seul homme, Gawain. Il se rappelait encore le sourire moqueur qu'avait affiché son frère d'armes lorsqu'il avait enlevé son heaume après l'avoir expédié au sol. Si la trahison des hauts dirigeants de l'ordre lui avait laissé un goût amer en bouche, ses compagnons, eux, lui manquaient terriblement. Ils avaient été sa première vraie famille...

– Galahad, es-tu encore capable de déjouer la quintaine ? lui demanda Justin lorsque tous eurent réussi la joute de l'anneau.

– Est-ce un défi ? répliqua le chevalier, amusé.

– En fait, on voudrait surtout voir si tu arrives à faire ce que tu exiges de nous, expliqua Dennis en mettant pied à terre.

Galahad n'était pas un homme orgueilleux. Il ne grimpa sur le cheval que pour montrer à ses élèves que s'ils s'entraînaient suffisamment, ils réussiraient à toucher le mannequin en bois sans se faire frapper. Il aurait bien sûr préféré monter son propre destrier, mais ce n'était pas le moment de faire du chichi devant les quatre aspirants.

Le chevalier fit trotter sa monture jusqu'à l'autre bout de l'enclos et accepta la lance de Henry. Il talonna aussitôt l'animal et fonça vers la quintaine. En évitant la lourde pertuisane, il toucha alors cinq fois sa cible sans jamais ralentir la cadence du cheval. Lorsqu'il arrêta finalement celui-ci devant ses élèves, l'admiration visible dans leurs yeux lui réchauffa le cœur. Il venait de leur prouver que même à la fin de la cinquantaine, on pouvait réussir un pareil exploit.

– Nous es-tu arrivé directement du Moyen Âge, par hasard ? s'exclama Olivier, émerveillé.

– J'aimerais bien répondre que oui, mais j'ai appris ce que je sais comme vous, avec l'aide d'un mentor.

Les étudiants s'en prirent donc tour à tour à la statue articulée, ne l'esquivant que très rarement et se retrouvant le plus souvent face la première dans la poussière. Malgré tout, c'est en riant qu'ils conduisirent les bêtes à l'écurie à la fin du cours. Galahad était resté au milieu du manège, l'air songeur. Dans son esprit défilaient les immenses pelouses du domaine de sire Kay et les magnifiques chevaux de bataille aux robes luisantes. Tandis que Terra se remettait de ses blessures à l'hôpital de Houston, il avait passé presque tous ses moments libres à s'entraîner…

– Galahad ?

Le chevalier fit volte-face et vit Frank Green accoudé à la clôture.

– Avant que tu me le demandes, non, je ne suis pas venu m'inscrire à tes cours.

– Dans ce cas, quel est le but de ta visite ? s'étonna Galahad en s'approchant de lui.

– Katy nous a fait part de tes inquiétudes envers l'alchimiste.

La surprise du chevalier se transforma aussitôt en appréhension.

– Nous ne l'avons pas encore harcelé, le rassura Frank.

– Mais ?

– Nous avons commencé à enquêter sur lui. Je voulais te faire part de mes découvertes personnelles, pendant que les autres procèdent à leurs propres vérifications.

– Je t'écoute.

– J'ai bel et bien trouvé un libraire britannique qui s'appelle Timothée Medrawt, sauf qu'il est mort l'an passé.

– En es-tu certain ?

Frank lui tendit le dossier dans lequel il avait rassemblé ses trouvailles, du site Internet à la rubrique nécrologique du journal. Galahad l'ouvrit sur-le-champ.

– Il y a aussi sa photo, mais aucun de nous ne l'a encore vu, sauf Katy. Je voulais t'en parler avant de la lui montrer.

Galahad observa le regard hypnotique de l'alchimiste pendant quelques secondes. Pouvait-il être ce Mordred qui ne s'était pas manifesté lors de la dernière partie ?

– À en juger par ton attitude, tu as fait ta propre investigation, conclut Frank.

– J'enquête sur tous les nouveaux arrivants.

– As-tu aussi le pouvoir de les expulser ?

– Cela fait partie des prérogatives de madame Goldstein, mais j'ai son oreille. Toutefois, un chevalier est un homme juste qui ne condamne pas son prochain avant d'avoir de solides preuves que son comportement est inacceptable.

– C'est la même chose pour un pasteur. Puis-je te demander ce que tu redoutes ?

– J'ai peur que le jeu ne recommence.

– C'est ce que je crains aussi, mais rien ne prouve que tu aies raison, n'est-ce pas ?

– Rien pour l'instant, mais il ne faut pas relâcher notre vigilance. J'aimerais bien participer à votre prochaine rencontre, si vous n'y voyez pas d'inconvénients.

– Nous ne voulions pas prendre de ton temps sans être certains qu'il y avait l'ombre d'une menace.

– Espérons que ce ne soient que des soupçons.

Les quatre élèves sortirent de l'écurie, courbaturés mais heureux de leur performance. Frank en profita pour rentrer chez lui. Galahad reconduisit Henry, Olivier, Dennis et Justin jusqu'aux portes de son château en les félicitant pour leurs progrès. Il s'efforça de sourire, mais en réalité, il était de plus en plus troublé par un possible retour du sorcier. Il se nettoya, se vêtit proprement et rejoignit son épouse pour le repas du soir.

– La situation s'envenime, on dirait, remarqua tout de suite Chance.

– Tu lis en moi comme dans un livre ouvert.

– Ce qui n'est pas très difficile, en ce moment. Tu devrais voir ta mine.

Il prit place devant elle à table.

– Tes amis ont commencé une enquête sur Timothée Medrawt, lui apprit-il.

– Pour tout t'avouer, je m'y attendais. Ils ont aussi à cœur la quiétude de notre ville.

– Je ne voulais pas faire de remous, mais je n'ai plus le choix. Cet alchimiste est un imposteur. Le véritable Medrawt est mort.

– À quand le conseil de guerre ?

– Très bientôt.

Perturbé, le chevalier ne prit qu'une bouchée, surtout pour faire plaisir à Chance. Puis il l'embrassa et se retira au salon, où il tourna en rond pendant un petit moment. Il avait besoin de renseignements sur ce qui se passait à Galveston, mais il ne voulait surtout pas appeler Lancelot. De tous ses anciens frères d'armes, Perceval était celui qui n'avait jamais aimé garder de secrets. Accepterait-il de lui parler ? Et comment communiquer avec lui sans que ce dernier soit obligé de relater la conversation à sire Kay ?

Jadis, le magicien avait accordé à certains membres de l'ordre la faculté de communiquer entre eux par la seule pensée. Galahad se demanda si ce pouvoir lui avait été retiré à la fin de la partie. Il n'y avait qu'une seule façon de le savoir. Il s'assit en tailleur sur le sofa et relaxa tous les muscles de son corps en ralentissant sa respiration.

– Perceval, m'entends-tu ?

Il attendit quelques minutes, puis posa de nouveau la question, sans s'angoisser.

Galahad, est-ce bien toi ?

Un large sourire illumina le visage du chevalier parfait.

– Oui, mon frère.

L'envoûtement du magicien fonctionne encore ? Si je l'avais su, j'aurais communiqué avec toi bien avant aujourd'hui, car je n'avais aucune façon de te retrouver. Dis-moi que tu vas bien.

Galahad lui raconta sommairement tout ce qui lui était arrivé depuis son départ de l'ordre.

– Dernièrement, Lancelot m'a rendu visite. Il m'a informé de la disparition de la couronne du roi. L'a-t-il fait de son propre chef ou en avait-il reçu l'ordre de sire Kay ?

Ne t'a-t-il pas annoncé la triste nouvelle ? Sire Kay est décédé subitement il y a deux ans. Il a légué sa propriété et son titre à Lancelot. C'est lui, désormais, le chef de l'ordre.

– Il ne m'a rien dit à ce sujet…

Galahad se rappela le visage aimable du vieil homme, qui avait manifesté à son égard plus de compréhension que son mentor.

Je suis vraiment désolé de te l'apprendre de cette façon, Galahad.

– Je l'aurais su tôt ou tard, j'imagine.

Dis-moi plutôt ce que je peux faire pour toi.

– Même si c'était moi qui dressais les procès-verbaux de l'ordre, il semble y avoir beaucoup de choses que j'ignorais et dont on ne m'a jamais mis au courant.

Tu fais référence à l'ultime sacrifice du roi ?

– Entre autres. Mais ce que j'aimerais maintenant savoir, c'est le nombre exact de pions de chaque côté.

Il doit y en avoir treize.

– Si je me souviens bien, notre groupe comptait sire Kay, Lancelot, Agravaine, Belliance, Dinadan, Gaheris, Gawain, Gareth, Sagramore, Tristan, Arthur, toi et moi.

Malgré son adoubement, le jeune Tristan ne faisait pas partie du jeu.

– Qui était la treizième pièce, alors ?

Nous ne l'avons jamais su.

– Pourrait-il s'agir de Mordred ?

Le silence angoissé de Perceval fit aussitôt comprendre au chevalier qu'il entrevoyait la même menace que lui.

Ce n'est pas impossible, répondit-il finalement. *À mon avis, c'est au magicien que tu devrais adresser cette question, Galahad.*

– Je m'en doutais déjà, mais je crains de donner le coup d'envoi à une seconde partie entre les deux mages en communiquant avec Alissandre.

Essaie alors d'obtenir ce renseignement par toi-même et approche-le uniquement si tu ne trouves rien.

– C'est une sage recommandation.

En attendant, ne te fais pas trop de mauvais sang. La couronne a peut-être tout simplement été volée par un domestique de Lancelot.

– Rien n'est jamais aussi simple dans l'ordre.

Je te l'accorde, mais je maintiens tout de même mon conseil.

– Merci, Perceval.

Viens faire un tour à Galveston, si tu as un peu de temps.

– Je n'y manquerai pas.

Galahad reprit contact avec la réalité de son salon et aperçut Chance à la porte.

– Perceval ? fit-elle.

– J'avais besoin de réponses à mes questions et, malheureusement, il est dans le noir, comme moi.

Chance se faufila entre les bras de son époux et le serra amoureusement.

– Je t'ai vu t'attaquer au mannequin par la fenêtre, avoua-t-elle. Tu es encore très habile, mon chéri.

– C'est parce que je m'entraîne en secret, évidemment.

– Ce que j'admire le plus chez toi, c'est que tu fais ce qu'il faut pour conserver ta forme physique.

– Et que fais-tu de mes belles qualités de cœur ?

– Celles-là n'ont jamais changé.

Ils s'embrassèrent pendant un long moment, profitant du calme avant la tempête.

– Comme je te connais, tu es sur le point de passer à l'attaque, devina Chance.

– Seras-tu là pour me seconder ?

– Maintenant que les femmes ont le droit d'être chevalier, évidemment que je serai là.

– Ce pourrait être très dangereux.

– Nous coulons des jours heureux depuis notre mariage. Il est temps de mettre un peu de piquant dans notre vie.

Galahad espéra de tout cœur que le sorcier n'ait pas entendu cette dernière affirmation, car il était le genre de créature à se nourrir de la peur et des aspirations des autres.

– Il y a d'autres façons de le faire…

– Je veux me battre, insista-t-elle.

– C'est tout ce que je mérite pour m'être épris d'une belle guerrière.

Il la souleva dans ses bras et la transporta vers le grand escalier.

9

Mettant sa partie du plan à exécution, Katy installa son appareil photographique sur un trépied et le cacha devant la fenêtre la plus éloignée de sa boutique, derrière les rideaux, pour ne pas alarmer ses clients. Tout en pétrissant la pâte, elle jetait régulièrement des coups d'œil dans la rue, espérant que l'alchimiste n'apparaîtrait pas au moment où elle devait servir quelqu'un. Elle adorait sa vie de maman qui avait aussi ses moments de panique, mais l'aventure lui manquait beaucoup depuis qu'elle passait presque tout son temps entre les murs de son commerce. Même si elle n'y avait pas participé quelques années auparavant, Katy savait que les parties que se disputaient le magicien et le sorcier n'étaient pas inoffensives. Elle ne voulait pour rien au monde mettre la vie de ses enfants en danger, mais elle avait besoin de sentir une dernière fois qu'elle avait un plus grand rôle à jouer dans l'univers que celui de faire cuire des beignets jour après jour.

Katy laisserait évidemment ses amis assumer les tâches les plus dangereuses, non pas parce qu'elle était froussarde, mais parce que quelqu'un devrait se sacrifier pour garder le fort à Nouvelle-Camelot pendant la tempête qui se préparait. Elle fournirait aux autres les armes dont ils auraient besoin, puis attendrait patiemment leur retour. Elle se doutait bien que Marco voudrait se joindre aux guerriers, mais elle avait la ferme intention de l'en dissuader, car il était primordial à son bonheur. Ce qui importait surtout, c'était de s'assurer que leur petite ville tranquille ne se trouve plus jamais sur la route d'un sorcier tordu.

Après avoir coupé et déposé la pâte sur les plaques métalliques, Katy alla regarder une fois de plus par la fenêtre. Son curieux voisin passait justement devant la boulangerie ! Elle se précipita sur son appareil photo et se mit à prendre des clichés en rafales, jusqu'à ce qu'il disparaisse dans son local. Medrawt portait une longue cape noire qui recouvrait tous ses vêtements. On ne voyait que sa tête aux cheveux gris. « Il n'a peut-être pas de corps ? » songea Katy.

Tout en achevant ses pâtisseries, elle poursuivit son guet. C'est alors qu'elle vit une femme mettre la main sur la poignée de la porte de la boutique de l'alchimiste. Katy laissa son travail en plan et prit d'autres photos. Même si on ne voyait la cliente que de dos, elle n'eut aucun mal à la reconnaître : c'était la mairesse ! « Pourquoi consulte-t-elle monsieur Medrawt ? » s'étonna-t-elle. Pouvait-elle être mêlée à cette histoire ? Que savait-on vraiment du passé de cette femme ?

– Les choses se compliquent...

Elle vit Elsa Goldstein sortir de l'échoppe et se diriger vers le nord, sur la rue des Hanses. Si elle n'avait pas eu autant de produits en train de cuire, Katy l'aurait certainement suivie.

– Il faut que je prévienne quelqu'un !

Comme s'il l'avait entendue, le ciel répondit tout de suite à son appel en la personne de Fred et de Karen. Le couple entra dans la boulangerie et n'eut pas le temps de saluer Katy.

– Vous ne devinerez jamais ce qui vient de se passer ! s'exclama-t-elle.

– À en juger par ton enthousiasme, c'est quelque chose qui devrait nous faire avancer, constata Fred.

– J'ai pris des photos de l'alchimiste quand il est arrivé à son local, à exactement onze heures huit minutes, leur apprit-elle.

– Si l'on peut capturer son image, ce n'est donc pas un vampire, raisonna Karen.

– J'ai aussi photographié sa première cliente, et vous ne devinerez jamais de qui il s'agissait.

– Est-ce un jeu ? se lamenta Fred.

– Tu sais bien qu'elle va nous le dire, l'encouragea Karen.

– C'était la mairesse !

– Quoi ? firent en chœur les époux Mercer.

– Je vais vous le prouver !

Katy détacha la caméra de son trépied et leur montra les photos en question.

– C'est bien madame Goldstein, affirma Karen.

– Mais qu'est-elle allée faire chez lui ? s'étonna Fred.

– Je n'en sais rien, avoua Katy. Elle est restée environ trente-cinq minutes et elle est ressortie les mains vides.

– Peut-être qu'il donne des consultations en plus de vendre des objets ésotériques ? suggéra Karen.

– Il n'y a qu'une façon de le savoir, décida Fred.

Il prit la main de son épouse et l'entraîna vers la sortie. Katy remit la caméra à sa place et les observa par la fenêtre tandis qu'ils marchaient vers la porte de la boutique sous enquête.

Le couple commença par observer attentivement les objets exposés dans la petite vitrine. Y étaient disposées des pierres de toutes les couleurs, des pièces de monnaie très anciennes, des figurines de dragons et d'autres bêtes bizarres qui entouraient un grimoire à la couverture usée.

– Je n'arrive pas à lire ce qui est écrit sur le livre, soupira Fred.

– C'est en latin et ça se traduit plus ou moins par « Traité de magie ».

– Pourquoi vend-il des livres que personne ne peut lire ?

– Ces livres ne s'adressent pas au commun des mortels, Fred. Il les vend à des initiés.

– Comme les sorcières ?

– Ou les gens éduqués. Contrairement à ce que tu penses, il y en a à Nouvelle-Camelot.

– Allons voir à l'intérieur.

Karen ne se fit pas prier pour le suivre, car elle s'intéressait à l'occultisme depuis fort longtemps. Fred poussa la porte et fut bien surpris de ne trouver personne à l'intérieur, mais derrière le comptoir de bois pendait un rideau qui cachait certainement la porte de l'arrière-boutique. Medrawt devait s'y trouver. Peut-être voulait-il se faire une idée de ses clients avant de les aborder.

Le couple commença par étudier ce qui se trouvait derrière chaque surface vitrée. Il y avait surtout des pierres précieuses, des pendules et des talismans, mais aussi de magnifiques bijoux d'inspiration antique. « Jusqu'à quelle époque remontent-ils ? » se demanda Karen, fascinée. Les gondoles contenaient une foule d'objets bizarres. Des livres anciens, la plupart en latin, étaient alignés sur plusieurs étagères.

– On dirait une boutique de *New Age*, mais avec des trucs beaucoup plus vieux, fit remarquer Fred.

– Pas plus vieux, authentiques, le corrigea Karen.

– Vous avez l'œil, gente dame, fit une voix masculine derrière eux.

Le mari et la femme se retournèrent en même temps. L'étranger leur souriait, mais il était impossible de déterminer s'il se moquait d'eux ou s'il préparait quelque sombre entreprise.

– C'était uniquement une constatation, affirma Karen en rougissant.

– Certains de ces objets proviennent de sites archéologiques, et d'autres de collections privées en Europe. La plupart ont eu d'illustres propriétaires.

– Comme qui ? se méfia Fred.

– Comme des empereurs romains, des pharaons, des prêtres sumériens, des chefs de guerre troyens.

– Vraiment ?

– J'ai des défauts comme tout le monde, mais je ne mens jamais, assura l'alchimiste. Dites-moi ce qui vous intéresserait.

Avant que Karen n'ait le temps de lui pointer les curieux pendules qui se trouvaient sous son nez, Fred demanda à Medrawt s'il possédait des articles provenant des Croisades.

– C'est ma spécialité, affirma fièrement ce dernier.

– Où sont-ils ?

Le marchand prit une boîte en métal qui se trouvait sous le comptoir et la déposa devant lui. Fred ne respirait plus. Medrawt l'ouvrit avec beaucoup de déférence et la tourna vers son client. Elle contenait des médaillons en métal avec des emblèmes différents.

– Ils ont été retrouvés à Jérusalem il y a plusieurs années, expliqua l'alchimiste. On dit qu'ils confèrent des pouvoirs magiques à ceux qui les portent.

– Alors pourquoi ne les portez-vous pas vous-même ? lança Fred, sceptique.

Medrawt ouvrit les pans de sa cape. Sur une chaîne pendait un médaillon qui ressemblait beaucoup à ceux qui reposaient dans la boîte.

– Quel pouvoir a celui-là ?

– Celui de lire les pensées.

– Vraiment ?

– Vous n'êtes venus ici aujourd'hui que pour voir si j'étais un charlatan. En réalité, l'ésotérisme n'intéresse vraiment que cette jeune dame.

– Vous oblige-t-il aussi à toujours dire la vérité ?

– Comme je vous l'ai dit tout à l'heure, je ne mens jamais.

– Alors, êtes-vous un charlatan ?

– Non, monsieur Mercer.

– Mais nous ne vous avons pas dit nos noms ! s'exclama Karen.

– Soyez sans crainte, madame Pilson, si je les connais, c'est que j'écoute souvent votre musique, avoua Medrawt avec un sourire moqueur.

– Donc, ces bijoux n'ont pas de pouvoirs, voulut s'assurer Fred.

– Non, ils en ont réellement. Je vous propose un petit exercice inoffensif qui vous convaincra de ce que j'avance.

Fred jeta un coup d'œil interrogateur à son épouse.

– Finis ce que tu as commencé, lui conseilla-t-elle.

L'alchimiste déposa sur le comptoir un grand morceau de velours sombre, puis y déposa les médaillons en prenant soin de bien les espacer. Il tendit ensuite un foulard opaque à Karen pour qu'elle l'attache sur les yeux de son époux.

– Votre femme va diriger doucement votre bras de façon que la paume de votre main passe au-dessus de chaque pendentif. Lorsque vous ressentirez quelque chose, dites-le-nous, mais ne vous arrêtez pas.

– Je suis capable de faire au moins ça ! accepta Fred.

Il se prêta au jeu et fut bien surpris de ressentir un violent picotement dans sa main à deux reprises.

– Vous pouvez lui retirer le bandeau, indiqua Medrawt.

– Que s'est-il passé ? s'enquit Fred.

– Apparemment, deux de ces médaillons pensent que vous pourriez avoir besoin d'eux.

– Ils ne sont pas vivants, tout de même !

– Pas dans le sens où nous l'entendons généralement. C'est l'énergie qu'ils renferment qui l'est.

Il remit tous les bijoux dans la boîte, sauf ceux qui avaient signalé leur affinité avec la force vitale du musicien.

– Si vous n'en aviez qu'un à choisir, lequel serait-ce ? lui demanda l'alchimiste.

– Faut-il que je repasse mes mains au-dessus des deux ?

– Non. Cette fois, utilisez vos yeux.

Fred les examina l'un après l'autre, indécis. Le premier, de forme octogonale, semblait être en argent. Il représentait un chevalier sur son destrier, prêt à combattre, sa lance pointée devant lui. Le second, en étain ou dans un autre alliage semblable, était rond. Il affichait une épée en son centre. Le pourtour était gravé de symboles étranges.

– C'est le deuxième, décida le musicien.

– Très bon choix.

– Quel est son pouvoir ?

– Il assure à son porteur une connexion magnétique avec tous ceux qu'il rencontre.

– Est-ce que ça peut s'étendre à un public entier ?

– Fred ! s'exclama Karen sur un ton de reproche.

– J'imagine que oui, répondit tout de même Medrawt.

– Combien en demandez-vous ?

– Ce sont des pièces qui devraient se trouver dans des musées, alors elles valent très cher.

– Ça m'est égal.

– Je laisserais partir celle-ci pour deux mille dollars.

– Vendu.

Karen écarquilla les yeux avec surprise. Depuis qu'elle était mariée à Fred, jamais elle ne l'avait vu prendre une décision aussi rapidement ! Elle n'eut pas le temps de lui recommander de réfléchir un peu qu'il sortait déjà sa carte de crédit de son portefeuille. Dès que la transaction fut complétée, le musicien prit le médaillon entre ses doigts.

– Puis-je le porter tout de suite ?

– Mais évidemment.

Il passa la cordelette de cuir par-dessus sa tête avec beaucoup de satisfaction.

– Si je m'occupais de la jeune dame, maintenant ? fit Medrawt en portant son attention sur elle. J'ai cru remarquer votre intérêt pour mes pendules.

– Je les ai toujours aimés, mais je n'ai jamais osé en acheter un.

– La radiesthésie est une science très ancienne. On la pratiquait déjà en Égypte il y a des milliers d'années. Elle permet de retrouver ce qui est caché, qu'il s'agisse de sources, de personnes ou d'objets perdus, d'établir des diagnostics médicaux, de déterminer la profondeur d'un puits et même de faire appel à certains élémentaux.

Fred ne les écoutait plus. Le dos appuyé contre le comptoir, il tenait son médaillon entre ses doigts et étudiait les incrustations autour de l'épée.

– Sommes-nous obligés de faire toutes ces choses lorsque nous possédons un pendule ? se renseigna Karen.

– Généralement, les gens se spécialisent dans une seule de ces applications. Tout dépend de leurs dons naturels.

– Choisit-on un pendule comme on choisit un médaillon magique ?

– Pas tout à fait. Ils ont tous une vocation différente. Le mieux, c'est de décider d'abord ce que l'on désire faire. Il y a des pendules cartographiques, universels, égyptiens, cylindriques, coniques, secrets ou gouttes d'eau. Ils ont tous des fonctions différentes. Certains servent à faire des recherches sur des cartes géographiques, d'autres à trouver des sources d'eau. Ceux-ci servent à l'hypnose.

– Et ceux-là ? demanda Karen sans oser y toucher.

– Ils aident à retracer des personnes disparues. Dans le pendule secret se cache un petit compartiment où l'on met une mèche de cheveux ou quelque chose de personnel qui aide la recherche. Le pendule goutte d'eau est généralement le plus populaire, car il aide à gagner au loto.

– Ce qui ne m'intéresse pas du tout.

– Il y en a un que je n'offre pas à tout le monde. Les Atlantes s'en servaient pour repérer les ondes nocives.

– Comme les démons, par exemple ?

– Les démons, les esprits, les sorciers, les vampires et même les loups-garous.

– Vous croyez qu'ils existent ?

– Je n'en ai jamais vu, mais cela ne veut pas dire que je n'en rencontrerai jamais.

Il fouilla sous le comptoir et déposa dans la paume de Karen un pendule en métal doré, sur lequel était attaché un cristal transparent ébiselé à la perfection.

– Il est magnifique... murmura la jeune femme dans un souffle admiratif.

– Je ne connais pas sa provenance exacte, mais celui qui me l'a vendu m'a assuré qu'il provenait d'un grand trésor retrouvé dans la mer des Bahamas. Il est en or.

– Il doit valoir une petite fortune.

– Ce genre d'outil contre le Mal n'a pas vraiment de prix. Il choisit généralement la personne qui devrait le posséder et il s'organise pour trouver son chemin jusqu'à elle.

– Donc, si je ne vous l'achetais pas aujourd'hui, même s'il était parfait pour moi, il finirait éventuellement entre mes mains ?

– Oui, c'est ce que je crois.

– C'est vraiment celui que je préfère, mais je ne le prendrai pas, juste pour voir s'il pense la même chose de moi.

– Puis-je proposer un second volet à cette expérience, madame Pilson ? Si vous entrez en possession de cet objet magique, de quelque façon que ce soit, vous devrez me remettre une copie de votre dernier album.

– C'est tout ?

– Tel est le prix que j'en demande.

– Marché conclu.

Elle voulut lui serrer la main, mais il recula et remit plutôt le pendule sous le comptoir.

– Nous nous reverrons bientôt, monsieur Medrawt, affirma-t-elle en saisissant Fred par le bras.

– J'y compte bien.

Le couple quitta la boutique de l'alchimiste. Karen referma la porte et, en se retournant, heurta le poitrail immaculé d'un cheval. Heureusement, le destrier de Galahad était habitué à recevoir de tels chocs et il ne broncha pas. Les musiciens levèrent les yeux vers le cavalier en même temps.

– Je suis vraiment désolée, s'excusa Karen. Je ne regardais pas où j'allais.

– Que faisiez-vous dans cette boutique ?

– Une petite enquête à la demande de Katy, confessa Fred.

– C'est un type charmant, s'empressa d'ajouter Karen.

– Les plus petites vipères sont souvent les plus mortelles, laissa tomber Galahad. Je préférerais que vous ne vous approchiez plus de cet homme.

– Mais... voulut protester Fred.

– Rentrez chez vous, ordonna le chevalier, mécontent.

Les musiciens le connaissaient assez pour savoir qu'il ne plaisantait pas. Karen prit la main de Fred et l'entraîna vers le carrefour. Galahad attendit qu'ils aient tourné le coin de la rue pour descendre de cheval. La magie qu'il captait maintenant autour de lui était étrange, mais bien réelle. Il ne savait pas ce qu'il dirait à cet homme ni même comment il l'aborderait, mais il ne pouvait plus reculer. Il devait savoir si ce dernier représentait une menace pour sa ville.

Il attacha les rênes au poteau prévu à cet effet et posa la main sur la poignée en métal de la boutique. L'énergie qui traversa tout son corps aurait pourtant dû le mettre en garde, mais il pénétra tout de même dans l'antre de l'alchimiste. Il faisait sombre dans le local. Galahad ralentit ses gestes le temps de s'habituer à l'obscurité.

– Je m'attendais plutôt à voir entrer Arthur, fit une voix masculine.

Le chevalier plissa les yeux et remarqua la silhouette debout devant la porte de l'arrière-boutique. Il combattit la peur qui lui conseillait de faire demi-tour et s'approcha du comptoir. Toutes les bougies s'allumèrent en même temps, ce qui le fit tressaillir. Il examina le visage du commerçant et dut en venir à la conclusion qu'il s'agissait bien de celui qu'il avait vu dans le dossier que lui avait remis Frank.

– Qui êtes-vous ? demanda-t-il, inquiet.

– Vous le savez déjà, Galahad.

– Vous n'êtes donc pas le véritable Timothée Medrawt.

– J'ai uniquement emprunté son nom, son image et son métier. On dirait bien que je lui ai tout pris, en fin de compte.

L'alchimiste éclata d'un rire provocant.

– Pourquoi êtes-vous ici ? poursuivit Galahad, impassible.

– Peut-être l'ignorez-vous, mais vos loyaux compagnons d'armes ont vendu votre roi à Mathrotus.

Personne, sauf le diable lui-même, ne prononçait le nom du sorcier sans s'exposer à une mort subite !

– Conduisez-moi à Arthur, chevalier.

– Votre sombre maître ne vous a-t-il pas informé que les pions tombés pendant la partie ne vous sont d'aucun secours ?

– Oh, mais le nouvel affrontement n'a pas encore commencé…

Medrawt leva la main devant lui. Galahad ressentit aussitôt une accablante pression sur sa gorge.

– C'est pour sauver votre peau que vous me guiderez jusqu'à votre roi.

– Je mourrai plutôt que de le trahir, rétorqua le chevalier d'une voix étouffée.

– Tout ce qui vit veut continuer à vivre. C'est une grande loi de la nature.

L'alchimiste tendit brusquement le bras. Une force invisible projeta Galahad contre le mur derrière lui et l'y écrasa impitoyablement.

– Je n'hésiterai pas à vous tuer, chevalier. Puis, je serai peut-être tenté de rendre visite à votre veuve avant qu'elle ne commence à vous pleurer.

– Non !

– Si cela ne suffit pas à vous persuader de m'aider, les amis de votre veuve mourront le jour de ses funérailles.

Galahad se débattit comme un forcené, sans arriver à bouger un muscle. Ce genre de pouvoir n'était jamais accordé aux soldats du magicien, seulement à ceux du sorcier. Mais Mordred, malgré sa déloyauté, avait pourtant été à l'origine un membre de la Table ronde.

Medrawt contourna le comptoir et s'approcha de lui, le visage contrit.

– Ce serait vraiment dommage…

– Je ne suis pas un traître comme vous, ragea Galahad.

– Qu'en savez-vous ?

Un poignard apparut dans sa main.

– Je suis venu dans cette risible petite ville pour une seule raison, et je n'en repartirai que lorsque j'aurai accompli la mission qu'on m'a confiée.

Galahad garda le silence, prêt à mourir pour protéger son roi.

– Si vous ne craignez pas la menace, chevalier parfait, sachez que ce ne sera pas le cas de tous les autres. Mais à la fin, il se peut que vous nous soyez encore d'une quelconque utilité.

Luttant pour ne pas céder à la peur, Galahad se rappela alors sa conversation télépathique avec Perceval. Si cette faculté avait fonctionné avec son vieux compagnon, elle pouvait sans doute lui permettre d'alerter ses amis. *Tristan, à l'aide*, appela-t-il mentalement. *J'ai été fait prisonnier par l'alchimiste et*... Il ne termina pas sa phrase. Pendant qu'il se concentrait sur son propre sauvetage, Medrawt avait dévissé la pierre précieuse sur sa bague, dévoilant un dard métallique. Il le planta dans le thorax de son prisonnier. Galahad glissa le long du mur, mou comme une poupée de chiffon. Il sombra dans l'inconscience.

Quelques kilomètres plus loin, à l'hôpital, Marco venait tout juste de terminer le traitement d'une personne âgée qui devait réapprendre à marcher à la suite d'une chute dans un escalier lorsqu'il entendit la voix de son frère d'armes dans son esprit. Comment était-ce possible ?

Il accompagna sa patiente jusqu'à la salle d'attente, où son fils venait la chercher, en dissimulant son inquiétude grandissante. Heureusement, il n'avait pas d'autre rendez-vous ce jour-là. Il ne prit même pas le temps de se changer et fila dehors. Il sortit son téléphone de sa poche, l'alluma et appela tout de suite son épouse. Katy était justement à la fenêtre, en train de se demander quand Galahad finirait par sortir de la boutique.

– Katy, Galahad est-il entré chez l'alchimiste ? demanda-t-il en marchant vers sa voiture.

– Oui, et ça fait longtemps. Son cheval commence à s'impatienter.

– J'ai de bonnes raisons de penser qu'il est en danger.

– Tu veux que j'aille voir ce qui se passe là-dedans ?

– Pas seule. Vas-y avec d'autres marchands. Je serai là dans quinze minutes environ.

– Dépêche-toi.

Katy raccrocha et se précipita dehors, en criant à l'aide de tous ses poumons. Tous ses voisins sortirent dans la rue pour voir ce qui se passait. Lorsqu'elle vit le boucher s'approcher avec son long couteau, elle sut tout de suite ce qu'elle devait faire.

– Monsieur Crawford, j'ai entendu un bruit de bagarre dans la nouvelle échoppe ! s'écria la boulangère.

Elle n'eut pas besoin d'en dire davantage. Le brave marchand poussa la porte du local et y entra, Katy sur les talons.

– Doux Jésus ! s'exclama-t-il. Appelez l'ambulance !

La jeune femme contourna le boucher et, dans la semi-obscurité qui régnait dans la boutique, vit Galahad gisant sur le plancher. Elle posa immédiatement une oreille sur sa poitrine.

– Il est vivant, affirma-t-elle, soulagée.

– Il n'y a pas d'air, ici ! grommela Crawford.

Avant que Katy puisse l'avertir qu'il était dangereux de déplacer un blessé sans savoir s'il avait une fracture, le boucher souleva le fondateur de la cité et l'emmena dehors. Tous les commerçants les entourèrent pour tenter de voir ce qui se passait.

– Donnez-nous de l'espace, exigea Crawford.

Le visage de Galahad était aussi pâle que celui de Blanche-Neige !

– On dirait qu'il a été vidé de son sang, commenta le boucher.

– Si c'était le cas, son cœur ne battrait pas, répliqua Katy en détachant le lacet qui refermait le col de la chemise du chevalier.

Ils examinèrent rapidement ses vêtements sans trouver la moindre trace de violence.

– C'est peut-être une crise d'épilepsie, suggéra la lingère.

– Était-il malade ? demanda le poissonnier.

– Son cœur était-il faible ? s'enquit le tavernier.

– Que faisait-il chez l'alchimiste ? lança le potier.

– Peut-être que ce Medrawt pourrait nous le dire ! s'exclama la fleuriste.

Le chaudronnier et l'ébéniste se précipitèrent à l'intérieur du commerce pour aller le quérir.

– Il n'y a personne ! leur apprit le premier.

– Il n'y a même rien du tout dans l'échoppe, ajouta le deuxième.

– Quoi ? s'exclama Katy, incrédule.

Elle se releva et jeta un coup d'œil dans la vitrine. Ils avaient raison, elle était vide ! « Marco, arrive ! » s'impatienta-t-elle. Elle avait pris des centaines de photos depuis le matin. Sans doute pourrait-elle déterminer le moment où tout avait disparu.

– On a sans doute tenté de le voler, et sire Galahad est venu à son secours, suggéra l'imprimeur.

Katy secoua la tête pour réfuter cette hypothèse, car elle n'avait pas vu entrer personne après Galahad, et il n'y avait aucun autre accès à cette boutique. Le boucher se mit alors à tapoter les joues du chevalier pour qu'il revienne à lui. L'apothicaire se pencha lui aussi sur le blessé.

– Je connais cette odeur, déclara-t-il en sentant le surcot de Galahad. C'est du poison.

– Quoi ? s'étrangla Katy.

– On lui en aurait fait boire sans qu'il s'en aperçoive ? s'étonna la couturière. C'est pourtant un homme prudent.

– Je ne vois pas ce qu'il aurait pu avaler, puisqu'il n'y a plus rien dans la boutique, leur rappela le chaudronnier.

Ils entendirent au loin la sirène de l'ambulance. Seuls les véhicules d'urgence avaient le droit de circuler dans la cité, un anachronisme dont les habitants ne s'étaient jamais plaints.

– Dégagez, recommanda l'artisan fromager, sinon elle ne pourra pas se rendre jusqu'ici.

Bien à regret, les marchands retournèrent dans leur commerce, car la rue était trop étroite pour qu'ils s'y tiennent tous lorsqu'une voiture l'empruntait. Katy ressentit un profond soulagement lorsqu'elle vit Marco descendre du fourgon avec les ambulanciers. Tout en laissant ceux-ci faire leur travail, la dernière recrue de l'ordre de Galveston passa la main au-dessus de la poitrine de son compagnon d'armes. Ses doigts devinrent aussi froids que de la glace.

Les infirmiers posèrent un masque à oxygène sur le visage de Galahad, puis le hissèrent sur une civière qu'ils engouffrèrent sans tarder dans le véhicule. Marco ne chercha pas à les suivre. Il attendit plutôt que l'ambulance s'élance vers l'hôpital et que la rue redevienne calme pour s'adresser à son épouse.

– Nous avions raison de nous inquiéter, murmura Katy, ébranlée.

Elle lui indiqua d'une main tremblante la porte ouverte de la boutique de Medrawt. Marco alla l'inspecter. Il en ressortit aussitôt, stupéfait.

– Si ce n'est pas de la sorcellerie, je ne sais pas ce que c'est, ajouta la boulangère.

– Les médecins ne pourront donc pas aider Galahad, comprit son mari. Appelle Chance et dis-lui seulement que son mari a eu un accident et qu'on l'a transporté à l'hôpital.

Il détacha le cheval et mit un pied dans l'étrier.

– Où vas-tu ?

– Nous avons besoin d'aide magique. Je t'appellerai dans une heure ou deux pour te faire savoir si j'ai réussi à en trouver.

– Sois prudent.

Il talonna le cheval en direction du nord, là où s'étendaient les grands champs et les magnifiques forêts de Nouvelle-Camelot.

10

Chance crut qu'elle allait s'évanouir lorsqu'elle reçut l'appel de Katy lui annonçant que son mari venait d'être conduit d'urgence à l'hôpital. Elle avait travaillé si fort depuis la fin de la partie pour rebâtir l'opinion que Galahad avait de lui-même, après qu'un dragon l'y eut éliminé. On lui avait pourtant dit que ce jeu stupide était fini pour toujours. Elle sauta dans leur véhicule et contourna la cité pour se rendre plus rapidement à l'hôpital. Le personnel des urgences, qui connaissait son lien d'amitié avec Julie, s'occupa aussitôt d'elle. La femme médecin vint à sa rencontre avant qu'elle n'atteigne la pièce vitrée dans laquelle reposait son époux.

– Est-il en danger de mort ? demanda Chance en pleurant.

– Je vous en prie, madame Dawson, calmez-vous. L'état de Galahad est stable pour l'instant. Il n'a ni fracture ni blessure externe. Nous attendons le résultat de ses prises de sang.

– Est-ce son cœur ?

– Il ne présente aucun signe d'infarctus.

– Est-il conscient ?

– Pas encore.

– Je veux le voir.

Une infirmière prit la relève, pour que la traumatologue puisse continuer à s'occuper des autres patients qui avaient besoin d'elle. Elle conduisit Chance auprès de la civière sur laquelle reposait le chevalier, puis referma la porte derrière elle.

Chance s'approcha de son mari en étouffant ses sanglots. Jamais elle ne l'avait vu aussi pâle. La pigmentation de sa peau avait complètement disparu. Elle glissa doucement sa main dans la sienne, incapable de retenir ses larmes plus longtemps.

– Ne me quitte pas, Galahad…

Il était dans la cinquantaine, un âge critique pour les hommes. Sa mère lui avait souvent répété que s'il parvenait à la soixantaine, il vivrait très vieux.

– Je ne suis rien sans toi…

Elle appuya le dos de sa main contre sa joue. Sa peau était glaciale. Pourtant, le moniteur à côté de son lit indiquait que son cœur battait encore.

– Je ne te laisserai pas avant que tu ouvres les yeux, jura-t-elle.

Au même moment, Marco arrivait à la lisière de la forêt, là où personne ne pourrait le voir ou l'entendre. Cet endroit était trop éloigné pour que les enfants aillent y jouer, et les adultes étaient bien trop occupés pour y faire de la randonnée. Il arrêta le cheval, mais resta en selle. Si l'animal prenait peur à l'arrivée de son illustre visiteur, il serait forcé de rentrer à pied, ce dont il n'avait aucune envie.

– Alissandre ! cria-t-il de tous ses poumons.

Pendant quelques minutes, rien ne se produisit, mais le jeune chevalier ne se découragea pas pour autant. Il fit tourner lentement sa monture sur elle-même en surveillant les alentours. Il avait appris bien peu de choses sur l'ordre de Galveston, ayant été le dernier à y être admis, mais il savait que le magicien répondait toujours aux appels de ceux qui y avaient été adoubés. Pendant longtemps, Galahad avait été le messager préféré du prédécesseur d'Alissandre, mais cela n'avait pas empêché ce dernier de parler aussi à Gawain.

Des nuages s'étendirent alors à toute vitesse au-dessus de la forêt. Marco espéra qu'il n'avait pas attiré le sorcier plutôt que le magicien. Un éclair aveuglant effraya le cheval, qui se cabra. Heureusement, son cavalier avait anticipé une réaction de peur de la part de l'animal et s'était accroché à la selle. Lorsque la bête se calma enfin, Marco vit Alissandre debout, à quelques pas de lui. Il portait une longue tunique blanche aux reflets changeants. Ses cheveux châtains touchaient maintenant ses épaules, et il portait une barbe de quelques jours. Son regard était d'un calme désarmant.

– Il y a fort longtemps qu'on ne m'a pas obligé à quitter la quiétude de ma grotte, déclara le magicien sans exprimer d'émotions.

– Je ne vous ai pas appelé sans raison, maître Alissandre. L'ordre de Galveston me surnomme Tristan.

– Oh, mais je vous connais bien, jeune homme, même si nous n'avons pas eu l'occasion de travailler souvent ensemble.

– Je vous en conjure, nous avons plus que jamais besoin de votre aide.

– Le jeu est pourtant terminé.

– Du jeu, nous ne savons rien. C'est Galahad qui est frappé d'un étrange mal qui ressemble un peu trop à de la sorcellerie.

Le magicien plissa le front en analysant cette menace potentielle.

– Je m'occupe de lui, affirma-t-il.

Il disparut de la même manière qu'il était arrivé en laissant le chevalier derrière lui. Mais Marco ne s'en offensa pas. Il savait que si quelqu'un pouvait aider Galahad, c'était bien cet homme aux pouvoirs de plus en plus grands. Il mit donc le cap sur le château de son frère d'armes, afin de lui rendre son cheval.

Alissandre, autrefois connu comme le sergent Ben Keaton de l'armée américaine, n'eut aucun mal à retrouver son ancien allié dans sa lutte contre le sorcier. Flottant juste au-dessus du lit d'hôpital sous une forme invisible, il attendit que la jeune femme qui veillait Galahad quitte momentanément la pièce de verre pour se matérialiser. Il n'avait pas encore fini de reprendre sa forme matérielle au chevet du chevalier qu'il ressentit l'énergie de son ennemi.

– Tristan a raison, murmura tristement le magicien.

Il posa d'abord la main sur le front de Galahad, pour s'assurer que son esprit ne lui avait pas été enlevé. Alissandre était arrivé très tard dans le jeu et n'avait pas eu le temps d'apprendre grand-chose du vieux magicien qui s'y adonnait depuis la nuit des temps. Ce qu'il savait maintenant provenait des nombreux livres que son maître lui avait laissés en héritage. Il avait ainsi appris que le sorcier recrutait souvent ses pions parmi des hommes auxquels il insufflait sa diabolique énergie.

– Je suis bien content de constater que tu es toujours là, Galahad.

Il passa lentement sa paume étoilée au-dessus du corps du chevalier, afin de découvrir une blessure que les médecins n'étaient pas en mesure de déceler. Sa main s'arrêta brusquement à la hauteur de la cage thoracique du patient.

– Un point d'entrée infiniment petit...

S'il n'intervenait pas maintenant, Galahad passerait le reste de son existence dans cet état végétatif. Même si personne ne pouvait le voir, ni physiquement ni sur les caméras de surveillance, il n'attendit tout de même pas le retour de Chance avant d'agir. Pour n'alarmer personne, il souleva le corps éthéré de Galahad, qui se trouvait à l'intérieur de son enveloppe corporelle, et disparut avec lui. Ce qui restait de son ami, sur la civière, n'était qu'une coquille vide. Son cœur continuait à battre et ses poumons à respirer, mais son âme était maintenant en possession du magicien.

Alissandre réapparut dans la caverne où il avait passé les dernières années et marcha jusqu'à l'autel en pierre qui s'élevait en son centre. Celui-ci était encombré d'ouvrages anciens, de parchemins, d'une boule de cristal et d'un encrier.

– Dégagez, ordonna le mage.

Les objets s'envolèrent et se posèrent sur les tablettes de la bibliothèque, qui couvrait tout un mur. Alissandre déposa Galahad sur la table et se tourna vers ses livres en se grattant le menton.

– Où ai-je lu quelque chose sur les poisons utilisés par les nervis du sorcier ?

– Ici ! s'écria un vieux grimoire en se dégageant de ses voisins recouverts de cuir.

– Il semble avoir été injecté dans le corps de la victime à l'aide d'une aiguille quelconque, observa Alissandre. Il ne l'a pas tuée, mais paralysée entièrement.

– Un seule goutte du venin du Nahash peut produire cette réaction.

– Il aurait été mordu par un serpent ?

– Cette substance toxique peut aussi être administrée par piqûre.

– Donc, pas nécessairement à l'aide d'une seringue.

– Une toute petite aiguille reliée à une minuscule ampoule est suffisante.

– Existe-t-il un antidote ?

– En broyant des lys de mer avec des pierres de foudre, on obtient une fine poudre que l'on doit dissoudre dans de l'eau d'une grande pureté. Il faut l'appliquer sur l'endroit de la ponction tout de suite après la morsure.

– Qu'arrive-t-il à la victime si la piqûre remonte à quelques heures ?

– Il faut utiliser une plus grande quantité de ce contrepoison, mais la guérison n'est pas assurée.

– Quelles seraient les conséquences d'un rétablissement partiel ?

Le livre demeura muet.

– Ce poison pourrait-il transformer ce chevalier en marionnette du sorcier ?

– Ce n'est pas son but, affirma le grimoire. Il ne sert qu'à immobiliser la proie jusqu'à ce que le prédateur soit prêt à la dévorer.

– Ou à l'utiliser à mauvais escient… Nous n'avons pas de temps à perdre. Où sont les ingrédients dont j'ai besoin pour préparer l'antidote ?

Une minuscule boule de lumière bleue émergea du vieux livre et fila le long des étagères en laissant une myriade de petites étoiles sur son passage. Elle zigzagua entre les fioles et les pots accumulés au fil des ans par l'ancien propriétaire de la grotte, puis s'arrêta net en émettant des sifflements devant un flacon recouvert de poussière. Alissandre s'en empara. Il contenait de petites roches rougeâtres. Puis la minuscule sphère poursuivit fiévreusement sa route, jusqu'à ce qu'elle repère une pierre arrondie d'un noir profond.

– Où trouverons-nous l'eau d'une grande pureté de nos jours ?

La petite étoile effectua une spirale en piquant vers le sol, dans lequel elle s'enfonça en sifflant furieusement. Quelques secondes plus tard, une gerbe d'eau jaillit de la terre. Une petite bouteille vide se mit à sautiller autour de la fontaine pour en recueillir une bonne quantité.

– Nettoyez-moi tout cela, ordonna le magicien tandis que les ingrédients du contrepoison s'alignaient devant lui.

Il se concentra plutôt sur la délicate opération à laquelle il devait se livrer et retira deux petites roches écarlates de la bouteille transparente qu'il déposa à quelques centimètres de la tête du corps éthéré de Galahad.

– Quelle est la quantité recommandée ?

– Juste un petit peu plus, indiqua le livre.

Alissandre fit glisser un troisième morceau de lys de mer, ce précieux fossile autrefois utilisé pour combattre différents poisons. Autour de lui s'affairaient en même temps balais, chiffons et autres substances afin de colmater le trou dans le sol et d'éponger l'eau qui le recouvrait.

– Il faut ensuite les broyer, ajouta le grimoire.

– Avec les pierres de foudre, j'imagine.

– Celles-là mêmes, en effectuant une légère pression d'un mouvement continu du nord au sud.

Le magicien avait heureusement situé les quatre points cardinaux de son antre. Il n'eut donc aucun mal à moudre l'organisme végétal qui avait été recueilli au fond de la mer au début des temps par son mentor. La fine poudre ainsi obtenue suivit bientôt le bout de son index jusque dans le flacon qui avait recueilli l'eau pure quelques minutes plus tôt.

– Que dois-je faire, maintenant ? s'enquit le magicien.

– Il faut en verser très doucement le contenu sur le point d'entrée du poison.

– Je n'ai pas ramené le corps physique de la victime, mais son corps subtil.

– Un instant, je vous prie.

Les pages du grimoire se mirent à tourner furieusement, puis s'arrêtèrent.

– Les deux corps sont si étroitement liés que ce qui arrive à l'un a un effet sur l'autre. Cependant, l'application de l'antidote sur la version immatérielle du patient ne vous permettra de le débarrasser que d'une partie du venin. Je vous suggère de n'en utiliser que la moitié et de verser le reste sur sa copie terrestre.

– Alors, c'est parti.

Le magicien détacha les cordons qui retenaient la jaquette de Galahad dans son cou et descendit le vêtement jusqu'à sa taille. Il découvrit un tout petit point rouge à l'endroit où ses mains l'avaient préalablement localisé. Lentement, il versa le contrepoison à petites gouttes directement au-dessus de la marque de piqûre, puis déposa la fiole sur le guéridon derrière lui. Galahad n'eut d'abord aucune réaction, mais Alissandre avait appris à être patient depuis qu'il avait pris la place du vieux magicien. Certains envoûtements étaient instantanés, d'autres pouvaient prendre des mois.

Soudain, le chevalier battit des paupières comme s'il se réveillait d'une longue nuit de sommeil. La faible luminosité de la grotte lui permit de revenir tout doucement à lui.

– Où suis-je ? demanda-t-il enfin.

– Tu es chez moi, Galahad.

Ne reconnaissant pas cette voix, le chevalier se redressa vivement sur ses coudes. L'homme qui se tenait près de lui portait une longue tunique de magicien. Ses cheveux touchaient ses épaules, mais ils n'étaient ni blancs ni argentés. Les poils de sa barbe non plus. Pourtant, ses yeux bleus étaient familiers.

– Je ne te blâme pas de ne pas me reconnaître, fit Alissandre pour tenter de le rassurer.

Sa voix ne lui était pas non plus étrangère…

– Il y a plusieurs années, j'ai été ressuscité par un très vieux magicien qui avait besoin d'un apprenti, fit l'étranger pour lui rafraîchir la mémoire.

– Ben…

– Dans mon ancienne vie, je portais effectivement le nom de Ben Keaton.

Des scènes du passé défilèrent à une vitesse folle dans la tête de Galahad. Il se revit près de la cabane en bois, en Californie, alors qu'ils tentaient de sauver Terra. Le magicien avait brûlé dans ses paumes des étoiles de feu…

– Alissandre ! se rappela-t-il.

– Je suis soulagé de ne pas avoir à te raconter toute ma vie.

Il aida son ancien compagnon d'aventure à s'asseoir.

– Doucement, recommanda Alissandre. Tu n'as que la moitié de ton corps.

– Quoi ? s'étonna Galahad.

– L'autre est encore inconsciente sur un lit de l'urgence, à l'hôpital.

Le chevalier tâta ses bras et son abdomen, qui lui parurent pourtant bien réels.

– Dans cette caverne, les choses ne sont pas toujours ce qu'elles semblent être, l'avertit le magicien. Fais-moi confiance, d'accord ?

– De quelle façon dois-je m'adresser à toi, maintenant ? demanda Galahad, indécis.

– Même si je suis devenu immortel, j'aimerais bien que nous restions amis.

– Les chevaliers doivent le respect au magicien.

– Ceux qui ne me connaissent pas, sans doute, mais c'est différent pour toi, Galahad. J'aimerais ranimer notre amitié.

– Soit.

– Tes cheveux ont grisonné quelque peu, mais tu es toujours le chevalier parfait, ne put s'empêcher de remarquer Alissandre.

– Mais toi, tu ne te ressembles plus du tout.

– Tu aimes mon nouveau look ?

– Il ressemble davantage à l'image que les gens se font d'un mage.

– Merci. C'est cet effet que je recherchais. Mais ne perdons pas trop de temps. Je ne peux pas garder ton corps subtil trop longtemps à l'extérieur de ton corps physique, sinon tu ne pourras plus jamais y retourner.

– Ce n'est pas très rassurant…

– Dis-moi qui t'a empoisonné, Galahad.

Le chevalier plissa le front en tentant de se rappeler ce qui s'était passé. Le sourire moqueur de l'alchimiste se dessina dans son esprit.

– C'est Mordred.

– En es-tu certain ? s'alarma Alissandre.

– Il dit s'appeler Timothée Medrawt, mais je suis sûr que c'est lui.

Le magicien se mit à faire les cent pas autour de l'autel en pierre. Galahad le suivit du regard.

– Je ne sais pas comment il a pu entrer à Nouvelle-Camelot, car j'ai placé les cristaux que tu m'avais donnés aux quatre coins de la ville, ajouta Galahad.

– Ces pierres bloquent l'accès aux chiens de chasse du sorcier, mais pas aux chevaliers.

– Mordred n'est certainement pas dans notre camp !

– Théoriquement, il appartient à la Table ronde même si c'est un traître. Que voulait-il ?

– Il cherche Terra. J'ai refusé de lui révéler quoi que ce soit à son sujet.

– La partie est pourtant terminée.

– C'est ce que je pensais aussi. Lancelot m'a cependant informé que la couronne du roi avait disparu de son coffre. Il m'a aussi dit que les règles changeaient lorsque c'était le magicien qui remportait le match.

– J'ai employé les dernières années à me familiariser avec la magie. Je n'ai pas vraiment cherché à en apprendre davantage sur le jeu.

Il tendit le bras en direction de son immense bibliothèque, jusqu'à ce qu'un grand livre relié s'en échappe et vole jusqu'à lui. L'ouvrage demeura suspendu dans les airs, à la hauteur des yeux d'Alissandre, attendant ses ordres. Galahad contempla cette scène avec ravissement.

– Que se passe-t-il lorsque le sorcier perd une partie ? demanda Alissandre.

– Normalement, les joueurs ne disputent un match que tous les cent ans, surtout lorsque le sorcier l'emporte, car il a l'habitude d'éliminer définitivement tous les pions du magicien, répondit le livre. Celui-ci doit donc recruter une équipe complète de treize pions avant que son opposant ne puisse le provoquer en duel. Lorsque le sorcier est vaincu et que le roi du magicien survit, ce qui ne s'est produit qu'une seule autre fois à Athènes, il y a deux mille cinq cents ans, le sorcier peut exiger une chance de revanche durant la vie du roi survivant.

– Que s'est-il passé à Athènes ?

– Le magicien, qui n'était pas encore prêt à jouer, a subi une écrasante défaite.

– Comment le sorcier signale-t-il au magicien qu'il reprend le jeu ?

– Il s'empare de l'emblème du vainqueur.

– La couronne... se troubla Galahad.

– De combien de temps dispose alors le magicien pour riposter ? poursuivit Alissandre.

– L'histoire nous a appris que le sorcier frappait très rapidement, une fois qu'il avait signalé son désir de poursuivre le jeu.

– J'imagine que tu n'as pas encore recruté tes pions, devina Galahad.

– Je ne sais même pas où les prendre.

– Si Terra est toujours le roi, ne devraient-ils pas déjà graviter autour de lui ?

Même si ce n'était pas le magicien qui le questionnait, le livre de règlements considéra qu'il était de son devoir de répondre.

– J'aimerais vous signaler que c'est probablement le sorcier qui choisira le terrain sur lequel se disputera la prochaine joute, indiqua l'ouvrage. Vous aurez très peu de temps pour organiser votre armée.

– J'en serai, annonça Galahad.

– Je l'avais déjà deviné, avoua Alissandre. À part Terra, un seul autre chevalier n'a apparemment pas été éliminé.

– Mordred. Jure-moi que vous ne serez pas obligés de le garder.

– Il pourrait invoquer les règles du jeu pour vous forcer à l'intégrer dans vos rangs, expliqua le livre.

– Mais il a tenté de tuer l'un de mes pions avant même que ne débute le jeu, protesta le magicien.

– C'est le propre de ce pion de jouer sur les deux plans. Ce geste de sa part pourrait aussi indiquer que la partie est commencée.

– Dans ce cas, ne perdons plus de temps, s'alarma Galahad.

– Je vais te ramener dans ton corps physique et tenter d'expliquer la situation à Terra, décida Alissandre.

– Ce sera une dure épreuve pour lui.

Voyant qu'on n'avait plus besoin de lui, le livre réintégra sa place dans la bibliothèque.

– Couche-toi, mon ami, ordonna Alissandre.

Galahad lui obéit aussitôt. Il se sentit sombrer dans le sommeil, puis ouvrit subitement les yeux. Il était à l'hôpital de Nouvelle-Camelot. Avait-il rêvé ce qui venait de se passer dans la caverne du magicien ? Il était parfois si difficile de faire la différence entre le songe et la réalité…

– Chance… murmura-t-il en l'apercevant à ses côtés.

– Je savais que tu aurais la force de traverser cette épreuve, se réjouit-elle.

– Malheureusement, elle ne fait que commencer.

Il voulut s'asseoir, mais son épouse l'en empêcha.

– Tu n'es pas en état de te lever, Galahad.

– Il le faut, pourtant.

– Pas avant que le médecin m'assure que tu puisses le faire. Et il y a aussi la police qui veut te parler au sujet de l'agression dont tu as été victime.

Galahad n'avait rencontré Philippe Cyr qu'une seule fois, au moment de son embauche par la mairesse. Il était bien jeune pour occuper le poste de chef de la police, mais personne d'autre n'avait répondu à leur annonce. Philippe était intègre et dévoué, mais comprendrait-il que le danger provenait d'un autre plan ? Tous les humains n'étaient pas nécessairement ouverts à l'existence de la magie et de la sorcellerie.

– Ai-je au moins le droit de faire des appels téléphoniques ? demanda le chevalier.

– Es-tu complètement irresponsable, Galahad Dawson ? Tu viens juste de reprendre conscience !

Le magicien apparut alors de l'autre côté de la civière, arrachant un cri de surprise à la jeune femme.

– Chance, te souviens-tu du magicien ? fit son mari.

– Oh non ! explosa-t-elle en se rappelant toutes les souffrances qu'avaient entraînées le jeu. Il n'en est pas question !

– Avant que vous ne me condamniez, fit Alissandre, laissez-moi d'abord terminer le traitement que j'ai commencé dans une autre dimension.

Il détacha une fois de plus la jaquette d'hôpital de Galahad et versa le reste de l'antidote au milieu de sa poitrine.

– Que lui faites-vous ? se fâcha Chance.

– Je le débarrasse du poison qu'on lui a injecté, madame.

– Les médecins avaient la situation bien en main.

– Permettez-moi d'en douter.

Alissandre passa la main au-dessus du corps du chevalier et n'y décela plus aucune trace du venin.

– À bientôt, Galahad.

Il se dématérialisa au moment où l'inspecteur Cyr arrivait dans la pièce vitrée.

– Est-ce que je viens de voir un homme disparaître ? s'étonna celui-ci.

Galahad et Chance gardèrent un silence coupable.

– Il n'y a pourtant qu'une seule façon d'entrer ici, et c'est moi qui viens de l'utiliser. Où cet homme est-il allé ?

– C'est difficile à expliquer, bafouilla Chance.

Galahad, quant à lui, opta pour la franchise.

– Alissandre est un magicien.

– Ah… se contenta de répondre Philippe, persuadé que le chevalier se payait sa tête.

– Vous finirez bien par y croire.

– En attendant, j'aimerais que vous me racontiez ce qui vous est arrivé.

– Je suis entré dans la boutique de monsieur Timothée Medrawt et il m'a agressé.

– Il a essayé de vous tuer, vous voulez dire.

– Je ne sais pas exactement ce qu'il a fait. Il s'est approché de moi, puis m'a frappé sur la poitrine et je suis tombé.

– Je me suis rendu à cette boutique tout à l'heure. Elle est non seulement déserte, mais aussi vide.

– Plusieurs personnes qui y sont allées avant moi témoigneront du contraire.

– Pourquoi cet homme voulait-il vous tuer, monsieur Dawson ?

– Il m'a avoué n'être venu à Nouvelle-Camelot que pour s'en prendre à Terra Wilder, alors je l'ai averti que je ne le laisserais pas se rendre jusqu'à lui.

– Et c'est à ce moment-là qu'il vous a attaqué ?

Galahad hocha doucement la tête à l'affirmative.

– Que se passe-t-il, ici ? tonna le docteur Walker en franchissant la porte de verre.

La femme médecin contourna le policier et écarquilla les yeux en constatant que son patient, mourant quelques minutes plus tôt, semblait maintenant en pleine forme. Elle prit aussitôt son pouls et étudia les données qui apparaissaient sur les différents moniteurs.

– Mais comment…

– Le poison a cessé de faire effet, je crois, expliqua Galahad pour la rassurer.

– Vous venez de me dire que Medrawt vous avait frappé, riposta l'inspecteur.

– Je pense que c'est ainsi qu'il m'a administré cette dangereuse substance.

Le docteur Walker examinait justement sa poitrine. L'intervention d'Alissandre avait fait rougir la marque de la piqûre, désormais bien apparente.

– Sortez tous pour que je puisse m'assurer de l'état de mon patient, exigea-t-elle.

– J'ai une dernière question à poser à monsieur Dawson.

– Une seule, l'avertit la femme médecin.

– Désirez-vous porter plainte contre monsieur Medrawt ?

– Évidemment.

– Quand vous en aurez la force, venez me voir au poste de police pour signer cette plainte.

– Je n'y manquerai pas.

Chance et Philippe sortirent de la pièce, tandis qu'on tirait les rideaux devant les murs de verre.

11

Pour la rassurer, Aymeric avait affirmé à sa meilleure amie qu'il était parfaitement remis des angoisses que le cauchemar avait fait naître en lui. Il avait recommencé à jouer à des jeux qui lui étaient plus familiers et à fureter sur Internet à la recherche de nouveaux défis. Les images obsédantes du mauvais rêve s'étaient complètement estompées dans son esprit. Il se jura de ne plus jamais manger avant d'aller au lit et se prépara plutôt un repas congelé en début de soirée. Il s'installa avec la boîte en carton fumante sur le sofa du salon en regardant une émission à la télévision.

Le téléphone le fit sursauter. Il déposa son dîner sur la table basse et s'empara du combiné, espérant presque que ce soient ses parents.

– Salut, Aym ! fit la voix enjouée de Mélissa. Est-ce que ça va ?

– Mais oui.

– Il y a une petite fête chez Deborah ce soir. Tu viens ?

– Non. J'ai loué un film que je veux voir depuis longtemps, et ensuite je vais continuer à travailler sur le logiciel de jeu que j'ai commencé à créer le printemps dernier.

– Ça te ferait du bien de te détacher un peu de l'informatique, tu sais.

– Je ne suis pas à l'aise dans une foule, tu le sais, pourtant.

– Une foule ? Nous ne serons qu'une vingtaine !

– C'est trop pour moi. Je suis désolé, mais je préfère rester chez moi, en ce moment.

– Bon, je respecte ta décision, mais si jamais tu changeais d'idée, je serai à Caer Harmonia jusqu'à minuit. J'ai mon portable sur moi. Tu peux m'appeler quand tu veux.

– Merci, Méli.

Il raccrocha et termina son repas. Amy avait habitué ses enfants à ne pas laisser de vaisselle sale ou de nourriture sur les meubles ou sur les plans de travail à cause des ours qui rôdaient dans la forêt, derrière la maison. Aymeric rapporta donc la boîte dans la cuisine, la lava et la déposa dans le bac de récupération. En se relevant, il crut voir une ombre passer devant la fenêtre située au-dessus de l'évier.

– Pas encore des ours, déplora-t-il.

Suivant les recommandations de ses parents, il alluma les lampes de la cour. Cela suffisait généralement à effrayer les animaux qui s'approchaient un peu trop de la demeure. C'est alors qu'il remarqua le léger brouillard qui recouvrait le sol.

– C'est bizarre à cette période de l'année, pensa-t-il tout haut.

Il s'enferma dans sa chambre et alluma son ordinateur. Pendant une partie de la soirée, il révisa ses codes et en ajouta plusieurs, se concentrant uniquement sur son travail. Vers minuit, les yeux rougis par la fatigue, il fit reculer sa chaise et décida d'aller dormir. Il sombra presque aussitôt dans le sommeil et recommença à rêver. Cette fois, au lieu de se retrouver dans une ruelle, il fut transporté dans un lieu saint qui ressemblait à un monastère.

Aymeric marchait dans un couloir éclairé par de petites torches. « Oh non, ça recommence », songea-t-il. Pourquoi était-il aussi conscient dans ce qui était censé être un rêve ? Habituellement, on n'était que spectateur de sa vie onirique. Mais depuis qu'il avait visité la boutique de l'alchimiste, tout avait changé. C'était certainement sa faute.

Il aboutit finalement dans une pièce plutôt étroite, mais au plafond démesurément haut. Les murs semblaient recouverts d'un curieux papier peint de couleur sombre. Des fenêtres étaient percées tout en haut, ne procurant qu'une faible luminosité. Devant lui se trouvaient un large secrétaire et une chaise à haut dossier. Il ne vit pas tout de suite l'homme qui y était assis.

– Leur sang est sur vos mains, Thibaud, déclara l'inconnu sans même se retourner. À votre place, j'irais vivre ailleurs.

Aymeric s'approcha prudemment du meuble, de façon à voir le visage de son interlocuteur.

– Je ne m'appelle pas Thibaud, lui dit-il.

– Continuez à vous le répéter. Cela vous sera fort utile.

– Je ne comprends pas ce qui se passe ou de quelle façon je me retrouve de plus en plus souvent dans des endroits que je ne connais pas.

– Êtes-vous en train de me dire que vous avez perdu la raison ? J'ai ouï dire qu'il y a beaucoup de survivants et qu'ils vous cherchent.

– Des survivants de quoi ?

L'homme se tourna finalement vers l'adolescent. Il était vêtu d'une tunique marine très serrée et portait un curieux bonnet de la même couleur.

– Est-ce le remords qui vous fait agir de manière aussi étrange ?

– Je ne sais même pas de quoi vous parlez.

– Mais de votre trahison, évidemment. Nous avons tenté de garder votre identité secrète, comme vous l'aviez exigé, mais je crains que certaines personnes fort débrouillardes n'aient mis la main sur des documents qu'elles n'auraient pas dû voir.

– Je m'appelle Aymeric Wilder et je ne comprends vraiment rien à votre charabia.

– Que Dieu vous prenne en pitié, Thibaud.

Il se mit alors à pleuvoir dans la petite pièce. Pourtant, elle avait bel et bien un plafond ! Aymeric l'avait remarqué dès son arrivée. Au lieu de lever les yeux pour tenter de savoir d'où provenait la pluie, il les baissa sur ses mains. Des gouttes de sang s'y écrasaient de plus en plus rapidement. Horrifié, l'adolescent voulut prendre la fuite, mais des hommes se tenaient maintenant à l'entrée du couloir. Ils portaient de longs manteaux blancs.

– Papa ! hurla Aymeric.

Son cri le réveilla et il se redressa d'un seul coup dans son lit. Ses cheveux blonds étaient collés sur son crâne par la sueur.

– J'aurais dû les suivre à Disneyland, hoqueta-t-il.

Il se tourna vers son réveille-matin qui indiquait deux heures vingt minutes. Ses parents et sa sœur dormaient depuis longtemps à cette heure de la nuit. Aymeric se demanda toutefois si la fête chez Deborah était terminée. Il sauta sur le téléphone de sa table de chevet et appela Mélissa.

– Allô… fit-elle d'une voix endormie.

– Méli, c'est moi.

– Y a-t-il un problème, Aym ?

– Es-tu encore chez ton amie ?

– Non. Je suis rentrée il y a une heure, environ. Dis-moi ce qui t'arrive.

– J'ai fait un autre rêve de fou.

– Encore relié à un jeu vidéo ?

– Pas que je sache. Je n'ai jamais vu cet environnement où que ce soit.

– On pourrait se mettre à sa recherche, pour voir s'il y a vraiment un lien entre les jeux et tes cauchemars.

– En ce moment, j'ai davantage besoin de réconfort que de réponses à mes questions.

– Saute sur ton scooter et viens dormir chez moi.

– J'arrive tout de suite.

Aymeric raccrocha et fonça dans le corridor des chambres, mais lorsqu'il ouvrit la porte de l'entrée, il s'arrêta net. Le brouillard était devenu si dense qu'il lui sembla être debout devant un mur grisâtre. D'une main, il tenta de balayer l'air, sans succès. Découragé, il referma la porte et se rendit au salon d'où il rappela son amie.

– C'est inutile, Méli. Je ne vois même pas mes pieds dehors. Je ne pourrais pas suivre la route.

– C'est curieux tout de même que ce phénomène atmosphérique ne se produise que chez toi.

Un grondement sourd fit tressaillir l'adolescent.

– Si tu allais me suggérer de traverser le brouillard parce qu'il se limite probablement à la forêt autour de chez moi, oublie ça. Je viens d'entendre un ours et je suis incapable de déterminer s'il s'agit d'un grizzly.

– Dans ce cas, je vais rester au téléphone avec toi jusqu'à ce que tu t'endormes.

– Parce que tu crois que j'ai envie de faire d'autres mauvais rêves ?

– Rien ne prouve que tu en feras d'autres, Aym.

– Je préfère rester éveillé.

Ils bavardèrent donc pendant un long moment, bien que ce fût Mélissa qui fit surtout la conversation, mais vers quatre heures du matin, elle se mit à bâiller.

– Es-tu suffisamment apaisé pour que je puisse aller me coucher, maintenant ?

– Oui, ça va aller. Je n'entends plus d'animaux et j'ai du mal à garder les yeux ouverts. Merci, Méli.

– À demain, Aym.

Il raccrocha, mais ne retourna pas dans sa chambre. Il alluma plutôt le téléviseur, sans vraiment choisir de chaîne, et s'enroula dans la douce couverture que sa mère gardait au salon. Il se coucha sur le côté et se remit à penser à sa famille. « Combien coûte un billet d'avion pour la Californie ? » se demanda-t-il. Peu importe le prix, son père accepterait sûrement de le lui payer. Tandis qu'il fermait de plus en plus souvent les paupières, Aymeric s'inquiéta aussi de ne pas avoir vu Galahad de la journée. Pourtant, lorsqu'un chevalier donnait sa parole, il respectait ses engagements.

Sentant qu'il perdait l'équilibre, l'adolescent ouvrit subitement les yeux. Il constata alors avec affolement qu'il n'était plus chez lui. Devant lui se tenaient un grand nombre de personnes portant des habits d'une autre époque. Ils semblaient assister à un spectacle quelconque. Aymeric regarda autour de lui. Il lui était impossible de fuir, car il se trouvait au fond de la pièce, et il n'y avait aucune sortie. Il regarda par la fenêtre et constata qu'il était au deuxième étage d'un vieil immeuble, aux abords d'un square. « Il faut que je sorte d'ici avant que quelqu'un ne me parle », paniqua-t-il.

Il se faufila entre les spectateurs et arriva devant une balustrade. Il se trouvait sur le balcon d'une grande salle. En bas, des hommes étaient assis à une longue table en bois. Devant eux, un chevalier portant un manteau blanc se tenait fièrement debout, les mains liées dans le dos. « C'est un procès », comprit l'adolescent.

– Tu as bien fait de les dénoncer, Thibaud, lui dit alors son voisin. Ils étaient devenus beaucoup trop puissants.

L'homme lui donna dans le dos une claque qui le réveilla. Aymeric ne ressentit cependant aucun soulagement de se retrouver une fois de plus chez lui. Il se roula en boule sur le sofa et éclata en sanglots. Il ne comprenait pas pourquoi tous ces gens l'appelaient Thibaud ni pourquoi d'autres l'accusaient de trahison. Il n'avait que quinze ans et n'avait jamais fait de mal à personne. Tout ce qu'il voulait dans la vie, c'était devenir un grand savant comme son père et faire profiter le monde de son génie.

Il fit un effort de mémoire, afin d'analyser ce qui s'était passé chez l'alchimiste quelques jours auparavant. Cet homme étrange vendait des talismans et des livres de magie. Il n'avait pourtant rien acheté dans sa boutique. C'était Mélissa qui avait reçu un pendentif en cadeau. Medrawt ne s'était même pas approché de lui. Lui avait-il jeté un sort à distance parce qu'il s'était montré sceptique ? Il se rappela alors que Galahad était féru d'ésotérisme et de trucs anciens. Sans doute pourrait-il l'aider à comprendre ce qui lui arrivait.

Il allait s'assoupir une fois de plus lorsque la porte claqua dans l'entrée. Aymeric eut à peine le temps de se redresser que Mélissa le serrait dans ses bras.

– Qu'est-ce que tu fais ici ? bredouilla-t-il, somnolent. Quelle heure est-il ?

– Il est huit heures. Je ne pouvais pas rester couchée chez moi en sachant ce que tu vis. Je veux t'aider, Aym.

– Il doit exister quelque chose qui empêche quelqu'un de rêver.

– Allons voir ce que nous pouvons trouver sur Internet.

L'adolescent la suivit sur-le-champ, désireux de mettre fin à ses souffrances. Ils trouvèrent d'abord des sites qui expliquaient en quoi consistait le rêve.

– C'est l'expression de notre inconscient, lut Mélissa à voix haute. L'inconscient est le siège des pulsions, des désirs et des souvenirs refoulés. C'est un extraordinaire travail de mise en scène dans notre théâtre, dans lequel prédominent les représentations visuelles. Le rêve exprime aussi notre désir de résoudre nos conflits intérieurs.

– Mais je n'ai aucun conflit, protesta Aymeric.

– Il s'agit peut-être de souvenirs refoulés, alors.

– La seule fois où j'ai mis les pieds en Europe, j'avais sept ans. Je ne m'appelais pas Thibaud et je n'avais pas trahi qui que ce soit.

– Et si c'était une nouvelle maladie que l'on contracte quand on joue à trop de jeux vidéo ?

– Arrête de dire des bêtises.

– Cette hypothèse en vaut bien d'autres, Aym.

– Je vais aller prendre une douche et me changer.

Mélissa comprenait son désarroi, mais elle ne savait pas très bien quoi faire pour le rassurer. Une fois qu'il fut présentable, elle décida de l'emmener déjeuner dans la cité. Ils sortirent de la maison. Les scooters étaient garés dans l'allée.

– Le brouillard a complètement disparu, remarqua l'adolescent.

– Moi, je pense que tu l'as rêvé, Aym, parce que j'ai vérifié la météo, et il n'en était fait mention nulle part.

– C'est possible...

Ils filèrent vers la ville fortifiée. Après avoir laissé leurs motos à l'entrée, ils longèrent la rue principale en direction de La Bombance, qui servait des repas copieux, mais surtout délicieux. Afin de pouvoir bavarder en paix loin des oreilles indiscrètes, les adolescents allèrent s'asseoir tout au fond de l'établissement. Mélissa commanda la spécialité de la maison, soit des crêpes aux fruits. Elle laissa Aymeric en avaler la moitié avant de recommencer à lui parler de ses cauchemars.

– Ce pourrait aussi être du stress, Aym, déclara-t-elle. C'est la première fois que tu es séparé aussi longtemps de tes parents.

– Je ne suis plus un bébé, tout de même.

– Ce n'est pas ce que j'ai dit. Tout le monde peut souffrir d'angoisse lors d'une séparation. Je suis certaine que cela arrive aussi aux adultes. Est-ce que tu as appelé tes parents depuis qu'ils sont en Californie ?

– Non. Je ne veux pas qu'ils pensent que je suis incapable de me débrouiller seul.

– Moi, j'appelle mon père tous les jours.

– Mais tu es une fille.

– Et alors ?

– C'est connu. Les filles sont plus attachées à leur famille que les garçons.

– Je n'ai jamais rien entendu d'aussi ridicule. Ne me dis pas que tu vas devenir un incorrigible macho en vieillissant.

– Je dis juste ce que je remarque !

– Alors, tu te trompes, Aym. Les femmes et les hommes sont différents physiquement, mais à l'intérieur, ils ont le même cœur et les mêmes sentiments. Il n'est pas défendu aux garçons d'aimer leurs parents et de leur manifester leur affection. Ceux qui s'en privent ou qui s'en gardent finissent par souffrir de graves troubles mentaux plus tard dans la vie.

– Mais où vas-tu chercher toutes ces théories hallucinantes ?

– Je lis des livres de psychologie, et ils ne sont pas réservés qu'aux filles, pour ton information. Je te suggère fortement de commencer à appeler ton père ou ta mère à partir de ce soir. On verra bien si tu continues à faire des mauvais rêves après leur avoir parlé.

– Ce n'est pas comme si ma vie était en danger…

– Lorsque tu te réveilleras de ton prochain cauchemar, prends le temps de te regarder dans le miroir. Je pense que tu seras davantage en mesure d'évaluer l'urgence de ta situation.

Ils mangèrent en silence pendant un moment.

– Qu'est-ce qu'on fait aujourd'hui ? demanda finalement Aymeric.

– Veux-tu travailler sur ton logiciel pendant que j'étudie le nouveau jeu vidéo pour mieux te battre ?

– Non… J'ai envie de faire quelque chose de complètement différent.

– Je suis ouverte aux suggestions.

– Allons nous baigner dans la rivière.

– Mais l'eau est glaciale en juin !

– On le faisait quand on était jeunes et on ne s'en plaignait pas. En plus, c'est censé être bon pour la peau.

– Ce n'est pas très macho, se moqua-t-elle.

– Les Vikings n'étaient pas des femmelettes. Ils se préoccupaient pourtant de leur santé et de leur apparence, si tu veux le savoir. Ils sautaient dans des trous creusés dans de la glace pour fortifier leur cœur.

– Si cela peut t'aider à t'endurcir, alors je suis partante.

Ils allèrent donc chercher leur maillot de bain et pénétrèrent dans la forêt, derrière la maison des Wilder, là où coulait une rivière sur un lit de pierre adouci par l'érosion. Comme Mélissa ne se décidait pas à tremper son gros orteil dans l'eau, Aymeric la souleva dans ses bras et y sauta avec elle. Elle poussa un cri de terreur en se cramponnant à son cou, mais dut admettre, quelques minutes plus tard, que la température de l'eau était supportable.

Les adolescents se laissèrent emporter dans les petites cascades en riant, jusqu'à ce que Mélissa aperçoive un loup sur la rive. Pire encore, la bête les observait. Elle s'empressa de nager à contre-courant pour revenir vers son ami.

– Aym, il faut partir.

– Je l'ai vu, mais je pense qu'il est surtout curieux, lui dit-il pour la rassurer. Ces forêts regorgent de gibier facile à attraper, Méli. Les loups ne sont pas stupides. Celui-ci voit bien que nous n'avons presque pas de viande sur nos os.

– Je préfère m'en aller.

– Quand es-tu devenue froussarde ? la taquina Aymeric.

– Il y a des choses que tu ignores.

Elle sortit de l'eau et jeta sa serviette de plage sur ses épaules. Constatant finalement qu'elle avait vraiment peur, Aymeric l'imita. Ils suivirent le sentier qui conduisait chez les Wilder. Mélissa se retournait régulièrement pour voir s'ils étaient suivis. Ce ne fut qu'une fois enroulée dans une couverture, sur le sofa de la maison de son ami, qu'elle commença à se relaxer.

– Qu'est-ce que j'ignore ? la questionna Aymeric.

– Mon père m'a fait jurer de ne jamais t'en parler, mais je ne peux plus me taire.

– Les histoires qui font peur, j'aimais ça quand j'étais plus jeune. Mais en ce moment, ce n'est peut-être pas idéal.

– Ce n'est pas une histoire. Je m'en voudrais tellement si tu te mettais les pieds dans le plat par pure ignorance.

Aymeric capitula. Serrant sa couverture autour de lui, il fit signe à Mélissa qu'il était prêt à l'écouter.

– Il y a plusieurs années, avant notre naissance, nos parents ont été impliqués dans un sordide jeu entre un sorcier et un magicien.

L'adolescent se contenta d'arquer les sourcils, perplexe.

– Ils se battaient du côté du magicien, évidemment. Mon père m'a dit que le sorcier changeait ses acolytes en loups pour espionner ou s'en prendre aux humains qui servaient son adversaire, sauf qu'ils étaient plus gros et plus intelligents que des loups ordinaires.

– Est-ce que tu as pris de la drogue ?

– Tu me connais mieux que ça, Aymeric Wilder ! se fâcha-t-elle.

– Si mon père avait vraiment vécu une telle aventure, il m'en aurait parlé.

– Il n'en a rien fait en raison de la réaction que tu as eue lorsque tu as vu les arbres se saisir de lui.

Ce souvenir, par contre, était profondément gravé dans la mémoire de l'adolescent. Ses parents n'en avaient jamais plus reparlé, mais cette image revenait encore dans ses pensées lorsqu'il devenait très anxieux.

– Quand ton père t'a-t-il raconté cette histoire ? demanda-t-il, l'air grave.

– L'an passé. Il jugeait que j'étais assez vieille pour l'entendre et il l'a surtout fait pour me mettre en garde contre le sorcier.

– Et s'il l'avait fait uniquement pour que tu ne t'aventures pas toute seule dans les bois ? As-tu pensé à cela ?

– Mon père n'est pas du genre à me faire croire à des fables. Quand il a un avertissement à me donner, il le fait directement. Il est temps que tu saches la vérité, Aym.

– Pour que je commence à craindre les loups ?

– Entre autres.

– Bon, je t'écoute.

Mélissa commença par lui parler des pouvoirs de guérison de Terra, qui l'avaient d'ailleurs ramenée de la mort quelques heures après sa naissance.

– Je sais qu'il a un don, répliqua Aymeric.

– Mais tu ignores que ces guérisons le vident de sa force vitale et que ce sont les arbres qui lui redonnent son énergie.

– Je voudrais bien qu'on m'explique cela scientifiquement.

– Ton père s'en chargera. Pour l'instant, contente-toi de m'écouter.

L'adolescent se renfrogna, mais sa réaction ne découragea pas Mélissa pour autant.

– Sache que l'attirance qu'éprouvent Galahad et ton père pour les légendes arthuriennes ne se limite pas à leur passion pour l'histoire médiévale. Lorsqu'ils habitaient au Texas, ils faisaient tous deux partie d'un ordre de chevalerie qui se prenait très au sérieux. Ces gens ont par contre oublié de leur dire qu'ils étaient tous des pions sur un grand échiquier invisible, sur lequel un sorcier et un magicien se disputent match après match depuis la nuit des temps.

– As-tu une seule preuve concrète de ce que tu me racontes ?

– S'il en existe, je ne sais pas où les trouver, mais j'imagine que ton père ou Galahad pourraient te contenter.

– C'est complètement absurde.

– Et tes cauchemars le sont moins ?

« Le docteur Penny, Galahad et mon père auraient-ils été eux aussi victimes de mauvais rêves collectifs ? » se demanda Aymeric.

– As-tu confiance en ton père ? poursuivit impitoyablement Mélissa. T'a-t-il déjà menti ?

– Jamais.

– Alors demande-lui de te parler du jeu.

Mélissa se leva.

– Où vas-tu ? s'inquiéta Aymeric.

– Je retourne chez moi.

– Es-tu fâchée contre moi, Méli ?

– Je n'aime pas ton air rébarbatif alors que je te raconte une histoire à laquelle je crois.

– Mets-toi à ma place.

– Même si j'essayais de toutes mes forces, je ne crois pas que je pourrais y arriver parce que j'ai l'esprit bien plus ouvert que toi. Je t'appellerai ce soir pour voir comment tu vas.

– Méli…

Elle quitta la maison sans se retourner.

12

Dès que Galahad eut reçu son congé de l'hôpital, Chance convoqua une rencontre chez elle, afin de faire le point sur ce que tout le monde savait. Katy et Marco firent garder leurs filles chez leur grand-mère paternelle et arrivèrent les premiers. Ils furent suivis quelques minutes plus tard par Karen, Fred, Julie et Frank. Le groupe prit place dans le hall du château, où brûlait un bon feu. Chance aimait recevoir chez elle, et ses amis ne manquèrent de rien. Elle avait placé sur la table des boissons, des fruits, des chips et même du vin.

– Merci d'être tous là, fit Galahad. Le but de cette rencontre n'est pas de s'armer contre le sorcier, mais plutôt de discuter de la défense de la ville. Avec votre permission, j'aimerais ajouter un autre membre à cette réunion.

Les six amis échangèrent un regard inquiet, car selon eux, le groupe était complet. Ils sursautèrent lorsque le magicien apparut à la droite du chevalier.

– Pour ceux qui ne le connaissent pas, voici maître Alissandre, le magicien.

– Est-ce une bonne idée de l'inviter ici ? s'inquiéta Fred. Après tout, c'est après lui que le sorcier en a.

– Seulement sur le jeu, le rassura tout de suite Alissandre. J'ai répondu à l'appel de sire Galahad, afin d'être au courant de tous les agissements de mon adversaire, d'autant plus que celui-ci semble agir à mon insu.

– Dans ce cas, je me lance, décida Katy. Tout a commencé avec l'arrivée de Timothée Medrawt dans le secteur commercial de la cité. Je vous ferai d'ailleurs remarquer qu'il a disparu et tout son inventaire avec lui, même si on ne s'explique pas comment. Galahad est venu me poser des questions à ce sujet, alors j'ai tout de suite compris que quelque chose n'allait pas. J'ai réuni tout le monde chez moi, sauf Chance qui avait un empêchement, et nous avons décidé d'enquêter sur le monsieur en question. Personnellement, j'ai pris des centaines de photos.

Elle les étala sur la table pour que tous puissent les voir.

– Je les ai numérotées. Les plus intéressantes sont les dernières, sur lesquelles, en l'espace d'une seule minute, le contenu de la vitrine se volatilise.

– Ça sent de plus en plus la sorcellerie, fit remarquer Frank.

– Les autres photos sur lesquelles j'aimerais attirer votre attention sont celles d'une personne qui est entrée chez l'alchimiste pour n'en ressortir qu'une demi-heure plus tard.

Katy mit le doigt sur la vingtaine de clichés qu'elle avait pris à ce moment-là.

– Mais c'est madame Goldstein ! s'exclama Chance.

– Elle est repartie de chez monsieur Medrawt les mains vides, ajouta Katy.

– Il faudrait peut-être aller lui demander ce qu'elle est allée y faire, suggéra Julie.

– Je m'en charge, annonça Galahad.

– Fred et moi sommes allés visiter la boutique, leur apprit Karen. Elle était remplie d'objets vraiment anciens, comme dans un musée. Fred a acheté un pendentif, et l'alchimiste m'a offert un pendule que je ne reverrai probablement plus jamais.

Le musicien exhiba fièrement le médaillon.

– Il est très vieux, en effet, confirma Alissandre. Il remonte aux Croisades, si je ne m'abuse.

– Medrawt a dit qu'il contenait des pouvoirs magiques, poursuivit Karen.

– C'est exact, mais encore faut-il pouvoir les enclencher.

– Ce qu'on aimerait savoir, en réalité, c'est si ce médaillon risque de causer des problèmes à Fred, ajouta Marco.

– Pas que je sache, les rassura le magicien.

– J'ai trouvé cet homme tout à fait charmant, avoua Karen. Jamais je ne me serais doutée que c'était un sorcier.

– Tu le trouveras moins charmant lorsque je vous aurai dit ce que moi, j'ai découvert, laissa tomber Frank. L'homme qui a ouvert ce commerce est un imposteur. Le véritable Timothée Medrawt est mort en Angleterre il y a un an.

– Alors qui est-il ? s'étonna Katy.

Alissandre se leva et marcha jusqu'à Fred.

– Si vous me le permettez, j'aurais besoin de toucher à votre pendentif un court moment.

Le musicien n'hésita pas un seul instant. Il détacha la cordelette de cuir qui pendait à son cou et lui tendit le bijou. Alissandre le reçut au creux de sa main et s'immobilisa. Il n'y eut aucune fontaine d'étincelles ni de formidable explosion, comme s'y attendaient les anciens étudiants. Sans dire un mot, le magicien remit le médaillon à son propriétaire et retourna s'asseoir.

– Alors de qui s'agit-il ? s'impatienta Katy.

– C'est l'énergie d'un traître, mais je m'explique mal sa présence sur le jeu quinze ans plus tard dans un corps qui n'est pas le sien.

– Est-ce parce qu'il n'en avait pas qu'il ne s'est pas manifesté jadis ? s'enquit Galahad.

– Je ne pourrai pas répondre à cette question avant d'avoir effectué quelques recherches.

– Dans quel camp est-il ? voulut savoir Frank.

– Théoriquement, dans le nôtre, répondit Galahad, mais Mordred est un cas à part.

– Ce n'était pas le fils bâtard d'Arthur qui l'a finalement tué sur un champ de bataille ? demanda Karen.

– C'est ce que raconte la légende, mais il n'a jamais fait partie du jeu.

– Nous voilà rendus aux derniers événements qui se sont produits dans cette boutique maudite, les coupa Chance. Lorsque Galahad est allé rencontrer Medrawt, ce dernier l'a attaqué et lui a administré un poison anesthésiant. Sans l'intervention du magicien, je ne sais pas ce qui se serait passé.

– En général, les araignées immobilisent leurs proies pour revenir les manger plus tard, fit remarquer Katy.

– En fin de compte, on ne sait rien sur cet homme, en dehors du fait que c'est un mystificateur, soupira Karen.

– Nous connaissons son visage, leur rappela Frank en soulevant une photographie où il apparaissait très clairement. Je pense que nous devons la faire circuler à Nouvelle-Camelot pour que les gens s'en méfient.

– Nous pourrions aussi mettre sa tête à prix ? suggéra Katy.

– Je ne voudrais pas que certains de nos concitoyens, plus téméraires que d'autres, se lancent à sa poursuite, les avertit Galahad.

– Galahad a raison, l'appuya Marco. Medrawt est dangereux.

– Dans ce cas, demandons aux gens qui le verront de le signaler à la police.

– Je crois bien que l'inspecteur Cyr nous aidera, confirma Galahad. J'ai déjà déposé une plainte pour voies de fait contre ce marchand.

– Moi, j'aimerais savoir si le jeu est en train de recommencer, hasarda Fred.

– Je crois que oui, répondit Alissandre, mais je ne suis pas encore certain qu'il se passera ici.

– En tout cas, nous sommes prêts à faire notre part, indiqua Katy.

– Seuls les joueurs choisis par le magicien pourront y participer, souligna Galahad.

– Et ce n'est pas une partie de plaisir, ajouta Marco.

Il faisait évidemment référence au sauvetage du roi auquel il avait participé à Houston.

– Je vous remercie pour toutes ces informations, fit le magicien en s'inclinant devant eux.

Il se dématérialisa aussitôt, pressé d'aller enquêter sur le rôle exact de Mordred dans le jeu et la raison de son absence lors de la partie précédente, disputée par son mentor. Les anciennes terreurs de Little Rock se mirent alors à se rappeler mutuellement leurs souvenirs des événements qui avaient à tout jamais changé leur vie. Galahad se cala dans son fauteuil et but du vin à petites gorgées en les écoutant. Il savait bien que ce repos ne durerait pas longtemps.

Lorsque ses invités furent prêts à partir, le maître des lieux prit Marco à part, dans le vestibule.

– Les chevaliers qui n'ont pas été défaits lors d'un match sont automatiquement utilisés dans la partie suivante, l'avertit Galahad. Quant aux autres…

– Je n'ai pas participé au jeu la première fois, mais il n'est pas question que j'en sois écarté maintenant.

– Je m'en doutais. S'il est vrai que tu es plus habile que jadis, il serait toutefois plus prudent que tu t'entraînes davantage.

– C'était dans mes plans.

Ils échangèrent la poignée de main des chevaliers, puis Marco sortit dans la cour, où l'attendait Katy. Galahad resta planté devant la grande fenêtre du hall pendant de longues minutes après le départ des amis de son épouse, sa coupe de vin à la main, à songer au rôle de la mairesse dans toute cette affaire. Il l'avait pourtant rencontrée à plusieurs reprises et jamais il n'avait ressenti la moindre trace de sorcellerie en elle. « Pourquoi est-elle allée chez l'alchimiste ? » Galahad l'avait questionnée au sujet de Medrawt. Peut-être avait-elle voulu en avoir le cœur net…

– Tu viens te coucher ? lui demanda Chance, depuis le seuil du hall.

– Non. Je veux réfléchir à tout ce qui s'est dit ce soir. Mais tu peux y aller. Je sais que tu es très fatiguée.

– Il est important que tu dormes un peu, Galahad.

– Je te promets de monter avant le lever du soleil.

Ce n'était pas suffisant pour Chance, mais elle savait qu'elle n'arriverait pas à le raisonner. Lorsqu'il était en proie à mille délibérations, il n'écoutait rien. Dès que son épouse fut montée à l'étage, Galahad se dirigea vers l'écurie. Il sella son cheval et s'aventura dans la nuit. Il n'avait jamais visité la mairesse chez elle, mais savait qu'elle habitait un petit château à l'entrée de Caer Nobilis. Par mesure de prudence, il emprunta la route au lieu de piquer à travers les champs. « Il faudra que je m'arrête chez les Wilder en revenant », décida-t-il. Il n'avait reçu aucun appel de détresse de la part de l'adolescent et était loin de s'imaginer qu'il était en difficulté. Galahad était un homme qui aimait régler un problème à la fois. Celui qui le préoccupait pour l'instant, c'était celui d'Elsa.

Il aperçut enfin les feux des rues du village où logeaient les gens les plus riches de Nouvelle-Camelot. Il s'agissait pour la plupart de vedettes de cinéma ou de politiciens qui désiraient jouir d'une retraite paisible dans un décor médiéval. Elsa Goldstein et son mari avaient hésité avant de s'installer aussi loin de la cité, mais le calme de l'endroit et ses milliers de fleurs avaient séduit la mairesse. Le couple s'était fait bâtir une demeure d'inspiration médiévale, mais avec toutes les commodités modernes à l'intérieur.

Lorsqu'il arriva finalement chez la mairesse, Galahad n'avait pas l'intention de l'importuner. Il voulait seulement évaluer l'énergie de sa maison. Puisque personne à Nouvelle-Camelot et sa banlieue n'érigeait de clôtures pour délimiter les domaines, il lui fut facile de faire marcher tout doucement sa monture le long des murs de pierre du château. À l'aide de sa paume, il examina attentivement les lieux. Un curieux picotement au creux de sa main le surprit. « Mais qu'est-ce que c'est ? » se demanda-t-il. L'ancien magicien lui avait appris à reconnaître la signature magique de plusieurs phénomènes, mais c'était la première fois qu'il ressentait une telle énergie.

En revenant à son point de départ, il trouva Elsa Goldstein sur sa route, les bras croisés.

– Vous visitez souvent les gens au milieu de la nuit, monsieur Dawson ? questionna-t-elle sans aucune ironie.

– Si je vous expliquais le but de ma présence ici, vous me prendriez pour un fou.

– Peut-être pas.

Il mit pied à terre, par politesse.

– Il s'est produit des événements vraiment étranges dans la cité, dernièrement.

– Philippe Cyr vient de m'apprendre que vous aviez été empoisonné. Je vous trouve bien portant pour un homme qu'on a tenté de tuer.

– Ma soudaine guérison est également difficile à expliquer…

– Que m'avez-vous caché à votre sujet, toutes ces années ?

– Vous êtes arrivée à Nouvelle-Camelot au moment où je refaisais ma vie, alors je n'ai pas jugé utile de vous raconter toutes mes aventures.

– Que cherchez-vous vraiment chez moi, ce soir, Galahad ?

– Je possède le talent de capter les forces subtiles comme la magie où la sorcellerie.

Les bras toujours croisés sur sa poitrine, la mairesse ne fit qu'arquer un sourcil.

– Je vous avais prévenue que vous me prendriez pour un fou.

– Avez-vous trouvé quelque chose ?

Son absence de réaction mit tout de suite le chevalier en garde. Normalement, les gens s'esclaffaient ou reculaient craintivement lorsqu'il leur disait la vérité.

– Il y a autour de votre maison une curieuse énergie que je n'arrive pas à identifier.

– J'espère que vous n'avez pas l'intention d'aller chercher la cavalerie pour vous aider.

– Je dois vous avouer que cette idée m'a traversé l'esprit.

– Et puisque vous êtes un homme tenace, vous reviendrez sans doute rôder chez moi jusqu'à ce que vous ayez percé ce mystère, n'est-ce pas ?

– À moins que vous le fassiez pour moi.

Un sourire espiègle apparut sur le visage d'Elsa.

– Reprenons cette conversation depuis le début, exigea-t-elle en s'approchant du chevalier. Pour quelle raison vous êtes-vous senti obligé de chevaucher jusqu'ici en pleine nuit, à la recherche de cette énergie ?

– On vous a vue entrer chez l'alchimiste qui a tenté de me tuer.

– Conduisez votre cheval dans le garage et suivez-moi.

Galahad avait trop envie d'obtenir des réponses à ses questions pour protester. Il installa la bête à côté de la voiture de la mairesse et suivit celle-ci à l'intérieur.

– Mon mari est en voyage d'affaires en France, en ce moment, avant que vous ne me le demandiez, déclara-t-elle en l'invitant au salon.

– S'il avait été présent, m'auriez-vous laissé entrer ?

– Vous auriez dû être détective, sire Galahad.

Ils prirent place sur de moelleux fauteuils, au bord du feu.

– J'accepte de vous renseigner si vous en faites autant, indiqua-t-elle aussitôt.

– C'est un marché loyal.

– Alors, voilà. Je suis allée rencontrer monsieur Medrawt parce que je ne l'avais pas encore fait et que cela fait partie de mes fonctions. Je lui ai serré la main, puis sans que je comprenne ce qui s'était passé, je me suis retrouvée dans la rue.

– Des témoins affirment que vous êtes restée au moins une demi-heure dans sa boutique.

– C'est très embêtant parce que je ne me souviens pas de ce qui s'est passé. Qui est réellement cet homme ? Est-il impliqué dans ce jeu dont vous m'avez parlé ?

– Je crois que oui, mais je n'en ai encore aucune preuve. Lorsque je suis entré chez lui, il m'a appelé par mon nom et il a planté un dard rempli de venin dans ma poitrine. Il est possible que ce soit un sorcier, car quelques secondes après cette attaque, il a disparu, ainsi que tout ce qui se trouvait dans sa boutique. Les gens normaux utilisent des boîtes pour déménager.

– Je frissonne à la pensée d'avoir passé trente minutes en compagnie d'une telle personne, et Dieu seul sait ce qu'il a pu me faire faire. Est-ce cette énergie que vous ressentez autour de ma maison ?

– En fait, je la capte même à l'intérieur.

– Vient-elle de moi ? s'alarma Elsa.

Elle lui tendit spontanément la main, sans la moindre crainte. Galahad prit une profonde inspiration et la serra dans la sienne. Il fut assailli par un tourbillon de toutes les teintes de bleu imaginables et par le bruit de vagues se fracassant sur des rochers. Il lâcha prise, haletant.

– Ne me dites pas que… s'étrangla la mairesse.

– Je ne sais pas ce que c'est, mais je vous assure que ce n'est pas maléfique. Aucun sorcier ne possède ce genre d'énergie.

– J'imagine que c'est rassurant.

– Si vous me le permettez, j'aimerais apporter un objet que vous portez souvent à un ami qui a beaucoup plus d'expérience que moi en la matière.

Elle enleva une de ses bagues et la remit au chevalier.

– Si Medrawt vous a jeté un sort, nous vous en débarrasserons, je vous le promets, milady.

– Le plus tôt sera le mieux. Et si vous pouviez aussi vous assurer que ce jeu mortel se joue ailleurs que dans notre ville, je l'apprécierais beaucoup. Comme vous le savez, nos forces policières sont plutôt réduites.

– Je ne les mêlerai pas à cette histoire.

Habituellement, lorsque Galahad quittait une dame, il lui faisait un baisemain, mais après ce qu'il avait découvert dans le champ énergétique de la mairesse, il ne s'y risqua pas. Il la salua plutôt de la tête et retrouva lui-même son chemin jusqu'au garage.

13

Aymeric tourna en rond dans la maison toute la soirée. Les paroles de Mélissa continuaient à résonner dans sa tête, entrecoupées d'images provenant de son enfance. Il était sorti dans la cour pour trouver son père et avait vu un arbre s'emparer de lui. Il avait eu si peur… Son père avait-il vraiment été mêlé à cette histoire abracadabrante de jeu entre un sorcier et un magicien ? Terra Wilder était l'homme le plus sensé qu'il connaissait !

Pour en avoir le cœur net, il grimpa au grenier, où sa mère avait entreposé tous les albums de photos de la famille. Il y avait quatre lucarnes, mais aucune ampoule au plafond. Ses parents ne devaient y aller qu'en plein jour. Il redescendit l'escalier suspendu et alla chercher sa lampe d'étude et une torche électrique. Il poussa les malles alignées contre les murs et finit par trouver une prise. Il y brancha la lampe et la déposa sur un petit guéridon. Assis sur le sol, il se mit à fureter dans les boîtes étiquetées par année en commençant par les plus vieilles. Il eut un grand choc en ouvrant la première, car elle contenait les photos de l'accident de Terra, ainsi que celles des étapes de son rétablissement. Sa mère lui avait raconté ce pénible épisode de la vie du savant, mais à cette époque, Aymeric était encore trop jeune pour comprendre ce que signifiaient les mots « accident » et « souffrance ».

Maintenant âgé de quinze ans, il était capable de reconnaître la douleur sur le visage des gens. Ce que son père avait enduré pendant cinq ans était inconcevable.

– C'est peut-être parce qu'il a connu tous ces tourments qu'aujourd'hui il est si important pour lui de soigner les gens, pensa-t-il tout haut.

Il ouvrit ensuite une boîte remplie à craquer de cartes de remerciements de la part de personnes que Terra avait guéries. Il fut surtout touché par celle que le docteur Penny avait adressée à son père après qu'il eut sauvé Mélissa, alors à peine âgée de quelques heures. Aymeric se rendit compte que même s'il avait vécu quinze ans auprès de Terra Wilder, il ne l'avait jamais vraiment connu. Son père n'était pas uniquement un Hollandais ayant émigré en Amérique pour mettre son cerveau au service du Programme spatial, comme on le lui avait si souvent raconté. C'était aussi un homme extraordinaire qui aimait profondément son prochain et qui sauvait des vies sans jamais s'en vanter…

– Quand je serai grand, je serai exactement comme toi, se jura-t-il.

Il feuilleta ensuite les albums de photos, dont la moitié avaient été prises à Disneyland.

Il faisait de plus en plus sombre, mais Aymeric était si absorbé par son retour dans le passé qu'il ne s'en aperçut même pas. Puis, n'ayant rien trouvé au sujet du jeu, il se mit à ouvrir les grosses malles. Dans la troisième, il trouva les quelques souvenirs que Terra avait conservés de l'ordre de Galveston, soit un magnifique costume médiéval, une ceinture avec un fourreau et une longue épée à la garde sertie de pierres précieuses. Il la souleva, étonné qu'elle soit aussi lourde.

– C'est donc vrai qu'il a été chevalier.

Il entendit alors du bruit en bas. Il déposa l'épée sur la malle et s'approcha du trou dans le plancher, persuadé que Mélissa était revenue pour lui faire des excuses. Ce qu'il perçut plus clairement, une fois dans l'ouverture, ne correspondait pas à des pas, mais au choc de puissantes griffes sur le plancher en bois. Il vit le loup passer sous lui et étouffa aussitôt un cri de surprise. L'adolescent n'avait pour toute arme que l'épée de son père, mais il n'avait jamais appris à s'en servir comme Béthanie. En fait, la seule aptitude qu'il avait vraiment développée, c'était l'agilité de ses doigts sur un clavier ! « Ça ne tuera pas un loup », déplora-t-il.

En retenant son souffle, dès que la bête eut pris la direction du corridor des chambres, Aymeric saisit la corde et remonta tout doucement l'escalier. Il était prisonnier dans sa maison, mais au moins, il ne serait pas stupidement dévoré chez lui par un prédateur. « Moi qui pensais avoir vécu mes plus fortes sensations dans des jeux vidéo… », songea-t-il. Il n'avait aucune façon de communiquer avec l'extérieur, ayant laissé le téléphone dans le salon. « Je pourrais sortir sur le toit par l'une des lucarnes », réfléchit-il.

Il s'approcha de l'une d'entre elles avec l'intention de l'ouvrir lorsqu'il vit la meute de loups qui rôdait sur la pelouse. Aymeric ne savait pas grand-chose sur ces grands carnassiers. Toutefois, il décida de ne pas courir le risque de quitter le grenier, au cas où les loups auraient été capables de sauter sur le toit. Il s'empressa de placer la lampe de façon que la lumière ne se reflète pas par les fenêtres et s'assit sur le sol, l'épée sur les genoux.

– Comment diable sont-ils entrés dans la maison ? murmura-t-il, découragé.

Il avait pourtant bien fermé toutes les portes et toutes les fenêtres, comme sa mère le lui avait recommandé. Ces loups savaient-ils les ouvrir ? Reprenaient-ils leur apparence de sorcier le temps de s'infiltrer chez les gens ? Aymeric ne s'était jamais intéressé à l'ésotérisme, car il ne croyait qu'à ce qu'il était capable de voir, de toucher ou d'expérimenter. Maintenant, il ne savait plus ce qu'il devait croire.

Effrayé et affamé, il n'en demeura pas moins immobile. Il ne devait surtout pas signaler sa présence à l'envahisseur autant sous ses pieds qu'à l'extérieur. Puis il se rappela que Galahad avait promis à son père de veiller sur lui. Puisque ce dernier ne s'était pas encore présenté à la maison ce jour-là, il allait sûrement arriver d'une minute à l'autre et faire fuir les loups. En l'attendant, Aymeric tenta d'imaginer l'allure de son père dans son surcot noir et blanc, avec cette magnifique épée contre sa hanche. Avait-elle déjà servi au combat ? Il y avait tant de choses qu'il ignorait au sujet de Terra. Pourquoi Mélissa ne lui avait-elle pas parlé de cette histoire de magicien et de sorcier avant aujourd'hui ? Ils n'avaient pourtant jamais eu de secrets l'un pour l'autre !

« Mon père faisait partie d'un ordre de chevalerie avec Galahad », se répéta intérieurement l'adolescent. Mais aux dires de Mélissa, les deux hommes s'étaient retrouvés coincés sur un plateau de jeu où ils n'avaient été que des pions. « Je joue à des centaines de jeux vidéo et j'ai du mal à croire que mon père, lui, en a directement fait l'expérience », s'étonna-t-il. Béthanie était-elle au courant de cette vieille histoire ? Était-ce pour cette raison qu'elle avait appris à se battre dès qu'elle avait été capable de tenir une arme ? « N'y a-t-il que moi qui suis incapable de me défendre sans ma manette de jeu ? »

Il commençait à faire froid dans le grenier, alors Aymeric se couvrit du surcot épais de Terra en se répétant que Galahad allait bientôt arriver. Mais une heure s'écoula sans que personne ne vienne à son aide. Sans s'en rendre compte, il ferma les yeux et sombra dans le sommeil. Lorsqu'il les ouvrit, il marchait dans un jardin de roses, au pied d'une haute muraille. « J'en ai assez ! » bougonna silencieusement l'adolescent. Il baissa le regard sur sa tenue et vit qu'il portait un vêtement semblable à celui de son père, sauf qu'il était tout blanc avec une petite croix rouge sur son cœur. Une soudaine crampe à l'estomac lui fit relever la tête juste à temps pour apercevoir un homme sortant des buissons et se précipitant sur lui, une arme au poing. « Cette crampe m'a averti du danger », comprit Aymeric. Son premier geste fut de reculer, mais sa main, elle, se posa instinctivement sur la poignée de l'épée qu'il portait dans un fourreau.

– Traître ! s'écria l'assaillant.

Aymeric constata qu'il était habillé comme lui. Les hommes qui portaient le même uniforme n'étaient-ils pas censés se battre dans le même camp ? L'adolescent dégaina et para la charge avec succès. « Mais où ai-je appris à faire ça ? » s'affola-t-il. Il esquiva les coups suivants avec une agilité qui lui était totalement étrangère. C'est alors qu'un groupe d'hommes arriva en courant le long du mur. Ceux-là étaient vêtus en bleu. Constatant qu'il ne ferait pas le poids contre tous ces attaquants, l'agresseur prit la fuite.

– Thibaud, es-tu blessé ? s'empressa de demander l'un des sauveteurs.

– Pourquoi m'appelez-vous ainsi ? se fâcha Aymeric.

– Si tu as changé ton nom, personne ne nous en a informés.

– Je m'appelle Aymeric.

– Cela n'a plus tellement d'importance, puisque tu quittes le pays ce soir. Le pape nous a demandé de t'escorter jusqu'au bateau.

Le chef des soldats le saisit alors par le bras.

– Je n'irai nulle part avant de comprendre ce qui m'arrive ! hurla Aymeric.

Il se réveilla en sursaut et vit qu'il était toujours assis dans le grenier de la maison de ses parents.

– C'en est assez ! ragea-t-il. Je vais aller me faire hypnotiser !

– Aymeric ! l'appela alors une voix.

Jamais l'adolescent ne fut aussi content d'entendre la voix du meilleur ami de son père. Il déposa l'épée sur le plancher et courut à la fenêtre. Il faisait sombre dehors, mais il parvint tout de même à discerner la silhouette du cheval immaculé du chevalier.

En quittant la maison de la mairesse, Galahad avait piqué vers celle de Terra pour voir comment se débrouillait son fils. En arrivant au bout de l'allée, il avait failli faire demi-tour, voyant qu'il n'y avait aucune lumière dans les fenêtres. Mais son cheval avait eu une réaction inhabituelle. L'animal, qui ne craignait pas l'obscurité lorsque son maître était sur son dos, s'était mis à renâcler en reculant. Le chevalier s'était tout de suite servi de ses mains pour évaluer le potentiel maléfique de la menace.

– Aymeric ! cria-t-il de tous ses poumons.

Il entendit la course de plusieurs loups sur la pelouse et comprit qu'il s'agissait de bêtes malfaisantes. Il exigea de son destrier qu'il continue à avancer, ce que celui-ci fit avec beaucoup de réticence.

– Alissandre, si vous m'entendez, venez à mon aide, pria Galahad.

Un chevalier ne devait jamais reculer devant un affrontement, mais contre une dizaine de chiens de chasse du sorcier, il avait le droit de demander des secours. Heureusement pour lui, le nouveau magicien était proactif. Il n'attendait pas que les pots soient cassés pour intervenir.

Alissandre apparut devant la maison dans un éclair éblouissant, ce qui mit quelques-unes des bêtes en déroute. D'autres, plus téméraires, s'approchèrent du mage en grondant. De la lumière se mit alors à irradier du corps d'Alissandre, formant autour de lui un halo éclatant qui continua à s'étendre.

– Va chercher l'enfant ! ordonna le magicien.

Galahad talonna son cheval et fonça vers la porte. Lorsqu'il arriva sur le perron, elle s'ouvrit. Le teint blafard et les membres tremblants de peur, Aymeric se précipita vers son sauveteur. Le chevalier le saisit par le bras et l'aida à grimper derrière lui sur la selle.

– Accroche-toi !

L'adolescent lui obéit sans discuter. Ne perdant pas de temps, Galahad revint au galop dans le cercle de lumière blanche, où ils seraient en sûreté.

– Sont-ils les nouveaux pions du sorcier ? demanda le chevalier.

– Ce sont ses nervis, cela ne fait aucun doute, mais pas des pièces du jeu, expliqua le magicien.

– Est-ce Terra qu'ils cherchent ?

– C'est fort possible. En prenant le roi tout de suite, le sordide personnage n'aurait pas à se salir les mains. Je vais vous faire rentrer chez vous grâce à la magie, pour qu'ils ne tentent pas de vous suivre.

Galahad accepta d'un hochement de la tête. La seconde suivante, il était dans la cour de son château. Il fit descendre Aymeric du cheval, mit lui-même pied à terre, et tira la bête et l'adolescent vers l'écurie. Il se dépêcha de desseller l'animal, de le faire entrer dans sa stalle, puis entraîna Aymeric dans la maison. Ce ne fut qu'à ce moment-là que le chevalier constata la détresse de l'enfant.

– Suis-je en danger, ici ? bredouilla Aymeric.

– Aucun lieu n'est totalement sûr, mais il me sera plus facile de défendre mon château que la maison de mon roi.

Galahad le fit asseoir dans l'une des bergères placées devant l'âtre.

– Raconte-moi ce qui s'est passé aujourd'hui, exigea-t-il.

– Je suis allé me baigner à la rivière avec Mélissa, et nous avons vu un loup. Il était énorme et il nous observait. C'est là qu'elle s'est décidée à m'avouer qu'un certain sorcier se servait de loups pour traquer ses victimes. Mais je ne l'ai pas crue, jusqu'à ce qu'il en entre un chez moi. Ces animaux n'ouvrent pourtant pas les portes.

– Ceux du sorcier peuvent passer à travers les murs.

– Comme c'est rassurant.

– Tu n'as rien à craindre dans ma demeure. Je l'ai bâtie en fonction des quatre points cardinaux et à chacun des coins, j'ai incrusté un morceau de cristal qui repousse le Mal. Ils ne pourront jamais entrer ici. Dis-moi plutôt comment tu as échappé à ce loup.

– J'étais dans le grenier, alors j'ai ramené l'escalier vers moi, bloquant la seule porte qui y donnait accès. Mais je n'avais pas de téléphone pour appeler à l'aide. Alors j'ai fait le moins de bruit possible.

– C'était une bonne décision, Aymeric.

– Ces bêtes m'auraient-elles tué ?

– Je n'en sais rien. Ce sont surtout des chiens de chasse. Ils suivent des pistes pour leur sombre maître.

– Pourquoi moi ?

– C'est une question que nous devrons poser au magicien.

– Le type qui brillait comme la lune au milieu de la pelouse ?

– Il s'est simplement servi de lumière pour éloigner les prédateurs.

– Dis-moi que la magie n'existe pas et que ce jeu n'est qu'une quête de Donjons et Dragons comme vous aviez l'habitude d'en jouer, mon père et toi.

Alissandre choisit ce moment précis pour apparaître, arrachant un cri au pauvre adolescent terrorisé.

– Je suis désolé de t'apprendre qu'elle existe, répondit Galahad.

– Comment se porte-t-il ? s'enquit Alissandre.

– Il est effrayé, mais il n'a pas une seule égratignure.

Aymeric dévisageait le nouveau venu, qui venait de se matérialiser sous ses yeux comme dans les films de science-fiction. Le mage s'accroupit devant lui en lui souriant aimablement.

– Bonsoir, Aymeric. Je me nomme Alissandre.

– Comment vous avez fait ça ?

– J'ai appris à maîtriser les forces de la nature, mais il faut dire que ceci m'a beaucoup aidé.

Il lui fit voir ses paumes où étaient incrustées des étoiles nacrées.

– C'est de la magie ?

– Oui, mais pas dans le sens où l'entendent la plupart des humains. En d'autres mots, je ne fais pas de tours de passe-passe ou d'escamotages. Je fais seulement appel à l'énergie qui se trouve déjà autour de moi.

– Il y en a autour de moi aussi ?

– Évidemment. Nous sommes tous composés d'énergie, comme les objets que nous utilisons et même l'air que nous respirons. Le commun des mortels a édicté ses propres règles de conduite envers la matière et l'antimatière. Seuls les magiciens n'ont pas peur de les enfreindre.

Des flammes se mirent à danser dans sa main sans sembler le faire souffrir. Elles se transformèrent ensuite en une petite créature duveteuse qui ressemblait à un oiseau, puis se mit à grandir et se changea en un petit cerisier dont les pétales s'envolèrent dans la pièce, avant de disparaître complètement.

– C'est incroyable…

– Mais vrai.

– Si j'en juge par ce qui vient de se passer chez moi, vous êtes du côté du Bien, n'est-ce pas ?

– C'est exact, Aymeric. Malheureusement, l'obscurité existe pour que nous puissions apprécier la lumière. Il est temps que tu saches qu'il existe un autre personnage magique qui, lui, se nourrit de la peur et de la destruction.

– Vous ne pourriez pas nous en débarrasser une fois pour toutes ?

– Je n'ai pas encore découvert comment, alors pour l'instant je suis forcé de l'affronter à ce terrible jeu qu'il a inventé.

– Pourquoi le sorcier cherche-t-il mon père ?

Alissandre lui raconta en toute honnêteté comment Galahad et Terra avaient été piégés par l'ordre de Galveston et pourquoi le sorcier était si mécontent.

– Il gagne ces matchs depuis des siècles et il est fâché parce qu'il en a perdu un seul ? s'exclama Aymeric.

– C'est le deuxième que nous gagnons, en réalité.

– Alors ce sorcier est un imbécile comme Medrawt.

– Tu l'as rencontré ? s'étonna Alissandre.

– Oui, il y a quelques jours, avec Mélissa Penny. Nous sommes entrés dans sa boutique et, en plus, c'était mon idée.

– T'a-t-il remis un objet quelconque ?

– Pas à moi, mais il a donné un cristal à Méli.

– Il l'aurait donc chargé de son énergie ? s'assombrit Galahad.

– Est-elle en danger ? s'alarma Aymeric.

– J'ai étudié le recueil de toutes les parties qui ont été jouées depuis le début des temps, les informa Alissandre. Il est déjà arrivé que des serviteurs du sorcier offrent des bijoux à des mortels uniquement pour espionner les gens qu'ils fréquentaient.

– Cette amulette ne lui ferait donc pas de mal ?

– J'en doute.

Galahad, mets cet enfant au lit et communique avec Terra, ordonna le magicien en se servant de ses pensées. Il a le droit de savoir ce qui se passe.

– Je suis honoré d'avoir fait ta connaissance, Aymeric, lui dit Alissandre.

Il s'inclina devant lui et s'évapora.

– Où est-il allé ? s'écria l'adolescent, effrayé.

– Tel que je le connais, il est allé chercher des informations supplémentaires afin de riposter à cette attaque non justifiée de son adversaire.

– Comme dans les jeux vidéo...

– À la différence que dans celui du sorcier, on ne peut pas fermer l'écran quand on en a assez. Viens, je vais te trouver une chambre.

Le chevalier incita l'adolescent à se lever et à le suivre vers la porte du hall.

– Tu es bien sûr que les loups ne pourront pas me retrouver ici, n'est-ce pas, Galahad ?

– Absolument sûr.

Le chevalier le fit monter à l'étage et lui ouvrit la porte d'une des chambres d'amis. Aymeric y fit quelques pas, émerveillé par la décoration médiévale.

– J'ai choisi celle-ci pour une raison spéciale, annonça le chevalier.

Il marcha jusqu'à un vieux secrétaire en bois opaque et en ouvrit les panneaux rabattables, découvrant un écran d'ordinateur et un clavier.

– Je ne voulais pas que tu sois trop dépaysé, poursuivit Galahad. Il n'y a aucun jeu sur ce système, mais il est branché sur Internet.

Au lieu de se précipiter sur l'appareil, comme s'y attendait son protecteur, l'adolescent resta cloué sur place, le visage livide.

– Fais comme chez toi, Aymeric. Ma chambre est juste de l'autre côté du corridor. N'hésite surtout pas à me réveiller si tu éprouves des angoisses.

– Même au beau milieu de la nuit ? Car je fais d'horribles cauchemars depuis quelque temps.

– J'ai aussi été la proie de mauvais rêves lors de la dernière partie.

– Est-ce que des hommes t'appelaient par un nom qui n'était pas le tien et t'accusaient d'être un traître ?

– Non. J'étais plutôt poursuivi par un dragon qui tentait de me dévorer.

– Je pense que j'aimerais mieux ça, soupira Aymeric en s'asseyant sur le lit.

– Connais-tu ces hommes ?

– Pas du tout. Je n'ai jamais vu leurs visages auparavant. Mais eux me prennent décidément pour une autre personne. Ils m'appellent tous Thibaud.

– C'est un ancien nom français, tout comme Aymeric.

– Les premiers portaient une longue cape blanche avec une croix rouge brodée du côté gauche.

– Ressemblaient-ils à cela ?

Galahad pointa derrière lui la peinture qui dominait le lit. On y voyait quatre templiers à cheval galopant vers les murailles de la Terre sainte.

– Oh, mon Dieu… s'étrangla Aymeric.

– L'Ordre des Pauvres Chevaliers du Christ et du Temple de Salomon fut créé au XIIe siècle, afin de fournir une protection armée aux pèlerins qui se rendaient à Jérusalem. Ils servaient le roi et Dieu, et ils étaient connus pour leur discipline de fer et leur amour profond pour l'Église.

– Comment se fait-il que je rêve à un groupe de chevaliers dont j'ignore tout ?

Galahad alla s'asseoir sur le lit près d'Aymeric.

– C'est ton père qui a été le premier à me parler de réincarnation, lui avoua-t-il. Cela m'a beaucoup surpris de sa part, car à mon avis, son esprit est bien plus scientifique que le mien.

– Mon père croit qu'il a eu d'autres vies ? se scandalisa l'adolescent.

– Selon lui, nous choisissons le corps et même la personnalité de toutes nos vies, de manière à faire évoluer notre âme. Le corps que nous possédons actuellement n'a jamais eu d'autres existences dans le passé et il n'en vivra pas d'autres dans le futur. C'est l'âme qui le fait.

– Si je comprends bien, j'aurais été ce Thibaud dans une autre vie ?

– C'est une explication possible.

– Alors, s'il est vrai que j'ai été un traître dans une autre vie, que faut-il que je fasse maintenant ?

– Il faut que tu te fasses pardonner.

– Mais tous ces gens sont morts depuis neuf cents ans !

– Peut-être qu'avec un exemple plus concret, tu arriveras à mieux comprendre ce que je dis. Prends le cas de Terra. Dans une autre vie, il a été un général romain, celui-là même qui dirigeait les soldats qui ont crucifié Jésus.

– Mon père ?

– Ce n'est pas lui qui a causé la mort de cet homme, mais c'est lui qui a donné l'ordre aux soldats de planter les clous dans son corps et de disperser la foule à coups de glaive. Il avait donc une énorme dette à payer envers ces Romains et envers tous les gens qu'ils ont blessés.

Aymeric avait la bouche ouverte, mais il n'arrivait plus à formuler ses protestations tellement il était stupéfait.

– La vie lui a fourni l'occasion de liquider cette dette en lui permettant de revoir ces soldats dans cette vie.

– Qui sont-ils ? parvint finalement à articuler l'adolescent.

– Ce sont ses anciens élèves de l'école secondaire de Little Rock. Il leur a ouvert l'esprit et il est demeuré leur conseiller jusqu'à ce jour. Quant aux victimes de ses soldats, il en a déjà soigné plusieurs grâce à ses dons de guérison.

– Et Jésus, lui ? Il lui en doit toute une !

– S'il l'a rencontré, il ne m'en a jamais parlé.

– Pourrait-il être le magicien ? Parce qu'il faut être quelqu'un de très spécial pour apparaître et disparaître comme il le fait.

– Son cas est plus compliqué, soupira Galahad. Que dirais-tu d'en reparler demain ? Il se fait tard.

– C'est que je ne veux pas vraiment dormir.

– Laisse-moi réfléchir... Est-ce que je possède quelque chose contre les cauchemars, à part l'insomnie ? Je ne suis pas en faveur des médicaments, mais j'ai dû en prendre après le jeu, il y a quinze ans, et je renouvelle toujours ma prescription, juste au cas où.

– Je pense que nous allons bientôt être obligés d'en prendre tous les deux.

– Ce n'est pas toi que cherche le sorcier, mais ton père. Quant à moi, je n'ai pas encore été choisi par le magicien, alors je n'ai rien à craindre pour l'instant.

– Mais ce n'est pas exclu, n'est-ce pas ?

– S'il décidait de me remettre dans le jeu, il est certain que je me battrais férocement pour défendre Terra. Je vais aller te chercher un comprimé qui t'aidera à dormir si profondément que tu ne pourras pas rêver.

– Merci, Galahad.

Dès que le chevalier eut quitté la chambre, Aymeric se tourna vers l'ordinateur qui le tentait de plus en plus.

14

Après avoir quitté le château de Galahad, Alissandre réintégra sa caverne. Il avait appris beaucoup de choses depuis qu'il avait hérité du titre de magicien, grâce aux milliers de livres que lui avait légués son prédécesseur. Toutefois, croyant que la prochaine partie n'aurait lieu que dans cent ans, il ne s'était pas suffisamment informé de ses modalités. Il se tourna donc vers sa bibliothèque, les mains sur les hanches.

– J'ai besoin de consulter le livre des règles du jeu, déclara-t-il.

Le grand cahier, qui n'avait pas eu le temps de reprendre complètement sa place entre les autres ouvrages, vola jusqu'à lui et se posa sur la table en pierre.

– Instruisez-moi comme si j'étais un néophyte, ordonna Alissandre.

– Mais n'avez-vous pas gagné la dernière partie, maître ?

– J'étais là quand l'ancien magicien s'est mesuré au sorcier, mais mon rôle s'est limité à permettre au roi de fuir les lieux. Je ne qualifierais certes pas mon geste de victoire.

Le livre poussa un soupir de découragement et lui récita tous les articles un à un. Chaque joueur devait choisir treize pions et tenter d'abattre ceux de l'autre par tous les moyens possibles. Le roi était la pièce essentielle, et le match ne pouvait pas débuter avant que le magicien et le sorcier n'aient choisi le leur. Même si on comparait souvent ce jeu aux échecs, les pions n'avaient cependant pas de rôles particuliers. Ils pouvaient se déplacer de toutes les façons possibles sur le terrain délimité par l'opposant, qui faisait le premier geste.

– Comment puis-je les reconnaître ? demanda Alissandre en pensant aux loups qu'il avait vus chez Terra.

– Ils ne s'attaqueront qu'à vos propres pions, évidemment.

Mais les carnassiers s'en étaient pris à Aymeric, qui ne faisait pourtant pas partie de ses soldats. En fait, Alissandre n'en avait choisi aucun, ignorant que le jeu reprendrait si tôt. Les loups, même s'ils étaient nombreux, n'étaient peut-être qu'un message de la part du sorcier pour le forcer à recruter ses propres pièces du jeu.

– Si je saisis bien, le jeu ne pourra vraiment commencer que lorsque je serai prêt, c'est cela ?

– En principe, mais le sorcier ne respecte pas toujours les règles.

– Comment pourrait-il jouer contre un adversaire qui n'a pas de pions ?

– Il vous reste un roi.

Alissandre comprit alors ce que tentait de faire son déloyal adversaire. En abattant le roi, il gagnait instantanément la partie !

– Existe-t-il une règle me permettant de stopper son initiative ?

– Nous n'avons prévu aucune de ses manœuvres malhonnêtes.

– Évidemment... Mon prédécesseur m'avait laissé entendre que les matchs ne se disputaient qu'une fois par cent ans et que le sorcier les gagnait presque tous, ce qui revient à dire que notre côté respectait ce délai. Je sais aussi que nous n'avons gagné que deux fois. Le sorcier s'est-il comporté de la même manière lors de la première victoire du magicien ?

– Peu de temps après ce triomphe, il a fait ouvrir toutes les cages des fauves le matin où votre roi s'est présenté trop tôt dans l'arène. Je tiens à vous faire remarquer que s'il n'avait pas eu la présence d'esprit de se réfugier lui-même dans l'une d'entre elles, il aurait certainement été mis en pièces. Alertés par les grondements des fauves, les gladiateurs se sont précipités à son secours.

– Mathrotus déteste donc perdre à ce point ?

– C'est le moins qu'on puisse dire.

– Que me conseillent les règles, maintenant que le sorcier a manifesté sa présence quatre-vingt-cinq ans avant la date prévue ?

– Vous devez protéger votre roi jusqu'à ce que vous ayez choisi vos pions.

– Sauf que j'ignore sur quel plateau le sorcier a choisi de jouer. Les loups n'étaient qu'une diversion. Je ne connais même pas le thème de cet affrontement.

– Généralement, le sorcier ne fait jamais attendre son adversaire bien longtemps. Vous devriez être bientôt fixé.

– Il me suffit donc de veiller sur Terra.

* * *

Au même moment, Galahad venait de réintégrer sa chambre à coucher. Chance l'entendit entrer et alluma la petite lampe sur la table de chevet.

– Tu as l'air soucieux, remarqua-t-elle.

– Des loups ont encerclé la maison de Terra.

– Quoi ? Où est Aymeric ?

Il décrocha le combiné du téléphone.

– Qui appelles-tu à une heure pareille ? lui reprocha-t-elle.

– Je ne crois pas que Terra sera fâché si je le réveille aux petites heures du matin pour lui dire ce qui se passe ici. Il le serait davantage s'il ne l'apprenait qu'à son retour. De toute façon, je dois l'avertir parce que c'est lui qui est le plus en danger.

Il sortit de la petite bourse en cuir pendue à sa ceinture un morceau de papier sur lequel il avait retranscrit le numéro de téléphone de son ami et le composa.

– Allô... fit la voix endormie d'Amy Wilder.

– Je suis vraiment désolé de vous réveiller, milady, s'excusa Galahad en arpentant la chambre, le téléphone collé à l'oreille.

– Galahad ? s'exclama Amy en ouvrant tout grand les yeux. Est-ce que tu appelles au sujet d'Aymeric ?

– Seulement en partie. Je dois absolument parler à Terra.

– Je vais essayer de le réveiller, mais le saut à l'élastique l'a vraiment épuisé.

– Le quoi ?

– Chaque année, Donald et lui essaient quelque chose d'insensé. J'ai eu beau lui rappeler que ses jambes étaient fragiles, Terra n'a rien voulu entendre. Attends, je vais aller le secouer.

Galahad se tourna vers Chance, l'air surpris.

– Quoi ? s'impatienta-t-elle.

– Terra et Donald ont fait un saut à l'élastique...

– Notre Terra Wilder ?

– Bonjour, Galahad, le salua le Hollandais d'une voix enrouée.

– Avant de te révéler la raison pour laquelle je t'appelle, sache que je partage l'inquiétude de ta femme. À quoi avez-vous pensé en sautant au bout d'un élastique qui risque de se déchirer ? C'est de la pure folie de courir de tels risques avec votre vie !

– Malgré le risque, c'était une expérience sensationnelle que je n'oublierai jamais. J'ai eu l'impression d'être un aigle qui plongeait sur un lièvre.

Découragé, Galahad se cacha les yeux avec sa main libre.

– L'année prochaine, je t'emmènerai avec nous, ajouta Terra.

– Il faudra d'abord se rendre jusqu'à l'année prochaine, fit observer le chevalier en libérant ses yeux.

– Que se passe-t-il, Galahad ? se troubla le Hollandais.

– J'avais raison au sujet du sorcier. Il te cherche.

– Explique-toi.

– Des loups géants se sont infiltrés chez toi.

– Aymeric était-il là ?

– Il a eu la présence d'esprit de s'enfermer dans le grenier. Je l'ai ramené chez moi.

– Ne le quitte plus d'une semelle.

– Tu sais bien que c'était déjà mon intention.

– Nous allons rentrer demain et ça va chauffer. Merci, Galahad.

Le Hollandais raccrocha.

– À leur âge, ils devraient faire plus attention à leur santé, grommela Chance.

– Tu connais Terra. Il veut toujours tout essayer.

– Mais Donald est censé veiller sur lui !

– Peux-tu t'imaginer ce qui se serait passé si l'un des sbires du sorcier était passé par là ?

– Il se serait assuré que Terra s'écrase au sol, murmura Chance, livide.

– Dès qu'il sera de retour, il nous faudra le sensibiliser davantage aux dangers qui le guettent.

– J'imagine que tu ne dormiras pas de la nuit…

Galahad secoua négativement la tête.

– J'ai besoin de réfléchir aux erreurs que nous avons commises autrefois et à tous les moyens à notre disposition pour écraser ce sorcier de malheur.

– Le seul conseil que je puisse vous donner, c'est de ne pas remettre votre sort entre les mains de Lancelot et des autres chevaliers de la Table ronde.

– Je n'y songeais même pas.

Galahad embrassa son épouse et la quitta pour faire le guet dans son château.

* * *

Tout comme son ami, Terra n'arriva pas à trouver le sommeil. Il se mit donc à faire les valises de la famille pour qu'elle soit prête à partir après le déjeuner, puis alla frapper à la porte de la chambre des Penny. En boxer fleuri, Donald lui ouvrit, les yeux mi-clos.

– Ce n'est pourtant pas déjà le matin, grogna le médecin.

– Je suis venu te dire que je repars pour Nouvelle-Camelot dans quelques heures.

La nouvelle acheva de réveiller Donald.

– Tu ne t'amuses plus ?

– Galahad vient de m'informer que le sorcier est à ma recherche.

– Si tu retournes en Colombie-Britannique, cela n'équivaut-il pas à te jeter dans la gueule du loup ?

– Mon fils est seul là-bas, Donald. J'ai peur qu'il lui arrive quelque chose.

– Mais il n'a rien à voir avec le jeu.

– Qu'est-ce qu'on en sait ? Il faut que je rentre, mais je ne veux pas que tu te sentes obligé de faire la même chose. Tu as besoin de vacances.

– Disneyland sans toi, ce n'est plus pareil, tu le sais bien. Et puis, j'ai une bien meilleure idée. Pourquoi ne pas laisser Nicole, Amy et Béthanie ici, en Californie, où elles seront davantage en sécurité pendant que toi et moi réglons nos comptes avec le sorcier ? Je leur laisserai suffisamment d'argent pour qu'elles visitent Hollywood, les plages et tout le tralala jusqu'à la fin de l'été.

– Je serais surpris que ma fille accepte de reporter aussi longtemps ses leçons d'escrime, mais je suis d'accord avec toi. Je me sentirais plus libre de mes actions ainsi.

– Je fais le nécessaire.

– Merci, Donald.

Terra retourna dans sa chambre d'hôtel et prit place sur l'unique fauteuil libre. Il regarda dormir sa femme et sa fille pendant un long moment, puis fila sous la douche avant leur réveil. Lorsqu'il en sortit enfin, Amy et Béthanie était assises sur leur lit et l'observaient avec inquiétude.

– Est-ce que tu m'as dit cette nuit que nous partions aujourd'hui, ou est-ce que je l'ai rêvé ? le questionna son épouse.

– En fait, c'est moi qui pars tout à l'heure avec Donald. Vous resterez en Californie aussi longtemps que vous le voudrez.

– Quoi ? firent en chœur la mère et la fille.

– Le sorcier est de retour, et je ne veux pas qu'il vous utilise contre moi.

– C'est quoi, cette histoire ? s'alarma Béthanie.

– Ta mère te la racontera.

– Si tu t'en vas affronter un sorcier, il n'est pas question que je reste ici ! Je sais mieux me battre que toi !

– Ce n'est pas moi qui choisirai mes défenseurs et, de toute façon, je t'en écarterais.

– Pourquoi ?

– Parce que je t'aime trop pour te voir mourir par ma faute.

– Maman, fais quelque chose !

– Ton père a raison, ma chérie.

Amy n'avait jamais oublié les déchirants événements qui avaient entouré la dernière partie entre les deux immortels et elle ne voulait certainement pas y exposer ses enfants.

– La dernière fois, tu as failli y laisser ta peau, Terra.

– La dernière fois, je marchais sur des jambes en plastique dans lesquelles l'armée avait installé des puces électroniques qui me tourmentaient et, si tu t'en souviens bien, j'ai participé au jeu bien malgré moi. Cette fois-ci, c'est un véritable roi qui dirigera les pions du magicien.

– J'ai peur pour toi, mais je sais que tu n'écouteras pas un seul mot de ce que je pourrais te dire, s'affligea Amy.

– Tu sais que je dois y aller, même si ce n'est que pour mettre Aymeric en sûreté.

– Envoie-le-moi ici.

– C'est exactement ce que je compte faire.

– Laisse-moi t'aider à ramener Aym en Californie, insista Béthanie.

– Je comprends ce que tu ressens, mon ange, et j'admire la fougue de ta jeunesse, mais ce combat ne regarde que moi. Je vais m'assurer que vous puissiez rester aussi longtemps que vous le voudrez à Disneyland. Si vous avez envie de visiter d'autres régions de la Californie, ce que je vous encourage à faire, utilisez ma carte de crédit.

Il serra sa fille dans ses bras et embrassa longuement Amy, tandis que Béthanie grondait de colère derrière eux.

– Prends bien soin d'elle, murmura Terra à l'oreille de son épouse. Je t'envoie Aymeric d'ici demain.

– Tu peux compter sur moi.

– Ce n'est pas juste, geignit Béthanie.

Terra empoigna sa valise et sortit de la chambre, refusant de se laisser entraîner dans une longue discussion qui ne rimerait à rien. Il entra dans l'ascenseur et descendit au rez-de-chaussée. Donald n'y était pas encore. Il marcha tout droit au comptoir d'enregistrement, devant lequel se tenait un autre client. Le préposé était occupé au téléphone et semblait aux prises avec un interlocuteur plutôt coriace.

– Cela dure depuis au moins dix minutes, expliqua le client à Terra. Il me semble vous avoir déjà vu quelque part.

– Votre visage ne m'est pas familier, mais j'ai beaucoup voyagé, répliqua le Hollandais.

– Je crois que c'était plutôt dans un magazine scientifique, il y a plusieurs années.

– Vous avez une excellente mémoire, monsieur.

– Medrawt, Timothée Medrawt.

Terra n'eut aucun mal à reconnaître son accent, car il avait lui-même longtemps vécu à Londres.

– Vous êtes Terra Wilder, n'est-ce pas ?

– Oui, c'est bien moi.

– Je me souviens que c'était un article sur l'utilisation de l'antimatière comme source d'énergie dans l'espace. Avez-vous poursuivi vos recherches dans ce domaine ?

– J'ai cédé ma place à plus jeune que moi.

– Un cerveau brillant n'a pas d'âge, voyons.

– N'allez surtout pas croire cela, monsieur Medrawt.

La méfiance voila l'expression joviale de l'alchimiste lorsqu'il regarda par-dessus l'épaule du Hollandais.

– J'ai été honoré de faire votre connaissance, déclara-t-il en reculant.

Il tourna les talons et marcha rapidement vers la sortie, au grand étonnement de Terra. Ce dernier se retourna pour voir ce qui l'avait indisposé. Un homme s'approchait. Il portait un jean, un maillot en coton blanc à manches courtes et des espadrilles. Ses cheveux châtains balayaient ses épaules au rythme de ses pas. Son sourire franc intrigua aussitôt Terra.

– Je ne t'en voudrai pas de ne pas me reconnaître, signifia-t-il.

« Cette voix », se rappela Terra. Plusieurs images défilèrent dans son esprit : la maison de l'armée au Texas, un ordinateur superpuissant, un homme avec lequel il s'entretenait par télépathie…

– Ben Keaton ?

– Je porte maintenant un autre nom, sire.

– Alissandre…

– Dès que tu auras réglé tes affaires avec le commis, j'aimerais te parler en privé.

Terra se tourna vers le jeune homme qui parlait toujours au téléphone. Le magicien fit un léger mouvement de la main.

– Allô ? Allô ?

Le commis raccrocha et leva les yeux sur le Hollandais de l'autre côté du comptoir. Pendant que ce dernier lui expliquait qu'il devait rentrer dans son pays de toute urgence, mais que sa femme et sa fille resteraient à l'hôtel, les portes de l'ascenseur s'ouvrirent. Donald Penny n'eut aucun mal à identifier le « beatnik » qui se tenait près de Terra.

– Alissandre ?

– Je suis heureux de te revoir, Donald.

– Si tu es ici, c'est que les choses vont vraiment mal.

– Quand suis-je devenu un oiseau de malheur ?

– Depuis que Terra m'a annoncé que tu sais qui est de retour. Ce n'était pas une bonne nouvelle.

– Je te suggère de régler toi aussi tes affaires avec l'hôtel, car nous n'avons plus une seconde à perdre.

15

Incapable de dormir, Aymeric avait lancé une recherche sur l'ordinateur de la chambre d'amis du château, désirant en savoir plus sur les Templiers dont Galahad lui avait parlé. Il trouva une foule de sites Internet à leur sujet. « J'aurais dû être plus attentif pendant mes cours d'histoire », se découragea-t-il. Il avait plutôt excellé en sciences. Il commença par fureter sur ceux qui parlaient de la fondation de l'ordre, puis s'intéressa à ceux sur les règles et la hiérarchie. Ses poils se hérissèrent sur ses bras lorsqu'il arriva à la section sur les costumes que portaient ces moines soldats.

– Leurs vêtements devaient être d'une seule couleur, blanc de préférence, noir ou marron, lut-il à voix haute. Seuls les membres de l'ordre pouvaient porter des capes blanches, symboles de leur renoncement à l'obscurité de la vie moderne. Ces habits devaient être sobres et sans richesses.

Les Templiers avaient installé en Europe le premier système bancaire. Ils avaient aussi inventé le chèque, qui évitait aux commerçants de transporter sur eux de l'argent liquide sur des routes moins que sûres. Leur pouvoir suscita évidemment de la jalousie, de la haine et leur amena des ennemis. Le roi de France ayant saigné à blanc le pays, il voulut mettre la main sur les trésors des Templiers et n'eut aucun mal à trouver des délateurs.

– Comme moi ? s'étrangla Aymeric.

Il fit alors des recherches parmi les noms connus des Templiers. Il trouva un grand nombre de Thibaud, mais l'un d'entre eux attira davantage son attention. Il était dans la vingtaine au moment de l'arrestation du grand maître de l'ordre.

– Thibaud de Bourbon…

– Il était bien temps, fit une voix d'homme derrière lui qui n'était pas celle de Galahad.

Aymeric fit volte-face sur le banc en bois. La peur paralysa alors tous ses muscles. Devant lui se tenait un templier en chair et en os ! Il portait une cape et un surcot blancs arborant la croix rouge, ainsi qu'un haubert et un casque en métal.

– Qui êtes-vous ? balbutia l'adolescent, effrayé.

– Je suis celui qui attendait que tu prononces le mot de passe.

– Pourtant, je ne suis pas en train de rêver…

– J'ai reçu l'ordre de vous accompagner, Thibaud. Veuillez me suivre.

– Où ça ?

– Dans la maison du maître, évidemment.

– Non, je n'irai nulle part. Je vais me réveiller et m'apercevoir que je me suis endormi devant l'ordinateur.

Le templier s'avança vers lui.

– Ne me touchez pas ! hurla l'adolescent.

Galahad, qui grimpait l'escalier, entendit son cri. Il courut aussi vite qu'il le put, poussa la porte de la chambre… et la trouva déserte !

– Aymeric !

Les fenêtres étaient fermées. Il n'était donc pas sorti par là. Le chevalier fouilla l'étage au grand complet, sans trouver la moindre trace du fils de Terra. Il n'y avait qu'une seule façon de descendre au rez-de-chaussée, soit par le grand escalier, et c'était là que Galahad se trouvait au moment où Aymeric avait crié. Si ce dernier était descendu, ils se seraient forcément croisés.

Galahad retourna dans la chambre et ouvrit ses paumes au-dessus du plancher. Il capta une faible trace magique, mais rien qui puisse émaner du sorcier.

– C'est impossible…

Paniqué, il redescendit dans le hall, où les premiers rayons du soleil commençaient à s'infiltrer.

– Alissandre, j'ai besoin de vous, supplia-t-il.

Il n'eut pas à attendre longtemps, mais au lieu d'apparaître seul, le magicien était flanqué de Terra et de Donald. Le Hollandais n'eut qu'à voir l'expression sur le visage de son frère d'armes pour comprendre que le pire s'était produit.

– Est-il mort ? demanda Terra d'une voix presque inaudible.

– Je n'en sais rien, avoua Galahad. Pour l'instant, je puis seulement affirmer qu'il a disparu. Il était dans la chambre d'amis. Tandis que je remontais au premier étage, je l'ai entendu crier et j'ai foncé. Mais quand j'ai ouvert la porte, il n'y avait plus personne.

– Y a-t-il des passages secrets dans ton château ? s'enquit Donald en analysant la situation.

– Non.

Terra, qui connaissait bien la demeure de son ami, prit les devants et grimpa l'escalier. Il entra dans la chambre suspecte et examina attentivement les lieux. Le reste du groupe se dispersa derrière lui pour trouver des indices.

– Je sens une bien curieuse magie, leur apprit Alissandre en pivotant très lentement sur lui-même. Elle provient de ce côté.

Il pointa le lit. En un instant, Donald et Galahad le démontèrent pour voir si l'adolescent n'aurait pas été emprisonné dans le matelas ou sous le sommier. Ils ne trouvèrent rien. Terra tâta le mur pour voir s'il ne dissimulait pas quelque entrée dont Galahad lui-même aurait ignoré l'existence. C'est alors que ce dernier fit une remarquable découverte.

– Le tableau a changé, observa-t-il.

Ils se tournèrent tous vers lui, étonnés.

– Mais de quoi parles-tu ? s'informa Donald.

Galahad décrocha du mur le tableau de la Croisade et l'appuya sur les montants du lit.

– Il y avait quatre chevaliers, mais il n'en reste que trois…

– En es-tu certain ? fit Donald, sceptique.

Terra huma la toile de près pour voir si l'huile était fraîche. Alissandre préféra utiliser une autre méthode. Il passa plutôt la main au-dessus du canevas.

– Galahad a raison, trancha-t-il.

– Regardez tout au fond, près de la muraille, sur le cheval qui semble fuir le combat, indiqua Donald.

– Il nous faudrait une loupe pour en voir les détails, déplora Terra.

Alissandre eut une bien meilleure idée. Il déposa le tableau par terre, au pied du lit, et le fit grossir dix fois. Terra constata alors avec horreur que le chevalier qui s'éloignait maintenait de force devant lui sur la selle un adolescent qui se débattait.

– Aymeric…

– Mais comment diable allons-nous pouvoir le sauver dans un tableau ? explosa Donald, découragé.

– Tes pouvoirs sont-ils assez grands, Alissandre ? s'enquit Galahad.

– Dans des conditions normales, je pourrais certainement nous permettre d'entrer dans cette toile, mais malheureusement, elle est protégée par de la sorcellerie.

– Ils ont pris mon fils ! ragea Terra.

– Et je crois savoir pourquoi, fit calmement le magicien. Le sorcier a déjà exploré tous les confins de ton esprit. Il y a sans doute découvert que tu refuserais de participer au jeu, à moins qu'il ne t'y force.

– Il a donc l'intention de garder Aymeric en otage, comprit Galahad.

– Ce qui signifie qu'il ne lui fera aucun mal, ajouta Donald, soulagé.

– Quelles sont les premières étapes à suivre lorsque la partie commence ? s'impatienta Terra, qui redoutait le moment où il devrait apprendre à Amy que leur fils était entre les griffes d'une créature malfaisante.

– Je dois d'abord rencontrer mon adversaire en terrain neutre, afin que nous déterminions le lieu et la durée de la prochaine partie.

– Elle pourrait avoir lieu ailleurs qu'en Colombie-Britannique ? s'étonna Donald.

– Les annales font mention de matchs ayant été disputés aussi bien sur des îles désertes qu'au beau milieu de New York.

– Lequel de vous deux fera ce choix ? s'enquit Terra.

– Je n'en sais rien. C'est la première fois que je suis impliqué dans le jeu à partir du début. Puisque je ne peux plus rien faire ici, je vais aller me préparer pour cette importante rencontre. Dès que j'aurai plus d'informations, je reviendrai vers vous.

Sans attendre leurs protestations, Alissandre se dématérialisa dans un éclair aveuglant. Terra échangea un regard abattu avec ses deux amis, puis quitta la pièce. Galahad et Donald le suivirent dans le corridor menant aux chambres. Chance venait à leur rencontre.

– Mais que se passe-t-il ? s'étonna-t-elle.

– Suis-nous, se contenta de répondre Galahad.

Ils descendirent dans le hall et prirent place sur les bergères. Le chevalier expliqua la situation à Chance en quelques mots.

– En tout cas, j'espère qu'ils ne décideront pas d'aller régler ça dans un pays où la guerre sévit en ce moment, laissa tomber Donald.

– Alissandre ne le permettrait pas, le rassura Galahad.

– L'endroit m'importe peu, maugréa Terra. J'irai n'importe où pour reprendre mon enfant.

– J'imagine que vous n'avez encore rien mangé, fit Chance en se levant. Je vais préparer quelque chose.

Terra n'avait pas faim, mais il avait du mal à organiser ses pensées au milieu des protestations de son estomac. Il se demanda si Aymeric serait bien traité, nourri et proprement logé. « Par un sorcier ? » songea-t-il tristement. Sentant sa peine, Galahad s'accroupit devant lui et lui prit les mains.

– Non seulement nous retrouverons ton fils, mais nous éliminerons aussi cet assassin une fois pour toutes, déclara-t-il.

Le Hollandais hocha doucement la tête, de plus en plus désireux de mettre un terme à ce jeu qui faisait d'innocentes victimes depuis des siècles.

16

Alissandre était très nerveux lorsqu'il revint dans sa caverne. Il avait mémorisé les règles du jeu, mais il ne savait toujours rien de son coup d'envoi. Ses grimoires lui étaient d'un grand secours uniquement lorsqu'il leur posait les bonnes questions. Même s'il avait amassé beaucoup de connaissances, Alissandre n'était qu'un néophyte et il craignait que le sorcier ne fasse qu'une bouchée de lui. « Mes amis comptent sur moi », se rappela-t-il.

– Vous m'avez appris tout ce que je sais, déclara le magicien en posant son regard sur les rayons chargés de vieux livres. Il me manque cependant une autre information.

Tous les ouvrages se mirent à frétiller, prêts à lui faire plaisir.

– Je sais que la partie débute par une rencontre entre les opposants, mais qui doit communiquer avec qui et comment ?

Le livre des règles du jeu s'ouvrit devant lui.

– Ce peut être l'un ou l'autre.

– Et comment doit-on s'y prendre ?

– Puisque le sorcier ne peut pas entrer ici, le meilleur moyen de vous parler demeure l'œil omniscient.

– Le quoi ? Je vis ici depuis plus de quinze ans, et c'est maintenant que vous le mentionnez ?

– Puisqu'il s'agit d'un objet fort dangereux, votre prédécesseur a cru bon de le cacher.

– Sert-il uniquement à la communication ?

– Il vous permet en effet de parler aux mages de votre choix, du moins à ceux qui possèdent aussi une telle boule de cristal.

– Combien y en a-t-il ? s'étonna Alissandre.

Les grimoires se tournèrent les uns vers les autres, hésitants.

– C'est bien la première fois que vous demeurez tous silencieux.

– Malheureusement, aucun de nous ne possède la réponse à votre question.

– Vous y réfléchirez une autre fois. Dites-moi plutôt où le magicien a caché l'œil.

– Il se trouve derrière cette armoire, indiqua le livre des règles en pivotant vers le fond de la grotte.

Alissandre remua légèrement la main. Par magie, le gros meuble se souleva et se déposa plus loin. Il n'y avait rien sur le mur en pierre.

– En êtes-vous bien certains ?

– Absolument.

Le magicien s'approcha de la surface raboteuse et y passa la main.

– Y a-t-il une incantation à prononcer ?

Les livres se consultèrent dans un bruissement étourdissant de pages.

– Pas à notre connaissance.

– Le vieux magicien savait pourtant que j'aurais un jour à me servir de cet œil. Il a certainement laissé un indice quelque part pour moi.

– Je ne sais pas si les deux éléments sont reliés, mais le maître vous a légué sa vieille montre.

– Dont je ne me suis jamais servi, puisque je suis immortel. Où est-elle ?

– Sur le dernier rayon, près des encriers.

Il s'éleva sur le bout des pieds et passa la main sur la tablette, jusqu'à ce qu'il trouve un écrin en velours. Il l'ouvrit avec précaution, ayant été victime par le passé des facéties de son mentor. La petite boîte contenait une montre de gousset en or couverte de symboles étranges.

– À quoi sert-elle ?

– Elle indique le temps, répondit innocemment un dictionnaire aux pages cornées.

– Pourquoi un magicien aurait-il besoin de savoir l'heure ? se méfia Alissandre.

– Vous avez raison de vous méfier, haleta un tout petit ouvrage qui lui était inconnu.

– Mais pourquoi vous cachiez-vous ?

– Je suis un journal intime.

– J'imagine que vous devez contenir des informations qui ne se retrouvent pas dans les grimoires du maître.

– Je suis le recueil de ses pensées et de ses confidences.

– Aurai-je le droit de les consulter, un jour ?

– J'imagine que je pourrais éventuellement être persuadé de vous livrer mes secrets.

– Que savez-vous sur cette montre ?

– Surtout que ce n'en est pas une. Le maître aimait conférer aux objets des usages différents. Il a placé plusieurs messages dans son mouvement d'horlogerie.

– À qui sont-ils adressés ?

– À vous, évidemment.

– Et c'est maintenant que vous m'en faites part ?

– Vous aviez bien d'autres ouvrages à consulter, alors j'ai attendu mon tour.

Alissandre prit une profonde inspiration pour ne pas se fâcher.

– Comment puis-je accéder à ces communications ? demanda-t-il plutôt.

– Ouvrez le couvercle en prononçant le mot de passe.

– Le mot de passe ? Il ne m'a jamais parlé de cette montre, encore moins de la formule susceptible de la mettre en marche.

– Mais tout est écrit sur mes pages.

– Quel est ce mot de passe ?

– C'est le nom du maître, bien sûr.

Alissandre ne l'avait connu que sous son nom d'emprunt lorsqu'il avait personnifié le grand savant allemand Hans Hendrick, un spécialiste en systèmes de propulsion extraterrestres.

– Il ne me l'a jamais révélé, avoua-t-il.

– C'est bien étrange…

– Cessons de jouer au chat et à la souris. La vie de plusieurs innocents est en danger. Dites-moi ce que je dois savoir pour trouver cette fichue boule de cristal.

– Fredegar Markvart.

Dès que son cadran fut découvert, la montre s'anima. Un faisceau lumineux s'en échappa et s'arrêta avant de toucher le plafond. Fasciné par le phénomène magique, Alissandre recula de quelques pas. Le rayon éclatant se mit alors à se tortiller, jusqu'à ce qu'il adopte une forme familière.

– Maître…

– Alissandre, je suis heureux de te revoir.

– Mais je croyais que le sorcier vous avait tué.

– Ne te réjouis pas trop vite, mon petit. Je ne suis qu'une apparition, rien de plus.

– Vous ne pourrez donc pas m'assister lors de cette partie qui va bientôt débuter.

– Je crains que non. Toutefois, je peux encore t'instruire sur les sujets dont nous n'avons pas eu le temps de parler.

– Cela devra attendre, maître, car j'ai une importante mission à accomplir et, pour ce faire, je dois consulter l'œil omniscient.

– Vous en êtes déjà là…

– Le sorcier a triché, comme à son habitude, mais je ne peux rien y faire. Je dois savoir où aura lieu notre première rencontre.

– J'ai caché cet instrument maudit derrière mon armoire.

– Je l'ai déjà déplacée et je n'ai rien trouvé.

– Il faut seulement savoir où chercher.

« Comme lorsque nous avons porté secours à Terra dans la maison ensorcelée », se rappela Alissandre.

– Dites-moi ce que je dois faire.

– Il suffit de se tenir devant le mur et de prononcer les mêmes mots qu'Ali Baba. Ce n'est pas très recherché, je l'avoue, mais je ne m'en serais pas souvenu autrement.

– Merci, maître. Je vous promets d'écouter le reste de vos messages plus tard.

– Méfie-toi du sorcier, surtout lorsqu'il te paraît inoffensif.

– Je m'en souviendrai.

La silhouette lumineuse du vieil homme fut alors aspirée par la montre, et le couvercle se referma sèchement. Alissandre ne perdit plus de temps.

– Sésame, ouvre-toi ! ordonna-t-il.

Les contours d'un coffre-fort s'esquissèrent aussitôt dans le roc. Alissandre sentit le découragement s'emparer de lui. Devait-il aussi en trouver la combinaison ? Heureusement, la porte du coffre s'ouvrit d'elle-même. Le magicien regarda à l'intérieur et vit un objet sphérique enveloppé dans un morceau de tissu sombre. « Qui ne risque rien n'a rien », se dit-il en plongeant la main dans la cavité. Il s'empara de la boule de cristal et la déposa sur la table en pierre, au milieu de la grotte.

– Que dois-je faire, maintenant ?

– Ce n'est pas à moi qu'il faut le demander, s'insurgea le journal intime en réintégrant son rayon.

Le livre des règles du jeu prit aussitôt sa place.

– Si l'œil est parcouru d'éclairs écarlates lorsque vous le retirerez de sa gaine, ce sera le signe que le sorcier désire vous voir.

Alissandre ne prit pas le temps d'écouter le reste de l'explication et s'exécuta. À l'intérieur de la boule de verre couraient effectivement des filaments électriques rouges.

– Vous devez maintenant lui signaler que vous acceptez de jouer.

– Comment ? s'impatienta le magicien.

– En changeant la couleur des éclairs.

Le magicien ne vit qu'une seule façon d'obtenir ce résultat. Il posa la main sur la sphère et se concentra. L'étoile incrustée dans sa paume fit le reste. Les éclairs rouges devinrent immaculés. Alissandre allait demander au livre des règles de lui dévoiler la suite de la procédure lorsqu'un hologramme s'éleva à travers ses doigts, lui montrant un curieux paysage. Il s'agissait du sommet d'une pyramide tronquée, au-dessus duquel brillait une pleine lune. L'apparition ne dura que quelques secondes, puis l'œil devint terne et opaque. Alissandre retira sa main en essayant de comprendre ce qu'il venait de voir.

– L'un de vous connaît-il cet endroit ? lança-t-il nerveusement.

Une grosse encyclopédie se souleva de la tablette la plus basse et atterrit lourdement sur la table.

– Plusieurs civilisations anciennes ont construit des pyramides. On en retrouve en Égypte, en Amérique du Sud et même en Chine. Elles sont mystérieusement toutes alignées de la même façon.

– C'est celle-ci qui m'intéresse.

– Il y a une vingtaine d'années, un archéologue a découvert et photographié cette pyramide dans les montagnes du Pérou, mais toutes les expéditions subséquentes n'ont jamais pu la localiser.

– Comment la retrouverai-je, alors ?

Un vieux traité de radiesthésie se posa près de l'encyclopédie.

– Si vous me le permettez, j'ai une suggestion. Cette planète est parcourue de courants telluriques qui émettent de puissants champs magnétiques, lesquels sont particulièrement puissants là où des pyramides ont été érigées.

– Je n'ai donc qu'à me rendre là-bas et à suivre la direction que m'indiqueront mes mains.

Un recueil d'éphémérides se joignit alors à la discussion.

– J'ai cru remarquer la présence de Séléné au-dessus de cette pyramide. Or, d'après mes calculs, la lune sera pleine dans deux jours au Pérou.

Alissandre se mit à arpenter la caverne en assimilant toutes ces données.

– Je sais désormais où et quand aura lieu ma rencontre avec le sorcier, mais je ne sais toujours pas comment me conduire durant celle-ci.

– Dans ce cas, laissez-moi vous expliquer le protocole, intervint le livre des règles.

– Pourquoi faut-il toujours que vous me fournissiez des informations au compte-goutte ? se fâcha Alissandre.

– Parce qu'il y en a beaucoup trop, maître. Normalement, vous auriez dû bénéficier d'une période de cent ans pour toutes les apprendre.

– Faites-m'en un résumé rapide, car j'ai suffisamment perdu de temps.

– Alors, voilà. Les adversaires doivent d'abord se saluer. Ensuite, ils procèdent à un tirage au sort afin de déterminer le terrain sur lequel aura lieu la prochaine partie. Dès lors, chaque joueur a une semaine pour réunir ses pions.

– Une semaine ! Mais où vais-je les trouver ?

– Tout dépend évidemment du plateau de jeu. Lors du dernier match, le sorcier a choisi le sud des États-Unis. Heureusement, votre prédécesseur a découvert qu'un ordre de chevalerie se cachait à Galveston et il en a recruté les membres. Vous devrez faire preuve d'opportunisme.

– C'est donc mon inexpérience qui me perdra...

– Ou qui vous permettra de contrer le sorcier. Il s'est habitué aux stratégies de son ancien opposant. Il s'attendra à ce qu'il vous les ait enseignées, alors vous pourrez le battre en faisant des gestes imprévisibles.

– Ouais…

– Il vous reste deux jours pour vous préparer à cette rencontre, maître. Puis-je vous suggérer une révision des procédés de défense que vous avez appris depuis que vous êtes avec nous ?

– Ce serait sage, en effet.

Les livres de magie volèrent dans les airs et vinrent se mettre en rang sur la table en pierre.

17

Au château de Galahad, les préparatifs pour le combat avaient commencé. Pressentant qu'il serait absent pendant une partie de l'été, le chevalier avait demandé à Chance d'appeler tous ses élèves pour leur annoncer la mauvaise nouvelle. N'ayant pas eu le temps de joindre le premier groupe de la journée, Galahad était sorti à la rencontre des gamins dans la grande cour. Il tâcha de ne pas leur montrer son inquiétude en leur apprenant qu'il devrait s'absenter pendant quelques semaines.

– Mais qu'allons-nous faire pendant tout l'été ? se désespéra le plus jeune.

– Pratiquer ce que je vous ai enseigné, évidemment, rétorqua leur professeur d'escrime, car à mon retour, je vous mettrai à l'épreuve.

– Êtes-vous vraiment obligé de partir ?

– Il y a parfois dans la vie des obligations auxquelles nous ne pouvons pas échapper. Je vous ferai signe dès que je reviendrai, je vous le promets.

Il les reconduisit jusqu'aux grandes portes de son domaine en répondant évasivement à leurs questions au sujet de sa destination. Galahad ne vit cependant aucun mal à leur dire qu'il partait pour l'Europe, car c'était peut-être la vérité. Le jeu pouvait avoir lieu n'importe où.

Tandis que le chevalier faisait descendre la herse qui protégerait Chance en son absence, Terra tentait depuis un moment de rassurer son épouse, qu'il avait réussi à contacter sur son téléphone portable. Enfoncé dans une bergère, devant l'âtre du grand hall, le Hollandais ne savait plus quoi lui dire pour calmer ses sanglots.

– Tu n'as plus l'âge de jouer aux chevaliers, Terra, hoqueta Amy.

– C'est vrai, mais j'ai encore celui d'aller chercher mon fils.

Assis devant son ami, Donald Penny l'écoutait raisonner de son mieux sa femme. Au fond, il était tout aussi inquiet qu'elle.

– Demande l'aide de la police, supplia Amy.

– Tu veux que je raconte à l'inspecteur Cyr qu'Aymeric a été enlevé par un personnage peint sur un tableau ? Il me prendra pour un fou et il me conduira tout droit à l'hôpital.

– Le magicien est sûrement capable d'entrer dans cette toile.

– J'ignore comment nous effectuerons ce sauvetage, mais il faut lui faire confiance. Je t'en prie, calme-toi. Je retrouverai Aymeric et je le ramènerai à la maison. Surtout, ne rentrez pas à Nouvelle-Camelot avant que la partie ne soit terminée.

– Combien de temps durera-t-elle ?

– Je n'en sais rien, mais tu peux être certaine que je tâcherai de l'accélérer. Ce sera une expédition dangereuse, je ne te le cacherai pas, mais j'ai besoin de savoir qu'en mon absence, tu seras forte et que tu protégeras Béthanie. Le sorcier ne doit pas vous retrouver.

– Tu peux compter sur moi, lui dit sa femme en ravalant ses sanglots.

– C'est ce que je voulais entendre. Je t'appellerai dès que tout sera fini. En attendant, payez-vous du bon temps en Californie.

– Ce ne sera pas la même chose sans vous deux, mais nous ferons notre possible.

Terra bavarda ensuite quelques minutes avec sa fille, toujours fâchée d'être écartée de cette guerre, puis raccrocha en soupirant. Il n'avait pas du tout envie de se mesurer au sorcier, mais il n'avait pas le choix. Il aperçut alors le regard anxieux du docteur Penny.

– Je n'ai pas aimé ce jeu la première fois, maugréa ce dernier, et je ne l'aime toujours pas.

– Tu n'es pas obligé de m'accompagner, Donald. Ce sera un combat difficile et sûrement déloyal.

– Je sais, mais je veux t'aider à te débarrasser de cette terrible menace qui continue à planer au-dessus de ta tête et qui risque de gâcher ta vie ! J'ai appris à me battre depuis le dernier match. Galahad m'a bien formé.

– Nos adversaires seront des créatures magiques sournoises qui ne respecteront pas les règles du combat.

– Et toi, est-ce que tu en as, des pouvoirs magiques, à part ton don de guérisseur ? riposta le médecin.

– Non, mais la nécessité donne des ailes. Rien ne m'empêchera de me rendre jusqu'à Aymeric et de l'arracher des griffes du sorcier.

Donald ouvrait la bouche pour répliquer lorsque Galahad entra dans le salon en compagnie de la dernière personne qu'ils avaient envie de voir : l'inspecteur de police.

– J'étais en train d'abaisser la herse lorsque Philippe est arrivé, expliqua le chevalier en fronçant les sourcils.

Terra comprit tout de suite son signal : ils ne devaient rien dire de leur prochaine croisade à ce représentant de l'ordre. Il dirigea son regard vers son ami médecin, espérant qu'il avait lui aussi saisi la requête silencieuse de Galahad.

– Bonjour, Philippe, le salua Donald.

Tout le monde se connaissait à Nouvelle-Camelot, alors aucune présentation ne fut nécessaire.

– Quel bon vent t'amène ? poursuivit Donald, armé de son sourire légendaire.

– Je suis venu mettre monsieur Dawson au courant de mes dernières découvertes sur son agresseur.

– L'avez-vous retrouvé ? s'enquit Terra.

– Malheureusement, non. Monsieur Medrawt s'est littéralement volatilisé avec toutes ses affaires.

Terra se rappela qu'il avait rencontré en Californie un homme qui portait le même nom.

– Madame Constantino m'a fourni plusieurs photographies du fugitif, poursuivit Cyr. Je les ai transmises sur-le-champ à tous les corps policiers du Canada et des États-Unis. Nous le capturerons, ce n'est qu'une question de temps. J'aurais aimé obtenir d'autres détails de la part de monsieur Dawson, mais j'ignorais qu'il recevait ses amis, aujourd'hui.

– Je vous en prie, procédez, le convia Galahad. De toute façon, nous n'avons aucun secret les uns pour les autres.

Il lui fit signe de s'asseoir.

– Jusqu'à ce qu'il m'assaille, le devança le chevalier, monsieur Medrawt me semblait être un homme bien.

– Lors de votre rencontre, auriez-vous dit quelque chose qui ait pu l'offenser ?

– C'est possible. Comme vous le savez, je me fais un devoir de protéger cette ville.

– Surprotéger, rectifia Donald.

– Je voulais seulement m'assurer que ses papiers étaient en ordre, affirma Galahad.

– On dirait qu'il craignait que vous ne découvriez quelque chose. Le bureau chef de Vancouver devrait me fournir les résultats de son enquête d'un jour à l'autre.

« Lorsqu'il se rendra compte que son suspect est mort depuis un an, il va revenir ici en courant, devina Galahad. Comment réagira-t-il en apprenant que la victime a quitté son château sans dire où elle allait ? »

– Lorsque nous lui aurons mis la main au collet, conclut le policier, vous devrez venir l'identifier à Vancouver.

– Oui, bien sûr, accepta Galahad, mais mes amis sont en train de me convaincre de les accompagner en excursion.

– Je ne vous empêcherai certainement pas de prendre des vacances, monsieur Dawson, mais laissez-moi tout de même un numéro de téléphone où je pourrai vous joindre en tout temps.

– Je n'y manquerai pas.

En bon hôte, Galahad reconduisit l'inspecteur jusqu'à sa voiture. Terra ne l'entendit même pas sortir, car il avait sombré dans ses pensées en entendant le nom de Medrawt. « Est-ce vraiment le même qui m'a approché avant mon départ de Disneyland ? » se demanda-t-il.

– L'homme qui t'a attaqué s'appelait-il Timothée Medrawt ? lança Terra lorsque son ami revint dans le hall.

– C'est le nom qu'il utilise, mais ce n'est certainement pas le sien, car le vrai Timothée Medrawt a déjà quitté cette Terre. Le connais-tu ?

– Il m'a accosté au comptoir de l'hôtel en Californie, juste avant notre départ.

– A-t-il tenté de te jeter un sort ? s'alarma Galahad. T'a-t-il remis un objet quelconque ?

– Tu ne m'as pas raconté ça ! s'étonna Donald.

– Il n'a pas eu le temps de faire quoi que ce soit. Alissandre est arrivé pendant qu'il me parlait. Maintenant que j'y pense, Medrawt a semblé prendre la fuite à ce moment-là. J'ai même cru déceler de la peur sur son visage.

– Est-ce un sorcier ? voulut savoir Donald.

– Sans aucun doute, affirma Galahad. Il a des pouvoirs et il les a utilisés contre moi.

– Et il se trouve à l'hôtel où logent nos femmes ?

L'expression de panique sur le visage du médecin se communiqua instantanément à celui de Terra.

– Il faut les faire sortir de là, les alarma davantage Galahad.

– Amy et Béthanie sont capables de se défendre, mais pas contre un sorcier, réfléchit tout haut le Hollandais.

– Dans ce cas, je change d'idée, annonça Donald. Si un démon n'attend que le moment de s'attaquer à Nicole, Amy et Béthanie, on ne peut pas les laisser sans protection. Le seul qui peut se permettre de ne pas participer au jeu, c'est moi.

– Je vais les appeler pour les informer de la situation, décida Terra.

– Surtout pas ! s'opposa le médecin. Moins elles en savent, mieux ce sera pour elles, surtout si cette vile créature a la faculté de lire dans les pensées. Laisse-moi les surprendre ce soir. J'irai chercher Mélissa chez moi et nous arriverons à l'hôtel dans un petit véhicule de loisirs que j'achèterai en Californie. En demeurant constamment en mouvement, je crois que je pourrai échapper au sorcier.

– C'est une excellente idée, l'appuya Galahad.

Donald, plus résolu que jamais, serra ses deux camarades dans ses bras en leur recommandant de ne pas épargner l'ennemi, puis quitta la maison en compagnie de Galahad, qui dut une fois de plus lever la herse.

Terra aurait bien aimé se mettre sans délai à la recherche des pions noirs, mais il ne pouvait pas partir sans Alissandre. De plus, ce dernier n'était qu'un débutant à ce jeu. Il avait sûrement plusieurs choses à apprendre avant de se mesurer à son adversaire sans pitié. « Où est Aymeric ? se demanda le père. Pas au fond d'un cachot, j'espère... »

– Terra ?

La voix pourtant familière de Chance le fit sursauter. Il regarda fixement la jeune femme aux longues boucles brunes pendant quelques minutes. Les années avaient passé et ses anciens élèves avaient acquis beaucoup de sagesse. Jadis, c'était lui qui leur prodiguait de judicieux conseils.

Toutefois, depuis quelque temps, il apprenait beaucoup en les écoutant.

– Je n'ai pas eu le bonheur d'avoir des enfants, poursuivit Chance, mais je crois savoir ce que tu ressens. Tu es l'un des hommes les plus raisonnables que je connaisse. Ne perds surtout pas ton sang-froid maintenant.

– Ce n'est pas parce que je n'affiche pas souvent mes émotions que je n'en ai pas. En ce moment, même si je n'arpente pas le salon, je suis terrorisé à l'idée que mon fils puisse mourir par ma faute.

– Ce n'est pas toi qui as inventé ce jeu, que je sache.

– Ce que je me reproche, c'est ma stupidité. Si je ne m'étais pas laissé entraîner dans cet ordre de chevalerie à Galveston, rien de tout ceci ne serait arrivé.

– La Table ronde existait bien avant que l'ancien magicien ne la recrute, Terra. En dehors du fait qu'ils n'acceptaient pas les femmes dans leurs rangs, c'étaient des hommes bien qui pratiquaient une activité saine. Le seul coupable, c'est le sorcier. C'est lui qui force le magicien à embrigader de bons soldats partout où il peut en trouver. Ce serait vraiment une bonne chose que vous le fassiez disparaître une fois pour toutes, afin d'éviter que d'autres parents vivent les mêmes angoisses que toi.

– Et venger la mort de mon fils.

– Arrête d'être aussi pessimiste. On ne sait pas ce qui est arrivé à Aymeric. Si tu crois de tout cœur qu'il se tirera indemne de cette aventure, alors il en sera ainsi.

– Chance dit vrai, approuva Galahad en revenant dans le hall. Ce sont nos pensées qui créent notre réalité. Je l'ai appris à mes dépens.

Le chevalier alla s'accroupir devant son ami.

– Rappelle-toi ta volonté de guérir lorsque tu étais à l'hôpital militaire. Tes médecins n'étaient pas certains que tu pourrais remarcher un jour, mais toi, tu avais décidé que tu le ferais.

– Nous sauverons Aymeric, affirma alors Terra en bombant le torse.

– Je n'en ai pas le moindre doute.

– Il n'y a plus que toi et moi pour y arriver, par contre.

– Et nous ? s'offensa Chance qui ne voulait pas qu'elle et ses amis soient écartés de cette mission.

– Même si vous nous avez rendu de grands services, vous n'avez jamais fait partie du jeu, lui rappela Galahad.

– Il est primordial que quelqu'un reste au château, ajouta Terra. Il n'est pas impossible que mon fils nous soit rendu de la même façon qu'on nous l'a enlevé. Si c'était le cas, quelqu'un devra être ici pour le mettre en sûreté.

– Tu as raison, concéda Chance. Où me suggérez-vous de l'emmener si cela devait se produire ?

Galahad se rappela sa dernière conversation avec la mairesse.

– Chez madame Goldstein, répondit-il. Sa maison est protégée par une magie que je ne comprends pas, mais qui n'est pas de la sorcellerie.

– Est-elle bâtie sur un courant tellurique ? s'enquit le Hollandais.

– Ce n'est pas l'endroit qui est spécial, mais la mairesse.

– Vraiment ? s'étonna Chance. Elle paraît pourtant si normale.

– Il y a en elle une force qu'elle semble ignorer, avança Galahad. Aymeric ne risquera rien chez elle.

– Alors, soit, accepta Terra.

Les deux hommes passèrent le reste de la journée à croiser le fer dans la grande cour du château, afin d'être prêts à affronter les sbires du sorcier. Même si ces derniers ressemblaient le plus souvent à des loups géants, ils possédaient malheureusement le don de se métamorphoser à leur guise. Rien ne prouvait qu'ils adopteraient une forme humaine cette fois-ci, mais l'intuition de Galahad lui recommanda de se préparer à se battre à l'épée.

Le soir venu, Terra décida de rester au château plutôt que de rentrer chez lui. De cette manière, il serait prêt à partir plus rapidement lors du retour d'Alissandre. Galahad ne voulut toutefois pas qu'il dorme dans la pièce où Aymeric avait disparu.

– Un seul Wilder manquant, c'est suffisant, déclara-t-il en poussant son ami vers une autre chambre.

Terra se soumit à sa volonté et s'allongea sur un lit à baldaquin, fatigué d'avoir fait autant d'exercice. Les hommes de son âge approchaient de leur retraite et ne partaient pas ainsi à l'aventure. Lors de la partie précédente, il était en bien meilleure forme. « Serai-je capable de tenir le coup ? » se demanda-t-il, découragé.

– Bien sûr que tu le seras, chuchota une voix de femme.

– Sarah ?

Le fantôme de sa première épouse ne lui était pas apparu depuis la naissance des jumeaux. Terra avait présumé qu'elle était finalement montée au ciel.

– Pourquoi ai-je l'impression que tu vas recommencer à me parler de karma ? soupira-t-il.

– Nous nous incarnons pour réduire la charge de nos dettes passées.

– Tu m'as déjà expliqué tout cela, mais cet acquittement n'a-t-il pas de fin ?

– Lorsque nous avons liquidé tout notre karma, nous cessons de revêtir un corps charnel pour poursuivre notre existence sous notre véritable forme.

– Comme toi…

– Ne sois pas triste. Ceux qui sont vraiment à plaindre sont ceux qui doivent retourner sur Terre.

– Pourquoi es-tu ici, ce soir ?

– J'ai senti ton angoisse.

– Mon fils a été enlevé par une créature immortelle qui n'hésitera pas une seconde à le mettre à mort pour son propre plaisir. Tu m'as déjà dit que tu ne pouvais pas voir l'avenir.

– De ce côté de la vie, le temps est effectivement différent. Tout se produit en même temps, alors il nous est impossible de discerner le présent du passé ou du futur.

– Je t'en conjure, ne me dis pas que j'ai une obligation quelconque envers le sorcier.

– Le karma de cet homme est très lourd. C'est plutôt lui qui a une dette envers toi.

– Que m'arriverait-il si je le tuais lors du sauvetage d'Aymeric ?

– Le meurtre coûte très cher à l'âme, Terra. Essaie de ne pas en arriver là.

– S'il touche un seul cheveu de la tête de mon fils, je ne répondrai plus de mes actes.

– C'est la peur qui te fait parler ainsi. Demain, tu comprendras que tu avais tort.

Sarah posa sa main lumineuse sur le front de son ancien époux et le fit sombrer dans le sommeil.

– Fais de beaux rêves…

Le fantôme s'estompa en silence.

18

Malgré la révision éclair à laquelle l'avaient soumis tous ses livres de magie, Alissandre ne se sentait pas de taille à affronter son cauteleux adversaire. Il ne comprenait toujours pas ce que le vieux maître avait vu en lui. Le sergent qu'il avait été jadis ne s'était jamais intéressé aux sciences occultes. Il avait même été sidéré lorsque Terra Wilder s'était adressé à lui par télépathie. Était-ce ce lien privilégié avec le roi blanc qui lui avait valu d'accéder au monde des immortels ? Il n'avait pas eu le temps d'en parler avec son prédécesseur. Tout s'était produit si rapidement après sa première rencontre avec Galahad...

Alissandre ferma les yeux et quitta son antre à la vitesse de la lumière. Même s'il avait conservé l'apparence du sergent Ben Keaton, son corps n'était plus matériel et il pouvait se déplacer instantanément partout où il le désirait. C'était, à son avis, le seul bon côté de son nouvel état. Il se retrouva au-dessus de la Terre, flottant comme un oiseau lumineux. « Ce que les gens prennent pour des objets volants non identifiés sont peut-être des immortels en transit », songea-t-il.

Il survola l'Amérique du Sud à la recherche du point de rendez-vous. Au-dessus de lui, la pleine lune veillait. D'anciennes civilisations avaient érigé des pyramides un peu partout sur la planète. Certaines avaient servi de tombeaux, d'autres de lieux de culte sacrés. Elles étaient toutes construites sur des sites particulièrement chargés d'énergie. Ce fut finalement au Yucatán qu'il trouva le monument qui ressemblait à celui que lui avait indiqué le sorcier.

Alissandre tourna au-dessus du temple de Kukulkan, d'où il captait une très curieuse puissance. Ce site maya abandonné depuis longtemps fourmillait habituellement de touristes. Mais, cette nuit-là, il était désert, probablement en raison d'un envoûtement quelconque lancé par son opposant. Le magicien se posa en douceur sur la partie la plus élevée de la pyramide. À quelques pas de lui, le sorcier était immobile comme une statue. « Ne lui fais pas confiance », se répéta intérieurement Alissandre. La vile créature immortelle empruntait généralement une apparence asiatique par admiration pour la sagesse orientale, mais elle aurait pu ressembler à n'importe qui. Ses longs cheveux noirs flottaient dans le vent. Il faisait une chaleur presque insupportable dans cette région du Mexique, mais les deux mages ne la ressentaient pas.

– Vous êtes à l'heure, nota le sorcier.

Il portait une longue tunique rouge de mandarin. Le faible éclairage de l'astre du soir ne permettait toutefois pas de distinguer les motifs qui la décoraient.

– Fredegar ne l'était jamais, ajouta-t-il.

– Ce n'est malheureusement pas un trait qu'il m'a légué.

– Il y a longtemps que je n'ai affronté un louveteau. Ce sera rafraîchissant.

– C'est ce que nous verrons.

– Vous me semblez plus sémillant que votre vieux mentor. Voyons tout de suite qui de nous deux décidera du plateau de jeu.

– Dites-moi d'abord où est l'enfant que vous avez enlevé.

– Il est chez moi et il y restera jusqu'à ce que je sois bien certain que vous n'avez pas l'intention de vous défiler.

– Je ne serais pas ici en ce moment s'il en était autrement, affirma Alissandre en s'efforçant de conserver son calme.

Un gros pot en terre cuite apparut alors entre les deux immortels. Il était percé de trous d'une quinzaine de centimètres de diamètre, à travers lesquels brillait une intense lumière.

– Que le meilleur l'emporte ! s'exclama le sorcier en plongeant la main dans l'un des orifices.

Alissandre l'imita aussitôt en cherchant ce dont ses livres lui avaient parlé, soit un animal qui le représenterait. Il n'eut pas le temps de se rendre au fond du récipient que le sorcier retirait sa main en poussant un cri de victoire. Ses doigts pourvus de longs ongles retenaient fermement un serpent tout noir qui se débattait furieusement.

– La partie se déroulera au XIIIe siècle, au bord de la mer, entre l'Égypte et la Judée ! annonça-t-il avant de disparaître dans une pluie d'étincelles écarlates.

– Quoi ? s'exclama Alissandre.

Son adversaire ne l'entendit évidemment pas et il ne fit aucun effort pour revenir l'éclairer. Le jeune magicien ignorait que le jeu pouvait se jouer autant au présent que dans le passé. Furieux, il lança un éclair brillant sur la poterie, qui vola en mille morceaux, et constata qu'elle était vide.

– Il m'a dupé, s'étrangla Alissandre, furieux.

Il retourna aussitôt dans sa grotte. En voyant qu'il était d'humeur massacrante, les livres se serrèrent tous les uns contre les autres.

– Le jeu peut-il se dérouler dans le passé ?

– Ce n'est pas impossible, puisque le temps n'existe pas pour les immortels, balbutia un des grimoires.

– Vous m'avez dit que je n'aurais qu'une semaine pour choisir mes pions.

– C'est exact.

– Où recruterai-je des hommes qui accepteront d'aller se battre à l'époque des Croisades ?

L'encyclopédie s'avança timidement.

– Il serait dangereux d'emmener avec vous des hommes qui ne savent pas manier les armes anciennes. Le mieux serait de vous rendre là-bas et de voir ce que vous y trouverez.

– Je suis malheureusement le premier à ne rien savoir de cette période de l'histoire.

– Dans ce cas, laissez-moi vous en faire un bref résumé.

Alissandre soupira de découragement, car ce recueil de toutes les connaissances ne se pressait jamais.

– Sachez tout d'abord que malgré ses débuts difficiles, l'Ordre des Pauvres Chevaliers du Christ a assuré la sécurité des pèlerins se rendant à Jérusalem pendant très longtemps. Ces moines soldats avaient prononcé les vœux de pauvreté, de chasteté et d'obéissance. Pour les aider à subvenir à leurs besoins, le roi et plusieurs nobles leur donnèrent de l'argent et des propriétés.

Le magicien, alors qu'il n'était encore qu'un jeune Keaton à l'école, avait évidemment entendu parler des Templiers, mais comme la majorité des adolescents, il n'avait pas prêté suffisamment attention à ce que disaient ses professeurs. Ses souvenirs de cette période historique étaient donc très vagues.

– Les Templiers furent les maîtres de l'Europe pendant deux cents ans. Cet ordre de chevalerie religieux et militaire possédait une hiérarchie très structurée. Ses membres étaient également d'excellents gestionnaires.

– Je vois mal comment ces renseignements m'aideront à triompher du sorcier.

– Vous ne pouvez pas vous précipiter dans une époque dont vous ne savez rien, maître.

– Mon adversaire a choisi le XIIIe siècle, quelque part entre l'Égypte et la Judée. Pourriez-vous vous en tenir à ce temps et ce lieu précis ? Le temps presse.

Les pages de l'encyclopédie se mirent à tourner avec fracas, puis s'arrêtèrent brusquement.

– Cela complique davantage les choses, annonça le vieux traité.

– Je me doutais déjà que le sorcier n'avait pas désigné cette période au hasard. Dites-moi ce à quoi je dois m'attendre.

– Vous vous retrouverez au milieu des dernières croisades, qui ont été fort désastreuses pour les Templiers. Les villes qu'ils avaient établies au Moyen-Orient furent pillées, leurs habitants massacrés. Des régiments entiers de braves soldats périrent sous les sabres des infidèles.

Alissandre se mit à faire les cent pas autour de la table en pierre en réfléchissant.

– Perdrai-je mes pouvoirs dans le passé ? demanda-t-il en s'arrêtant brusquement.

– Non, maître, assura un livre de magie. Les immortels peuvent circuler à leur guise d'une époque à une autre sans que leurs facultés n'en soient affectées.

– Enfin une bonne nouvelle. Il ne me reste qu'à trouver mes pions.

– Au risque de me répéter, intervint l'encyclopédie, je vous suggère de le faire sur place et parmi les Templiers, si cela vous est possible. Vous auriez ainsi à votre service les meilleurs combattants au monde.

– Avez-vous d'autres conseils à me donner avant que je ne me projette dans le passé ?

– Ne laissez pas le roi blanc ici, recommanda le livre des règles du jeu. Sans votre protection, il serait facilement abattu, et la partie prendrait fin avant que vous n'ayez levé le petit doigt.

– Et Aymeric serait perdu à tout jamais, soupira Alissandre.

– Gardez votre pièce maîtresse à vue tout en cherchant celle de votre adversaire.

– J'avais déjà compris le but du jeu lors du dernier match.

– Alors, il ne nous reste plus qu'à vous souhaiter bonne chance.

Alissandre prit une profonde inspiration, joignit ses mains et s'évapora.

19

Le soleil commençait à poindre au-dessus de la forêt, colorant le ciel en rose. Dans la cour de son château, Galahad massacrait le mannequin en bois à grands coups d'épée, évitant les bras opposés qui revenaient de plus en plus rapidement vers lui. Contrairement à Terra, qui ne pratiquait l'escrime qu'une fois par semaine, Galahad s'y entraînait tous les jours, par beau comme par mauvais temps. Même s'il avait la cinquantaine, il possédait encore une grande force physique. Mieux encore, il avait acquis beaucoup de sagesse depuis la dernière partie contre le sorcier. Avec les années, il avait appris à maîtriser ses émotions, pas encore au même point que Terra, mais suffisamment pour ne pas prendre de décisions irréfléchies. Cette fois-ci, il ne se laisserait pas terrasser par une simple illusion.

Terra dormait encore, car Galahad n'avait pas voulu le réveiller tout de suite. Sans faire de bruit, le chevalier avait quitté sa chambre et s'était vêtu dans la cuisine avant de sortir. Il avait d'abord vérifié que les chevaux se portaient bien, puis avait réchauffé ses bras avant de s'attaquer à la quintaine de toutes ses forces. Les loups du sorcier ne survivraient pas à la puissance de sa lame.

Soudain, au milieu des chants d'oiseaux, Galahad entendit le ronronnement d'un moteur. Vivant loin de la cité, en général, cela signifiait qu'un visiteur approchait de sa propriété en voiture. Il mit donc fin à l'exercice et marcha jusqu'à la herse en s'essuyant le front du revers de la manche. Au loin, une traînée de poussière s'élevait vers le ciel. Le véhicule s'approchait donc à grande vitesse. Galahad tourna la manivelle afin de relever la sarrasine.

Quelques minutes plus tard, la Jeep de Marco Constantino franchit la porte de la muraille et s'arrêta devant lui. Ce dernier ne portait pas son uniforme de physiothérapeute, mais les vêtements qu'il avait reçus de l'ordre de Galveston au moment de son adoubement.

– Katy m'a dit ce que vous aviez l'intention de faire, lança-t-il en descendant de voiture. Il n'est pas question que vous partiez sans moi.

– Tu as une femme et des enfants, Marco, protesta Galahad.

– Tu es marié, toi aussi !

– Chance savait, en m'épousant, que j'avais fait le serment de protéger mon roi jusqu'à mon dernier souffle.

– Et moi, c'est mon vœu le plus cher d'être un vrai chevalier. Je n'ai pas pu participer au dernier match, car j'étais jeune et inexpérimenté, mais cette fois, je suis prêt à faire ma part.

– Ce n'est pas l'ordre de Galveston qui affrontera les nervis du sorcier. Alissandre pourrait choisir un tout autre groupe d'hommes.

– Alors, pourquoi es-tu couvert de sueur ?

Galahad détestait le mensonge. Même si la vérité était parfois douloureuse, elle devait toujours être privilégiée.

– C'est juste au cas où il déciderait d'emmener Terra. J'ai juré devant Dieu de ne jamais rien laisser lui arriver.

– Tout comme moi.

– Tu es entêté comme un templier.

Un large sourire s'afficha sur le visage du jeune chevalier.

– Je suis Tristan, de la même manière que tu es Galahad, déclara-t-il avec fierté. Il n'est même pas question que je sois écarté de cette mission de sauvetage. J'ai accepté d'être adoubé, il y a fort longtemps, parce que je croyais en un idéal commun qui dépassait mes propres espérances.

Galahad entoura les épaules de Marco de son bras musclé et l'entraîna vers l'écurie.

– Heureusement que tu as appris à combattre depuis, le taquina-t-il.

Galahad alla lui chercher une épée et croisa le fer avec lui pendant un peu plus d'une heure. Lorsqu'il s'arrêta brusquement en tournant la tête vers l'étage supérieur de sa demeure, Marco comprit qu'il se passait quelque chose. Le vieux magicien n'avait fait cadeau de dons surnaturels qu'à certains chevaliers de Galveston et malheureusement, il ne faisait pas partie de ce groupe.

– Qu'entends-tu ? demanda Marco, inquiet.

– C'est plutôt ce que je ressens. Viens.

L'aîné fonça vers l'entrée et grimpa l'escalier à toute vitesse, Marco sur les talons. La porte de la chambre de Terra était ouverte, et ce dernier ne s'y trouvait pas. Alarmé, Galahad fonça vers la pièce dans laquelle Aymeric avait disparu. Le Hollandais se tenait debout devant le tableau géant, toujours appuyé contre les montants du lit.

– Que se passe-t-il ? s'empressa de le questionner Galahad.

– Un coup de vent glacé m'a réveillé, répondit Terra. Je l'ai suivi et il m'a mené jusqu'ici.

Les nouveaux arrivants se placèrent de chaque côté de lui, intrigués.

– Il provenait de cette toile ? s'étonna Marco.

– Je n'en suis pas certain.

Galahad connaissait suffisamment la scène illustrée par le peintre d'une autre époque pour en déceler le moindre changement.

– Le quatrième croisé a disparu ! s'exclama-t-il au bout d'un moment.

En effet, le cavalier qui avait emporté Aymeric n'apparaissait plus du tout sur le tableau.

– J'imagine que ce n'est pas bon signe, soupira Marco.

– Je crois que cela signifie que mon fils est désormais hors de notre portée, murmura Terra, affligé.

– Non, tu te trompes, rétorqua Galahad. L'absence de son ravisseur ne peut vouloir dire qu'une chose : Aymeric a été déposé quelque part. Il nous sera donc plus facile de nous porter à son secours que s'il est continuellement en mouvement.

– Je vais aller prendre une douche, annonça le père, qui n'avait pas écouté un seul mot de ce que son ami venait de dire.

– Terra...

Le Hollandais quitta la pièce, la tête basse.

– Je serais probablement tout aussi abattu que lui si un criminel enlevait une de mes filles, avoua Marco, déconcerté.

– S'il perd espoir, c'en est fait de nous. Allons l'attendre en bas.

Le jeune chevalier le suivit à la salle à manger, où l'odeur de la nourriture rappela à Galahad qu'il n'avait rien avalé depuis son réveil. Enveloppée dans un peignoir turquoise, Chance venait de déposer sur la table des œufs frits, du jambon et du pain grillé. Galahad l'embrassa sur les lèvres et remarqua tout de suite son air secret. Il ouvrit la bouche pour s'informer de son humeur, mais elle quitta la grande pièce avant qu'il puisse formuler sa question.

– J'espère que tu as faim, fit le chevalier en se tournant vers Marco, car il y en a pour une armée.

– Je n'ai bu qu'un café avant de partir.

– Je t'en prie, assieds-toi.

Lorsqu'il habitait au Texas, Galahad avait appris de ses mentors qu'un homme ne devait jamais lever le nez sur un repas, car rien ne prouvait qu'il mangerait le prochain.

Il garnit donc son assiette de la nourriture qu'avait préparée son épouse et se versa une tasse de café. Devant lui, Marco était perdu dans ses pensées. Même s'il tentait de se montrer brave, il était tout à fait naturel qu'il éprouve une certaine frayeur. Lorsqu'ils entamaient une partie, les soldats ne savaient jamais s'ils y survivraient.

Chance les rejoignit quelques secondes avant Terra, ce qui empêcha une fois de plus Galahad de s'enquérir de ses soucis. Les chevaliers mangèrent d'abord en silence.

– Je me demande ce que fait Alissandre, pensa le Hollandais tout haut.

– Lorsque Medrawt m'a empoisonné, une partie de moi s'est réveillée dans son antre, commença Galahad.

Marco arrêta de manger pour l'écouter. Terra se contenta de fixer son ami en sirotant son café.

– Il habite un endroit semblable aux grottes que l'on voit dans les films.

Il leur décrivit ce qu'il avait vu et vit leurs yeux s'écarquiller lorsqu'il mentionna que les livres se déplaçaient dans les airs et qu'ils parlaient pour révéler leur savoir.

– Tous les élèves devraient en avoir ! s'exclama Marco, émerveillé.

– Et les parents qui doivent mettre leurs enfants au lit, ajouta Terra en se rappelant les innombrables histoires qu'il avait lues aux jumeaux.

– À mon avis, Alissandre doit être en train de s'entretenir avec ses grimoires afin d'être fin prêt, conclut Galahad.

Lorsque Chance se mit à desservir les couverts, il s'empressa de lui donner un coup de main afin de se retrouver seul avec elle dans la cuisine. Une fois qu'ils eurent posé la vaisselle sur le plan de travail, Galahad la prit par la taille et la fit pivoter vers lui.

– Dis-moi ce qui ne va pas, chuchota-t-il, inquiet.

– Je ne veux pas t'en parler maintenant.

– Alors ce doit être une terrible nouvelle…

– Galahad, c'est pour ton bien.

– As-tu encore rêvé à ma mort ?

Elle secoua violemment la tête à la négative et se réfugia dans ses bras.

– Nous nous disons pourtant tout, insista-t-il.

– Je sais que tu vas partir avec Terra et que tu auras besoin de toute ta concentration pour l'aider à vaincre son ennemi, alors il est préférable que je me taise pour l'instant.

– As-tu l'intention de me quitter ?

– Jamais ! Tu le sais, pourtant.

– Et si je ne devais pas revenir ?

Elle plaqua ses deux mains sur sa bouche pour l'empêcher de continuer, même si elle savait fort bien que c'était possible. Galahad demeura parfaitement immobile jusqu'à ce qu'elle les retire, mais ses yeux bleu sombre s'étaient chargés de larmes.

– Je ne te harcèlerai pas, promit-il.

Il l'embrassa tendrement sur les lèvres et tourna les talons pour aller chercher le reste des assiettes. Chance ne le suivit pas. Elle alla plutôt s'asseoir à la minuscule table qu'ils avaient installée dans un coin de la cuisine, là où ils pouvaient prendre le petit déjeuner en tête à tête. La jeune femme ne voulait pour rien au monde distraire son mari tandis qu'il se préparait à affronter les pires monstres que la Terre avait portés, mais avait-elle vraiment le droit de ne pas lui dire qu'il serait enfin père ? Le magicien allait revenir d'un instant à l'autre et transporter Galahad sur les lieux du prochain jeu…

Le chevalier remit les pieds dans la salle à manger juste à temps pour y voir apparaître Alissandre. Celui-ci avait troqué son jean et son t-shirt blanc pour une longue tunique de couleur grège. Le découragement visible sur son visage mit aussitôt les chevaliers sur leurs gardes.

– Alors, c'est fait, conclut Galahad en s'arrêtant au bout de la table.

– J'ai rencontré le sorcier, comme le veulent les règles, confirma le magicien, mais je me suis fait avoir comme un écolier. Le fourbe s'est arrangé pour choisir l'endroit où nous disputerons la partie annoncée.

– On dirait que cela ne vous enchante pas du tout, nota Marco.

– Il nous attend au XIIIe siècle, quelque part à l'est de l'Égypte.

– Quoi ? firent les trois chevaliers, en chœur.

– Vous m'avez bien entendu. J'ai à peine une semaine pour réunir mes treize pions.

Galahad se demanda si ce n'était pas là que Medrawt était allé…

– Comment allons-nous nous rendre là-bas ? voulut savoir Marco.

– Je me suis renseigné sur le procédé magique qui nous permettra de retourner dans le passé. Ce ne devrait pas être trop douloureux.

– Nous atterrirons au beau milieu des Croisades les plus catastrophiques, déclara Galahad en pâlissant.

– Le sorcier n'est sûrement pas sans le savoir, grommela Alissandre, mécontent.

– Où comptes-tu recruter tes soldats ? s'enquit Terra, impassible.

– Certainement pas à Galveston.

– Je veux faire partie de l'équipe, offrit aussitôt Marco.

– Ce ne sera pas une partie de Donjons et Dragons, Tristan. Les armes seront réelles, et les blessures pourraient devenir mortelles.

– Lors des Croisades, les hommes se battaient avec des épées, non ?

– C'est exact, affirma Galahad.

– Dans ce cas, je suis celui qu'il vous faut. Personne ne m'a battu lors des tournois des cinq dernières années.

– Je ne sais pas pendant combien de temps nous serons partis, l'avertit Alissandre.

– Il faut ce qu'il faut, trancha Terra en se levant.

– Prenez quelques minutes pour dire au revoir à ceux qui vous sont chers.

Marco sortit son téléphone de la bourse de cuir qui pendait à sa ceinture et quitta la pièce pour appeler Katy. Galahad s'empara des derniers couverts et réintégra la cuisine. Seul Terra demeura sur place.

– Tu ne veux pas appeler ta femme ? s'étonna le magicien.

– Je ne désire pas la faire souffrir davantage.

– Nous récupérerons Aymeric, je t'en donne ma parole.

– Ce n'est pas la seule raison pour laquelle je ferai partie de cette expédition. Je veux détruire ce sorcier une fois pour toutes.

– Tu sais comme moi ce qui est arrivé à mon mentor lorsqu'il l'a affronté en duel.

– Mais toi, tu sais comment l'éliminer, non ?

Alissandre hocha affirmativement la tête.

– Amy est-elle en sûreté ? s'enquit le mage.

– Donald s'en occupe. Il tâchera de ne pas rester longtemps au même endroit pour éviter d'être repéré par les chiens de chasse du sorcier.

– Très bien. Il est important de ne donner aucune emprise psychologique à l'ennemi.

– Je le sais mieux que quiconque.

Lorsque Marco et Galahad revinrent dans la pièce, ils voulurent savoir s'ils devaient emmener leurs armes.

– Aucun objet matériel ne pourra nous suivre dans le passé, les informa Alissandre. Je vous répète qu'il ne s'agit pas d'un voyage d'agrément ou d'une exploration historique. Il est encore temps de changer d'avis, messieurs.

Les trois chevaliers gardèrent le silence.

– Que Dieu nous garde, pria Alissandre.

Un tourbillon de lumière éclatante apparut au-dessus de leurs têtes. Ils n'eurent même pas le temps de lever les yeux que la trombe magique les emportait déjà dans le passé. Leurs vêtements, montres, bijoux et téléphones portables tombèrent sur le carrelage.

20

Lorsqu'il ouvrit enfin les yeux, Aymeric ne reconnut pas l'endroit où on l'avait enfermé. Comme si ce dépaysement n'était pas suffisant, un marteau frappait à intervalles réguliers dans son crâne, ce qui augmentait son inconfort. Il était allongé sur une couchette dont le matelas était si mince qu'il pouvait sentir les fils de fer entrelacés qui le retenaient. Le plafond et les murs semblaient faits de gros blocs en pierre noircis. Combattant son mal de tête, il parvint à se redresser sur ses coudes et constata qu'il était enfermé dans un cachot pas plus grand que la salle de bains de la maison de ses parents. En fait, le décor ressemblait étrangement à celui d'un de ses jeux vidéo.

Il fit un effort supplémentaire et réussit à s'asseoir. La lumière entrait dans la petite pièce par une fenêtre haute percée dans le mur. Même en sautant, ce qu'il n'avait vraiment pas envie de faire de toute façon, Aymeric n'aurait jamais pu l'atteindre. Il rassembla plutôt ses forces pour se mettre debout et marcha en chancelant jusqu'à la porte en fer rouillée.

– Il y a quelqu'un ? appela-t-il.

Sa propre voix résonna dans ses oreilles et lui donna le vertige. « J'ai déjà emprisonné des adversaires dans ce genre d'oubliettes dans mes jeux », songea alors l'adolescent. La réalité était vraiment plus effrayante.

– À l'aide ! cria Aymeric.

Le marteau redoubla de puissance sur ses tempes, le forçant à regagner le lit. Il s'efforça de se calmer et de se remémorer ce qui lui était arrivé. « J'étais dans la chambre d'amis chez Galahad... » Il se rappelait clairement avoir effectué une recherche sur les Templiers lorsqu'un étranger s'était glissé derrière lui. Il portait la même cape et le même surcot blancs arborant la croix rouge que les personnages qui apparaissaient à l'écran.

« Lui aussi m'a appelé Thibaud », se souvint Aymeric.

Le templier l'avait saisi par ses vêtements et tiré jusqu'au mur, dans lequel ils avaient pénétré tous les deux comme s'ils avaient été liquides. Une chaleur étouffante avait alors assailli le pauvre garçon, brûlant ses poumons et l'empêchant de respirer. En l'espace de quelques secondes, il s'était retrouvé dans le désert alors qu'il n'y en avait pas en Colombie-Britannique !

Il s'était débattu, mais les bras de son assaillant étaient remarquablement puissants. Ce dernier lui avait aussitôt attaché les mains dans le dos et l'avait balancé sur la selle de son cheval. Aymeric avait été plutôt malmené pendant la galopade qui les avait menés jusqu'au bord d'une vaste étendue d'eau. Puisqu'il ne s'y connaissait pas très bien en géographie, l'adolescent avait été incapable de déterminer s'il s'agissait d'un océan ou d'un grand lac. Un bateau ressemblant à ceux qu'on exposait dans les musées semblait les attendre.

Le templier avait remis son butin au capitaine du navire, un homme au teint basané à qui il manquait la moitié des dents. Ne désirant absolument pas être emmené à l'autre bout du monde, où personne ne pourrait lui venir en aide, Aymeric avait tenté de s'enfuir. Quelqu'un l'avait alors violemment frappé sur la nuque, et il avait perdu conscience. Il ignorait ce qui s'était passé par la suite, mais il pouvait fort bien l'imaginer. Le bateau l'avait certainement conduit sur une île où se dressait une prison. C'était un scénario utilisé dans beaucoup de jeux.

« Je suis peut-être en train de rêver ? » se réjouit soudainement l'adolescent. Il se pinça sur le bras et étouffa un cri, car la douleur était bien trop réelle. Il dut en venir à l'évidence : il avait été enlevé chez Galahad par une créature maléfique qui l'avait expédié chez le fameux sorcier dont lui avaient parlé le chevalier et Mélissa. À la seule pensée qu'il ne reverrait sans doute plus jamais sa meilleure amie ni sa famille, Aymeric se mit à pleurer.

Il avait jusqu'à présent vécu une vie d'insouciance, partagée entre ses cours de sciences et ses interminables sessions de jeu devant l'écran de l'ordinateur ou de la télévision. Jamais il ne s'était intéressé au passé de ses parents, à ce qu'ils avaient été avant la naissance de leurs jumeaux. « Je ne leur ai pas dit assez souvent que je les aimais », s'affligea-t-il.

Il entendit des pas dans le corridor, à l'extérieur de sa cellule. Au lieu de sentir l'espérance renaître dans son cœur, il éprouva une indicible frayeur. Il eut beau regarder autour de lui, il ne pouvait se cacher nulle part. La porte du cachot grinça sur ses gonds, s'effaçant devant un personnage sorti tout droit d'une bande dessinée. Mince, mais pas très grand, l'homme avait de longs cheveux noirs et souples qu'il avait attachés en queue de cheval. Il portait une tunique dorée confectionnée dans un tissu très brillant qui rappelait la soie. Ses yeux étaient bridés comme ceux du blanchisseur qui s'était récemment installé à Nouvelle-Camelot. Était-il lui aussi originaire de Chine ?

– Enfin réveillé, laissa tomber le sorcier.

En temps normal, Aymeric aurait usé de sarcasme pour répondre au curieux individu, mais une petite voix dans sa tête lui recommanda la prudence.

– Ne me dis pas qu'ils t'ont aussi coupé la langue.

Le sorcier s'approcha davantage de son prisonnier. Instinctivement, l'adolescent recula sur le matelas jusqu'à ce que son dos heurte le mur.

– Tu n'as aucune raison d'avoir peur de moi, voyons.

– Vous me jetez dans un cachot et vous pensez que je vais vous faire confiance ? s'exclama Aymeric, incrédule.

– Ils t'ont laissé ta langue. C'est très bien. Comment t'appelles-tu ?

– Thibaud, murmura-t-il, bien décidé à ne pas mettre son père en danger.

– C'est un beau nom, presque aussi ancien que le mien. Je suggère que nous repartions du bon pied, mon jeune ami. La raison pour laquelle tu as été conduit directement ici, c'est parce que j'étais absent. Nous allons tout de suite corriger la situation.

Le sorcier lui indiqua la sortie d'un geste de la main.

– Je t'offre mon hospitalité, Thibaud.

– Je préférerais rentrer chez moi, si vous n'y voyez pas d'inconvénient.

– Malheureusement, le bateau qui me ravitaille ne reviendra pas avant un mois. Suis-moi.

Aymeric ignorait les plans du démon, mais il ne voulait certainement pas passer le reste de sa vie dans cette cellule humide. Il accompagna donc son geôlier dans d'interminables et somptueux corridors décorés comme ceux des châteaux européens.

– Comme tu peux le voir, je suis un avide collectionneur de belles choses, expliqua Mathrotus.

Évidemment, l'adolescent ne possédait pas une assez vaste expérience de la vie pour reconnaître des tableaux de grands maîtres et des poteries dynastiques. En fait, ses yeux cherchaient surtout une issue. Toutes les portes qu'ils croisaient étaient cependant fermées.

– Je suis un vieil ami de ton père, tu sais.

– Les amis de mon père ne me font pas enlever, rétorqua Aymeric, mécontent.

– Mais je n'ai rien fait de tel. C'est ton père qui m'a demandé de t'emmener ici.

– Je ne vous crois pas.

– Nous avons échangé une impressionnante correspondance, lui et moi. Tu auras amplement le temps de la consulter au cours des prochaines semaines.

– Où suis-je exactement ?

– Puisque je suis un être très sensible aux vibrations négatives de ce monde, j'ai dû m'isoler sur une petite île au milieu de la Méditerranée.

– Je ne suis pas aussi naïf que j'en ai l'air, monsieur... ?

– Mathrotus, Ratislav Mathrotus.

– C'est un bien curieux nom.

– Surtout très rare. Il remonte à des siècles, en fait. Je suis très fier de mes origines familiales.

Le sorcier poussa une porte. Aymeric remarqua avec étonnement que ses ongles étaient encore plus longs que ceux de sa mère.

– Je pense que tu préféreras cette chambre à ta petite cellule.

Aymeric risqua un œil à l'intérieur. La pièce en question faisait trois fois la taille du salon de sa maison et, tout comme les couloirs, elle était richement parée. Sans qu'il ne fasse un seul pas, l'adolescent se retrouva au milieu de la chambre. Troublé, il pivota vers son hôte qui, lui, était resté à l'entrée !

– Mais comment...

– Tu trouveras la correspondance dont je t'ai parlé dans le coffre, sur le secrétaire.

– Ne perdez pas votre temps, je ne vous crois pas.

– Après avoir parcouru toutes ces lettres, tu changeras d'avis.

– Mon père ne m'aurait jamais envoyé ici. Rien de ce que vous pourrez dire ou faire ne me fera croire le contraire.

Les traits du sorcier se durcirent d'un seul coup lorsqu'il vit que sa stratégie de douceur ne fonctionnait pas.

– Ou bien tu coopères, jeune fanfaron, ou bien je te briserai.

– Qu'attendez-vous de moi ?

– Ta présence ici obligera le magicien encore inexpérimenté à jouer sur mon terrain. Et puisqu'il n'a pas choisi d'apprenti, lorsque je le détruirai, je deviendrai le maître du monde.

– Je ne connais pas grand-chose aux trucs spirituels, mais je sais au moins cela : l'obscurité n'existe que pour nous faire apprécier la lumière. Les éléments sont en équilibre dans le monde, tout comme dans la science. Vous ne l'emporterez donc jamais.

– Écoute-moi bien, petit imbécile. Non seulement ma victoire sera éclatante, mais tu en seras aussi témoin. Et lorsque l'univers s'inclinera à mes pieds, tu deviendras mon élève.

En guise de réponse, Aymeric se contenta de hausser les épaules avec scepticisme. Furieux, le sorcier quitta la pièce en faisant durement claquer la porte derrière lui. L'adolescent demeura immobile pendant de longues minutes, puis pivota lentement sur lui-même pour étudier sa nouvelle prison.

– Il faut que je sorte d'ici et que je prévienne mon père, décida-t-il.

Aymeric marcha vers la large fenêtre où se balançaient des rideaux de velours, poussés par le vent. Elle s'ouvrait sur un grand balcon qui surplombait l'océan, qui s'étendait à perte de vue. Le cerbère avait raison : aucun bateau n'était visible. « Il y a des requins dans la mer, et je déteste les requins », songea l'adolescent. Il se pencha lentement au-dessus de la balustrade et eut un haut-le-cœur. Le château était juché sur une montagne aussi haute que l'Everest !

– Si je m'échappe, ce ne sera sûrement pas par-là, comprit-il.

Il lui faudrait forcer la porte et tenter de retrouver ses pas. Mais le sorcier lui avait fait emprunter tellement de corridors…

– C'est exactement comme un jeu vidéo, se rassura-t-il. Il faut seulement que je réfléchisse aux moyens de défense et d'attaque dont je dispose.

Il commença par la porte. Elle était verrouillée. Il se mit donc à la recherche d'objets qui lui serviraient d'armes. En cassant les pieds et les bras de la patère, il pourrait se fabriquer une lance. Les nombreuses toiles sur les murs ne lui seraient cependant d'aucun secours. Il s'arrêta devant l'âtre et avisa le tisonnier en fer forgé.

– Magnifique ! s'égaya-t-il.

S'il pensait que le magicien ne lui donnerait pas de fil à retordre, la vile créature ne savait pas ce dont son nouveau prisonnier était capable.

– Je n'ai peut-être pas suivi de cours avec Galahad, mais j'ai joué au baseball. Lorsqu'il reviendra ici, Mathrotus Truc Machin passera un mauvais quart d'heure.

Aymeric alla s'asseoir sur le lit, curieusement confortable, et continua à analyser son environnement.

21

Sous un soleil de plomb, Alissandre et ses protégés se matérialisèrent au milieu d'une grande plaine désertique. Les trois humains étaient nus comme des vers. La chaleur les accabla aussitôt, mais n'eut aucun effet sur leur commandant immortel.

– C'est donc ce que vous vouliez dire par « aucun objet matériel ne pourra nous suivre dans le passé » ? ironisa Marco.

– Nous ne survivrons pas longtemps sans vêtements, fit remarquer Galahad sans afficher d'inquiétude.

L'esprit du magicien parcourut la contrée, à la recherche d'un habillement convenable pour ses soldats. Dans une commanderie, des centaines de kilomètres plus loin, il trouva exactement ce qu'il cherchait. Il n'était pas un expert en histoire ancienne ou en voyages dans le temps, mais il se doutait que les chevaliers ne feraient pas de vieux os s'ils ne se vêtaient pas comme les gens de l'époque.

En un clin d'œil, les trois chevaliers virent apparaître sur leur corps une chemise en lin et des braies, puis des chausses en cuir attachées par des lanières. Un manteau matelassé descendant jusqu'à leurs genoux fut aussitôt couvert d'une cotte de mailles constituée de milliers d'anneaux en fer, avec manches, gorgerin et coiffe. Pour terminer, un surcot blanc avec une croix rouge brodée au-dessus du cœur apparut.

– Ce n'est finalement pas le soleil qui va nous tuer, grommela Marco, car le poids de cet uniforme était de loin supérieur à celui des vêtements modernes.

– Pourquoi nous déguises-tu en templiers ? s'étonna Terra. Ce sont eux qui ont enlevé mon fils !

– C'est tout ce que j'ai trouvé qui n'était pas déchiré, troué ou taché de sang, répondit Alissandre.

Contrairement à ses amis, Galahad ne semblait pas du tout incommodé par cet accoutrement.

– N'est-il pas dangereux de nous faire ressembler à ces moines soldats à l'époque où ils ont été massacrés par les Sarrasins ? s'inquiéta-t-il plutôt.

– Je ne capte pas la présence de Maures dans cette région. Enfin, pas pour l'instant.

– Très rassurant, soupira Marco.

– Néanmoins, je me sentirais mieux si nous étions armés, répliqua Galahad.

Un baudrier s'attacha aussitôt autour de leurs reins, serrant le surcot sur leur corps, et une épée s'y ajouta. Or, Terra eut beau chercher avec ses mains, il ne trouva aucune arme à sa ceinture.

– Je sais me battre, protesta-t-il en direction d'Alissandre.

– Mais le roi Arthur n'utilise pas n'importe quelle épée, fit remarquer le magicien.

– Personne n'a jamais retrouvé Excalibur, signala Galahad.

– Il suffit de savoir où chercher, chevalier.

Une magnifique épée apparut sur les paumes tendues d'Alissandre. Elle brillait de mille feux comme si elle n'avait jamais servi. Avec révérence, le magicien la tendit à Terra.

– Je ne suis plus le roi Arthur, se défendit ce dernier.

– Pour le sorcier, tu l'es encore.

Avec un soupir agacé, le Hollandais accepta finalement le présent.

– Est-ce que c'est la vraie ? chuchota Marco à l'oreille de Galahad.

– Oui, sire Tristan, affirma Alissandre, mais elle n'est magique que dans la main du roi.

Terra en avait évidemment entendu parler, mais son accident de voiture au Texas ne lui avait pas permis de remplir toutes les fonctions que l'ordre avait prévues pour lui.

– Un poignard pourrait aussi nous être fort utile, indiqua alors Galahad.

– Et des chevaux, enchaîna Marco.

Instantanément, les armes et les bêtes se matérialisèrent devant eux. Galahad glissa la dague dans sa ceinture et s'empara des rênes du cheval le plus proche avant que ce dernier, effarouché de se retrouver dans un autre lieu, ne prenne la fuite. Ses amis l'imitèrent sur-le-champ, calmant les destriers qui n'étaient pas d'origine européenne, mais arabe. Les quatre aventuriers se hissèrent en selle.

– Où allons-nous, maintenant ? demanda Terra en faisant effectuer un cercle à sa monture.

Il n'y avait aucune trace de vie à l'horizon.

– Au nord-ouest, il y a des ruines, leur apprit le magicien. Allons nous y abriter pendant que je réfléchis à un plan.

Il prit les devants et les rapprocha des restes d'un ancien poste militaire des Templiers. Galahad leva aussitôt le bras, recommandant à ses amis de s'arrêter. Au loin s'élevaient les vestiges d'une muraille qui protégeait une petite cité.

– Il y a des hommes, là-bas, annonça-t-il.

– Le vieux magicien m'a révélé qu'il t'avait doté de pouvoirs surnaturels, se rappela Alissandre.

– Je ne m'en sers pas souvent, mais ils n'ont jamais disparu.

– Qui sont ces hommes ? s'enquit Terra.

– Ce ne sont pas des Sarrasins, mais des rescapés, affirma le mage. Ils ont faim et ils ont peur.

– Dans ce cas, je suggère qu'un seul d'entre nous les approche, poursuivit Terra.

– C'est un sage conseil, l'appuya Galahad. Laissez-moi les rassurer quant à nos intentions.

– Vas-y, ordonna Terra qui, malgré toutes ses réserves, se comportait déjà comme un monarque.

Galahad talonna son cheval et trotta vers la brèche la plus large dans le mur de pierre. La sentinelle le repéra facilement, mais n'adopta pas un comportement belliqueux. Elle avait sans doute reconnu la croix rouge sur le surcot du nouvel arrivant.

– Halte-là ! s'écria le templier.

Galahad arrêta la bête pour montrer sa bonne volonté.

– Qui êtes-vous ?

– Je me nomme Galahad de Nouvelle-Camelot. Je ne vous veux aucun mal.

– Sous quel commandant servez-vous Dieu ?

– Je suis un soldat d'Arthur, seigneur de Nouvelle-Camelot.

– Êtes-vous anglais ?

Il était inutile de lui parler du Canada, qui n'existait pas encore à cette époque.

– Oui, affirma Galahad. Mon roi et mes frères d'armes cherchent un abri pour la nuit.

– Où sont-ils ?

– Là-bas, derrière moi.

– Ils ne peuvent pas rester à découvert sur la plaine. L'ennemi est à notre recherche.

Galahad leva le bras très haut pour signaler à ses amis qu'ils pouvaient avancer sans danger, mais en réalité, il utilisa plutôt ses facultés télépathiques pour leur transmettre ce message. Les silhouettes des trois cavaliers se détachèrent alors sur le sable pâle. Galahad demeura parfaitement immobile, surveillant le moindre battement de cils de la sentinelle.

– Pressez-vous ! exigea ce dernier lorsque les étrangers se furent rapprochés.

Galahad remarqua que l'uniforme du guetteur n'était pas en aussi bon état que le sien. Il était facile de voir que son détachement avait beaucoup souffert au cours des récentes escarmouches.

– Voici mon seigneur, Arthur, fit le chevalier une fois que tous ses amis furent près de lui, et mes compagnons d'armes Tristan et Alissandre.

– Ne restons pas ici.

La sentinelle les conduisit entre les décombres, jusqu'à une ancienne demeure à demi détruite, mais dont une partie du toit de chaume tenait encore debout, procurant une ombre bienfaisante à une dizaine de soldats qui s'y reposaient. Ils se levèrent en mettant la main sur la poignée de leur épée, mais semblèrent aussitôt rassurés en voyant l'uniforme des inconnus.

– Ce sont des Anglais, annonça le guetteur.

– Je suis Alexis de Dinan, fit le plus âgé des templiers. Les hommes que vous voyez ici sont tout ce qui reste de l'ost de Philippe de Montfort. On dirait bien que vous avez subi autant de pertes que nous.

– En effet, répondit calmement Terra.

– Je vous en prie, asseyez-vous. Nous n'avons presque plus de vivres, mais nous les partagerons volontiers avec vous.

– Nous ferons de même, déclara Alissandre.

Le magicien décrocha de la selle de son cheval une besace qui venait juste d'y apparaître et la tendit à Alexis. Celui-ci se réjouit de la trouver remplie de nourriture. Pendant qu'il la distribuait à tous les soldats, y compris leurs invités anglais, Galahad en profita pour présenter une seconde fois ses amis. L'un après l'autre, les croisés se nommèrent. Lorsque leur chef était tombé au combat, Alexis de Dinan avait pris la responsabilité de diriger Étienne de Rohan, Conrad de Siochan, Frédéric de Valois, Simon d'Orléans, Robert de Goulaine, Renaud d'Ancenis, Jules de

Bruc, Léopold de Kersaliou et Geoffroy de Courson. Ces hommes qui avaient fui les massacres perpétrés par les Sarrasins n'étaient pas des lâches, même s'ils avaient désobéi à la Règle. Le porteur de leur étendard était mort, et personne n'avait pris sa relève.

– Êtes-vous tombés dans un piège ? s'informa Galahad.

– Comme tous les autres croisés, répondit Alexis. Nous vivons présentement des jours de dispersion et de calamités. Les soldats de Dieu sont éparpillés, et des milliers de chrétiens ont été tués dans des incursions inattendues partout sur les routes de pèlerinage.

– Avez-vous l'intention de retourner dans la mêlée ?

– Contre des milliers de guerriers assoiffés de sang ? Personnellement, je n'en ai nulle envie, même au risque d'être excommunié. Nous débattons justement de cette question depuis deux jours. Parlez-moi plutôt de vous. Qu'est-il arrivé à votre ost ?

Galahad s'apprêtait à tricoter une histoire qui ne serait pas trop éloignée de la réalité de ces hommes lorsque Terra le devança.

– Nous ne sommes que quatre, avoua le Hollandais.

Un murmure inquiet s'éleva parmi les templiers.

– Notre quête est à la fois différente et semblable à la vôtre.

– Il faut avoir perdu la tête pour se mesurer aux hordes d'infidèles qui patrouillent sur ce territoire.

– Celui que nous désirons affronter leur est bien supérieur.

– De quel grand sultan peut-il s'agir ?

– Il ne porte aucun titre même s'il aimerait gouverner tous les peuples.

Craignant que son ami ne leur révèle qu'il était un sorcier, une notion mal comprise à ce siècle, Galahad décida de pousser les choses plus loin.

– C'est le diable lui-même, affirma-t-il avant que Terra n'ouvre la bouche.

– Vous êtes donc de saints hommes.

– Nous ne sommes que de pauvres serviteurs de Dieu, tout comme vous.

Terra garda le silence, laissant le champ libre à Galahad.

– Nous sommes sur sa trace, mais pour le vaincre une fois pour toutes, nous devons recruter une dizaine de pieux soldats, poursuivit le chevalier.

Alexis observa les étrangers pendant quelques minutes.

– Quelle récompense vous a-t-on promise si vous réussissez cet exploit ?

– Le paradis jusqu'au Jugement dernier.

– Saviez-vous que nous étions ici ?

– Non.

– Est-ce Dieu qui a guidé vos pas jusqu'à nous ?

– Rien ne Lui est impossible.

Les templiers terminèrent leur repas en silence, profondément perdus dans leurs pensées. Galahad, qui connaissait bien l'histoire des Croisades, comprenait qu'ils évaluaient leurs chances de survie. Puisqu'ils n'avaient pas subi le même sort que leurs compagnons sur le champ de bataille, la population n'hésiterait pas à les traiter en lâches s'ils réussissaient à retourner en France. Ils n'étaient pas sans savoir non plus que toute la région grouillait d'ennemis qui désiraient leur trancher la tête…

Le soir venu, Galahad et Marco s'allongèrent près de Terra, qui observait les étoiles, une vieille habitude qu'il avait conservée du temps où il travaillait en astrophysique. Alissandre s'était éloigné du groupe, prétendant devoir assouvir des besoins personnels. En réalité, il était à la recherche de son adversaire, car il ne voulait surtout pas voir surgir des loups géants dans leur campement pendant la nuit.

– Si ces hommes n'acceptent pas de se joindre à nous, il faudra nous hâter d'en recruter d'autres, chuchota Marco à ses aînés.

– J'ai le pressentiment qu'ils accepteront notre proposition, l'encouragea Galahad.

– Je suis d'accord avec toi, acquiesça Terra. Ils n'ont rien à perdre.

– Justement, Alexis approche, les avertit Marco.

Le templier mit un genou en terre devant Terra, ce qui rappela de lointains souvenirs à ce dernier.

– Nous n'avons nulle part où aller, sauf à notre mort, laissa tomber le croisé. Nous préférerions donc périr en vous venant en aide plutôt que d'être écartelés vivants par une horde de sauvages.

– Notre quête est très dangereuse, le mit en garde le Hollandais.

– Nous en sortirons donc plus méritants.

Soulagé que la première condition du jeu ait été remplie, soit l'enrôlement de tous les pions du magicien, Terra le salua en baissant la tête avec respect.

22

Donald Penny dut faire appel à toute sa volonté pour ne pas paraître nerveux à l'aéroport, car il ne voulait surtout pas qu'on l'empêche de monter dans l'avion qui quittait Vancouver à destination de Los Angeles. Dans la salle d'attente, tandis que sa fille suivait le rythme de la chanson de son baladeur, il avait fait de nombreux appels à plusieurs entreprises qui louaient ou vendaient des camping-cars et avait finalement découvert le véhicule idéal. Complètement autonome, celui-ci offrait suffisamment d'espace pour loger et coucher six personnes. Usant de tout son charme, il avait réussi à persuader le vendeur de venir le chercher à l'aéroport de Los Angeles afin de finaliser la transaction avec lui.

Le trajet pourtant court entre les deux villes lui parut durer une éternité. Le médecin s'efforçait de ne pas songer à toutes les mauvaises choses qui pourraient se passer jusqu'à ce qu'il serre enfin son épouse dans ses bras. Il se tournait sans cesse vers sa fille qui s'était endormie près de lui. En apprenant l'enlèvement de son meilleur ami, Mélissa avait exigé de connaître le moindre détail du rapt, puis s'était enfermée dans un étrange mutisme, comme si elle se sentait coupable de cette tragédie. Donald évita de la tarabuster pour qu'elle accepte de partager ses émotions avec lui, persuadé qu'elle se confierait probablement à sa mère.

L'adolescente parut revenir à la vie lorsqu'ils arrivèrent sur le terrain d'exposition du vendeur de véhicules de loisirs, en Californie. Pendant que son père réglait les derniers détails financiers de son achat, elle grimpa dans le camping-car et ouvrit toutes les portes des armoires.

– Il n'y a rien là-dedans, annonça-t-elle à son père lorsqu'il s'installa finalement sur le siège du conducteur.

– C'est un vendeur de caravanes, pas un magasin général, ma chérie. Lorsque nous aurons récupéré le reste de l'équipage, nous irons ensemble acheter tout ce dont nous aurons besoin.

Mélissa descendit dans l'habitacle, se glissa sur le siège du passager et boucla sa ceinture.

– Pourquoi devons-nous nous cacher au lieu de secourir Aymeric ? laissa-t-elle tomber alors qu'ils s'aventuraient sur l'autoroute.

– Parce que nous n'avons aucun pouvoir magique, évidemment.

– Tu m'as enseigné qu'il ne faut jamais laisser tomber ses amis. As-tu changé d'idée, par hasard ?

– Non, mais je vois mal ce qu'on peut faire lorsqu'ils sont aspirés dans un tableau. Nous nous sommes réparti les tâches, et la mienne, c'est de vous déplacer partout à travers le pays pour que le sorcier ne vous trouve pas.

– Mais pourquoi s'en prendrait-il à nous alors que nous ne lui avons rien fait ?

– Cette créature sans foi ni loi se servira de tout ce qu'elle peut pour démoraliser son adversaire. Mon devoir est de m'assurer que Terra puisse finir la partie sans qu'on lui enlève d'autres êtres chers.

– J'en fais partie ? s'étonna Mélissa.

– Depuis ton tout premier souffle. Je sais que ta mère et moi t'avons raconté cette histoire des centaines de fois quand tu étais petite, mais s'il ne t'avait pas aimée, il n'aurait pas risqué sa vie pour te sauver.

– Mais depuis quelques années, il ne s'occupe pas tellement de moi.

– J'avoue que notre grand savant est plutôt désemparé devant l'adolescence, mais si je me fie à ma propre expérience, après avoir perdu mes parents de vue jusqu'à l'âge de vingt ans, nous sommes ensuite redevenus très proches.

– Moi, je ne veux pas que cela m'arrive.

– À ta place, je ne m'inquièterais pas trop, car tu n'as pas été élevée comme moi.

– Qu'allons-nous visiter ?

Les jeunes passaient si rapidement d'un sujet à un autre qu'ils étaient parfois difficiles à suivre. Toutefois, Donald ne se décourageait pas facilement et il faisait vraiment son possible pour entretenir une bonne communication avec sa fille.

– Nous allons commencer par la Californie, et si ce n'est pas assez long, nous nous attaquerons aux États voisins.

– J'ai toujours rêvé de voir le Grand Canyon !

– Alors, nous commencerons par là.

La gaieté de l'adolescente ne dura pas longtemps. Au bout de quelques minutes, elle remit son casque de baladeur sur sa tête et s'évada dans l'univers sonore de sa musique préférée. Donald alluma la radio afin de s'informer des dernières nouvelles locales. Il y avait eu plusieurs accidents, mais pas sur l'autoroute qu'il empruntait. La circulation en Californie était plus lente que dans son petit coin de la Colombie-Britannique, alors il prit son mal en patience.

Grâce au GPS du véhicule, Donald parvint à se rendre assez facilement au nouvel hôtel d'Anaheim dans lequel les femmes s'étaient réfugiées. Pour ne pas les effrayer, il exigea que le préposé à la réception l'annonce par son nom. Quelques minutes plus tard, Nicole sortit en trombe de l'ascenseur et lui sauta dans les bras en le serrant de toutes ses forces.

– Tu n'as plus rien à craindre, murmura-t-il à son oreille. Je vais veiller sur vous jusqu'à ce que cette épreuve soit terminée.

Nicole étreignit aussi sa fille, heureuse qu'elle ne soit plus à Nouvelle-Camelot, où elle était une proie bien trop facile pour le sorcier. C'est en se regroupant qu'ils arriveraient à le contrer. Elle prit les mains de Donald et de Mélissa dans les siennes et les entraîna jusqu'à la chambre qu'elle partageait avec les Wilder.

Amy recommença à respirer lorsqu'elle constata que l'arrivée du médecin n'était pas une ruse de l'ennemi. Quant à sa fille, elle était assise sur le lit, désenchantée. Mélissa s'empressa de prendre place près d'elle.

– Pouvons-nous rentrer, maintenant ? demanda Béthanie, une lueur d'espoir au fond des yeux.

– Je crains que non, soupira Donald, mais je vous promets que nous allons bien nous amuser.

– Il a acheté un camping-car, révéla Mélissa.

– Ah bon, s'étonna Nicole.

– Il nous faudra prendre quelques minutes pour l'équiper convenablement, mais le moteur est en parfaite condition.

Donald fouilla alors dans la poche intérieure de sa veste et en retira une photographie de l'alchimiste disparu prise par Katy.

– Avez-vous vu cet homme depuis que vous avez quitté Disneyland ? s'enquit-il.

Le cliché voyagea entre toutes les mains. Heureusement, l'une après l'autre, elles secouèrent négativement la tête.

– Nous évitons tout le monde, en ce moment, affirma Amy.

– C'est une excellente nouvelle, se réjouit le médecin. Aviez-vous des plans pour la journée ?

– Nous étions justement en train de choisir un film sur la chaîne de l'hôtel.

– En fait de vacances, j'ai déjà vu mieux, grommela Béthanie.

– Il y a un téléviseur dans le véhicule, leur apprit Donald. Nous achèterons quelques films en même temps que la vaisselle, les draps et les serviettes.

Un sourire rassurant s'esquissa sur son visage.

– Mesdames, il est temps que nous visitions les États-Unis ! déclara-t-il en levant les bras au plafond.

– Les États-Unis ! s'exclamèrent-elles, en chœur.

– Tant que je n'aurai pas de nouvelles du magicien, nous devrons constamment être en mouvement. Je ne sais pas ce que vous en pensez, mais personnellement, je préférerais éviter de faire le tour de la Californie vingt fois alors qu'il y a d'autres États américains à visiter.

– Est-ce qu'on pourrait aussi explorer notre propre pays ? ricana Béthanie.

– Pourquoi pas ? Nous allons nous procurer des cartes routières du Canada et planifier ce périple tous ensemble.

– Quand partons-nous ? s'enquit Nicole.

– Tout de suite, si vos valises sont prêtes.

Fort heureusement, les femmes n'avaient pas apporté avec elles tous les vêtements qu'elles possédaient. Il ne fut donc pas difficile d'entasser les bagages dans le coffre du véhicule.

– C'est étonnamment confortable, remarqua Amy en prenant place à la petite table.

Nicole alla s'asseoir devant elle, tandis que les filles s'élançaient sur le grand lit, tout au fond.

– Cette table se transforme en couchette et on peut aussi dormir dans le compartiment situé juste au-dessus de l'habitacle, expliqua fièrement Donald.

– C'est vraiment plus plaisant qu'une chambre d'hôtel, en tout cas, lança Béthanie.

– Attendez de poser les yeux sur les merveilles de la nature.

Le médecin alla s'installer derrière le volant.

– Mais allons d'abord faire quelques emplettes.

Comme le médecin s'y attendait, cette activité redonna de l'entrain aux quatre femmes. Il se contenta de pousser le chariot pendant qu'elles choisissaient la vaisselle et les verres en plastique, les casseroles, les draps de bain, la literie et les films. Puis, ce fut l'épicerie. Le réfrigérateur et le congélateur du camping-car n'étant pas très grands, Donald dut leur imposer des limites.

– Il va bientôt faire nuit, les avertit-il.

– Est-ce qu'il faut s'arrêter quand il fait noir ? voulut savoir Mélissa.

– Pas si on n'est pas encore rendus là où on veut aller.

Le seul article que Donald avait acheté pour lui-même était un guide d'hébergement pour les caravanes. Il y avait justement un terrain d'accueil à environ une heure, au bord de l'océan. « Le bruit des vagues leur permettra de trouver plus facilement le sommeil », songea-t-il. Il entra donc les données sur le GPS et se mit tout doucement en route. Il pouvait entendre les bavardages des filles et la discussion un peu plus sérieuse de leurs mères, assises juste derrière lui. Ce caquetage, qui aurait fini par agacer n'importe quel conducteur, représentait pour le médecin le plus beau cadeau que le ciel puisse lui faire : sa famille et celle de Terra étaient saines et sauves.

Même si elle fréquentait davantage Aymeric que sa jumelle, en raison de leur passion commune pour les jeux électroniques, Mélissa avait souvent fait des confidences à Béthanie. Elles avaient un an de différence, mais physiquement, elles semblaient avoir le même âge.

– Je me sens tellement coupable de l'enlèvement d'Aym, avoua Mélissa à sa jeune amie en baissant la voix pour que les adultes ne l'entendent pas.

– Tu ne sers pas le sorcier, que je sache.

– Non, mais j'étais fâchée contre lui et je ne l'ai pas invité à dîner. Si j'avais été plus conciliante, les loups ne l'auraient pas attaqué et il n'aurait pas été obligé de se réfugier chez Galahad.

– Rien ne prouve que les loups ne vous auraient pas suivis chez toi, Méli. Vous auriez sans doute été enlevés tous les deux.

– Oui, mais au moins, je serais avec lui ce soir. Il doit se sentir affreusement seul.

– Mon frère n'est pas sans ressources. Il trouve le moyen de se sortir de n'importe quelle situation.

– Tu n'as pas un peu peur pour lui ?

– Si, je suis même terrifiée. Je pense aussi que mon père est trop vieux pour se lancer ainsi à l'aventure, bien que je comprenne qu'il n'ait pas le choix. J'aurais tellement voulu qu'il m'emmène pour que je puisse garder un œil sur lui. La police ne poursuit malheureusement pas ce genre de malfaiteurs.

Leurs mères, de leur côté, s'inquiétaient plutôt de la survie de toute la bande. Amy avait appris à bien connaître Terra depuis leur mariage. Elle savait que sous son apparence imperturbable sommeillait un courageux héros. Si quelqu'un pouvait lui ramener son fils, c'était bien lui, avec l'aide de ses alliés les plus fidèles. Galahad, même s'il avait conservé un visage d'enfant, était un chevalier aguerri. Il maniait toutes les armes anciennes avec adresse. Quant à Alissandre, malgré son manque d'expérience, il possédait d'extraordinaires pouvoirs.

Donald trouva enfin le parc pour les caravanes et se vit assigner un espace entre deux véhicules beaucoup plus imposants que le sien. Les deux femmes préparèrent alors leur nouvelle maison pour la nuit, tandis que le médecin branchait l'eau et l'électricité. Les filles grimpèrent aussitôt au-dessus de la cabine et s'y firent un nid douillet.

– Prends le grand lit avec Donald, indiqua Amy à Nicole.

– Il n'en est pas question, protesta le médecin. Je dormirai sur la table.

– Vous êtes un couple.

– Habituellement, oui, mais durant toute cette odyssée, je serai votre protecteur. Alors, si je veux intervenir rapidement au beau milieu de la nuit, je ne peux pas me permettre de partir du fond du véhicule. Il est préférable que je sois posté tout près de la porte.

– Je dois admettre qu'il a raison, acquiesça Nicole.

– Parfait. Pendant que vous vous installez pour la nuit, je vais aller faire un peu de reconnaissance.

Donald ne vit pas le sourire amusé de son épouse lorsqu'il sortit du camping-car. Cette dernière savait à quel point son mari était sociable. Il n'aurait besoin que de quelques minutes pour connaître tous les noms de leurs voisins et ce qu'ils faisaient dans la vie. Nul doute qu'il rapporterait aussi leurs cartes de visite. Elle secoua la tête avec résignation et aida Amy à placer les draps sur les matelas.

Constatant que Mélissa s'était endormie au milieu de sa dernière phrase, Béthanie sauta de son perchoir et atterrit derrière sa mère.

– Moi, ce genre de roulottes me fait penser aux films de monstres préhistoriques, confessa l'adolescente.

– Ah oui ? s'étonna Amy.

– Les humains vont toujours s'y réfugier en croyant que le tyrannosaure ne les écrasera pas d'une seule patte dans cette grosse boîte de conserve.

Les deux femmes se retournèrent en même temps pour lui adresser des regards chargés de reproches.

– Je vais aller prendre un peu l'air, annonça Béthanie avec un sourire embarrassé.

– Non, c'est trop dangereux, ma chérie, protesta Amy.

– Pas si je reste avec oncle Don. Il est juste là.

La mère vérifia qu'elle disait vrai en se penchant pour regarder à travers le pare-brise. Donald était bien là, debout sur la plage à regarder au loin.

– Tu me le jures ?

– Sur mon honneur de chevalier.

– Bon, d'accord, mais tu rentres en même temps que lui.

– Ou lorsque le sol se mettra à trembler, car le roi des dinosaures approche…

– Béthanie !

L'adolescente se précipita dehors en riant.

– L'insouciance de la jeunesse, constata Nicole. Mélissa dort comme une bûche et Béthanie trouve le moyen de faire des blagues.

Contrairement à son frère, Béthanie aimait la nuit, surtout quand il faisait frais. Elle rejoignit le médecin et huma l'air à ses côtés.

– Le vent est salé, remarqua-t-elle avec bonheur.

– Ce que je recherche le plus, quand j'ai l'occasion de passer du temps au bord de l'océan, c'est le calme qu'il fait naître en moi.

– En parlant de quiétude d'esprit, est-ce que nous ne pourrions pas mettre la main sur un détecteur de sorcier ?

– Celui qui aurait pu nous en obtenir un est parti Dieu seul sait où avec ton père, Marco et Galahad.

– Un chien de garde, alors ?

– Si jamais nous en trouvons un sur notre route, pourquoi pas ? Ce que je veux, c'est que vous vous sentiez enfin en sécurité.

Ils gardèrent le silence pendant quelques minutes pour écouter le fracas des vagues qui venaient s'échouer sur la plage ainsi que les cris des oiseaux qui s'empressaient de trouver un abri pour la nuit.

– Je ne veux pas être pessimiste, mais que nous arrivera-t-il s'ils ne reviennent jamais ? s'étrangla Béthanie.

Donald l'attira dans ses bras et la serra avec tendresse.

– Nous traverserons ce pont en temps et lieu, Béthanie. En attendant, il faut que nous restions persuadés que ces chevaliers savent ce qu'ils font. Il ne faut pas céder à de sombres pensées. Leur survie en dépend.

– Je fais de gros efforts pour demeurer brave, mais il y a une petite voix dans ma tête qui essaie de me faire peur.

– C'est dans ces moments-là qu'il faut écouter de la musique inspirante ou lire un livre qui nous emmène dans un monde lointain.

– Ou se laisser bercer par la mer…

– Exactement.

Voyant que cet adulte se dominait pour ne pas sombrer dans le découragement, Béthanie décida d'en faire autant.

23

Aymeric travaillait depuis un petit moment à dévisser les énormes pentures qui retenaient les portes massives de sa prison lorsqu'il crut entendre un murmure en provenance de l'extérieur. Armé de son tisonnier, il s'avança prudemment vers le balcon en tendant davantage l'oreille. « Ce sont des sanglots ! » découvrit-il, étonné. En étirant son cou au-dessus du vide, il vit que la façade du château juché au bord d'une falaise était parsemée de balcons semblables au sien. Pris de vertige, il retomba en position assise derrière la balustrade.

Il n'était pas impossible que le sorcier détienne plusieurs prisonniers dans son antre, mais étaient-ils humains ?

– Y a-t-il quelqu'un ? appela Aymeric à tout hasard.

– Laissez-moi tranquille ! Vous ne m'aurez plus avec vos sales trucs ! rétorqua une voix qui n'était pas celle d'un adulte.

– Mais je ne suis pas le sorcier.

– Je n'en crois pas un mot.

– Je m'appelle Aymeric et j'ai été enlevé il y a quelques heures à peine. Je ne sais même pas comment je suis arrivé jusqu'ici.

Le détenu de la chambre voisine garda le silence.

– C'est peut-être toi, l'illusion, pensa Aymeric, tout haut.

– Moi ? s'exclama l'inconnu, insulté. Certainement pas !

– Si tu es réel, dis-moi ton nom.

– Je m'appelle Jacob.

– Quel âge as-tu ?

– J'ai quatorze ans.

– Pourquoi es-tu emprisonné chez le sorcier ?

– Je n'en sais rien. Je ne savais même pas qu'il existait avant qu'on m'emmène chez lui.

C'était en raison de la position qu'occupait son père qu'Aymeric s'était retrouvé dans une aussi fâcheuse position. Peut-être que le garçon avait lui aussi un lien quelconque avec le jeu.

– Je ne veux surtout pas t'effrayer, Jacob, mais pour comprendre ce que tu fais ici, il faudrait que je te pose des questions qui pourraient te paraître étranges.

– Je suis déjà mort de peur.

– Sache tout de suite qu'à moins que tu ne sois déjà un pion du grand échiquier invisible sur lequel le sorcier dispute une sorte de match d'échecs avec un magicien, il y a fort à parier que tu es relié à quelqu'un qui y est impliqué.

– L'homme qui dit s'appeler le sorcier m'a parlé d'un jeu, mais je n'ai rien compris. Il a dit que j'étais ici pour servir de stimulant à mon père, qui ne voulait plus jouer.

– Toi aussi ?

– Sauf que je ne vois pas ce que je pourrais faire pour le motiver, puisque je ne l'ai jamais connu. Il a quitté ma mère avant ma naissance parce qu'il avait déjà une autre famille ailleurs.

– Je suis vraiment désolé, Jacob.

– Tu n'as pas besoin de l'être. Je me suis habitué à vivre sans père, et ce n'est pas si mal que cela.

– Ta mère t'a-t-elle au moins parlé de lui ?

– Un peu quand j'étais très jeune, ensuite plus du tout. Je pense qu'elle a eu peur que je parte à sa recherche.

– Est-ce que c'est un homme bien ?

– C'est un savant qui ne veut plus travailler pour le gouvernement. Je ne sais pas comment il gagne sa vie, maintenant. Apparemment, je lui ressemble beaucoup, mais je n'ai pas hérité de ses pouvoirs surnaturels.

– C'est un magicien ?

– Ma mère dit que non, mais son ami Max prétend que c'est un esprit de la forêt.

– Mon père aussi possède des facultés étranges, avoua Aymeric. Il guérit les gens avec ses mains et il influence les arbres.

– Ma mère m'a raconté que les arbres cueillaient mon père dans leurs bras pour le bercer.

La scène dont Aymeric avait été témoin, des années auparavant, rejoua dans sa tête. C'était justement en voyant de grands chênes s'emparer de son père et le soulever de terre qu'il avait fait sa première crise d'hystérie.

– Connais-tu le nom de ton père, Jacob ? demanda-t-il en retenant son souffle.

– Il s'appelle Terra Wilder.

L'adolescent fut frappé de stupeur. En fait, un coup de poignard en plein cœur ne lui aurait pas fait plus mal.

– Aymeric ? s'inquiéta Jacob.

– Je suis là…

– Es-tu souffrant ?

– J'ai un peu de mal à respirer en ce moment, mais ça va passer. Ce n'est pas la première fois.

– Puis-je faire quelque chose ?

– Je crois que oui. J'ai besoin de savoir comment ta mère a rencontré ton père.

– Pourquoi ?

– Parce que mon père s'appelle aussi Terra Wilder.

– C'est un nom bien trop rare pour qu'il y en ait deux, raisonna Jacob.

– C'est exactement ce que je pense aussi.

– Alors, la famille qui l'a empêché de rester avec ma mère, tu en fais partie ?

– Oui, avec ma mère et ma sœur jumelle.

Aymeric lui raconta comment son père avait été emmené au Texas puis en Californie par l'armée et retenu contre son gré en échange de ses formules mathématiques avancées. Des amis l'avaient aidé à s'enfuir, mais il était tombé dans une rivière, où il s'était frappé la tête. Le choc avait engendré une amnésie partielle. Ne sachant plus qui il était, Terra avait vécu dans une réserve pendant un long moment.

– Nous sommes donc frères ? comprit finalement Jacob.

– C'est bien ce qu'il semble. Et puisque tu es plus jeune que moi, je vais être obligé de veiller sur toi. As-tu d'autres frères et sœurs ?

– Non, je suis enfant unique. Enfin, je l'étais.

– Ne te réjouis pas trop vite. Il nous faut commencer par sortir d'ici si nous voulons vivre comme de vrais frères.

– Et si nous étions retenus dans un rêve ?

Cela rappela à Aymeric un jeu auquel il avait joué deux ans plus tôt avec Mélissa. Celui-ci était tellement bizarre et tordu qu'ils l'avaient remis dans sa boîte après avoir franchi le premier niveau.

– Comment es-tu arrivé ici ? demanda-t-il à Jacob au lieu de lui répondre.

– Tu ne me croiras jamais.

– Oh, mais j'ai l'esprit de plus en plus ouvert.

– J'étais en train de jouer sur mon ordinateur, dans ma chambre, lorsqu'une main est sortie de l'écran et m'a saisi par mon chandail. Je ne sais pas comment c'est possible, mais j'ai été aspiré dans l'appareil !

– Moi, c'est dans une toile sur un mur… Ce sont sûrement des portails.

– Comme dans les films d'anticipation ?

– Parfois, la réalité est bien plus étrange que la fiction.

– Donc, pour sortir d'ici, il nous faut seulement retrouver ces portes virtuelles ?

– Plus facile à dire qu'à faire. J'ai ensuite été transporté physiquement jusqu'ici, ce qui signifie que la mienne se situe ailleurs. Et toi ?

– J'ai perdu conscience, se rappela Jacob. Lorsque j'ai ouvert les yeux, j'étais au bord de l'océan.

– On m'a jeté dans la cale d'un bateau...

– Moi aussi.

– Il nous faut donc commencer par sortir d'ici, franchir cet océan et retourner à l'endroit exact où on nous a fait monter dans ce navire.

– Le sorcier ne nous laissera jamais partir.

– Nous ne lui en demanderons pas la permission. Je suis en train de dévisser les ferrures de ma porte. Dès que je serai sorti d'ici, j'irai te secourir. En attendant, il faut que tu fasses un effort pour garder ton sang-froid et surtout que tu ne divulgues nos plans d'évasion à qui que ce soit.

– Il n'y a aucun danger. Personne ne me rend visite. Les repas apparaissent et disparaissent sans que je ne voie jamais qui les prépare.

– Tiens bon, Jacob.

– Maintenant que je sais que je ne suis plus seul, ce sera plus facile.

Aymeric retourna à l'intérieur. À sa grande surprise, les pentures avaient été revissées. Très contrarié, l'adolescent se remit au travail. Au moment où il allait retirer les vis, elles lui glissèrent des doigts et se remirent en place.

– Cet endroit est protégé par la magie du sorcier... comme dans le jeu de l'Escarpe.

Il se tortura les méninges pour se rappeler comment il avait réussi à contrer le vilain seigneur qui empêchait son personnage de quitter ses fortifications.

– Il faut être deux ! se souvint-il.

Mélissa l'avait aidé à vaincre chacun des sortilèges en créant une diversion à laquelle le jeu n'était pas préparé... Aymeric fit un pas en direction du balcon pour aller partager cette idée avec son nouveau petit frère lorsque la porte s'ouvrit brusquement. Le premier réflexe de l'adolescent fut d'empoigner le tisonnier à deux mains et de se ruer sur son gardien. Heureusement, juste avant de laisser ses instincts de survie prendre le dessus, il se rappela que dans la pièce voisine, un jeune garçon lui faisait confiance.

– Cet instrument ne sert à rien sans feu, laissa tomber le sorcier, agacé.

Des flammes jaillirent dans l'âtre de la chambre.

– Mon château n'aime pas se faire brutaliser, jeune Thibaud. Si tu recommences, je serai forcé de te trouver d'autres quartiers moins confortables.

– Je n'aime pas être enfermé, rétorqua sèchement Aymeric.

– Je suis certain que tu n'aimeras pas non plus être mort.

Le mage regarda son prisonnier droit dans les yeux tandis qu'il fouillait dans son esprit. Aymeric sentit quelque chose de froid s'insinuer dans son crâne. Il voulut prendre la fuite, mais tous ses membres étaient paralysés.

– Les jeunes humains ne mangent-ils donc que de la nourriture qui leur est funeste ?

Aymeric comprit qu'il cherchait à connaître ses habitudes alimentaires. Il se mit alors à visualiser tout ce que sa mère servait à la maison pour ne pas donner à son ennemi l'occasion de découvrir ses plans d'évasion. Lorsque l'exploration céphalique prit fin, l'adolescent perdit l'équilibre.

– Je verrai ce que je peux faire, grommela le sorcier en tournant les talons.

Encore une fois, Aymeric ressentit l'envie de se précipiter sur lui et de s'enfuir dans le corridor. Il se fit violence pour ne pas songer à Jacob et chargea son esprit de décors de jeux vidéo. La porte se referma sèchement devant lui.

– Ce ne sera pas aussi facile que je le pensais, mais il n'est pas question que j'abandonne, décida-t-il.

24

Il faisait plus frais la nuit dans les grandes étendues désertiques qui séparaient l'Égypte de la Judée. Les villes du XXIe siècle n'avaient pas encore été bâties, et l'irrigation demeurait rudimentaire. Ayant hérité de grandes fortunes et d'importants secrets, les Templiers avaient doté leurs commanderies et leurs petites cités de tout ce dont elles avaient besoin pour être indépendantes. Il y avait donc un puits au milieu de celle où Terra et ses amis s'étaient arrêtés pour la nuit. Il permettrait aux réfugiés de ne pas mourir de soif, mais il risquait également d'attirer tous les cavaliers qui sillonnaient la région à la recherche d'autres croisés. Il était donc important de monter constamment la garde. Puisqu'ils n'étaient pas suffisamment nombreux pour repousser une attaque, les nouveaux soldats de Terra en profiteraient pour se retirer en douce dans un autre village jusqu'à ce que les Sarrasins soient partis.

Alissandre avait pris le premier tour de garde. En réalité, il n'avait pas besoin de dormir. Lorsqu'il devait s'allonger auprès des autres, il en profitait pour réfléchir à sa stratégie. Assis en tailleur sur une grosse pierre carrée, il observait les alentours, non pas avec ses yeux, mais avec des sens que ne possédaient pas les humains. C'est ainsi qu'il ressentit l'approche de Galahad un peu avant minuit. Pourtant, le chevalier ne devait pas le relayer avant deux heures.

– Tu arrives trop tôt, mon ami.

– Je n'avais plus sommeil, soupira Galahad. En fait, je suis surpris d'avoir pu dormir quatre heures dans un endroit où non seulement les Sarrasins, mais aussi les chiens de chasse du sorcier pourraient fondre sur nous.

Il grimpa sur un autre bloc en pierre et laissa le vent réconfortant jouer dans ses cheveux. Alissandre l'observa avec envie, car il ne pouvait plus éprouver ce type de sensations.

– J'ai tenté de communiquer avec Chance par télépathie, mais je n'y arrive pas, se découragea-t-il.

– À moins d'être un puissant magicien ou un prophète, il est impossible de franchir avec nos pensées les sept cents ans qui vous séparent tous les deux, expliqua Alissandre.

– Je me sentirais beaucoup mieux si nous avions régulièrement des nouvelles de la maison.

– Nous ne sommes pas partis depuis très longtemps.

– Aymeric nous a peut-être été rendu.

– J'en doute, Galahad. Le sorcier aura besoin de lui jusqu'à la fin de la partie pour attirer le roi blanc. Mais si cela peut te rassurer, je retournerai de temps en temps dans le futur pour voir comment se débrouillent tes amis à Nouvelle-Camelot.

Alissandre observa son ami de la tête aux pieds. Avec ses cheveux noirs à l'épaule, qui commençaient à grisonner, un début de barbe et ces vêtements anciens, il semblait tout à fait à sa place dans ce siècle.

– Connais-tu la mairesse de la ville ? demanda soudain le chevalier.

– Non, je suis désolé. Je suis resté enfermé dans ma caverne plus longtemps que je ne l'aurais voulu. Enfin, j'y serais encore si le sorcier avait respecté le protocole.

– Nous ne t'aurions donc jamais revu.

– Il n'est pas aussi aisé qu'il semble d'apprendre la vraie magie. Pourquoi veux-tu me parler de la mairesse ?

– Il y a une curieuse énergie en elle et autour de sa maison. Je n'arrive pas à l'identifier.

– Et tu veux savoir si elle est une alliée ou une ennemie, c'est cela ?

– Je suis très attaché à ma ville et je serais déçu d'apprendre que pendant tout ce temps, elle a été dirigée par une traîtresse.

– Tu l'as côtoyée à plusieurs reprises, non ? Si elle s'était liguée avec le sorcier, tu l'aurais rapidement démasquée.

– Il a déjà utilisé des gens intègres à ses fins, comme l'ancien chef de la police de Little Rock, par exemple. Je ne me sentais pas bien en sa présence, mais je n'ai jamais deviné qu'il était le roi noir.

– Je passerai donc chez elle lorsque j'irai voir comment se débrouille Chance, et je te ferai savoir ce que j'en pense. En passant, félicitations pour le bébé.

– Quoi ?

– Chance ne te l'a pas dit ?

– Non, mais j'avais remarqué que son comportement était différent... Juste avant de partir, j'ai tenté de la faire parler, mais elle m'a dit qu'elle ne voulait pas me distraire de ma quête.

Le chevalier sauta sur le sol et se mit à marcher de long en large devant le magicien.

– Je n'ai plus l'âge de devenir père.

– Il n'y a pas de bon moment pour aimer et protéger un petit être qui nous succédera. Tu as beaucoup de veine, Galahad. C'est quelque chose que j'aurais aimé connaître.

– J'aurai les cheveux tout blancs lorsqu'il sera en âge de conduire une voiture.

– Alors il bénéficiera de ton expérience et de ta sagesse. Les seules limites que connaissent les hommes sont celles qu'ils s'imposent eux-mêmes. Tant que l'on a la foi, tout est possible.

Galahad revint s'asseoir sur le bloc en pierre en prenant de profondes inspirations.

– J'étais tellement certain que je n'aurais pas d'enfant que je n'ai jamais pensé à des prénoms.

– Ce soir, c'est le bon moment de t'y mettre, non ?

Le chevalier fronça les sourcils en se rappelant certains livres qu'il aimait beaucoup. La plupart remontaient à des époques très anciennes.

– Si c'est un garçon, j'aimerais bien Justin, Thierry ou Virgile, déclara-t-il finalement.

– Et si c'est une fille ?

– Clotilde, Ode ou Désirée.

– Très bons choix.

– Mais Chance en aura probablement d'autres à proposer. Peut-être serait-il mieux qu'elle choisisse le prénom, puisque c'est elle qui porte le bébé.

– À mon avis, il est important que les deux parents soient d'accord. Mais vous avez encore plusieurs mois pour y penser.

Cette dernière phrase de l'immortel redonna courage à Galahad, car elle signifiait qu'il croyait à leur victoire. Le chevalier songea alors aux croisés qui venaient de faire acte d'allégeance à Terra.

– Comment expliquerons-nous à Alexis et ses hommes qu'ils sont sur le point de se mesurer à des créatures surnaturelles qui ne respectent pas les règles du combat loyal ? demanda-t-il.

– Que voulez-vous dire par « surnaturelles » ? s'inquiéta Geoffroy de Courson, qui arrivait derrière eux.

– Le Malin utilisera tous ses serviteurs contre nous, expliqua Galahad. Il est possible que nous affrontions aussi bien des soldats que des monstres sans nom.

– Nous ne reculerons devant aucun des ennemis de Dieu, affirma le croisé en s'arrêtant près du chevalier.

Alissandre crut que le moment était venu de révéler sa véritable nature, afin de ne pas frapper ces pauvres hommes de stupeur au milieu du champ de bataille.

– De plus, je suis magicien.

– Que dites-vous ? s'étonna Geoffroy.

– C'est un ange, précisa Galahad en se rappelant que certaines notions modernes n'étaient pas courantes au XIIIe siècle.

– Vraiment ?

Alissandre tendit les mains, lui montrant les étoiles nacrées qui étaient incrustées dans ses paumes. Ces dernières se mirent à briller avec la même intensité que la lune. Geoffroy se signa aussitôt.

– Je suis capable de grands prodiges, souligna le magicien, mais en présence de créatures possédant des pouvoirs aussi grands que les miens, je redeviens un soldat comme tous les autres.

Il pointa une petite pierre sur le sol entre le croisé et lui. Sans intervention humaine, elle se souleva et vola jusqu'à eux.

– Je n'ai jamais rien vu de tel, avoua Geoffroy, sidéré. Ne pourriez-vous pas vaincre toutes les armées du sultan grâce aux dons que vous a confiés le Seigneur ?

Alissandre n'avait certes pas le droit de changer le cours de l'histoire. En fait, l'une des règles les plus importantes du retour dans le temps était justement de passer inaperçu le plus possible. Il ne pouvait pas non plus dire au templier qu'il n'était là que parce que son adversaire avait choisi ce siècle pour disputer cette partie entre le Bien et le Mal.

– Dieu n'intervient que lorsqu'Il le juge nécessaire, répondit-il avec un air contrit.

– Il veut que nous gagnions nous-mêmes notre droit d'entrée dans Son Royaume, n'est-ce pas ?

– C'est exact.

– Nous Lui sommes reconnaissants de nous mettre ainsi à l'épreuve.

« S'il savait... », soupira intérieurement Galahad.

– Il est grand temps pour moi de faire le guet, annonça-t-il. Allez vous reposer un peu, ange de Dieu.

Alissandre réprima un sourire et acquiesça d'un signe de tête. En silence, il retourna au campement, établi plus loin parmi les ruines.

– Puis-je rester un peu avec vous, Galahad ? réclama Geoffroy.

– J'allais justement vous le demander.

Le croisé prit place sur la pierre que le magicien venait de libérer.

– Nous nous posons beaucoup de questions à votre sujet, avoua-t-il.

– C'est le moment ou jamais de satisfaire votre curiosité.

– Vous dites être des Anglais, mais vous ne vous comportez pas comme ceux que j'ai côtoyés depuis que je participe à ces guerres.

– Sans doute provenaient-ils d'un coin de pays éloigné du nôtre. C'est sûrement la même chose en France. Les gens ne se conduisent pas tous de la même façon, car les coutumes varient en fonction des régions. Y a-t-il quelque chose dans notre attitude qui vous offense ?

– Nous ne sommes pas offensés, mais stupéfiés, car vous agissez comme des hommes sûrs de vous bien que vous vous trouviez en un lieu où les soldats du Christ se font massacrer comme du bétail.

– La peur est mauvaise conseillère, mon ami.

– C'est donc que vous n'avez jamais vu mourir ceux qui vous étaient chers.

– Nous avons eu notre lot de pertes et de chagrin, croyez-moi, mais nous avons choisi la voie de l'amour et de l'acceptation. Peu importe la langue que nous parlons, le lieu où nous habitons ou le dieu que nous vénérons, nous avons tous droit à la paix et à la liberté.

– Est-ce à dire que vous désapprouvez les ordres du roi et du pape ?

– Pas du tout. Nous sommes respectueux des traditions et de la hiérarchie. Toutefois, cela ne nous empêche pas d'être des libres penseurs.

– Alors, je crois que c'est cela qui nous trouble. Vous exprimez ouvertement des vérités que nous gardons cachées.

– Cela vous passera avec les années, affirma Galahad avec un sourire amical. Maintenant, parlez-moi un peu de vous.

– Il y a peu à dire, en vérité. Je suis le troisième fils du seigneur Bernard de Courson. C'est à la demande de notre père que mon frère Héric et moi sommes devenus des Chevaliers du Temple. Lorsque le roi a demandé à l'ordre de se porter au secours des villes assiégées en Terre sainte, nous nous sommes joints aux hommes de Philippe de Montfort. La majorité de notre ost provenait de la même région de France que nous. Nous étions des centaines, et il ne reste à présent plus que nous.

– Toutes les guerres sont cruelles.

– Avez-vous perdu beaucoup d'amis ?

Galahad se rappela alors la trahison des membres de la Table ronde.

– Oui, affirma-t-il, attristé.

– Avez-vous laissé une épouse dans votre domaine d'Angleterre ?

Le chevalier répondit par l'affirmative en hochant doucement la tête.

– Des enfants ?

– Il n'est pas encore né.

– Je prie Dieu qu'il vous permette de rentrer chez vous pour admirer son sourire.

– Et vous, Geoffroy, quelqu'un vous attend ?

– Mon épouse Gisèle et nos deux garçons, qui m'auraient bien accompagné s'ils avaient été en âge de se battre.

Les deux soldats, d'époques pourtant éloignées l'une de l'autre, bavardèrent comme de vieux amis jusqu'au lever du soleil. C'est à ce moment que Galahad perçut la première menace. Il se redressa brusquement, comme si un serpent l'avait piqué, en regardant au loin. Geoffroy l'imita aussitôt. Sur la ligne d'horizon apparaissait un point noir en mouvement.

– Sont-ils nombreux ? demanda le croisé.

– Non, répondit Alissandre, qui s'était glissé derrière eux sans qu'ils ne s'en aperçoivent. Il n'y en a que douze, et ce ne sont pas des Mamelouks.

– Une tribu renégate, alors ?

– Ce sont des serviteurs du Mal. Ils montent des chevaux comme il n'en existe pas dans ce monde. Il faudra s'en méfier autant que de leurs cavaliers.

Galahad se réjouit d'apprendre qu'ils n'avaient pas choisi de les attaquer sous la forme de loups, car leurs soldats nouvellement recrutés n'auraient pas su comment s'en protéger.

– Sont-ils armés ?

– Ils ont des cimeterres barbelés, affirma Alissandre.

– Quand seront-ils ici ?

– Dans une heure ou deux, tout au plus.

– Allons réveiller les autres.

Terra ne fut pas fâché d'apprendre que l'ennemi était en vue. Tout ce qu'il voulait, c'était éliminer tous les pions que le sorcier lancerait sur le jeu.

– J'imagine que le roi noir n'est pas parmi eux, supposa le Hollandais en attachant son baudrier.

– Je ne sens pas sa présence, confirma Alissandre.

– En tout cas, le sorcier nous a trouvés plutôt rapidement, nota Marco.

– C'est mon énergie qu'il arrive à repérer, expliqua le magicien. Après cette bataille, il faudra que je m'éloigne pour examiner le jeu à distance et vous donner une meilleure chance de mettre la main sur la pièce maîtresse.

– Personnellement, je me sentirais plus rassuré si tu restais auprès de nous, murmura Terra pour ne pas alarmer les croisés.

– Je ne peux combattre que mon adversaire, pas ses pions.

– La dernière fois, le sorcier ne s'est pas gêné pour assister au massacre aux premières loges et pour intervenir aussi, lui rappela Galahad.

– Ils arrivent ! s'écria alors Étienne en revenant de son poste de garde.

Les treize hommes enfourchèrent leur monture sous le regard tranquille d'Alissandre. Heureusement, Galahad avait formé Terra et Marco sur des selles à arçonnière, sinon ils auraient eu beaucoup de mal à galoper et à manier l'épée en même temps.

– Vous ne nous accompagnez pas ? s'étonna Alexis en voyant que le magicien ne les imitait pas.

– Il est préférable que je reste derrière vous pour m'assurer que Satan ne tente pas de vous tendre un piège.

– Fais-lui confiance, Alexis, le pria Geoffroy. C'est un ange.

Avec la bande de cavaliers qui fonçait à vive allure sur la plaine et qui allait bientôt arriver devant les ruines, ce n'était pas le moment de poser des questions. Habitué à mener le groupe depuis la mort de son commandant, Alexis leva le bras pour rallier ses frères.

– *Non nobis, Domine, non nobis, sed nomini tua da gloriam !* clama-t-il.

– Qu'est-ce qu'il dit ? demanda Marco à Galahad, près de lui.

– Non pour nous, Seigneur, non pour nous, mais à ton seul nom donne la gloire. C'est du latin.

Même s'il avait annoncé qu'il était roi dans son pays, sur le champ de bataille, Terra Wilder n'était qu'un templier comme tous les autres, et puisqu'il n'était pas le chef d'une commanderie en Angleterre, il ne pouvait pas usurper le droit acquis d'Alexis de Dinan de mener cette charge.

Les chevaux galopèrent à la file indienne entre les murs à moitié démolis de la cité. Galahad s'était évidemment précipité devant Terra, de façon à le couvrir. Marco s'était pour sa part glissé derrière lui. Lorsqu'ils débouchèrent finalement sur la plaine, les templiers formèrent une ligne droite face à l'ennemi qui se ruait sur eux. Les adversaires n'étaient plus qu'à cinq cents mètres. Juché sur la plus haute structure qui se tenait encore debout, Alissandre observait la scène en essayant de deviner la stratégie de son opposant. Tous les cavaliers du sorcier montaient des chevaux aussi sombres que la nuit. Ils étaient également vêtus en noir comme des bédouins. Dans leurs mains, ils tenaient tous de longs sabres dont les deux côtés de la lame étaient parsemés de pointes disposées en barbes d'épi. Percevant leur férocité, le magicien se félicita d'avoir recruté des soldats d'expérience dans son camp.

– Ils ne sont pas nombreux, fit remarquer Alexis. Concentrez-vous sur un seul opposant, et que Dieu vous garde.

Ses hommes dégainèrent leur épée et talonnèrent leur destrier. Habituées au combat, les bêtes n'hésitèrent pas un seul instant. Elles foncèrent sur les montures noires qui, après avoir parcouru une si grande distance, ne suaient même pas.

Le choc des deux lignes de combat fut brutal. Le métal heurta le métal et les chevaux se bousculèrent en hennissant. Les croisés avaient souvent combattu de cette façon et, sans leur armure en métal, ils étaient beaucoup plus mobiles. Galahad, sans avoir jamais participé à une vraie bataille, avait appris à se débrouiller dans une mêlée grâce à l'ordre de Galveston, sous la tutelle de son mentor. Pour Terra et Marco, par contre, il s'agissait d'une toute nouvelle expérience. Les coups portés par les cavaliers noirs étaient beaucoup plus difficiles à parer que ceux des élèves contre lesquels ils s'étaient entraînés dans la cour du château de Galahad.

Toutefois, Terra avait cessé de raisonner pour s'en remettre à son instinct. Son désir de revoir son fils décuplait sa force. Il frappait son adversaire maléfique avec une rage qui lui était inhabituelle, mais qui s'avéra très efficace. Le Hollandais savait que Galahad n'était pas loin et qu'il interviendrait s'il devait faiblir. Quant à ce dernier, il n'ignorait pas que Terra était plus âgé et moins en forme que lui. Il s'efforça donc de neutraliser son opposant le plus rapidement possible, afin de pouvoir venir en aide à ses frères d'armes.

La fureur et la force physique de Galahad lui permirent de briser le bras du noir serviteur, puis de marteler implacablement sa poitrine jusqu'à ce qu'il parvienne à le désarçonner. Le chevalier poussa son destrier vers son ennemi, couché sur le dos, avec l'intention de le piétiner à mort, mais la sombre monture de ce dernier s'interposa. Galahad aimait profondément les chevaux, et la seule pensée de devoir tuer ceux des démons l'horrifiait.

Lorsque les noirs serviteurs tombent, leurs montures disparaissent, fit la voix d'Alissandre dans son esprit. Le magicien avait donc senti son malaise.

Guidant son cheval de main de maître, Galahad le fit tourner sur lui-même et pointa son épée devant la tête de la sombre bête. Hennissant de colère et balayant l'air de ses sabots, le monstre s'en prit aussitôt au métal brillant. Cela donna au chevalier suffisamment d'ouverture pour terminer sa funeste besogne. Ordonnant à son destrier de piaffer violemment, il lui fit défoncer la cage thoracique du cavalier couché sur le sol. Le cheval noir s'évapora comme un mirage en même temps que son maître rendait l'âme.

Libéré de son propre combat, Galahad se tourna d'abord vers Terra pour constater avec soulagement qu'il se débrouillait fort bien. Marco, cependant, se faisait malmener par un nervi du sorcier. Sans hésitation, Galahad fonça sur l'autre flanc de ce démon. Harcelé de toutes parts, ce dernier commença à se changer en loup. Déployant toute la puissance de ses muscles, Marco enfonça la pointe de sa lame dans sa gorge.

Convaincu que c'était la fin de ce pion du sorcier, Galahad fit pivoter son cheval pour voir si un autre de ses compagnons nécessitait son assistance. Il vit alors un cavalier noir balancer sa terrible épée et frapper Jules de Bruc au milieu du corps. Le choc jeta le croisé à bas de la selle. Son ennemi sauta immédiatement à terre pour l'anéantir.

Galahad enfonça ses talons dans les flancs de son destrier qui s'élança. Le poitrail de son cheval arabe percuta le démon et l'envoya rouler dans la poussière. Le chevalier revint immédiatement à la charge pour ne pas lui donner le temps de se relever. Poussant son destrier au galop, Galahad tendit le bras et, d'un violent coup d'épée, brisa le cou du cavalier noir.

Les soldats d'Alissandre gagnaient de plus en plus de terrain lorsque leurs ennemis encore vivants et leurs montures disparurent d'un seul coup ! Les lames sifflèrent dans le vide, sans trouver de cible.

– Mais où sont-ils allés ? s'étonna Alexis.

– Leur maître les a rappelés avant que nous ne les éliminions tous, gronda Galahad, mécontent.

Le chef des croisés mit pied à terre et se pencha sur Jules, qui gisait sur le sol.

– Il est mort, annonça-t-il tristement.

Il marcha jusqu'au barbare qui avait tué Jules et que Galahad avait prestement abattu. Le cavalier portait une tunique et un long manteau noirs, et sa tête était couverte d'un curieux turban tout aussi sombre. Du bout de son épée, Alexis déplaça le tissu qui cachait son visage. Il recula aussitôt de deux pas.

– Mais quelle est cette abomination ? s'effraya-t-il.

– C'est un démon, répondit Alissandre en s'approchant.

Au lieu d'un visage humain, le cadavre avait le faciès d'un loup. Renaud s'empressa d'aller vérifier si les deux autres adversaires qu'ils avaient occis étaient aussi des monstres et constata qu'ils étaient en tout point semblables au premier !

– Ce sont véritablement des serviteurs du diable, ne put que conclure Alexis. Je fais le serment devant Dieu de vous aider à les détruire tous.

Ses frères d'armes en firent autant. Ils empilèrent les corps des étranges créatures, y mirent le feu, puis enterrèrent Jules de Bruc dans la cité. Ils soignèrent leurs chevaux et s'assirent ensuite en cercle pour discuter de leur avenir, pendant que Simon d'Orléans montait la garde.

– Reviendront-ils bientôt ? s'enquit Alexis.

– Leur maître vient de se rendre compte qu'il n'a pas affaire à des novices, alors il les a rappelés pour revoir sa stratégie, expliqua Alissandre. Il est certain qu'ils nous attaqueront à nouveau, mais il m'est impossible de prédire ce moment. Au lieu de les attendre, je suggère de nous mettre en route.

– Pour aller où ?

– La meilleure façon de neutraliser un serpent, c'est de lui couper la tête quand il est dans son nid.

– Parlez-vous du diable ?

– De nul autre, affirma Galahad.

– Cette expédition sera certainement plus dangereuse que toutes celles que nous avons menées, fit Étienne pour encourager ses compagnons. Mais si ces Anglais n'ont pas peur d'attaquer le diable en enfer, alors nous non plus. Quand partons-nous ?

– De grâce, dès que le soleil sera moins haut dans le ciel, supplia Robert, qui suait par tous les pores de sa peau.

– Je pourrais vous protéger de ses rayons ardents, proposa Alissandre.

– Voilà une offre bien difficile à refuser, concéda Alexis.

– Et où l'enfer se trouve-t-il ? voulut savoir Léopold.

– Pendant que vous combattiez ses serviteurs, j'ai pris le temps d'observer les fluctuations d'énergie entre eux et leur maître.

Les croisés échangèrent un regard confus, ne comprenant pas un mot de l'explication du magicien.

– Il a vu d'où venaient leurs ordres, traduisit Galahad dans un langage plus accessible.

– Nous devons nous diriger vers le nord jusqu'à l'océan, ajouta Alissandre.

– Pas avant d'avoir mangé et rempli nos gourdes, les avertit Alexis.

Ils préparèrent un potage avec tout ce qui leur restait de vivres et avalèrent des dattes cueillies quelques jours auparavant par les templiers.

– Ne trouves-tu pas que ces cavaliers noirs ressemblent à nos Malhikas ? demanda alors Galahad à Terra.

– Maintenant que j'y pense, tu as raison, acquiesça le Hollandais.

– Qui sont-ils ? s'enquit Frédéric.

Galahad ne pouvait pas vraiment lui dire qu'ils étaient des personnages maléfiques que Terra et lui avaient inventés lorsqu'ils jouaient à Donjons et Dragons.

– Ce sont des barbares qui vivent dans les montagnes de Mongolie, répondit-il plutôt. Ils sont sanguinaires et sans merci.

– Mettons-nous en route, ordonna Alexis. Vous nous en parlerez davantage ce soir.

Ils remontèrent tous à cheval et, cette fois-ci, Alissandre fut invité à chevaucher près d'Alexis, qui avait pris la tête de la colonne.

25

Une fois que les femmes eurent goûté à une journée de repos sur la plage, Donald remit le camping-car en route. Il remonta sans se presser vers le nord et se retrouva finalement dans la région du mont Shasta, là où ils avaient failli perdre Terra à tout jamais plusieurs années auparavant. Après s'être rendu en camion jusqu'au barrage, le médecin avait alors traversé la région à cheval, en compagnie de Galahad et de Ben Keaton. Il se rappela le paysage de la Californie du Nord, beaucoup plus sec que celui de la Colombie-Britannique. Il se rappela aussi les états d'âme du chevalier parfait. C'était dans cette contrée qu'ils s'étaient liés d'amitié.

Donald se perdit dans ses pensées. L'arrivée de Terra Wilder à Little Rock avait bouleversé la vie d'un si grand nombre de gens... Sans lui, les élèves de l'école secondaire seraient presque tous devenus des délinquants. Des centaines de personnes n'auraient jamais non plus recouvré la santé, car grâce à son don, le Hollandais les avait guéries. Enfin, Mélissa ne serait jamais devenue la belle jeune fille qu'elle était. Sans Terra Wilder, elle aurait été enterrée quelques jours après sa naissance...

Inattentif pendant un long moment, Donald ne découvrit le barrage dressé sur la route par les forces policières qu'une fois coincé dans la file d'automobiles qui faisaient l'objet de vérifications.

– Que se passe-t-il ? demanda Nicole en sentant ralentir le véhicule.

– C'est un contrôle policier.

– Le sorcier pourrait-il en être responsable ? se crispa Amy.

– C'est un lugubre personnage, mais il ne faudrait pas tout lui mettre sur le dos.

– Ce Medrawt est peut-être parmi les policiers, souligna Nicole.

– Si c'est le cas, alors nous saurons que c'est un piège.

– Une fois pris dedans, soupira Béthanie.

– Tu ne tiens sûrement pas ce sarcasme de ton père, toi, la taquina le médecin.

– Donald, comment peux-tu rester calme à un moment pareil ? lui reprocha Amy.

– Mais il ne s'est encore rien passé !

– Où sommes-nous ? demanda Mélissa.

– Ça m'apprendra à voyager avec un troupeau de femmes, ironisa Donald.

– Nous sommes tout près d'une réserve indienne, indiqua Nicole après avoir consulté la carte géographique ouverte sur la table devant elle.

Donald se souvint aussitôt du village où il s'était arrêté avec Galahad et Ben. Parce qu'il avait perdu la mémoire, Terra ne connaissait plus son propre nom. Il s'était trouvé à quelques pas d'eux sans le savoir.

– Pourrait-on la visiter ? s'égaya Mélissa.

– Ce n'est peut-être pas le bon moment, ma chérie, l'informa son père.

Donald suivit patiemment la longue file d'automobiles et de camions que les policiers fouillaient de fond en comble sans se presser. Lorsque ce fut son tour de se présenter devant eux, le médecin arrêta le moteur et baissa la vitre de sa portière.

– Que se passe-t-il ? se renseigna-t-il.

– Nous sommes à la recherche d'un jeune garçon, expliqua l'agent. Pourriez-vous descendre du véhicule, je vous prie ?

– Oui, bien sûr.

Amy et Nicole poussèrent leurs filles à l'extérieur.

– Vous pensez qu'il a été enlevé ? demanda Donald aux policiers.

– Nous n'en savons rien. Il a disparu de chez lui il y a deux jours.

C'est alors qu'Amy aperçut une femme qui marchait nerveusement derrière les voitures des policiers.

– Reste ici, ordonna-t-elle à Béthanie.

– Où vas-tu ?

– Je crois que cette femme là-bas est la mère du garçon. Je veux seulement aller lui dire quelques mots de réconfort, car je sais exactement ce qu'elle ressent. Lorsque vous pourrez circuler de nouveau, rejoignez-moi.

Elle se faufila à travers les représentants de l'ordre, puis entre les voitures. Elle s'approcha de l'inconnue et sut qu'elle avait visé juste. Un torrent de larmes coulait sur le visage de la pauvre femme. Amy se plaça sur sa route et attendit qu'elle revienne vers elle.

– Puis-je vous parler ?

Sa voix fit sursauter la mère éplorée.

– Qui êtes-vous ?

– Je suis une mère à la recherche de son adolescent, répondit Amy.

– Vous avez perdu votre fils, vous aussi ?

– Il a été enlevé alors que le reste de la famille était en vacances à Disneyland.

– Quel âge a-t-il ?

– Quinze ans.

– Jacob en a quatorze. Il s'est littéralement volatilisé dans sa chambre tandis qu'il jouait à son jeu vidéo préféré.

– Ne perdez surtout pas espoir. Nous devons croire qu'ils nous seront rendus. Je m'appelle Amy Wilder.

L'inconnue tressaillit en entendant ce nom de famille.

– Avez-vous besoin de vous asseoir ? s'inquiéta Amy.

– Comment s'appelle votre mari ?

– Terra Wilder.

Hélène Deux Lunes tourna aussitôt les talons et s'éloigna de sa rivale. Amy la poursuivit et la saisit par le bras, la forçant à s'arrêter.

– Je n'ai pas voulu vous offenser, assura la Canadienne.

– Ce n'est pas votre faute…

Amy l'emmena s'asseoir sur des chaises de patio que les policiers avaient placées derrière leurs voitures.

– Ce n'était pas la sienne non plus, ajouta tristement Hélène.

– Je ne comprends pas.

– Il semblerait que votre mari soit aussi le père de mon fils.

– Quoi ? s'étrangla Amy en pâlissant.

– Combien d'hommes portent ce nom, selon vous ? Il y a fort longtemps, un membre de ma tribu a repêché un étranger dans la rivière. Il s'était frappé la tête et souffrait d'amnésie.

Terra avait raconté cet épisode de sa vie à Amy, mais il avait apparemment oublié de lui mentionner quelques détails, dont la conception d'un enfant !

– Je m'appelle Hélène Deux Lunes. Je suis médecin au petit hôpital de la réserve. C'est moi qui l'ai soigné. Je m'étais juré de ne jamais plus tomber amoureuse de qui que ce soit, mais il était si démuni, si seul et si séduisant. Quand il a recouvré la mémoire, je l'ai chassé de ma vie, ignorant que j'étais enceinte.

– Terra connaît-il l'existence de cet enfant ? parvint finalement à articuler Amy.

– Non. Il a d'abord fallu que je décide si je voulais garder ou non ce bébé. Vous allez peut-être me prendre pour une folle, mais c'est la voix de la Vierge, que j'ai entendue en rêve, qui m'a convaincue de le rendre à terme.

« Sarah Wilder », comprit Amy. Même les anciens élèves de Terra, qui l'avaient aperçue jadis, l'avait prise eux aussi pour cet important personnage biblique.

– J'ai attendu sa naissance avant de prendre une décision, poursuivit Hélène. Une fois sa mémoire recouvrée, Terra m'avait parlé de sa famille, alors je me suis résolue à élever Jacob toute seule. Je ne voulais pas causer à Terra plus d'ennuis qu'il n'en avait déjà. J'ai même donné mon nom au bébé. Jacob n'a commencé que tout dernièrement à poser des questions sur son père. Je lui ai dit le peu que je savais, mais pas où il habitait.

– Pourrait-il simplement être parti à la recherche de Terra ?

– Je ne sais plus quoi penser. Lorsque Jacob a disparu, le système d'alarme de la maison était armé. Mon fils n'aurait pas pu partir sans le déclencher, même en sortant par une fenêtre. Nous avons fouillé partout sans le trouver. La police est incapable de m'expliquer ce qui s'est passé.

« Terra ne lui a donc pas raconté que toute sa vie était une série d'événements étranges », songea Amy.

– Je vois dans vos yeux que vous me cachez quelque chose, remarqua Hélène.

– Peut-être bien... Cependant, je ne peux pas vous en faire part ici.

– Accepteriez-vous de m'en parler chez moi ?

– Je voyage avec ma fille et des amis.

– Ils sont aussi les bienvenus.

– Je vais aller les chercher.

Hélène s'empara des mains de celle qui avait eu le bonheur de passer sa vie auprès de Terra Wilder et les serra avec gratitude. « Je sais exactement ce qu'elle ressent », se chagrina intérieurement Amy.

– Tout ira très bien, Hélène. Faites-moi confiance.

Amy parvint à regagner le camping-car, après avoir expliqué à plusieurs agents de la paix le but de sa présence loin du véhicule. Nicole perçut aussitôt son désarroi.

– On dirait que tu as vu un fantôme, s'alarma-t-elle.

– Si ce n'était que cela… À son retour de Californie, il y a plus de quinze ans, Terra m'a raconté son étrange aventure, mais il a apparemment oublié quelques détails.

– Es-tu en train de nous dire que cette femme le connaît ? devina Donald.

– Elle est médecin et elle s'est occupée de lui après son évasion de la base militaire. Il a passé suffisamment de temps avec elle pour lui donner un fils.

– Quoi ? s'exclamèrent les adolescentes en même temps.

– Elle aimerait que nous nous arrêtions chez elle, ajouta Amy.

Donald fronça les sourcils. Était-il sage de rouvrir de vieilles blessures ?

– Pourquoi hésites-tu ? s'inquiéta Amy.

– Sans vouloir vous alarmer, ne trouvez-vous pas étrange que ce second fils de Terra ait été enlevé presque en même temps qu'Aymeric ?

– Tu crois que ce pourrait être un piège du sorcier ?

– C'est une possibilité que je dois prendre en considération si je veux vous protéger.

– Je suis d'accord avec toi, mais nous devons mettre cette femme au courant de ce qui se passe.

– Elle va nous prendre pour des fous, laissa alors tomber Béthanie. Avez-vous oublié que c'est pour avoir une vie normale que vous n'avez jamais parlé de ces événements à qui que ce soit ?

– Elle a raison, l'appuya Nicole. Nous devons être vigilants.

– Je demeure d'avis que cette mère a le droit de savoir ce qui est arrivé à son enfant, insista Amy.

– Sauf que nous n'en savons rien, lui rappela Donald.

– Son fils s'est volatilisé dans sa chambre tandis qu'il jouait sur son ordinateur.

– Comme Aymeric, fut forcée d'admettre Mélissa.

– Cette discussion pourrait durer des heures, alors voilà ce que nous allons faire, trancha le médecin. Nous irons chez cette femme et nous n'y resterons qu'une heure ou deux.

Donald conduisit donc le gros véhicule jusqu'à l'endroit où les attendait Hélène, au-delà des barricades. Celle-ci grimpa sans hésitation dans le camping-car. Le médecin l'étudia pendant quelques secondes. Elle ressemblait aux Amérindiens qu'il avait rencontrés jadis lorsqu'il était à la recherche de Terra dans cette région. Ses cheveux noirs étaient striés de mèches blanches et ses yeux sombres reflétaient une profonde sagesse. Donald comprit alors pourquoi son ami s'était épris d'elle. Malgré sa tristesse, il émanait d'elle une grande force.

– Hélène Deux Lunes, voici le docteur Donald Penny, son épouse Nicole et leur fille Mélissa, les présenta Amy.

Un sourire éclaira le visage de l'Amérindienne lorsque Béthanie s'approcha.

– Tu ressembles beaucoup trop à Terra pour ne pas être sa fille…

– Je m'appelle Béthanie et j'ai un frère qui s'appelle Aymeric.

Donald suivit les directives d'Hélène et gara le camping-car dans l'entrée de sa maison. Il laissa passer les femmes devant lui et fut le dernier à entrer dans le salon. L'Amérindienne alla tout de suite chercher la photo la plus récente de son fils parmi toutes celles qui trônaient sur le manteau de la cheminée.

– Voici Jacob, indiqua-t-elle en la remettant à Amy.

Il avait la même forme de visage que ses enfants. Ses cheveux étaient de jais, comme ceux de Béthanie, mais il avait les yeux noirs de sa mère alors que ceux des jumeaux étaient verts et bleus.

– Je vous en prie, asseyez-vous, les convia Hélène.

Ils prirent tous place sur les fauteuils. La décoration était moderne, à l'image de la maîtresse des lieux.

– Jacob aime-t-il l'informatique ? demanda Béthanie.

– Oui, depuis qu'il est tout petit. Cela ne l'a toutefois jamais empêché de croire aux esprits de la nature.

– Vous n'y croyez donc pas vous-même ? risqua Amy.

– J'ai quitté temporairement la réserve pour étudier la médecine à San Francisco. La science m'a en quelque sorte ouvert les yeux. N'allez surtout pas croire que je suis athée, loin de là. Je sais mieux que quiconque qu'il y a quelque part une intelligence invisible qui veille sur nous. Toutefois, en ce qui me concerne, c'est la même qui anime les arbres, les rivières et les étoiles, pas une panoplie d'esprits qu'il faut constamment apaiser. Jacob a subi l'influence de certaines personnes superstitieuses de la tribu, et puisqu'il est très impressionnable…

– Comme Aym, quoi, nota Béthanie.

– Hélène, ce que je vais vous révéler au sujet de l'enlèvement de Jacob va vous paraître insensé. Puisque j'ai également réagi de façon incrédule la première fois qu'on m'a parlé du jeu, je ne vous en voudrai pas de me prendre pour une folle. Je respecte vos convictions scientifiques, mais je ne peux pas taire ce que je sais.

– De quel jeu parlez-vous ?

– Depuis la nuit des temps, un magicien et un sorcier se disputent ce qui ressemble un peu à une partie d'échecs. Le but du jeu est d'éliminer les pions de l'autre, au sens littéral du terme.

Hélène fronça les sourcils, sceptique.

– Terra s'est fait piéger par l'ordre de chevalerie que le magicien avait choisi pour l'aider à vaincre son adversaire. Aucun des membres de ce groupe ne voulait assumer le rôle de la pièce maîtresse, car c'est elle que le sorcier cherche surtout à abattre.

– Le roi, saisit l'Amérindienne.

– C'est exact.

– Nous pensons que le rapt d'Aymeric et de votre fils est relié au jeu.

– Si Jacob n'avait pas disparu dans des circonstances aussi mystérieuses, je ne porterais aucune attention à vos propos, mais je ne sais plus vers qui me tourner.

– Mon fils a disparu dans la chambre d'invités d'un de nos amis, aspiré par un tableau accroché au mur. Lorsqu'on m'en a informée, j'ai d'abord cru qu'on se moquait de moi. Terra, lui, a tout de suite compris que son vieil ennemi était de retour et il s'est empressé de rentrer chez nous. Que nous y croyions ou non, Hélène, il existe des créatures surprenantes dans notre univers. Certaines veillent sur nous, et d'autres nous utilisent à leurs fins.

– Êtes-vous en train de me dire que nous ne reverrons jamais nos enfants ? s'étrangla la femme médecin.

– Si vous connaissez Terra aussi bien que moi, vous savez déjà qu'il fera tout ce qu'il pourra pour les retrouver et châtier leur ravisseur.

– Même si ce dernier n'est pas de ce monde ?

– Il a de puissants alliés. Lorsque vous avez rencontré mon mari, il était au beau milieu de la partie précédente. Le sorcier a tout tenté pour se débarrasser de lui. Terra l'a contré sur tous les plans, permettant ainsi au magicien de l'emporter. Je sais qu'il le vaincra à nouveau.

– Cette histoire est complètement aberrante et pourtant, c'est la seule lueur d'espoir à laquelle je peux me raccrocher. Dites-moi ce que je dois faire pour revoir Jacob.

– Priez.

Hélène avait cessé d'espérer quoi que ce soit du ciel depuis la mort de son époux, mais elle garda cette pensée pour elle. Elle invita les Canadiens à partager le repas du soir avec elle et discuta longuement des progrès récents de la médecine avec Donald.

Tandis que les adultes bavardaient au salon et que Mélissa s'était finalement endormie sur le sofa, Béthanie sentit son sang de guerrière se remettre à bouillir dans ses veines. Il y avait peut-être des indices importants dans les affaires de Jacob qui lui permettraient de sauver son frère, alors elle s'esquiva et explora la maison. Tout comme la sienne, elle s'étendait sur un seul étage et comptait trois chambres à coucher. Béthanie n'eut aucun mal à localiser celle qu'elle cherchait. Elle s'y aventura et pivota sur elle-même en examinant attentivement les lieux.

La décoration se composait d'un curieux mélange de talismans amérindiens et d'affiches illustrant la conquête de l'espace. Au-dessus du lit pendait un mobile constitué de petits vaisseaux spatiaux tirés de plusieurs émissions de télévision populaires. Sur les tablettes de la bibliothèque s'alignaient des ouvrages scientifiques variés. Béthanie en reconnut plusieurs titres, car son frère les possédait lui aussi. « S'il me ressemble physiquement, Jacob a plutôt les mêmes goûts qu'Aymeric », se dit-elle. L'édredon sur le lit représentait une icône d'un film culte de science-fiction, exactement comme celui de son frère. « J'espère qu'ils auront l'occasion de se rencontrer un jour », espéra l'adolescente.

Elle entendit soudain un grondement sourd. Hélène possédait-elle un chien ? Certains animaux n'aimaient pas la présence d'étrangers et se réfugiaient dans les pièces les plus éloignées lorsqu'il en arrivait dans leur maison. Béthanie s'accroupit donc pour regarder sous le lit. Il n'y avait rien, pas même un grain de poussière. Elle fut alors plaquée sur le sol par une bête beaucoup trop puissante pour être domestique.

La jeune fille se débattit et roula sur le côté, se retrouvant face à face avec un énorme loup tout noir qui montrait ses crocs. Ce dernier contracta ses muscles pour bondir à nouveau. Béthanie cessa de réfléchir. Comme Galahad le lui avait si souvent conseillé, elle ne perdit pas son sang-froid. La peur paralysait les réflexes d'un chevalier. Au moment où le prédateur s'élança, elle glissa sous le lit, se releva rapidement de l'autre côté et bondit vers la porte qu'elle referma brutalement sur le museau de l'animal.

Ce claquement sec attira tout de suite l'attention de Donald et Hélène, qui déboulèrent en même temps dans le corridor des chambres. Les pieds arc-boutés contre le chambranle d'une porte, Béthanie tirait de toutes ses forces sur la poignée.

– C'est la chambre de Jacob ! s'écria Hélène, effrayée.

– Béthanie, que se passe-t-il ? s'alarma Donald.

– Il y a un loup là-dedans !

Hélène fit prestement demi-tour pour aller chercher une arme.

– Il n'était pas là quand je suis entrée dans la chambre, affirma bravement l'adolescente. Et il n'est pas entré par la fenêtre puisqu'elle est fermée.

– Il circulait donc déjà dans la maison.

La femme médecin revint avec en main la carabine de son défunt mari.

– Béthanie, retourne dans le salon, exigea-t-elle.

– Mais j'ai appris à...

Le regard autoritaire de Donald mit fin à ses protestations. Béthanie lâcha la poignée et tourna les talons. « Personne ne me fait jamais confiance », bougonna-t-elle intérieurement en s'éloignant.

Hélène arma le fusil et fit signe à Donald qu'elle était prête à tout. Celui-ci prit une profonde inspiration et entrouvrit la porte. D'un coup de pied, l'Amérindienne la poussa vers l'intérieur. Les deux médecins virent alors un énorme loup s'enfoncer dans l'écran de l'ordinateur, sur la table de travail. Hélène poussa un cri de rage et laissa partir un premier coup de feu. Le choc la projeta contre la poitrine de son invité.

– Tout doux ! s'écria Donald, impressionné par la détermination de cette femme, pourtant aussi menue que sa fille.

Il lui enleva l'arme des mains et la déposa sur le lit, puis récupéra l'écran tombé derrière le meuble.

– Nous sommes assurés qu'il ne repassera plus par là, dit-il en laissant retomber les débris électroniques.

– Je viens de ruiner toutes nos chances de retrouver Jacob…

– À moins que vous ne possédiez la faculté de vous transformer en code binaire, vous allez maintenant devoir faire confiance à Terra.

Donald entoura les épaules de la pauvre femme qui tremblait de tous ses membres et la ramena doucement vers le salon, où Nicole et Amy achèveraient de la réconforter.

26

Même s'il s'était juré de ne rien manger durant sa captivité, de peur d'être victime d'un enchantement, Aymeric finit par céder aux plaintes de son estomac. À son grand étonnement, la nourriture qui était apparue sur le bureau de chêne était excellente. « De toute façon, si le sorcier voulait me lancer un sort, il n'aurait pas besoin d'empoisonner ces aliments », se convainquit-il. Il avala goulûment le poulet rôti, les légumes et le fromage sans réfléchir, juste au cas où ce repas serait le dernier de son séjour dans la forteresse.

Une fois rassasié, l'adolescent recommença à imaginer une façon de les sortir, Jacob et lui, de ce mauvais pas. Sa prison était magique et résistait à ses tentatives de déboulonner les portes. « Si un obstacle ne peut être franchi, alors contourne-le », lui répétait souvent son père. Sa mère, plus impétueuse, n'était évidemment pas d'accord avec cette méthode.

La seule autre porte de sortie de sa prison était le balcon. « Avec quoi pourrais-je confectionner de la corde ? » se demanda-t-il. D'épais cordons dorés retenaient les rideaux en velours, mais ils n'étaient sûrement pas assez longs pour lui permettre de descendre jusqu'au bord de la falaise d'où s'élevait le château.

– Deux têtes valent mieux qu'une ! s'exclama-t-il en bondissant vers la fenêtre.

Dehors, le soleil commençait à décliner, peignant le ciel en orange et en violet. Mais ce n'était pas le moment de s'attendrir.

– Jacob, es-tu là ?

– Où pourrais-je être sauf ici ?

– As-tu mangé ?

– Je ne voulais pas, au début, mais j'avais trop faim. Était-ce une erreur ?

– Non, je ne crois pas. Nous allons avoir besoin de toutes nos forces pour nous enfuir.

– Justement, en parlant d'évasion, j'ai pensé à quelque chose.

– À quoi ? s'inquiéta Aymeric.

Au lieu de lui répondre, Jacob choisit de venir lui expliquer son plan en personne. Quelques secondes plus tard, il apparut, les doigts solidement accrochés au ressaut de la corniche qui séparait les galeries. Aymeric sentit son sang se figer dans ses veines : ce frère qu'il n'avait jamais eu le bonheur de connaître était suspendu dans le vide ! Un seul faux mouvement et il se fracasserait tous les os sur le roc au pied de l'antre du sorcier !

Tétanisé par la peur, Aymeric ne fit rien pour l'aider. Jacob ne sembla toutefois pas se soucier de son inaction. Il continua à avancer vers lui un centimètre à la fois en serrant les lèvres, jusqu'à ce qu'il ait finalement sauté devant lui. Avant de lui adresser la parole, ce dernier étudia son visage. Il avait la même forme que celui de Béthanie, la même bouche, les mêmes pommettes saillantes et les mêmes cheveux ! Seuls ses yeux n'étaient pas de la couleur de ceux de sa sœur.

– Tu es différent de ce que j'imaginais, avoua le métis. Je croyais que tu me ressemblerais.

– Je tiens mes yeux et mes cheveux de ma mère. Tout ce dont j'ai hérité de mon père, c'est l'amour de la science et une insatiable curiosité. Par contre, tu es le portrait de ma jumelle.

– Une sœur aussi ? Comme c'est génial.

Jacob était grand pour ses quatorze ans. Il dépassait son frère de quelques centimètres. Il aurait certainement la stature de leur père à l'âge adulte.

– Tu es bien plus téméraire que moi, en tout cas, indiqua Aymeric en pointant la saillie pierreuse.

– Je n'avais pas vraiment le choix, puisque c'est notre seule porte de sortie. Et puis, j'ai appris très jeune à gravir les falaises avec Max.

– Qui est Max ?

– C'est un chasseur de ma réserve. Il piège n'importe quoi, mais il a le plus grand respect pour les aigles. Alors, tous les ans, nous nous efforçons de ramener dans leur nid les aiglons qui en sont tombés.

– Je veux retourner chez moi, c'est certain, mais j'ai vraiment peur des hauteurs.

– J'y ai pensé, alors j'ai apporté ceci.

Jacob lui tendit les cordons qu'il avait décrochés des tentures de sa chambre.

– Tu te doutais que je souffrais d'acrophobie ?

– C'est le cas de la plupart des Blancs. Je ne sais pas pourquoi, mais les Amérindiens n'ont pas le vertige.

– J'aimerais bien en être un, en ce moment.

– Je t'attacherai par la taille avec une extrémité et je trouverai quelque chose pour assurer l'autre, une fois rendu sur le balcon suivant.

Son plan était risqué, mais Aymeric n'en avait pas d'autre à proposer.

– Ma mère m'a raconté que mon père était un homme d'un courage exceptionnel qui n'avait pas peur d'affronter la mort pour faire régner la justice, ajouta Jacob.

Aymeric arqua un sourcil. Le Terra Wilder qu'il connaissait ne prenait des risques que lorsque sa femme essayait une nouvelle recette.

– J'imagine qu'en situation de danger, il pourrait sans doute se comporter en héros, répliqua-t-il, mais je ne l'ai pas connu ainsi. Il enseigne la philosophie dans une école et il travaille en secret sur de petits projets pour le gouvernement canadien.

Un énorme rapace rasa alors la façade de la forteresse. Jacob saisit son frère par la taille et se plaqua au sol avec lui.

– Qu'est-ce que c'était que ce monstre ? s'exclama Aymeric en s'asseyant.

– C'est un oiseau aussi gros qu'un avion. Je les ai vus dans le ciel à plusieurs reprises depuis que je suis ici, mais je n'arrive pas à en déterminer l'espèce.

– Rien ici n'a de sens.

– Il ne faut plus perdre de temps, Aymeric. Lorsqu'ils verront que nous n'avons pas touché au prochain repas, nos gardiens sauront que nous nous sommes échappés.

– Oui, tu as raison.

Aymeric alla décrocher les cordons de ses propres rideaux et les attacha à ceux de Jacob.

– C'est uniquement par mesure de sécurité, au cas où le balcon suivant serait plus loin, précisa-t-il.

– Tu n'as aucune raison d'avoir peur. Je ne te laisserai pas tomber.

Les adolescents franchirent la porte et examinèrent le firmament avant d'entreprendre l'escalade : aucune trace du busard géant.

– De quel côté partons-nous ? demanda Aymeric.

– Pas celui de ma chambre, c'est certain.

Jacob s'attacha à la taille, puis fit la même opération sur son frère. Un frisson de terreur parcourut le dos d'Aymeric lorsqu'il vit l'adolescent sauter à pieds joints sur le parapet. Avec l'agilité d'un écureuil, Jacob s'agrippa à la pierre et disparut de l'autre côté de l'avancée.

– C'est un autre balcon, annonça-t-il. Prends le temps de regarder où tu t'accroches. Il y a de bons ancrages.

Aymeric avait déjà fait de l'escalade à l'école sur un mur où étaient vissées des protubérances en caoutchouc, tandis qu'il portait un harnais et était protégé par un système de poulies. Celui auquel il devait maintenant s'attaquer s'élevait presque à la hauteur des nuages ! « Tu es l'aîné, Wilder, s'encouragea-t-il. C'est à toi de donner l'exemple. » Il grimpa plus prudemment que Jacob sur le muret usé et fit bien attention de ne pas regarder en bas. Il chercha des yeux des fissures suffisamment larges pour ses doigts et le bout de ses souliers, puis se mit au travail en récitant ses prières. Au bout de quelques minutes qui lui parurent des siècles, il rejoignit finalement Jacob.

– Je savais que tu pouvais y arriver, le félicita le métis.

Les garçons jetèrent un coup d'œil à l'intérieur et virent qu'il s'agissait d'une autre cage dorée dont la porte était refermée. Inutile d'insister. Ils poursuivirent donc l'escalade en direction du coin ouest du château, là où se couchait paresseusement le soleil. En atterrissant sur le dernier plancher, Jacob sut tout de suite qu'ils avaient atteint leur but. Un vaste salon s'étendait le long de la muraille occidentale, percée de nombreuses fenêtres en forme d'arches. Il attacha le cordon à l'un des balustres et encouragea son compagnon à le rejoindre.

Aymeric avait perdu depuis longtemps l'habitude de faire régulièrement de l'exercice. Ses membres tremblaient sous l'effort qu'il exigeait d'eux. Lorsqu'il retrouverait enfin Jacob, il lui demanderait grâce. Il était parvenu aux trois quarts de l'éperon lorsqu'un premier coup d'ailes le frappa durement. Ses pieds glissèrent dans le vide.

– Jacob ! hurla-t-il.

Il s'accrocha de son mieux à la pierre, mais ses doigts ne purent supporter tout le poids de son corps. Jacob entendit son cri et vit la corde se tendre brusquement. Son grand frère était en difficulté ! Il se pencha le plus possible par-dessus la rambarde. Le rapace, aussi noir que la nuit, passa sous son nez en piquant de nouveau sur Aymeric.

– Non ! s'écria le métis, affolé.

Ce fut l'élasticité des cordons qui sauva Aymeric de cette première charge. Les serres de l'oiseau ne griffèrent que la pierre, là où se trouvait son repas une seconde plus tôt. Il poussa un cri strident et reprit de l'altitude.

– Aymeric, remonte !

Effrayé, le jeune Canadien avait déjà recommencé à se hisser vers le balcon. Pour empêcher le monstre de s'en prendre une seconde fois à Aymeric, Jacob s'empara de tous les petits objets qu'il trouva dans le salon et se mit à les lui lancer. La manœuvre incommoda le busard géant, mais ne l'empêcha pas de descendre brusquement sur sa proie. Aymeric l'évita en s'écrasant contre la saillie, puis gravit en toute hâte le dernier mètre qui le séparait de son refuge. Il s'agrippa à la balustrade, sentit les mains de Jacob le tirer par ses vêtements et bascula par-dessus la rambarde. Les garçons tombèrent tête la première dans le salon et s'immobilisèrent.

– Tu m'as sauvé la vie, murmura Aymeric, bouleversé.

– Je sais que tu aurais fait la même chose pour moi. Es-tu capable de marcher ? J'ai peur que l'oiseau ne rapporte notre fuite à son maître.

Poussé par l'orgueil, Aymeric se releva sur ses jambes chancelantes. Avant l'apparition des loups à Nouvelle-Camelot, il n'avait jamais vraiment connu la peur. Maintenant, il tremblait de tous ses membres. « Comment mon père s'est-il tiré indemne de la dernière partie contre le sorcier ? » se demanda-t-il en suivant son frère. Les deux grandes portes à l'autre bout de la pièce étaient miraculeusement ouvertes.

– Je vais jeter un coup d'œil dans le couloir, chuchota Jacob.

Habituellement, dans les films d'horreur, le château du tyran grouillait de vilains serviteurs, mais il ne vit personne.

– Il faut trouver la sortie sans délai, poursuivit le métis en s'aventurant le premier à l'extérieur de la pièce.

– Je ne comprends pas pourquoi tu pleurais de désespoir dans ta cellule il y a quelques heures à peine alors que tu te précipites maintenant sans réfléchir vers l'inconnu, grommela Aymeric.

– C'est grâce à toi que j'ai le courage de m'enfuir.

Ils marchèrent sur le bout des pieds dans le corridor jalonné de portes qu'ils n'avaient pas vraiment envie d'ouvrir, recherchant plutôt une façon d'atteindre le rez-de-chaussée. Ils aboutirent finalement devant un escalier en colimaçon qui n'en finissait plus de descendre vers les tréfonds.

– C'est trop facile, s'inquiéta Aymeric.

– Quoi ?

– On dirait qu'on nous laisse nous échapper.

Il avait souvent joué à des jeux vidéo qui débutaient lentement afin d'endormir la vigilance du joueur, puis qui lançaient brusquement tout leur arsenal pour l'anéantir.

– Il nous faudrait des armes pour nous défendre.

– Contre un sorcier ? s'étonna Jacob.

– Tout le monde a une faiblesse.

Aymeric ignorait évidemment que son jeune compagnon révérait les esprits qui peuplaient le monde invisible. Pour lui, le sorcier était un être invincible qui ne pouvait pas être contré par la force.

– Si nous pouvions éviter de le croiser, ce serait mieux, rétorqua-t-il.

– Sans doute, soupira Jacob.

Ils se mirent à descendre un étage à la fois en faisant le moins de bruit possible, jusqu'à ce qu'ils entendent des grondements rauques. Se rappelant sa dernière rencontre avec les loups, Aymeric saisit le bras de Jacob et l'entraîna dans la première pièce qu'il trouva. Il referma la porte et s'écrasa contre elle, n'osant plus respirer. Des reniflements près de leurs pieds incitèrent les adolescents à reculer. Si l'animal parvenait à les repérer, c'en était fait de leur évasion. Aymeric regarda rapidement autour de lui, à la recherche de quelque chose qui masquerait leur odeur. Les murs étaient tapissés d'étagères. Au centre de la pièce se dressait une énorme table en marbre noir.

– Ôte-toi de mon chemin ! ordonna une voix que les garçons reconnurent comme étant celle du sorcier.

Sans même se consulter du regard, Aymeric et Jacob plongèrent sous la table.

27

Le petit groupe de templiers cheminait en direction de la mer, Alissandre en tête. Les étrangers représentaient un grand mystère pour les moines soldats. Toutefois, puisque leurs jours étaient comptés en ces terres désormais inhospitalières, ils avaient décidé d'appuyer leur lutte contre le Mal. La plupart étaient toujours hantés par les visages déformés qu'ils avaient découverts sous les voiles des Malhikas. Certains des croisés espéraient de tout cœur survivre à ce périple, afin de mettre les hommes en garde contre le péché. Ces chevaliers croyaient en Dieu et faisaient confiance aux chefs religieux qui interprétaient Sa parole. Ils auraient évidemment préféré recevoir leurs ordres du pape ou du Grand Maître, mais ils étaient désormais coupés de leur monde. Habitués à suivre des ordres, ils trouvaient donc rassurant de servir un nouveau commandant.

Le paysage était déroutant pour les trois ressortissants de Nouvelle-Camelot, habitués aux denses forêts de Colombie-Britannique. Ils regrettaient aussi leur fraîcheur sous leur uniforme de templier. Ménageant leur souffle, ils se laissaient bercer par les mouvements réguliers des chevaux, qui avançaient deux par deux sur cette terre sèche. Les bêtes humaient régulièrement le vent en poussant de courtes plaintes, car elles avaient soif. Il faudrait bientôt les faire boire.

Alissandre ressentit l'inquiétude des croisés qui avaient besoin, tout comme leurs destriers, de se désaltérer. Il visualisa donc dans son esprit une oasis au centre de laquelle reposait un étang aux eaux limpides. Les chevaux se mirent à secouer vivement leur encolure en accélérant le pas.

– On dirait qu'ils flairent quelque chose, fit Léopold en scrutant l'horizon.

Galahad en fit tout autant.

– Par là ! indiqua-t-il.

– Est-ce un mirage ? demanda Alexis.

– Non, je ne le crois pas, le rassura Terra.

– Laissez-moi m'en assurer, offrit Galahad.

Il sortit des rangs et galopa vers la silhouette des palmiers qui se balançaient dans la brise chaude. Au bout d'un moment, il arrêta son cheval, se retourna et agita le bras, signalant aux autres qu'ils pouvaient le suivre en toute sécurité. Les hommes plongèrent les mains dans l'eau pour s'asperger le visage, et les bêtes se bousculèrent pour y boire.

– Reposons-nous un peu à l'ombre avant de repartir, suggéra Alexis.

Sans dire un mot, Alissandre s'assit au pied d'un arbre et ferma les yeux. En l'espace d'un instant, son esprit s'éleva au-dessus de son corps, très haut dans le ciel. Il constata que la mer qu'il cherchait n'était plus très loin au nord. C'était là qu'il captait la plus grande énergie maléfique. Il ne connaissait évidemment pas la stratégie de son adversaire. Son vieux mentor l'avait toutefois mis en garde contre sa propension à la perfidie.

Chaque joueur possédait douze pions et un roi. Alissandre ne devait surtout pas perdre le compte de ceux qui étaient tombés au combat. Il lui restait onze soldats et Terra. Quant au sorcier, il n'avait plus que dix pièces en tout. « J'ai l'avantage, mais pour combien de temps ? » se demanda le magicien. Sa concentration fut alors brisée par le cri d'alarme de Marco.

Alissandre réintégra brusquement son corps et vit que les templiers remontaient en selle. Galahad lui tendit la main et l'aida à se relever.

– Le sorcier nous attaque de la même manière après avoir perdu plusieurs de ses pions, lui fit remarquer le chevalier.

– Il a l'esprit trop tordu pour utiliser la même stratégie deux fois de suite. Soyez vigilants.

D'un mouvement sec de la tête, Galahad indiqua qu'il se souviendrait de cet avertissement, puis il enfourcha son cheval. Comme lors du premier affrontement, Alissandre demeura derrière ses joueurs pour observer le jeu.

– Alissandre craint une ruse, annonça Galahad en arrêtant sa monture près de celle de Terra.

– Je suis d'accord avec lui, indiqua Marco. Ces Malhikas, si ce sont les mêmes que nous avons combattus près des ruines, savent déjà que nous sommes des adversaires de taille. Pourtant, ils semblent encore une fois vouloir foncer directement sur nous.

– Ce sera donc à nous de les déstabiliser, décida Terra. Formez deux groupes.

Étienne de Rohan, Frédéric de Valois et Simon d'Orléans se rangèrent spontanément derrière le roi de Nouvelle-Camelot.

– Alexis, prenez le flanc gauche, poursuivit Terra.

Le croisé leva le bras sur-le-champ, entraînant ses hommes à sa suite. D'un seul regard, le Hollandais remit le commandement de son propre groupe à Galahad, qui avait une plus grande expérience de la guerre que lui. Le chevalier réagit aussitôt en menant sa troupe dans la direction opposée à celle d'Alexis.

La manœuvre des pions blancs sema la confusion parmi les Malhikas. Ils commencèrent par ralentir l'allure de leurs sombres chevaux, incapables de choisir lequel des deux essaims ils devaient attaquer. « Leur roi ne se trouve donc pas parmi eux », conclut Alissandre, qui lévitait au-dessus de l'oasis. La pièce maîtresse du sorcier aurait rapidement réorganisé ses démons pour contrer la stratégie du roi blanc. Le magicien continua à observer passivement la charge. En fait, il ne pourrait intervenir que si son adversaire se manifestait physiquement ou par magie. Alissandre était donc à l'écoute de toutes les énergies qui circulaient dans la région. Pour la première fois, il saisit le véritable rôle d'un magicien. « J'ai longtemps reproché à mon mentor son inaction, se rappela-t-il. En réalité, il ne pouvait rien faire sans risquer les implacables sanctions du jeu. » Une intervention hâtive de sa part entraînerait automatiquement la mort de tous ses joueurs.

Le deuxième affrontement entre les pions noirs et les pions blancs ne ressembla en rien au premier. Cette fois, ce furent ces derniers qui assumèrent le rôle offensif. Au même moment, les deux groupes de templiers chargèrent les Malhikas, l'épée au poing. Les démons firent pivoter leurs montures en choisissant une victime, puis foncèrent.

Terra comprit que le sorcier cherchait surtout à les épuiser lorsque le cavalier noir qu'il combattait disparut sur sa selle au moment où il cherchait à le frapper avec son épée et se matérialisa à nouveau lorsque la lame eut fendu l'air. Terra évita sa contre-attaque de justesse et riposta. Il n'eut cependant pas le temps d'avertir les autres que ces derniers étaient déjà victimes de la même manœuvre déloyale.

Galahad se félicita d'avoir conservé sa cotte de mailles lorsque la pointe de l'épée hachurée du Malhikas lui frappa l'épaule, tout de suite après qu'il eut réapparu sur sa selle. Le chevalier de Nouvelle-Camelot ne possédait pas de pouvoirs magiques, à part celui de parler à certaines personnes par télépathie et de retracer les courants telluriques. Toutefois, il avait appris à se battre auprès de l'impulsif Lancelot à Galveston et utilisa aussitôt la méthode préférée de ce dernier, soit l'intimidation.

Galahad talonna son cheval, l'obligeant à foncer sur celui de son ennemi. La bête bouscula le destrier noir, déséquilibrant son cavalier. Le chevalier ne perdit pas une seconde et planta sa lame au milieu du corps du Malhikas. Celui-ci poussa un grand cri et glissa sur le sol.

Alissandre choisit ce moment précis pour intervenir, jugeant que le sorcier avait outrepassé ses droits. Il apparut au milieu des combats et laissa partir des filaments fulgurants de ses paumes. Ces derniers formèrent un halo protecteur autour de lui qui ressemblait beaucoup à une toile d'araignée. Sans demander leur reste, les Malhikas battirent en retraite, mais ils avaient déjà fait deux victimes parmi les croisés. Conrad de Siochan et Alexis de Dinan gisaient dans leur sang, que le sol asséché s'empressait d'absorber.

Les cavaliers noirs n'allèrent cependant pas très loin. À moins d'un kilomètre des templiers, ils s'immobilisèrent et formèrent une ligne droite.

– Ça ne me dit rien qui vaille, grommela Galahad.

Tout comme Terra, il était demeuré sur son cheval pendant que Marco et les croisés se portaient au secours de leurs frères d'armes. Il allait s'élancer vers le magicien pour obtenir de nouvelles directives quand un éclair rouge l'aveugla, l'obligeant à rester sur place. Galahad battit des paupières jusqu'à ce qu'il entrevoie enfin ce qui se passait : le sorcier se tenait devant Alissandre !

– De quel droit participez-vous à cette bataille ? tonna l'immortel, courroucé.

– Les règlements indiquent clairement que vos joueurs ne peuvent pas utiliser votre magie, rétorqua le magicien.

– Ne savez-vous pas que j'ai doté mes serviteurs de facultés surnaturelles ?

– Qui se limitent au don de métamorphose.

– Rien ne m'interdit de leur en accorder davantage !

– Pas une fois que le jeu est commencé. De toute façon, il ne s'agissait pas ici de pouvoirs concédés, mais de votre propre magie.

– Me traitez-vous de menteur ?

– Les annales du jeu mentionnent en effet quelques écarts de conduite de votre part.

– Vous ne m'empêcherez pas de recevoir enfin le titre qui me revient de plein droit, magicien. Après votre défaite, plus personne ne protégera les humains, qui ne méritent pas d'habiter cette planète, de toute façon.

– Comme vous vous en doutez déjà, je ne vous permettrai pas d'imposer une telle dictature.

– C'est ce que vous croyez. Votre manque d'expérience vous perdra, Alissandre. Je ne ferai qu'une bouchée de vos pions. J'écraserai moi-même votre roi de pacotille et je ferai de son fils mon apprenti.

Terra enfonça ses talons dans les flancs de son cheval pour s'élancer sur le ravisseur d'Aymeric. Vif comme l'éclair, Galahad se mit en travers de son chemin.

– Il a la langue d'un serpent, l'avertit-il. Ne l'écoute pas.

– Sire Galahad, je suis surpris de vous voir ici après votre piètre performance lors de la dernière partie, fit le sorcier avec un air de dédain.

Le chevalier parfait demeura de glace.

– Votre choix de soldats m'indique que je serai bientôt le maître du monde, magicien.

Le vil personnage pirouetta sur lui-même, faisant voler dans les airs les pans de sa longue tunique rouge. Il ouvrit la main en direction des astrophysiciens. Sur ses gardes depuis l'apparition de son rival, Alissandre se transporta instantanément entre celui-ci et ses amis. La décharge meurtrière lancée par le sorcier fut aussitôt absorbée par ses étoiles.

– Ôtez-vous de mon chemin ! hurla le sorcier.

– Vous venez de faire un geste illégal.

Mathrotus poussa un cri de colère et disparut en même temps que tous ses cavaliers noirs. Les templiers mirent un moment à réagir.

– Était-ce le diable ? demanda finalement Renaud d'Ancenis.

– En personne, grommela Marco.

– Je n'ai pas compris tout ce qu'il disait.

– Les échanges entre les créatures de l'autre monde sont malheureusement obscurs, expliqua Galahad. Il n'a fait somme toute que nous provoquer.

– De quel fils parlait-il ?

– Du mien, répondit Terra. Il l'a enlevé dans mon pays, pour que je me lance à sa poursuite.

– Maintenant que nous avons vu le visage du diable, notre détermination à vous aider est encore plus grande.

– De quel côté devons-nous aller ? s'impatienta Marco.

– Retournez à l'oasis et attendez-moi, ordonna le magicien. J'ai besoin de m'absenter un moment.

Alissandre s'évapora sous les yeux ébahis des croisés.

– Emportons nos morts, ordonna Renaud.

Ils les hissèrent sur la selle de leur destrier et les ramenèrent près de l'étang pour leur rendre un dernier hommage. Galahad ne les suivit pas. Il demeura debout près du seul Malhikas qui était tombé durant l'escarmouche, sans dire aux autres que la créature malfaisante était encore vivante. Terra ne l'obligea pas à rejoindre le groupe, car il savait mieux que quiconque que son vieil ami avait encore des démons à exorciser dans son propre cœur.

Le Hollandais se posta avec Marco derrière les moines soldats pour écouter leurs prières. Lorsque les deux croisés furent enterrés dans le sable, à l'ombre des palmiers, les survivants vinrent s'asseoir aux côtés du roi de Nouvelle-Camelot. Ils n'avaient jamais entendu parler de lui, mais ils étaient désormais convaincus qu'ils entreraient dans la légende avec lui.

* * *

Le sorcier retourna dans sa forteresse avec l'intention de s'emparer des fils de Terra Wilder et de les balancer sous le nez de l'arrogant magicien. Il constata alors qu'ils avaient réussi à s'échapper ! Furieux, il vola dans les interminables couloirs à leur recherche, ses énormes loups courant derrière lui. Lorsqu'il atteignit finalement l'entrée de la vaste pièce d'où émanaient tous ses pouvoirs magiques, les fauves se bousculèrent autour de lui en poussant des plaintes aiguës.

– Patience, mes petits. Ils seront bientôt à vous.

Les portes du grand salon s'ouvrirent devant lui. Agglutinés dans le corridor, ils continuèrent à couiner, car ils ne pouvaient pas pénétrer dans cette pièce sans risquer la mort.

– Laissez-moi réfléchir ! s'exclama leur maître, exaspéré.

Ils détalèrent avant de subir sa colère. Enfin seul, le sorcier se mit à marcher autour de la table en marbre en promenant son regard sur les boules transparentes qui contenaient toutes les villes qu'il avait asservies. Au centre se dressait un cristal noir dans lequel pulsait une lumière rougeâtre.

Ratislav Mathrotus n'avait pas toujours été immortel. Il était né des milliers d'années auparavant dans un petit village qui avait souvent changé de nom avant de faire partie de la puissante Union soviétique. Son père était alors un homme respecté qui possédait un important troupeau de chevaux et qui n'hésitait pas à agresser ses voisins pour en avoir davantage, jusqu'au jour où un sorcier arriva dans la région. Celui-ci n'était à la solde de personne et cherchait uniquement à imposer sa domination. Les deux hommes s'étaient tout de suite mesurés l'un à l'autre, et la créature maléfique l'avait évidemment emporté. Le sorcier, qui s'appelait Mathrotus, avait trouvé le jeune Ratislav dans les décombres du village qu'il venait d'incendier. Le gamin n'avait que quatre ans et il ne comprenait pas ce qui venait de se passer. Dans un élan de tendresse, le sorcier l'avait emmené avec lui pour lui apprendre tout ce qu'il savait.

Sans savoir qu'il servait l'assassin de sa famille, l'enfant se mit à jalouser son mentor en grandissant et, dès qu'il en eut l'occasion, il le tua et enferma son cœur dans une pierre d'une grande rareté. Après des nuits entières d'incantations et de rituels sanglants, le cristal s'assombrit et laissa s'échapper la puissance du vieux sorcier.

Ratislav rêvait de devenir le maître du monde, mais il ne pouvait jamais rester très longtemps loin de la source de sa puissance. Il s'arrêta et tendit les mains vers le quartz noir. Celui-ci se mit à vibrer de plus en plus intensément, jusqu'à ce qu'un rayon écarlate s'en échappe et vienne caresser les longs ongles du sorcier.

Sous la table, Aymeric et Jacob n'osaient plus respirer. Ils regardaient fixement les pans de la tunique de soie de leur geôlier, sous laquelle dépassait le bout de ses bottes noires. Curieusement, la créature maléfique qui se vantait de sa souveraineté sur les éléments n'avait pas encore ressenti leur présence. Les garçons n'avaient toutefois nulle intention de s'attaquer à elle. Ils attendraient aussi longtemps qu'il le faudrait qu'elle s'éloigne pour qu'ils puissent enfin fuir son antre.

– Vous ne pourrez jamais sortir d'ici ! résonna alors la voix de Mathrotus dans leurs oreilles.

Les fugitifs serrèrent les dents pour résister à la force de ses paroles, car ils n'avaient aucune envie de servir d'appât ou de monnaie d'échange. « Je préfère mourir en m'enfuyant », songea Aymeric.

– Si vous ne vous rendez pas, je ferai souffrir tous ceux que vous aimez !

Jacob écarquilla les yeux avec frayeur. Son frère lui fit signe de ne pas le croire. Heureusement, ayant rétabli sa force vitale, le sorcier s'éloigna quelques secondes plus tard. Il était impossible d'établir où il se trouvait, car ses pieds ne foulaient pas le sol. Aymeric attendit quelques minutes, l'oreille tendue, puis risqua un œil à l'extérieur de sa cachette. Le sorcier était parti. Il se retourna vers Jacob et vit qu'il pleurait.

– Ne crains rien, tenta de le rassurer Aymeric. Je ne laisserai rien t'arriver.

– Il pourrait faire du mal à ma mère, sanglota le pauvre garçon.

Aymeric ne le savait que trop bien, mais il ne devait surtout pas miner le moral de Jacob.

– Tu as suffisamment joué à des jeux vidéo pour savoir que peu importe la situation, il y a toujours une porte de sortie, n'est-ce pas ?

– Nous ne sommes pas assis devant un écran d'ordinateur.

– Il s'agit d'un vrai jeu, cette fois, et nous y avons été plongés tous les deux. Alors, aussi bien jouer. Récapitulons ce que nous savons.

La proposition sembla redonner du courage au métis.

– Notre père est impliqué dans une partie d'échecs mortelle entre un sorcier et un magicien, commença Aymeric.

– Et le sorcier nous a enlevés pour l'attirer ici.

– Ce qui est sans doute un geste illégal, mais le résultat demeure le même : nous sommes coincés ici. Nous avons maintenant plusieurs choix. Nous pouvons rester cachés sous cette table jusqu'à la fin.

– Sans manger et sans pouvoir aller aux toilettes !

– Entre autres. Nous pouvons aussi nous échapper et retrouver notre père pour qu'il ne subisse plus cet odieux chantage. Nous pouvons également détruire le sorcier.

– Pourquoi pas toute sa forteresse, tant qu'à faire ? se moqua Jacob en essuyant ses larmes.

– Tous les personnages d'un jeu ont une faiblesse. Il faudrait disposer de suffisamment de temps pour trouver celle du sorcier.

– Dans ce cas, je penche davantage en faveur de l'évasion.

– La démolition de ce château sera donc notre plan B.

Les adolescents se serrèrent la main pour sceller leur accord.

28

Le magicien revint parmi les templiers juste avant que le soleil ne disparaisse complètement à l'ouest. Les hommes avaient allumé un feu. Assis en cercle autour des flammes, ils s'employaient davantage à récupérer leurs forces qu'à discourir sur leurs chances de survie. Alissandre prit place près de Terra. Tous les yeux s'étaient tournés vers lui, mais personne n'osait le questionner.

– Sa trace maléfique continue de pointer vers le nord, annonça finalement Alissandre. Il masque bien ses traces, alors je ne peux que pressentir que son antre est quelque part dans la mer ou sur les terres septentrionales.

– En vérité, il habite une île, lança Galahad en s'approchant du campement.

Terra remarqua le sang sur le poignard que son ami faisait glisser dans sa gaine.

– D'où tiens-tu cette information ? demanda Marco.

– Du Malhikas qui est tombé au combat.

– Tu l'as torturé ?

– Je l'ai fait parler.

Galahad s'assit sur le sable au milieu de ses compagnons de fortune.

– Où se situe cette île ? demanda Terra.

– Elle n'est qu'à quelques kilomètres à peine des côtes, au nord du port que nous trouverons si nous continuons dans cette direction.

– Nous en avons encore pour un ou deux jours de marche, affirma Renaud.

– À moins qu'une certaine magie nous y emmène plus rapidement, suggéra Marco.

– Depuis les débuts du jeu, le magicien en a toujours respecté les règles, alors je me dois de faire la même chose, répliqua Alissandre. Il ne m'est pas permis de vous aider directement, à moins d'être provoqué par le sorcier.

– Qui a inventé ces règles ? maugréa le jeune Canadien.

– Personne ne s'en souvient.

– As-tu réussi à extirper d'autres renseignements utiles à cette créature ? s'enquit Terra en plantant son regard dans celui du chevalier.

– En fait, oui. Cette île rocheuse est un volcan entouré de récifs impossibles à franchir.

– Sans végétation, nous ne pourrons pas nous y aventurer à découvert, déplora Terra.

– Et encore faudra-t-il trouver une façon d'y accoster, lui rappela son ami.

Nous ne pourrons jamais nager avec tout cet accoutrement sur le dos, déplora Marco.

– Chaque chose en son temps, Tristan, le calma Terra. Continue, Galahad.

– Le sorcier a érigé sa forteresse sur l'un des versants du volcan. Ce dernier n'est plus actif depuis longtemps, mais j'imagine qu'il pourrait être réveillé par de la magie. Il n'y a qu'une seule entrée, à sa base. J'ignore cependant si un sort empêche les étrangers d'en ouvrir les portes.

– Je m'en chargerai si tel est le cas, assura Alissandre.

– Mais vous venez de nous dire que vous ne pouviez pas intervenir, laissa tomber Renaud, perplexe.

– Seulement lorsqu'il s'agit d'une opération qui ne sera bénéfique qu'à vous seuls. Je pourrais cependant vouloir forcer cette porte pour moi-même.

– Tristan a raison. Ces règles sont bien obscures.

– Si nous réussissons à mettre les pieds sur cette île et à déjouer la magie de l'entrée, à quoi devons-nous nous attendre ? poursuivit Terra.

– Le sorcier y est évidemment tout-puissant, répondit Galahad. Même ses serviteurs ne s'y sentent pas en sécurité.

– Si je me souviens bien de la partie précédente, fit Marco, nous n'aurions pas besoin de nous y rendre si nous pouvions supprimer le roi noir.

– C'est exact, indiqua Alissandre. Le problème, c'est qu'il ne fait pas partie des Malhikas qui nous attaquent depuis que nous sommes arrivés ici.

– Le sorcier joue donc de façon défensive, comprit Galahad. Serons-nous en mesure d'identifier la pièce maîtresse si nous la rencontrons dans la forteresse ?

– Vous non, mais moi, oui.

– Chaque chose en son temps, mes amis, leur rappela Terra. Nous devons d'abord localiser cette île, pour ne pas perdre de précieux jours en mer.

« Ou y périr », songea silencieusement Galahad.

– Je ne connais qu'une seule façon de me renseigner, fit Alissandre.

Un gros livre apparut devant ses jambes croisées, ce qui fit sursauter les templiers.

– J'ignorais que les anges savaient lire, s'étonna Simon.

– Ils possèdent d'immenses pouvoirs, assura Galahad.

Les pauvres hommes n'étaient pas au bout de leurs surprises.

– Je cherche l'île volcanique la plus proche du lieu où je me trouve, réclama le magicien.

L'ouvrage ancien se mit à frémir, arrachant un chuchotement admiratif aux spectateurs. Puis il s'ouvrit brusquement et se souleva pour faire face à Alissandre.

– Est-il sage de me questionner ici ? murmura timidement le livre de géographie.

– Ces hommes savent que je suis un mage.

– Dans ce cas, pouvez-vous me situer dans le temps ?

– Nous sommes au XIIIe siècle.

Les pages se mirent à tourner rapidement, puis s'arrêtèrent.

– Les cartes de cette époque s'intéressaient essentiellement aux itinéraires sans se soucier de la géographie. Elles n'étaient pas dessinées à l'échelle, mais possédaient quelques indications de distance et représentaient les cours d'eau. La plupart comportaient des erreurs grossières, en raison de leurs nombreuses transcriptions.

– L'île que je cherche y apparaît-elle ?

– J'ai bien trouvé quelques itinéraires pour les pèlerins, mais ils empruntaient plutôt des routes au nord de votre position actuelle. Cependant, dans certaines chroniques du Moyen Âge, on mentionne l'existence d'une île maudite à quelques kilomètres au nord-ouest du port de Jaffa. Elle se serait abîmée dans la mer à la suite d'une terrible éruption de son volcan vers l'an 1290. Je tiens toutefois à vous mettre en garde, car il ne s'agit pas d'un fait enregistré officiellement dans l'histoire du monde, mais d'une légende.

– Néanmoins, cette information me sera fort utile, merci.

Le livre disparut comme il était arrivé.

– Maintenant que nous savons où se terre notre ennemi, quand partons-nous ? demanda Marco.

– Aux premières lueurs de l'aube, décida Galahad. Il serait trop dangereux de nous aventurer sur ce territoire la nuit.

– J'aimerais porter à votre attention que le port de Jaffa n'est plus entre les mains des croisés, leur apprit Geoffroy de Courson.

– Il nous faudra pourtant un bateau pour nous rendre jusqu'à cette île.

– Il existe certainement d'autres petits ports plus au sud, avança Terra. Il n'est pas nécessaire de s'attaquer à toute la flotte mamelouke pour obtenir un seul vaisseau.

– Je suggère que nous nous rendions d'abord jusqu'à la mer, puis que nous décidions ce qui devra être fait, trancha Renaud.

Les hommes mangèrent alors les fruits des arbres de l'oasis, puis se couchèrent, afin d'être frais et dispos avant le lever du soleil. Ce fut Galahad qui les réveilla tous, après avoir pris soin des chevaux. Ils remplirent leurs gourdes en peau et se hissèrent en selle, conscients des dangers qui les attendaient. Alissandre prit la tête du cortège avec Terra. Marco en profita pour se jumeler à Galahad, encore ébranlé par les événements de la veille.

– Qu'as-tu vraiment fait à ce Malhikas, hier ? s'enquit-il.

– Je l'ai persuadé de me dire ce que je voulais savoir en échange d'une mort rapide.

– Tu l'as...

– Je l'ai tué à sa demande, Tristan. Les vautours auraient commencé à lui arracher les entrailles avant qu'il n'ait rendu son dernier souffle.

– Je n'aurai jamais ce courage.

– Ce que j'enseigne à mon château n'est que de la théorie. Je sais pertinemment que c'est une tout autre affaire de l'appliquer dans la réalité.

– Où as-tu appris à achever un ennemi ? À la guerre ?

– Non. La formation que j'ai reçue à Galveston était on ne peut plus complète.

– Donc, Terra aurait pu faire la même chose ?

– Il a commencé son entraînement en même temps que moi, mais son accident lui a fait perdre de précieuses années. Toutefois, je crois qu'en situation d'extrême urgence, il n'hésiterait pas un seul instant à agir de la sorte. Maintenant, cesse d'y penser. Ce sera ma tâche d'interroger les pions noirs que nous blesserons.

Ils chevauchèrent toute la journée en ménageant leurs montures et s'arrêtèrent le soir dans une autre oasis créée de toutes pièces par le magicien.

– Reposez-vous pendant que je pars en éclaireur, annonça Alissandre.

Sans leur donner le temps de répliquer, il s'évapora. Galahad mangea des dattes et une banane, but une grande quantité d'eau et alla s'installer à l'entrée du point d'eau pour monter la garde. Il écouta les bruits de la nuit, assis sur sa couverture. Inévitablement, ses pensées le ramenèrent à son épouse, qui devait se faire beaucoup de souci pour lui. Chance était une femme forte, capable d'assurer son propre avenir. Elle élèverait leur enfant convenablement s'il devait lui arriver malheur. Mais au fond de lui, le chevalier désirait plus que tout au monde voir naître son fils ou sa fille.

Alissandre se matérialisa près de lui, le tirant de ses rêveries.

– Il y a quelques ports de pêche non loin d'ici, mais ils sont protégés par de petites bandes de guerriers, lui dit-il.

– Sans doute pour empêcher les croisés de recevoir des renforts. Une poignée d'hommes pourront-ils s'emparer d'une embarcation ?

– Je ne peux intervenir lors de vos combats contre les joueurs du sorcier, mais aucun règlement ne m'empêche de vous venir en aide contre des tiers qui ne sont pas impliqués dans le jeu.

– C'est ce que je voulais t'entendre dire.

– Tu ne t'es jamais remis de l'attaque du dragon, n'est-ce pas ?

– J'en fais encore des cauchemars, même si je sais qu'il s'agissait d'une manœuvre déloyale. En fait, je ressens encore de la douleur, là où les crocs se sont enfoncés dans ma chair.

– Pourquoi ne m'en as-tu jamais parlé, Galahad ?

– Parce que tu n'es jamais revenu auprès de nous après la dernière défaite du sorcier.

– Le temps ne s'écoule pas de la même manière lorsque je suis dans l'antre du magicien, car il me semble ne vous avoir perdus de vue que pendant quelques mois.

– Nous nous sommes souvent demandé si tu étais mort.

– Je suis vraiment désolé, mais il n'est pas trop tard pour réparer mes torts. Montre-moi où tu as été blessé.

Il était évidemment hors de question que le chevalier enlève son gambeson, sa cotte de mailles et son surcot, alors il se contenta de lui indiquer les endroits où les crocs du fabuleux animal avaient déchiré sa peau. Alissandre se mit aussitôt au travail. Les étoiles nacrées au creux de ses mains s'illuminèrent d'un éclat lunaire. Il les approcha doucement de chaque ancienne blessure, procurant à Galahad un soulagement qu'aucun médecin n'avait su lui fournir ces quinze dernières années.

– Merci, murmura le chevalier, ému.

– Ce n'est rien, vraiment.

– Maintenant que cette douleur lancinante a disparu, je pourrai encore mieux défendre mon roi.

– Tu étais déjà bien redoutable.

– Il y a en moi une autre personnalité qui ne se manifeste qu'en cas de vie ou de mort. Il m'arrive d'avoir peur de moi-même lorsque j'ai une épée entre les mains.

– C'est ce qu'on appelle l'instinct de survie. Allez, va dormir avec les autres. Puisque je n'ai pas besoin de sommeil, j'assurerai le guet.

Galahad accepta son offre avec plaisir, car il se sentait plutôt las. Il étendit sa couverture non loin de Terra et de Marco, et s'endormit en posant la tête sur le sol.

Lorsqu'il se réveilla, au matin, les templiers se préparaient à partir. Il s'empressa donc d'aller seller son cheval.

Galahad serrait sa sangle lorsqu'il sentit une présence près de lui. Il fit volte-face et trouva Terra devant lui, un gobelet en fer à la main.

– Ce n'est que du thé, assura le Hollandais.

– Je suis un peu plus nerveux depuis que nous sommes arrivés ici, pardonne-moi.

– Ne t'en fais pas, c'est pareil pour moi.

Le chevalier avala la boisson chaude d'un seul trait.

– J'ai toujours pensé que je me sentirais chez moi au Moyen Âge, mais depuis ce matin, ma nourriture nord-américaine me manque beaucoup, avoua-t-il.

– Nous sommes tout près du but, Galahad.

– Je sais. Je le sens au fond de mes tripes.

– Non seulement nous sauverons Aymeric, mais nous détruirons aussi ce sorcier, peu importe ce qu'il nous en coûtera. Je ne veux pas que d'autres familles subissent ce que je suis en train de vivre.

– Tu peux compter sur moi.

Les soldats se remirent en marche, jusqu'à ce qu'ils atteignent une colline qui les séparait du port. Enorgueillis par leurs dernières victoires sur les croisés, les Mamelouks n'avaient même pas placé de sentinelle à cet endroit stratégique. Par petits groupes, ils se contentaient de surveiller les bateaux sur lesquels les rescapés auraient pu tenter de regagner leurs pays.

– Ce serait de la folie de les affronter en plein jour, jugea Galahad, à plat ventre sur la crête. Je pourrais m'infiltrer dans leur camp au milieu de la nuit et agir en silence.

– Je t'ai déjà vu à l'œuvre, mon ami, mais tu ne pourras pas neutraliser à toi seul une quarantaine de ces habiles cavaliers, jugea Alissandre.

– Tu as donc un plan.

– Lorsque je vous ferai signe, foncez derrière moi.

Sans lui donner plus d'explications, Alissandre se leva et marcha tout droit sur l'ennemi. Galahad avait appris à lui faire confiance, alors il ne chercha pas à le retenir. Il demeura plutôt sur place, à surveiller ses gestes. Le magicien avança un long moment sur la plaine avant que les Mamelouks ne remarquent sa présence. Les cavaliers maures coururent à leurs chevaux, afin d'aller aux devants de cet homme qui portait l'uniforme des moines soldats.

Alissandre attendit qu'ils se soient tous dirigés vers lui et leva le bras. C'était le signal qu'attendait Galahad. Il dévala la colline, grimpa sur son destrier et fit signe aux templiers de le suivre. Les bêtes gravirent la pente, heureuses de se dégourdir les jambes, et formèrent un seul rang. Le magicien créa aussitôt une illusion très convaincante. Il multiplia par cent le nombre des croisés qui le suivaient. Les dix hommes devinrent en un instant une armée de mille chevaliers fonçant sur le petit port.

Nullement impressionnés, les Mamelouks chargèrent d'abord l'homme qui s'approchait impunément de leur camp et furent décontenancés lorsqu'ils passèrent au galop au travers de son corps, comme s'il n'avait été qu'un mirage. Leur commandant cria ses ordres dans le fracas des sabots. Il n'aimait pas l'idée d'affronter une armée de fantômes, mais se rassura en pensant que des armes surnaturelles ne pourraient pas leur infliger de blessures. Il ne comprit son erreur de jugement que lorsque ses guerriers se heurtèrent à ces combattants. Chaque templier avait un nombre infini de doubles qui faisaient exactement les mêmes gestes que lui ! Déroutés par cette aberration, les Mamelouks ne cherchèrent même pas à se défendre et furent tous éliminés jusqu'au dernier.

Galahad à leur tête, la troupe de cavaliers vêtus de blanc rejoignit Alissandre et se mit au pas derrière lui. Il ne restait sur la rade que quelques guerriers, qui semblaient garder un vaisseau plus grand que les embarcations des pêcheurs.

– C'est l'un des nôtres, affirma Renaud.

– Ils l'ont capturé pour empêcher les croisés de quitter le pays, devina Geoffroy.

– Ce qui servira admirablement nos plans, ajouta Galahad.

Au lieu de les affronter, les gardiens détalèrent vers l'est, sans doute pour aller chercher des renforts dans un autre petit port. Sans perdre de temps, les templiers foncèrent sur le village, dispersant ses habitants, qui les traitèrent de démons en s'enfuyant. Les croisés mirent pied à terre et abandonnèrent leurs bêtes pour s'élancer à l'assaut du bateau. Galahad savait que ces magnifiques chevaux seraient récupérés par les Arabes et intégrés à leurs haras. Il n'avait nul besoin de s'en inquiéter. L'épée au poing, il courut sur la longue planche de bois tendue entre le quai flottant et l'embarcation. Les Mamelouks étaient si surpris de voir la grande armée de croisés se réduire instantanément à une dizaine d'hommes qu'ils ne réagirent même pas lorsque leurs épées leur fracassèrent le crâne.

Alissandre se matérialisa sur le pont et se mit à libérer l'équipage captif de ses chaînes à l'aide de sa magie, tandis que ses soldats jetaient les cadavres ennemis par-dessus bord.

– Éloignez-nous d'ici ! commanda-t-il.

D'abord abasourdis par ce qui venait de se passer, les marins tournèrent en rond avant de s'organiser. Leur capitaine ayant été tué au moment où on les avait faits prisonniers, son bras droit reprit son sang-froid et aboya ses ordres. Ils se jetèrent sur les rames, tandis que d'autres détachaient les cordes qui retenaient le bateau au quai.

Au loin, une nuée de sable signala l'approche d'un grand nombre de cavaliers. Debout au milieu du pont, Alissandre observait calmement leur arrivée.

– Ont-ils des archers ? demanda Galahad en se plantant près de lui.

– Oui, et je m'en occupe.

Le bateau allait bientôt atteindre le large. N'écoutant que son cœur, Terra avait déjà commencé à se pencher sur les blessés. Les autres croisés surveillaient aussi le rivage, inquiets. Il n'y avait rien sur le bateau qui pourrait leur servir de boucliers.

Bientôt, les tireurs s'alignèrent sur la plage en armant leurs arcs. Alissandre ne se soucia même pas de vérifier leur portée. Il utilisa un vieux sortilège qui dérouta rapidement les agresseurs : chaque flèche décochée parcourait une certaine distance, puis revenait vers son propriétaire. Les archers se mirent ainsi à tomber comme des mouches, puis cessèrent finalement leur attaque.

– Dommage que tu ne puisses utiliser cette magie contre les Malhikas, soupira Galahad.

Il se tourna vers la troupe et vit que Terra soignait les poignets écorchés d'un marin français. Le chevalier se précipita pour stopper son geste.

– Il n'y a pas d'arbres pour te redonner des forces en mer, l'avertit Galahad. Laisse-nous utiliser une autre méthode.

Terra dut admettre qu'il avait raison. S'il dépensait toute son énergie à remettre le reste de l'équipage en état de travailler, il ne pourrait plus combattre une fois arrivé dans l'antre du sorcier. Il laissa donc les croisés panser les blessures avec des bandes de tissu déchirées à même leurs vêtements et marcha plutôt jusqu'au magicien en conservant son équilibre de son mieux dans le roulis du bateau.

– Où allons-nous, maintenant ? demanda-t-il.

– L'île du sorcier se trouve par là, répondit Alissandre en pointant l'horizon.

Ils n'avaient qu'à garder le cap vers le nord pour y arriver.

– Si cette île a été détruite à la fin du XIIIe siècle, cela veut donc dire qu'avant cette époque, le sorcier habitait dans le futur et qu'après, il a habité dans le passé, raisonna le Hollandais.

– Pour tout te dire, je ne sais même pas où se situe mon propre antre. Vous n'atteindrez pas la forteresse de Mathrotus avant au moins deux jours, alors je vais en profiter pour aller me préparer à l'important duel qui s'en vient.

– Nous nous débrouillerons.

– D'autant plus que tu as déjà été un très bon pirate.

– Moi ?

– Tu as déjà navigué dans ces eaux et encore plus loin, au XIXe siècle.

– Je croyais n'avoir été qu'un général romain à l'époque de Jésus.

– Nous n'avons pas qu'une seule vie, Terra.

Cette révélation le laissa pantois.

– Si je vois dans deux jours que vous avez dévié de votre trajectoire, je vous ramènerai à bon port, poursuivit Alissandre. Le vaisseau est à vous, capitaine.

Le magicien se courba respectueusement devant le roi de Nouvelle-Camelot et disparut.

– Mais où est-il allé, cette fois ? s'alarma Marco.

– Il a besoin d'aiguiser ses armes, si je puis m'exprimer ainsi, l'informa Terra. Notre tâche, maintenant, c'est d'atteindre le repaire du sorcier en un seul morceau.

– Capitaine Wilder ? s'exclama Galahad, taquin. Que connais-tu à la navigation ?

– Apparemment plus que je ne le croyais. Curieusement, je me sens à l'aise sur la mer.

– Ne t'y habitue pas trop parce que nous allons bientôt rentrer chez nous.

Terra lui tapota affectueusement le dos et se rendit jusqu'au timonier pour lui indiquer la route à suivre.

29

Katy effectuait plus distraitement son travail depuis que son époux était parti à l'aventure avec Terra et Galahad. Elle ne l'aurait jamais cru capable de tout laisser pour suivre un idéal. Il était si attaché à sa famille et à son travail. Pourtant, d'un seul coup, il avait tout abandonné pour traquer un sorcier ! La boulangère pétrissait la pâte depuis un moment lorsque, du coin de l'œil, elle vit passer un homme dans la rue. Un cri d'alarme retentit dans son esprit. Elle laissa tomber sa tâche et se précipita à la fenêtre. L'inconnu portait une longue cape grise avec un capuchon, ce qui n'était pas vraiment inhabituel dans la cité médiévale, mais sa démarche n'était pas normale.

Katy s'empara de son appareil photo, demeuré en permanence sur le comptoir depuis le début des étranges événements, et s'élança dans la ruelle par la porte de l'arrière-boutique. Courant de toutes ses forces, elle arriva derrière l'imprimerie et grimpa l'escalier qui menait au premier étage. Elle s'écrasa sur le sol et glissa l'objectif de la caméra entre les balustres, le pointant vers la rue. L'étranger était justement en vue. Utilisant le zoom, Katy prit une foule de clichés, jusqu'à ce que le suspect ait dépassé son perchoir. Le cœur battant, elle s'assit et regarda ses photos. « C'est Medrawt ! » découvrit-elle.

Elle retourna prestement à son commerce et sauta sur le téléphone pour prévenir Fred, Karen, Frank, Julie et Chance. Les quatre premiers arrivèrent chez elle alors qu'elle parlait encore à l'épouse du chevalier Galahad.

– Surtout, ne le suivez pas, recommanda Chance.

– Il sait certainement quelque chose au sujet de l'enlèvement d'Aymeric ! protesta Katy.

– Et il a tenté de tuer mon mari. C'est un homme dangereux. Appelez plutôt la police.

– L'inspecteur Cyr n'est pas un magicien !

– Mais il est mieux armé que vous pour l'appréhender.

– Tout le monde vient d'arriver. Il faut que je te laisse.

– Ne jouez pas aux héros, Katy.

La jeune femme raccrocha en déplorant que son amie soit devenue si peureuse. Lorsque les autres voulurent savoir si Chance se joindrait à eux, Katy répondit qu'elle était trop occupée plutôt que de leur dire qu'elle était terrifiée.

– Où Medrawt est-il allé ? s'enquit alors Fred.

– Il a suivi la rue principale jusqu'à l'écurie, et il a piqué vers l'est par la rue des Cigales, répondit Katy en leur montrant ses photos.

– Ouais, c'est bien lui.

– Il faut le capturer et lui faire avouer où Aymeric est retenu, les pressa Julie.

Ils empruntèrent les ruelles pour gagner du temps et coururent à en perdre haleine jusqu'à l'intersection où la pâtissière l'avait vu tourner. Au bout de cette rue, qui traversait toute la cité, ils aperçurent au loin la silhouette de l'homme au capuchon qui venait de franchir la grille qui donnait accès au cimetière. Les filles ralentirent le pas.

– Ce n'est pas une bonne idée d'entrer là-dedans, gémit Karen.

– Medrawt est mort depuis un an, leur rappela Frank.

– Et puis les cimetières ne sont dangereux que dans les films ! renchérit Fred. Ce sont les endroits les plus paisibles au monde.

– Je commence à être d'accord avec Chance, déclara Katy. Appelons la police.

– Le temps qu'elle arrive, nous aurons perdu Medrawt de vue, protesta Fred.

– Si vous ne voulez pas nous suivre, restez ici, recommanda Frank.

Laissant les femmes derrière eux, les deux hommes s'empressèrent de poursuivre l'alchimiste en restant sous le couvert des grands arbres qu'on avait laissés intacts entre les tombes. Cachés derrière les troncs, ils épiaient Medrawt et le suivaient en silence, s'attendant à ce qu'il pénètre d'un instant à l'autre dans une fosse. Mais le mystérieux personnage continuait à avancer. Il avait presque franchi tout le cimetière.

– Pourquoi ne s'arrête-t-il pas ? siffla Fred entre ses dents.

– Peut-être essaie-t-il de se rendre à l'un des caers à l'est de la cité.

– On devrait l'interpeller et exiger qu'il nous donne des réponses.

– Tu tiens vraiment à être empoisonné comme Galahad ?

– Tu es un prêtre, non ? Que pourrait-il te faire ?

– Le Mal s'attaque même aux serviteurs de Dieu, Fred.

Medrawt accéléra soudain le pas, comme s'il avait découvert qu'il était suivi.

– Nous allons le perdre, s'alarma Fred.

Ils foncèrent vers les arbres suivants, mais durent s'arrêter net lorsqu'ils arrivèrent nez à nez avec un énorme loup noir.

– Il est beaucoup trop gros pour être normal, chuchota Fred.

– Ne bouge surtout pas, lui recommanda son ami. Il ne fait probablement que passer par ici.

– Ou il déterre les morts.

L'animal se mit à gronder en montrant ses crocs.

– As-tu quelque chose sur toi pour te défendre ? demanda Frank.

– J'ai seulement des pics de guitare. Toi, as-tu de l'eau bénite ?

– Très drôle. Reculons doucement, sans faire de mouvements brusques. Je suis certain que tout ce qu'il veut, c'est que nous le laissions tranquille.

Ils firent quelques pas vers l'arrière. Le loup se mit aussitôt à pousser des hurlements aigus. La terreur s'installa dans le cœur des deux hommes lorsque plusieurs de ses congénères y répondirent.

– Ils sont à la chasse, comprit Fred.

– Les loups n'ont jamais mangé personne à Little Rock.

– Déguerpissons avant que le reste de la meute n'arrive.

Les deux hommes tournèrent les talons et détalèrent en même temps. Ils coururent entre les pierres tombales et les mausolées sans regarder derrière eux, mais durent s'arrêter quelques minutes plus tard, lorsque deux autres carnivores leur barrèrent la route.

– Ce ne sont pas des loups, ce sont des démons ! s'exclama Fred. Fais-les reculer !

– Au nom de Dieu, des anges et de tous les saints, je vous ordonne de nous laisser passer !

Les exhortations des humains semblèrent exciter davantage les bêtes sauvages, qui se rapprochèrent en s'écrasant sur leurs pattes de façon menaçante. Fred tourna la tête et vit que le premier loup les avait rattrapés.

– Ils ne grimpent pas aux arbres ! se rappela Fred.

Il saisit Frank par la manche et le tira doucement en direction d'un chêne à quelques pas d'eux. Les grondements redoublèrent d'intensité, comme si les carnassiers avaient deviné leurs intentions. Les proies reculèrent jusqu'à ce que leurs dos soient appuyés sur le tronc.

– Monte le premier, ordonna Fred.

– Je ne suis pas aussi doué que toi pour ce genre d'exercices.

– C'est pour cette raison que tu dois passer le premier.

Frank jeta un coup d'œil vers le haut. Les premières branches étaient suffisamment basses pour qu'il s'y agrippe en sautant. Il craignait cependant que son geste ne déclenche l'attaque des loups et que son ami d'enfance ne soit déchiqueté en mille morceaux sous ses yeux.

– Dépêche-toi, Frank !

Le jeune pasteur prit une profonde inspiration, bondit et s'accrocha à la ramification la plus rapprochée. Il fut alors aveuglé par un éclat de lumière immaculé.

– Fred ! hurla-t-il.

Lorsque le phénomène prit fin, des larmes coulaient à grands flots de ses yeux meurtris, et il ne distinguait plus que des contours incertains des monuments qui l'entouraient.

– Fred, où es-tu ?

– Descends tout de suite !

Frank se laissa tomber sur le sol. Il allait ouvrir la bouche pour questionner son ami quand ce dernier lui prit solidement la main et l'entraîna au pas de course vers la sortie.

Katy, Karen et Julie sentirent le sang se glacer dans leurs veines lorsqu'elles virent Fred et Frank débouler devant elles dans l'allée principale du cimetière, comme si un fantôme était à leur trousse. Avant que ceux-ci n'atteignent la grille, elles avaient déjà commencé à courir en direction de la cité. Tout le groupe ne s'arrêta qu'une fois rendu au puits, en plein centre de Nouvelle-Camelot. Haletants et tremblants de peur, ils mirent de longues minutes avant de pouvoir s'adresser la parole.

– Que s'est-il passé ? demanda finalement Karen. Qu'avez-vous vu ?

– Nous ne savons pas où est allé Medrawt, articula Fred avec difficulté.

– Ce n'est donc pas lui qui vous a fait prendre vos jambes à votre cou.

– Non, affirma Frank en secouant vivement la tête.

– Alors qui est-ce ? explosa Katy.

– Des loups... d'énormes loups.

– Et la foudre aussi, ajouta Fred.

Julie leva la tête vers le ciel, dans lequel il n'y avait pas un seul nuage.

– Je ne vois pas comment c'est possible, se troubla-t-elle.

Les passants commençaient à ralentir en observant ces jeunes adultes pliés en deux qui soufflaient comme des locomotives.

– Allons à l'église, suggéra Frank, avant que naissent des rumeurs.

Ils s'aidèrent mutuellement à marcher jusqu'au vieux bâtiment et se laissèrent tomber sur les bancs de bois.

– Comment la foudre peut-elle être tombée dans le cimetière sans que Katy, Karen et moi n'ayons vu le moindre signe d'un orage à l'horizon ? les questionna Julie.

– Est-ce que je sais, moi ? explosa Fred. Un éclair a frappé l'arbre où nous voulions grimper pour échapper aux loups. Ils ont pris la fuite, et nous en avons profité pour faire la même chose.

– C'était peut-être une intervention divine, suggéra Frank.

– On recommence du début, d'accord ? intervint Karen. Vous avez suivi Medrawt. Il vous a échappé et des loups vous ont cernés.

– C'est exactement ce qui s'est passé, affirma Fred.

– Au moment où vous tentiez de leur échapper, vous avez reçu une aide miraculeuse.

Les deux hommes acquiescèrent d'un mouvement de la tête.

– À mon avis, poursuivit Karen, Medrawt est de mèche avec le sorcier, car Terra nous a déjà dit que les loups étaient ses serviteurs. Ils ont tenté de vous dissuader de filer l'alchimiste.

– Ils sont plutôt convaincants, en effet, soupira son époux.

– Réjouissons-nous, car c'est certainement un allié qui a utilisé la foudre pour éloigner les prédateurs. Si cette magie avait émané du sorcier, vous seriez morts tous les deux.

– Le magicien ? firent en chœur les autres membres de la bande.

– N'est-il pas parti avec Terra et Marco pour retrouver Aymeric ? demanda Julie.

– C'est ce que m'a dit Marco, affirma Katy.

– Cela ne veut dire qu'une chose, trancha Karen. Nous avons un nouvel ami.

30

Pour ne pas être repéré par la flotte ennemie, aucune lampe ne fut allumée sur le vaisseau des croisés. Les rameurs se relayaient toutes les deux heures dans la noirceur la plus totale, mais ils ne s'en plaignaient pas. Ils savaient que leur survie dépendait du respect de cette consigne.

Terra s'était assis près du timonier et observait les étoiles. Leur position était différente de celle qu'il avait étudiée pendant une bonne partie de sa vie. La fraîcheur de la nuit lui apportait un grand réconfort. Sous son costume de templier, il n'avait pas froid. À son grand étonnement, il se sentait dans son élément sur l'eau, lui qui n'y avait jamais passé beaucoup de temps au cours de sa présente incarnation. « Moi, pirate ? » se demanda-t-il. Ce n'était pourtant pas dans son tempérament de vouloir s'approprier les biens des autres. Il se promit d'avoir une discussion sérieuse avec le magicien à son retour, car ce dernier semblait avoir accès à des informations cachées.

L'odeur de la nourriture parvint à ses narines avant même que Galahad ne se soit assis près de lui. Le chevalier lui tendit un morceau de pain au miel et une coupe de vin.

– Sommes-nous tombés sur un vaisseau de ravitaillement ? l'interrogea Terra.

– Non. Les aliments sont apparus au milieu du pont tout à l'heure, gracieuseté d'Alissandre.

– Es-tu bien certain qu'il s'agit de son œuvre et non de celle du sorcier ?

– Pour dissiper notre méfiance, il a placé sa bague sur le tout.

– Es-tu sûr que c'est la sienne ?

– Absolument sûr. Et puisque je savais que tu serais difficile à convaincre, j'ai déjà fait manger l'équipage, et personne n'est tombé raide mort.

– C'est rassurant, j'imagine.

– Je me suis rassasié, moi aussi.

Cela acheva de convaincre Terra, qui mordit volontiers dans le pain chaud.

– Je ne sais pas d'où vient le vin, mais il est vraiment excellent, ajouta Galahad.

Terra le huma et le goûta.

– D'Espagne, affirma-t-il.

– Voilà un domaine où tu continueras toujours de me surpasser.

– C'est bien le seul, répliqua Terra, amusé.

Il avala tout le contenu de la coupe, une gorgée à la fois.

– Lorsque nous atteindrons l'île, qu'as-tu l'intention de faire ? demanda Galahad.

– Trouver la forteresse du sorcier, ce qui ne devrait pas être trop compliqué, vu ses goûts flamboyants. Je suis sûr qu'on pourra l'apercevoir du rivage.

– Il nous verra sans doute arriver.

– C'est ce que j'espère.

– Ni toi ni moi ne pouvons détruire un immortel, Terra.

– Je suis parfaitement conscient que cette partie de notre mission revient à Alissandre. Notre travail consistera à nous débarrasser de tous les pions du sorcier qui tenteront de nous barrer la route. Rien ne doit nous empêcher de nous rendre jusqu'à Aymeric.

Galahad garda un silence angoissé.

– Si nous devions tomber sur un dragon, ce sera moi qui le tuerai, le rassura son ami.

– Non, Terra. Ce sera mon combat.

– Alors, disons que je ne serai pas très loin derrière toi.

– As-tu encore faim ?

– Je prendrais bien un autre morceau de ce pain, s'il en reste.

– Je vais aller t'en chercher.

– Avant, dis-moi comment Marco tient le coup.

– Il est très brave, mais je sais que sa famille lui manque, surtout ce soir. Tout comme toi et moi, il a hâte que nous mettions un terme à la partie.

– Encore quelques jours, et ce sera de l'histoire ancienne.

* * *

Tandis que le vaisseau voguait dans la nuit, Ratislav Mathrotus se tenait sur le plus haut balcon de sa forteresse. Il ne ressentait pas la présence de son rival, mais quelque chose d'à peine perceptible menaçait la quiétude de son domaine. Ce n'était pas non plus les deux gamins toujours manquants. Il s'agissait d'une énergie qui ne lui était pourtant pas inconnue…

« Oseraient-ils se rendre jusqu'ici ? » se demanda-t-il en plissant les yeux. L'île était impossible d'accès, alors il n'avait jamais cru utile d'y installer des dispositifs de défense. Il appela ses fidèles serviteurs. Les loups se mirent à apparaître autour de lui.

– Il y a quelque part sur l'océan un bateau qui tente de trouver l'île, leur dit le sorcier. Tuez tous ceux qui se trouvent à son bord.

Les loups se métamorphosèrent en créatures ailées aussi hideuses que les gargouilles ornant les toits des grandes cathédrales. Elles sautèrent sur la balustrade, ouvrirent leurs ailes de chauves-souris et prirent leur envol, disparaissant dans la nuit. Pendant qu'elles le débarrasseraient des humains téméraires, Mathrotus emploierait son temps à repérer les deux fils du roi blanc.

– Écoutez-moi, tous les deux, fit-il d'une voix qui retentit dans toute la forteresse. Je m'apprête à porter le coup de grâce aux joueurs du magicien. Lorsqu'ils seront tous morts, je m'attaquerai à vos familles et j'en ferai un exemple.

Sous la grande table en marbre, à l'autre bout du château, Jacob et Aymeric avaient clairement entendu ses paroles.

– Je ne veux pas que ma mère souffre à cause de moi, s'affligea le plus jeune.

– Bouche tes oreilles, Jacob. Il essaie seulement de nous affaiblir. Sans nous, il ne peut pas gagner le jeu.

Aymeric n'était pas certain de ce qu'il avançait. Son seul but était de redonner courage au métis. Pour sortir de leur prison, ils avaient besoin l'un de l'autre.

– Il faut plutôt s'efforcer d'aider notre équipe, poursuivit-il.

– Est-ce une bonne idée de quitter cette pièce en pleine nuit ?

– As-tu peur du noir ?

– Un peu...

– Tu dois être brave, Jacob. Nous savons que le sorcier revient toujours ici, alors il nous faut trouver une cachette plus sûre jusqu'au matin.

– Mais les loups ?

– Nous leur échapperons.

Aymeric serra la main de son frère dans la sienne.

– Si nous restons ici, nous sommes perdus, Jacob.

Le métis déglutit avec difficulté, mais ne protesta plus. Aymeric en profita pour le tirer hors de leur refuge. Les garçons marchèrent sans bruit et jetèrent un coup d'œil dans le couloir. Des bras en acier sortant des murs tenaient des flambeaux qui éclairaient une partie du corridor. « Le sorcier veut que nous allions par là », comprit l'aîné. Il choisit donc la direction opposée.

– Il fait sombre de l'autre côté, geignit Jacob.

– Je sais. Fais-moi confiance.

Ils retrouvèrent finalement l'escalier et commencèrent à le descendre en silence en se tenant fermement par la main.

– Celui qui dénoncera l'autre verra sa mère épargnée ! résonna la voix du sorcier.

– Ne l'écoute pas, fit aussitôt Aymeric. Il tuera tout le monde lorsqu'il aura obtenu ce qu'il veut, nous y compris. Notre seule façon de nous en sortir, c'est de survivre jusqu'à ce que les secours arrivent.

– Comment sais-tu qu'ils nous retrouveront ?

– C'est mon instinct qui me le dit, et il se trompe rarement. Tiens bon.

Heureusement, ils n'eurent pas à dévaler à toutes jambes cet escalier en colimaçon, car ils auraient succombé au vertige. Un étage à la fois, sans se presser, ils s'enfoncèrent dans les profondeurs de la forteresse.

– Aymeric, je n'en peux plus, murmura Jacob au bout d'une heure.

Il était tard, et Aymeric lui-même ressentait une grande fatigue. Il y avait si longtemps qu'il n'avait pas dormi.

– Nous allons nous arrêter au prochain palier et attendre l'aube, décida-t-il.

Puisqu'il était impossible de voir où se situait le rez-de-chaussée dans cette obscurité presque palpable, il importait peu que les garçons s'arrêtent à un étage plutôt qu'à un autre. Aymeric s'aventura dans le corridor, son frère sur les talons. Une faible lueur brillait dans une salle sur leur droite. Ils étirèrent le cou pour découvrir d'où provenait la source de la lumière.

– On dirait une chapelle ou un musée, fit Aymeric, impressionné.

De petites flammes s'élevaient sur une dizaine de petites soucoupes et éclairaient des centaines de statues de toutes les tailles. Certaines avaient des traits occidentaux, d'autres orientaux. Le sorcier les avait probablement volées aux quatre coins du monde.

Aymeric traîna Jacob jusqu'à une alcôve creusée dans le mur derrière un imposant Minotaure.

– Je crois que nous pourrons dormir en paix, ici.

Jacob s'allongea sur le plancher sans dire un mot. Aymeric savait qu'il était terrorisé, mais il ne pouvait rien faire de plus pour le rassurer. Il écouta les bruits du château pendant un long moment, puis se coucha contre son frère. « Papa, je sais que tu seras bientôt là », se dit-il avant de fermer les yeux.

31

Incapable d'abandonner Hélène Deux Lunes sur sa réserve de Californie après la visite du loup, Donald décida de passer la nuit chez elle. Les filles ne s'en plaignirent pas, mais refusèrent de coucher dans la maison, où les bêtes sauvages entraient un peu trop facilement à leur goût. Puisqu'elles avaient élu domicile dans le camping-car, le médecin se vit obligé de s'y installer lui aussi pour veiller sur elles. Nicole l'accompagna, mais Amy voulut tenir compagnie à celle qui avait jadis pris soin de son époux.

Assises dans le grand lit d'Hélène, le dos appuyé contre de gros oreillers, les deux femmes se racontèrent mutuellement leur passé et se rendirent compte que l'arrivée de Terra dans leur vie avait été le point tournant de leur existence.

– J'ai eu des dizaines de fiancés, avoua Amy, mais au bout de quelques mois, je leur trouvais toujours un défaut insupportable et je les mettais à la porte. En réalité, je me débrouillais très bien toute seule à Little Rock. J'avais un travail intéressant, une maison, une voiture et des amis. C'est ma mère, surtout, qui me harcelait au téléphone toutes les semaines pour que je trouve un mari et que je lui donne des petits-enfants avant qu'elle ne soit trop vieille. Le comble, c'est que lorsque j'ai finalement convaincu Terra de passer le reste de ses jours avec moi, ma mère ne s'est pas gênée pour lui dire qu'il ne me convenait pas !

– Un homme si séduisant et si cultivé ? s'étonna Hélène.

– À l'époque, Terra se remettait à peine d'un terrible accident d'automobile et il avait beaucoup de difficulté à marcher. Ma mère craignait que je ne devienne davantage son infirmière que son épouse.

– Heureusement que tu ne l'as pas écoutée.

– Ils ont fini par faire la paix tous les deux, mais je continue de sentir un petit sentiment de rancune dans le cœur de Terra.

Amy retourna encore plus dans le passé et raconta à Hélène l'enfance du Hollandais, ainsi que ses dures années auprès de son père et son exil en Amérique.

– Où a-t-il pris l'étrange pouvoir qu'il exerce sur les arbres ? voulut savoir l'Amérindienne.

– Il s'est manifesté après l'accident. Je suis loin d'être une experte en la matière, mais apparemment, il arrive que des gens qui meurent et qui sont ramenés à la vie reviennent de l'autre monde avec de nouvelles facultés ou chargés d'une mission particulière. Pour Terra, c'était de guérir les malades avec ses mains et de redonner du courage à ceux qui n'en avaient plus. Les arbres ne font que lui redonner l'énergie qu'il a dépensée.

– Je ne croyais pas à ces phénomènes avant de le rencontrer.

– Moi non plus, mais il a bien fallu que j'admette leur existence.

Les deux femmes ne fermèrent l'œil qu'aux petites heures du matin. Ce fut l'odeur du café frais qui les réveilla un peu avant midi. Enroulée dans son peignoir, Hélène trouva Donald dans sa cuisine, en train de faire cuire des œufs et du bacon.

– Je voulais vous faire une surprise, annonça joyeusement le médecin. Les filles ont déjà pris leur douche, alors j'espère que vous avez un gros réservoir d'eau chaude.

Ils déjeunèrent dans la grande salle à manger en écoutant les derniers potins du monde artistique que leur rapporta Mélissa, qui venait tout juste de les entendre sur son baladeur. Béthanie n'écouta que d'une oreille, car elle s'intéressait à des choses moins superficielles. Elle pensait plutôt à toutes les façons imaginables de sortir son frère du pétrin.

Après le repas, Hélène annonça qu'elle tenait à leur montrer l'endroit où Max Aigle Blanc avait retrouvé Terra, quinze ans plus tôt. Les Canadiens traversèrent donc la réserve avec elle. Les habitants leur lancèrent d'abord des regards agacés, mais puisque leur médecin leur servait de guide, au bout d'un moment, ils n'en firent plus cas. Le groupe suivit un sentier de chasse dans la forêt et aboutit finalement au bord d'une rivière.

– C'est ici qu'il l'a repêché, annonça Hélène. En tombant dans l'eau, Terra s'était fracassé le crâne, et le choc lui avait fait perdre la mémoire. Je pense que ce malheureux incident lui a finalement sauvé la vie. Il a arrêté de fuir, et l'armée a passé son chemin.

– Il a en effet réussi à tromper les plus malins d'entre nous, ajouta une voix inconnue.

Donald tourna rapidement sur lui-même sans voir qui que ce soit.

– Là-haut ! fit Béthanie.

Un homme d'origine asiatique vêtu d'une longue tunique noire flottait au-dessus de la cime des arbres.

– Comme on se retrouve, ricana-t-il en descendant lentement vers le sol.

Donald poussa aussitôt les femmes derrière lui.

– Nous ne faisons pas partie du jeu, déclara-t-il bravement. Vous n'avez pas le droit de nous importuner.

– Puisque j'ai perdu mes deux appâts, je suis venu en chercher d'autres. Il n'est question ici que d'équité.

Il se posa à quelques mètres des humains effrayés.

– Mes otages ont échappé à ma vigilance. C'est vraiment dommage, car ils sont maintenant condamnés à errer dans mon château jusqu'à ce qu'ils meurent de faim.

– Jacob… s'étrangla Hélène.

– Ils n'ont pas jugé utile de me révéler leur véritable nom.

– Vous ne pouvez pas les laisser mourir, protesta Amy.

– Voyez-vous, madame la reine, la vie consiste en une multitude de choix. Certains nous permettent d'avancer, et d'autres causent notre perte. Les garçons n'avaient qu'à rester dans leurs cellules, où ils étaient traités comme des petits princes.

Béthanie cessa d'écouter la conversation et chercha plutôt sur le sol quelque chose qui lui permettrait d'attaquer le monstre qui avait enlevé Aymeric. Il y avait des petites pierres au bord de l'eau et, un peu plus loin, une branche morte aussi longue qu'une épée. Sans avertissement, la jeune fille s'en empara et la balança au-dessus de sa tête en fonçant sur le sorcier. Une main invisible la saisit aussitôt à la gorge, arrêtant son geste.

– Mais qui est cette belle enfant ? se réjouit Mathrotus.

– Ne la touchez pas ! hurla Donald en s'élançant sur lui.

Il se heurta au bouclier transparent du sorcier et retomba sur le dos. Nicole se porta tout de suite à son secours. Amy, qui voulut venir en aide à sa fille, fut repoussée de la même manière que le médecin. Quant à elles, Hélène et Mélissa étaient paralysées par la peur. Guerrière dans l'âme, Béthanie lâcha la branche et planta ses talons dans la terre pour freiner sa progression vers le sorcier.

– Les gens colériques sont si faciles à corrompre, clama ce dernier. Continue à te débattre, ma jolie.

– Laissez-la ! hurla Amy, furieuse.

– La vie est drôlement faite, vous ne trouvez pas ? Je suis venu mettre la reine en échec et j'ai trouvé ma future épouse.

Même si sa tête tournait, Donald se releva avec l'aide de Nicole. Il ne pouvait pas laisser ce monstre enlever un autre de leurs enfants. Au moment où il allait tenter à nouveau de pénétrer l'écran invisible du sorcier, une explosion d'étincelles multicolores se produisit entre Béthanie et son ravisseur, coupant court à l'enchantement. Libérée, l'adolescente recula et se réfugia dans les bras de sa mère.

– J'exige que vous relisiez le livre des règlements en entier avant que nous poursuivions cette partie, lança le magicien, qui ne plaisantait pas.

– Vous n'êtes qu'un casse-pieds comme votre vieux prédécesseur.

– Un honnête homme, vous voulez dire. Si vous persistez à multiplier les manœuvres déloyales, je me verrai forcé d'en faire autant.

– Vous ne me faites pas peur, magicien.

Alissandre releva brusquement le bras, laissant partir une décharge électrique qui frappa de plein fouet le sorcier, qui ne s'y attendait pas. Il alla choir au pied d'un majestueux séquoia.

– Vous regretterez cette agression ! cracha Mathrotus en s'élevant dans les airs.

En colère, il bombarda son rival d'éclairs rubiconds, mais ils ricochèrent tous jusqu'au dernier sur le bouclier magique d'Alissandre. Le sorcier poussa alors un cri retentissant et disparut dans une volute de fumée noire. Le magicien se tourna aussitôt vers ses amis mortels.

– Quelqu'un a-t-il été blessé ?

– Je suis sonné, mais je n'ai rien de cassé, répondit Donald.

– Moi, je suis surtout honteuse de mon comportement impulsif, grommela Béthanie, que sa mère serrait toujours contre elle.

– Comment puis-je protéger ces femmes contre un sorcier qui peut les retrouver où qu'elles soient ? se désespéra le médecin.

– Il y a un endroit où vous seriez vraiment en sécurité jusqu'à la fin de la partie, mais ce n'est pas aussi amusant que Disneyland ou qu'un camping-car.

– Comment pourrais-je me terrer quelque part quand mon fils risque de mourir de faim ? sanglota Amy.

– Le sorcier ment comme il respire, Amy. Il dit n'importe quoi.

– Dans ce cas, où nos fils se trouvent-ils en ce moment ? demanda Hélène.

– J'ai de bonnes raisons de croire qu'ils sont emprisonnés sur une île, dans la mer Méditerranée. Terra, Galahad, Marco et leurs amis s'y dirigent en ce moment même. C'est là que je me rendais quand j'ai senti l'énergie du sorcier dans le présent.

– Pouvez-vous vraiment sauver nos enfants ?

– Je vous les ramènerai vivants. Je vous en fais la promesse.

Sans même battre des cils, Alissandre transporta tout le groupe dans son antre, qu'il transforma momentanément en chalet suisse avec une magnifique vue sur les montagnes.

– Soyez les bienvenus chez moi. Vous n'aurez qu'à demander ce dont vous aurez besoin, et vous le recevrez.

Donald s'approcha du magicien pendant que les femmes examinaient leur nouvel environnement.

– Et si le sorcier te détruisait ? chuchota le médecin. Comment arriverions-nous à sortir d'ici ?

– Si je perds cette partie, c'est tout votre univers qui basculera, car je n'ai pas formé d'apprenti pour prendre ma relève. Malgré le danger que cela impliquerait, mes livres vous laisseraient partir.

– Tes livres ?

– Ce sont mes plus précieux conseillers.

Alissandre serra affectueusement les épaules de Donald.

– Fais-moi confiance.

Il s'évapora en lui adressant un sourire rassurant.

– Où sommes-nous ? demanda finalement Hélène.

– Apparemment, dans la cachette du magicien, conclut Béthanie.

– Je ne comprends pas ce qui m'arrive. Suis-je en train de rêver ?

– Malheureusement pas, soupira Amy en l'emmenant s'asseoir sur un long sofa. Nous avons vécu une situation semblable, il y a quelques années, avant la naissance des enfants.

– Je n'aime pas particulièrement l'alcool, mais j'avalerais volontiers un scotch, en ce moment, soupira Donald.

Un verre de cette boisson se matérialisa aussitôt sur le bar, à quelques pas de lui.

– Comme c'est intéressant, se réjouit le médecin.

– Moi, c'est une glace aux fraises qui ferait mon bonheur, fit Béthanie pour mettre cette magie à l'épreuve.

Elle n'avait pas fini sa phrase que le cornet apparaissait entre ses doigts.

– Génial !

Elle se tourna vers Mélissa pour voir ce qu'elle demanderait à son tour, mais vit qu'elle s'était retirée dans un coin du salon en bois rond et se poudrait le nez en s'admirant dans son petit miroir de poche.

– C'est sa façon de se protéger, expliqua Donald. Elle essaie de se faire croire que tout va bien. En fait, elle a besoin de plus de temps que les autres pour accepter la réalité.

– Toutes les filles ne sont pas comme ça, heureusement, laissa tomber Béthanie. Après la glace, c'est une épée que je demanderai.

L'arme apparut instantanément à ses pieds.

– Au moins, je pourrai garder la forme.

Donald alla s'asseoir sur un grand fauteuil à bascule pour écouter ce qu'Amy racontait à Hélène au sujet du jeu précédent et pour renchérir au besoin. Peut-être demanderait-il une petite partie de golf après son verre, histoire de se détendre un peu.

32

N'ayant plus le choix, les jeunes amis de Terra Wilder, qui se faisaient jadis appeler collectivement Merlin, envahirent le bureau de Philippe Cyr pour lui raconter ce qui s'était passé dans le cimetière de Nouvelle-Camelot. Ils se mirent à parler tous en même temps, si bien que l'inspecteur de police dut les faire taire pour comprendre quelque chose à leur histoire.

– Je vois bien que vous êtes bouleversés par ce qui vient d'arriver, mais je ne pourrai pas vous aider si vous ne nommez pas un porte-parole parmi vous.

Ils se tournèrent tous vers Frank.

– Nous avons vu monsieur Medrawt plus tôt aujourd'hui, commença-t-il. Nous l'avons même suivi jusqu'au cimetière.

– Et c'est maintenant que vous me le dites ?

– Nous l'aurions perdu de vue si nous avions pris le temps de communiquer avec vous à ce moment-là.

– Qu'est-il allé faire par là ? Se recueillir sur une tombe ?

– Nous n'en savons rien, puisque des loups nous ont attaqués avant que nous puissions le rattraper.

– Des loups ? Pourquoi s'en prendraient-ils à des humains alors que nos forêts regorgent de gibier ?

Frank garda le silence, ne désirant pas vraiment lui mentionner le côté surnaturel de cette affaire.

– Êtes-vous en train de me faire marcher ? s'inquiéta Philippe.

– Non ! firent les citadins en chœur.

– Les loups préfèrent nous éviter et ils n'ont jamais été aperçus dans le cimetière. Êtes-vous certains que ce n'étaient pas des chiens errants ?

– Ils étaient beaucoup trop gros pour être des animaux domestiques.

– Alors, voilà ce que je vais faire, annonça le policier. Vous allez m'accompagner au cimetière et me montrer l'endroit exact où se sont produits ces événements. Comme vous le savez déjà, je suis un excellent chasseur. Si des loups sont passés par là, je le saurai tout de suite.

– Et Medrawt ?

– Ne vous en mêlez plus. C'est moi qui l'arrêterai s'il s'y trouve encore. Il me faudra aussi des preuves qu'il a bel et bien été vu en ville aujourd'hui.

Katy lui montra aussitôt la foule de photos qu'elle avait prises du balcon de l'imprimerie.

– Aucune dans le cimetière ?

– C'est un lieu sacré ! s'exclama-t-elle, offensée. Je n'ai pas osé.

– Cela m'aurait pourtant été fort utile.

L'inspecteur fit monter toute la bande dans son énorme Jeep et traversa la cité en se demandant pourquoi toutes ces étrangetés se produisaient tout à coup à Nouvelle-Camelot. Depuis qu'il avait accepté le poste de chef de la police, il n'avait eu que des crimes mineurs à traiter.

Lorsqu'ils arrivèrent en vue de l'entrée du cimetière, ils distinguèrent devant les grilles la silhouette d'une personne qui portait une longue cape noire.

– Est-ce lui ? demanda Julie.

– Ne sautons pas aux conclusions, les avertit Karen. Beaucoup de gens se vêtent ainsi dans cette ville.

Philippe arrêta la voiture, et Fred en descendit le premier. Le musicien contourna l'inconnu en même temps que le policier et reconnut les traits de la mairesse. Elle était parfaitement immobile et regardait fixement au loin, comme si elle était en transe.

– Ne franchissez pas ces portes, murmura-t-elle.

– Madame Goldstein, vous ne devriez pas rester ici, lui conseilla Philippe.

– Une présence maléfique hante cet endroit.

– C'est justement pour cette raison que vous devriez retourner à l'hôtel de ville, insista Fred.

Le reste de la bande s'agglutina derrière eux.

– Madame Goldstein ? s'étonnèrent-ils.

– Vous m'avez fait prêter serment de protéger cette cité contre les criminels, alors laissez-moi faire mon travail, la pria l'inspecteur.

– Celui qui se cache ici n'est pas un homme ordinaire. C'est une créature qui se nourrit de notre force vitale.

– Un vampire ? paniqua Katy en pensant à ses filles qui s'amusaient au camp de jour.

– Les vampires boivent du sang, lui rappela Julie.

– Il a empoisonné Galahad, ajouta Karen. Il n'a pas tenté de lui vider les artères.

– Ne me suivez pas, les avertit Elsa en s'avançant vers les grilles.

– Un petit instant ! protesta Philippe.

Elle poursuivit sa route dans l'allée principale comme si elle ne l'avait pas entendu.

– On ne peut pas la laisser y aller seule, se troubla Julie.

– « On », c'est qui ? la questionna Frank, qui ne voulait plus rencontrer de loups.

– Ce qui va bientôt se passer pourrait nous inspirer un nouvel album, suggéra Karen.

– Ce n'est pas une mauvaise idée, acquiesça Fred.

Il emboîta aussitôt le pas à l'inspecteur.

– Fred, retournez à la voiture, lui ordonna ce dernier. Il s'agit d'une opération policière.

– Je ne vous accompagne que comme témoin, rassurez-vous. Dans les films, les inspecteurs demandent toujours des renforts, non ?

– Vous n'êtes pas armé.

– Et je n'ai aucun désir de l'être. Je veux juste voir ce qui va se passer.

– Ma première responsabilité est d'assurer la sécurité de la mairesse.

– Alors ce n'est pas une bonne idée de la laisser prendre autant d'avance.

Philippe se retourna et constata qu'Elsa avait presque atteint le centre du cimetière. Il hâta donc le pas, ne se préoccupant plus de lui.

La mairesse s'arrêta au milieu du rond-point où convergeaient toutes les allées du cimetière et enleva son grand capuchon. D'entre les monuments funéraires sortit alors une autre silhouette que Fred reconnut avant même d'arriver sur les lieux.

– C'est Medrawt ! s'exclama-t-il.

– Surtout, n'intervenez pas.

Mais les deux hommes n'allèrent pas plus loin. Devant leurs yeux s'éleva une membrane diaphane qui semblait sortir de terre.

– Mais qu'est-ce que c'est ? s'étonna l'inspecteur.

Il tenta de passer sa main à travers la mince pellicule, mais elle refusa de céder sous la pression. Au toucher, elle était froide et moite. Philippe tenta de la déchirer avec le canon de son arme, en vain. La mairesse était immobile devant l'alchimiste, qu'elle ne semblait pas du tout craindre.

– Quittez cette ville maintenant ou vous en subirez les conséquences, menaça-t-elle.

– Tiens, tiens. Une oréade qui menace une ombre ?

– Vous ne faites plus partie du jeu, Mordred.

– Pour cela, il aurait fallu que je sois éliminé lors du match précédent, ce qui n'a pas été le cas, rétorqua-t-il avec un sourire sournois.

– Les règles condamnent sévèrement la fourberie et la déloyauté.

– Et qui m'accuse de telles choses ?

– Le Grand Conseil.

Le visage de l'alchimiste devint blême.

– Votre seul plaisir est de mêler les cartes, et vous savez aussi bien que moi qu'il n'est pas permis de servir deux maîtres.

– Les guides sont alors bien mal informés, car je ne sers que mes propres intérêts.

– En vous attaquant à sire Galahad, vous avez clairement affiché vos couleurs. Il est clair pour nous tous que vous servez Mathrotus. C'est la dernière fois que je vous le demande : retirez-vous du jeu.

– Pas sans avoir été entendu.

– Soit.

Une colonne de lumière blanche tomba du ciel, enfermant la mairesse et l'alchimiste dans son faisceau.

– Dieu du ciel… murmura Philippe en faisant le signe de la croix.

– C'est peut-être juste des extraterrestres, voulut le rassurer Fred, fasciné par le spectacle.

– Parlez, Mordred, commanda Elsa.

L'alchimiste plongea la main à l'intérieur de sa cape en levant les yeux vers le ciel.

– Votre règne s'achève, déclara-t-il sur un ton haineux.

Il n'eut pas le temps de faire un autre geste. De petites étoiles descendirent le long du rayon de lumière et s'attaquèrent à lui comme un banc de piranhas, lui trouant la peau et lui arrachant des cris de douleur. La mairesse demeurait immobile et imperturbable, tandis que le Conseil condamnait Medrawt à une mort horrible. Lorsque le vêtement du traître tomba enfin sur le sol, il ne restait plus rien de lui.

– Je vous avais prévenu, murmura-t-elle.

La colonne éclatante disparut aussi brusquement qu'elle était apparue, puis la membrane qui avait empêché Philippe et Fred d'intervenir se dissipa.

– Madame Goldstein ! s'exclama le policier en bondissant vers elle.

– Vous aimez vous balader dans le cimetière, vous aussi ? s'enquit-elle en lui souriant.

– Pas vraiment, non. Je vous y ai suivie pour appréhender le criminel qui a tenté de tuer Galahad.

– Je n'ai pourtant vu personne.

Les deux hommes se consultèrent du regard avec consternation. Philippe allait lui désigner la cape sur le sol lorsqu'il constata qu'elle avait disparu.

– Vous ne vous rappelez absolument rien de ce qui vient de se produire ici ? s'étonna Fred.

– Lorsque je viens ici, c'est pour vider mon esprit de toutes ses pensées obsédantes, alors je me contente de marcher sans vraiment regarder où je vais. C'est excellent pour la santé.

Elle poursuivit sa route en direction de l'une des allées.

– Vous ne la suivez pas ? le pressa Fred, éberlué.

– Dans un instant. Montrez-moi d'abord où vous avez vu les loups.

– C'était juste là.

L'inspecteur se pencha sur les empreintes formées dans le sol.

– Verdict ?

– Il s'agit d'un animal que je ne connais pas, avoua-t-il. Je vais rapporter l'incident au service de la faune. Rejoignez vos amis. Je me charge de ramener la mairesse chez elle.

Fred ne se fit pas prier. Il retourna aux grilles au pas de course.

– Ne me dis pas que tu as rencontré d'autres loups, s'alarma Frank.

– Vous ne me croirez jamais.

Il leur raconta tout ce qui venait de se produire. Leurs yeux s'écarquillèrent de plus en plus au fil du récit.

– Qu'est-ce que tu as fumé ? laissa tomber Katy, incrédule.

– Fred a beaucoup d'imagination, mais il ne ment pas, le défendit Karen.

– Qu'est-ce qu'une oréade ? voulut plutôt savoir Julie.

– Allons nous renseigner, décida Frank.

Ils le suivirent à pied jusqu'à l'église et s'entassèrent dans son bureau. Ils trouvèrent tout de suite ce qu'ils cherchaient sur Internet.

– Notre mairesse est une nymphe des bois et des montagnes ? s'étonna Karen. Depuis quand ?

– Probablement depuis toujours, déduisit Frank.

– Mais elle ne semblait pas être elle-même lorsqu'elle parlait à Medrawt, leur rappela Fred.

– Elle doit avoir une double personnalité, devina Katy.

– Si nous pouvions communiquer avec le magicien, nous pourrions l'informer que Mordred a été éliminé et qu'il ne lui reste que le sorcier à affronter, indiqua Frank.

– Quelque chose me dit qu'il le sait déjà, répliqua Fred.

– Si madame Goldstein est du bon côté, est-ce qu'on ne devrait pas la protéger ou quelque chose du genre ? demanda Julie.

– Crois-moi, elle est parfaitement capable de se défendre toute seule, affirma Fred. Nous devrions plutôt nous concentrer sur ces étranges loups avant qu'ils ne nous dévorent tous.

– En parlant de loups, il faudrait que je rentre maintenant, annonça Katy. Les filles vont bientôt revenir à la maison, et je veux m'assurer qu'elles soient au courant du danger.

Les amis décidèrent de se séparer et de réfléchir à ce qui venait de se passer avant de se réunir à nouveau. Dans la tête de Fred germaient déjà plusieurs chansons sur les ombres et les oréades.

33

L'aube n'était pas encore levée. Terra n'attendait que ce moment pour utiliser enfin les trois voiles du dromon. Les croisés s'étaient endormis un peu partout sur le pont et les rameurs avaient ralenti la cadence. L'important, c'était de ne pas perdre le cap. Le timonier, qui voguait sur les mers depuis des années, se fiait aux étoiles pour axer le vaisseau dans la bonne direction. Le Hollandais allait s'assoupir lorsqu'il crut entendre un sifflement aigu. Craignant le début d'une tempête, il se leva et tendit davantage l'oreille.

– Qu'est-ce que c'était ? demanda-t-il.

– Ce n'est pas le vent, affirma l'homme de barre.

Une créature volante piqua alors sur lui, le projetant sur le sol.

– Templiers, debout ! cria Terra de tous ses poumons.

Galahad empoigna l'épée qui reposait près de lui et s'assit en cherchant à déterminer la nature de la menace. Il faisait encore trop sombre pour distinguer les silhouettes des soldats et des marins autour de lui. Une créature de bonne taille vola entre lui et Léopold de Kersaliou.

– On dirait des chauves-souris ! s'exclama le templier.

L'animal revint à la charge et enfonça ses serres dans la gorge du pauvre homme, le soulevant de terre. Puisqu'il était trop lourd, le démon ailé le laissa retomber sur le pont.

– Terra ! appela Galahad.

– Je suis là !

– Utilise la magie de ton épée !

Terra n'y avait même pas songé. Il avait été coupé si longtemps de l'ordre de Galveston qu'il avait perdu ce genre de réflexes. Il se mit à quatre pattes et chercha l'arme sur le plancher en bois, puis remonta la main jusqu'à la poignée. D'un geste brusque, il pointa Excalibur vers le ciel.

– Chasse l'obscurité ! ordonna-t-il.

Une éclatante lumière s'échappa de l'acier, éclairant tout le vaisseau. L'équipage vit les horribles créatures qui l'attaquaient depuis les airs.

– Ce sont des serviteurs du diable ! s'écria Galahad. Tuez-les !

Les croisés frappèrent sans relâche les pattes griffues qui tentaient de les déséquilibrer ou de s'enfoncer dans les parties non protégées de leur uniforme. Les démons poussaient de terribles cris de frustration, mais revenaient sans cesse à l'attaque. Marco se défendait de son mieux sur ce plancher en mouvement lorsqu'une serre lui laboura la joue. La douleur brûlante redoubla aussitôt son ardeur, et il se mit à frapper de plus en plus durement les attaquants qui tombaient du ciel. Aucun d'entre eux n'osait approcher Terra, qui tenait toujours l'arme magique au-dessus de lui.

Ce fut finalement Renaud qui abattit le premier un diable volant en défonçant sa cage thoracique du plat de son épée. La chauve-souris s'écrasa sur le pont, mais personne ne s'en soucia, car ses congénères continuaient à assaillir les soldats. Comme Galahad s'y attendait, les créatures, qui revenaient sans cesse à l'attaque, finirent par se fatiguer et commettre des erreurs qui leur valurent de vilaines blessures. Avant de ne plus être capables de se servir de leurs ailes et de sombrer dans la mer, elles s'éloignèrent en couinant.

Les croisés demeurèrent immobiles pendant quelques minutes, l'épée à la main, au cas où les monstres auraient simplement décidé de se réorganiser. Lorsqu'ils comprirent que l'assaut était terminé, ils se penchèrent sur Léopold, mais il ne respirait plus. De son côté, Galahad s'assura que le démon que Renaud avait abattu était bel et bien mort. Puis, avec l'aide de Marco, il le balança dans l'océan et rejoignit Terra, qui continuait à éclairer tout le vaisseau.

– Combien de temps cet enchantement durera-t-il ?

– Aussi longtemps que je le voudrai, affirma le Hollandais. J'aurais dû y penser bien avant.

– Nous avons perdu un soldat et le sorcier, un pion.

« Un de moins à affronter une fois sur l'île », songea Terra. Les croisés avaient déjà commencé les prières funéraires pour leur compagnon d'armes. Cela les empêcherait pendant un moment de penser aux dangers qui les attendaient.

– Sans le magicien, il est malaisé d'estimer la durée de ce voyage, soupira Galahad.

– Oui et non. Ces démons sont arrivés ici plutôt frais et dispos. Cela signifie que leur point de départ n'est plus très loin.

Il leur fallut tout de même attendre le lever du jour pour apercevoir au loin un point noir qui pouvait fort bien être leur destination.

* * *

Les serviteurs du sorcier rentrèrent à la forteresse dans un bien piètre état. Leur maître écouta leurs interminables doléances, de plus en plus contrarié par la résilience des humains. Pourquoi ses nervis n'étaient-ils pas arrivés à le débarrasser d'une poignée d'humains que le magicien n'avait pas cru bon de protéger au beau milieu de l'océan ? La mention de l'épée lumineuse lui fit cependant arquer un sourcil. L'ordre de Galveston s'était pourtant engagé à faire disparaître cet atout magique…

– Cet avorton de mage a donc quelques tours dans son sac, après tout, siffla-t-il entre ses dents.

Il ne servait à rien d'expliquer à ces créatures sans cervelle que la légendaire Excalibur n'était nullement dangereuse entre les mains d'un roi qui n'avait pas appris à s'en servir. Pour la première fois, Mathrotus regretta d'avoir bâti une aussi grosse forteresse, car il allait devoir la passer au peigne fin pour retrouver les petits Wilder.

S'il voulait utiliser les loups pour l'aider à les débusquer, il lui fallait d'abord soigner leurs blessures et il n'avait plus de temps à perdre. Le bateau qui transportait les pions blancs approchait. Il fulmina de ne pas pouvoir le faire couler lui-même. Une telle intervention de sa part aurait automatiquement donné au jeune magicien le droit de le provoquer en duel. Or, Mathrotus ne désirait surtout pas que ce dernier lui ravisse maintenant le titre de maître du monde.

Il jeta un sort de guérison à ses noirs serviteurs, afin de cicatriser leurs plaies, et retourna à sa salle de pouvoir. Sans perdre de temps, il passa la main au-dessus de la boule de cristal et vit que l'embarcation était en vue de l'île. « Ils ne réussiront jamais à mettre les pieds ici », songea-t-il pour se donner de l'assurance.

– Je veux savoir où sont mes prisonniers.

Le globe se remplit de fumée noire et ne lui montra qu'une seule image : les deux adolescents dormaient l'un contre l'autre dans un endroit très sombre.

– Où est-ce ? explosa-t-il.

L'objet magique reprit son aspect transparent sans lui livrer plus d'informations. L'espace d'un instant, il songea à lancer la sphère contre le mur, mais se ravisa. Ses accès de colère n'avaient jamais rien réglé par le passé, au contraire. La seule façon de mettre la main au collet des garnements, c'était de fouiller chaque pièce de son immense demeure.

Il tourna donc les talons et remonta à l'étage le plus haut, décidé à en finir avec le jeu.

Heureusement, les garçons se trouvaient presque à hauteur du rez-de-chaussée, dans le musée du sorcier. La nuit s'achevait et bientôt, ils tenteraient de sortir de la forteresse. Encore une fois, Aymeric fit de curieux rêves.

Il marchait sur ce qui semblait être un ancien quai. Les immeubles qui faisaient face à la mer étaient délabrés, certains de leurs carreaux étaient brisés. Il régnait toutefois une grande activité à cet endroit, comme si les travailleurs se préparaient à l'arrivée imminente d'un cargo. « Si quelqu'un m'appelle Thibaud, je lui casse toutes les dents », maugréa l'adolescent. Ne sachant pas très bien où il allait, il se contentait d'éviter les barils et les sacs qui jonchaient le débarcadère. Il ne portait plus de cape blanche. Ses vêtements ressemblaient en fait à ceux que portaient les hommes qui s'affairaient autour de lui. « Suis-je l'un d'entre eux ? se demanda-t-il. Si oui, quelqu'un va certainement finir par me rappeler ce que je devrais être en train de faire. »

Il poursuivit sa route sans qu'on se préoccupe de lui, jusqu'à ce qu'il arrive devant un bateau à trois mâts, plus grand que tous ceux qu'il avait croisés depuis le début du rêve. « Mon Dieu, faites qu'il ne se change pas une fois de plus en cauchemar », pria Aymeric. Il vit alors, dos à lui, une personne vêtue d'une longue cape noire. Curieusement, il se sentit attiré par elle. « Je sens que c'est là que ça va se gâter », se dit-il.

L'inconnue se retourna, et Aymeric reconnut ses traits : c'était la mairesse de Nouvelle-Camelot ! Que venait-elle faire dans son rêve ? Depuis qu'elle avait été élue, il ne l'avait croisée que deux fois !

– Je suis la treizième pièce, lui dit-elle, comme si cette information était censée vouloir dire quelque chose.

– La treizième pièce de quoi ?

– Tu dois rester en vie.

– Mais c'est exactement ce que j'essaie de faire !

– Le bateau ne tardera pas à arriver.

– Je vous en prie, expliquez-moi ce qui se passe, supplia Aymeric.

– Je suis à la recherche du roi noir.

Ils furent subitement plongés dans l'ombre.

– Fuis ! le pressa Elsa.

– Pour aller où ? s'écria Aymeric, exaspéré.

Il fut bousculé par-derrière et tomba face la première sur la pierre. Le choc le tira d'un seul coup du sommeil. Il sursauta, réveillant instantanément Jacob.

– Qu'y a-t-il ? s'alarma le métis.

– C'est encore un de mes cauchemars. Une femme que je connais a essayé de me mettre en garde contre un danger, mais elle n'a pas eu le temps de me dire ce que c'était.

– Est-ce une vision que t'envoie ton guide ?

– Une quoi ?

– Chez mon peuple, lorsqu'on sort de l'enfance et qu'on est prêt à commencer sa vie d'adulte, il faut s'isoler et jeûner pendant de longs jours, jusqu'à ce qu'on reçoive la première vision de ce que les esprits attendent de nous dans la vie.

– Tu en as eu une ?

– Pas encore, mais je pense que je serai bientôt prêt.

– En tout cas, j'espère que ce n'est pas ce qui m'arrive parce que tout le monde m'accuse de trahison.

– Alors, c'est sûrement un mauvais rêve.

– Il est temps que nous sortions d'ici, Jacob. Je veux rentrer à la maison.

– Moi aussi.

Ils regardèrent par-dessus les statues derrière lesquelles ils s'étaient réfugiés et ne virent personne. Dans cette pièce sans fenêtre, il était impossible de deviner si le jour s'était levé ou non. De toute façon, Aymeric en avait assez de sa captivité. Peu importait l'heure, il avait la ferme intention de partir. Il avança le premier et retint son souffle jusqu'à la porte.

– Allons-y, chuchota-t-il à son frère.

Les garçons s'élancèrent dans le couloir.

34

Dans l'antre du magicien, Béthanie était la seule qui semblait ne pas s'ennuyer. D'un naturel curieux, elle s'était mise à explorer tous les recoins de leur refuge temporaire. L'environnement du chalet suisse n'était qu'une illusion, même si les meubles et la grande fenêtre qui s'ouvrait sur les montagnes étaient bel et bien solides. Elle avait tenté, en vain, de le transformer en grand hall médiéval, mais l'enchantement de l'immortel ne pouvait être altéré par une adolescente sans aucun pouvoir. Béthanie s'était donc attaquée à la cuisine, où pendaient du plafond toutes les sortes imaginables de casseroles. Elle n'avait qu'à prononcer le nom du mets qu'elle voulait manger, et celui-ci apparaissait immédiatement sur le grand plan de travail.

– Il faudra que je demande au magicien de jeter ce sort chez moi ! s'exclama-t-elle, enthousiaste.

Elle poursuivit son enquête du côté de l'imposante bibliothèque. Alissandre l'avait-il fait apparaître pour les divertir ou lui appartenait-elle vraiment ? Elle opta pour la seconde hypothèse lorsqu'elle tenta d'en lire les titres, car ils étaient tous dans des langues qu'elle ne connaissait pas.

– Le magicien ne les a donc pas placés là pour que nous puissions les lire, soupira-t-elle.

– Il ne les lit pas lui-même.

– Qui vient de parler ?

– Je suis le livre de magie qu'il a consulté afin de créer pour vous un décor plaisant.

– Mais vous venez de dire qu'il ne lit pas.

– C'est exact. Il n'a pas besoin de déchiffrer notre contenu pour y avoir accès.

– Je ne comprends pas.

– Nous lui récitons ce qu'il a besoin de savoir.

– Chouette ! Où êtes-vous, exactement ?

– Je préfère ne pas me montrer, car en raison de mon âge, je ne suis plus vraiment présentable. Ma couverture est usée et certaines de mes pages commencent à s'effacer.

– J'ai appris très jeune à ne pas me fier à l'apparence des choses ni des personnes.

– C'est très rare chez les humains.

– Je vous assure que cette attitude commence à gagner de plus en plus de gens. Mon père l'enseigne dans une école de Colombie-Britannique depuis des années et ses efforts commencent à porter des fruits. Il y a même eu des émissions télévisées consacrées à sa philosophie de tolérance.

– Il faudra nous fournir plus d'informations sur ce sujet.

– Avec plaisir. Je crois que mon père sera honoré de vous remettre toutes ses notes. Je pourrais aussi vous donner le DVD des émissions en question.

– Je ne sais trop ce que c'est, mais nous acceptons tous les dons.

– J'aime bien votre sens de l'humour.

– Ah bon.

– Est-ce vous qui faites apparaître tout ce dont j'ai envie ?

– Dans la mesure du possible, oui.

– Alors merci pour l'épée, mais j'aurais besoin d'un partenaire pour pratiquer.

Un jeune homme de son âge apparut, visiblement surpris de se retrouver dans le chalet. Il était vêtu comme Galahad.

– Bonjour, je m'appelle Béthanie, se présenta-t-elle. Vous avez été choisi pour m'aider à parfaire mes techniques d'escrime.

– Mais les filles ne se battent pas à l'épée, protesta-t-il.

– Ne pourriez-vous pas m'en trouver un qui ait l'esprit moins étroit ? se plaignit l'adolescente en se tournant vers le grimoire.

Le jeune homme disparut et fut remplacé par un homme un peu plus mature qui ressemblait beaucoup à un mousquetaire.

– Pourquoi suis-je ici ? s'enquit-il avec un charmant accent français.

– Je cherche un excellent maître d'armes, l'informa Béthanie.

– Personne n'est meilleur que moi dans tout le pays.

– Avez-vous un nom ?

– Je m'appelle François de Tours.

– Moi, c'est Béthanie de Nouvelle-Camelot. Enchantée de faire votre connaissance, monsieur François.

Pendant qu'elle croisait le fer avec le personnage sorti tout droit d'un livre d'histoire, les adultes étaient réunis au salon, plus pessimistes. Même s'ils recevaient en claquant des doigts tout ce dont ils avaient besoin, cet endroit n'en demeurait pas moins un lieu de captivité.

Mélissa s'était endormie sur un canapé. Elle tenait entre ses doigts le petit bouclier en cristal qui pendait à une chaînette attachée autour de son cou. Nicole la trouvait bien silencieuse depuis l'enlèvement d'Aymeric. Sans la réveiller, elle posa la main sur son front pour voir si elle faisait de la fièvre. Sa peau était tiède et normale. Sans doute sa souffrance était-elle intérieure. Beaucoup de gens étaient incapables d'exprimer ouvertement leur chagrin. Nicole ne craignait pas de pleurer en public lorsqu'elle avait de la peine, mais Donald se transformait en clown. Rassuré quant à la santé de sa fille, elle retourna auprès de son mari en se demandant comment occuper son temps.

Devant eux, Amy et Hélène étaient assises ensemble sur le sofa. Il était curieux de voir ces rivales tenter de se réconforter mutuellement.

– Même si je sais que Terra avait perdu la mémoire lorsqu'il est tombé amoureux de toi, je ne peux m'empêcher de me sentir trahie, avoua Amy.

– Je te comprends, sympathisa Hélène. Mais s'il n'avait pas recouvré la mémoire, c'est toi qui aurais élevé tes enfants seule parce qu'il serait resté avec moi à la réserve.

– C'est parce qu'il était vulnérable que tu es tombée amoureuse de lui ?

– Pas du tout. J'ai tout fait pour conserver mon professionnalisme, car il n'est pas dans mes habitudes de m'éprendre de mes patients. C'est plutôt lui qui a vu quelque chose en moi. Il n'arrêtait pas de me dire qu'il avait l'impression de me connaître depuis toujours. J'ai longtemps repoussé ses avances pour ne pas souffrir. Quand mon mari est mort, je me suis juré de ne plus jamais m'attacher à qui que ce soit. Ça fait trop mal de voir partir ceux qu'on aime. Mais Terra m'apportait tellement de réconfort…

– C'est sûrement en raison de ses dons de guérisseur.

– Je comprends maintenant ce qu'ils sont, bien que j'aie encore du mal à admettre l'existence de créatures surnaturelles et de facultés magiques. Terra me disait souvent des choses bizarres. Par exemple, il prétendait que lorsque je le touchais, il me voyait portant une longue robe blanche et d'innombrables bijoux, jusque dans les cheveux.

– C'est parce qu'il possède aussi le don de retrouver le passé karmique de certaines personnes. Apparemment, les anges lui ont offert de rembourser certaines dettes qu'il a accumulées dans d'autres incarnations. Dès qu'il croise la route d'une personne qu'il a autrefois lésée, il le sait tout de suite et il tente de réparer ses torts.

– Il a choisi une bien étrange façon de se racheter, en ce qui me concerne.

– Tout cela était nouveau pour lui aussi et il lui arrive de commettre certaines maladresses. On ne nous enseigne pas ces choses-là à l'école.

Donald bondit sur ses pieds et se mit à arpenter la pièce, devant la grande baie vitrée. Il ne pourrait certainement pas rester des mois dans cet asile, car il avait des patients à soigner à l'hôpital de Nouvelle-Camelot. Alissandre avait-il réussi à traquer le sorcier ? Ses amis étaient-ils en danger ? Maintenant que les femmes étaient en sécurité, il regrettait de ne pas avoir suivi le magicien.

– Donald, calme-toi, lui recommanda Nicole en le voyant devenir de plus en plus nerveux.

– Je veux juste savoir ce qui se passe dans le monde extérieur.

– Seul l'œil omniscient pourrait satisfaire votre curiosité, répondit une voix.

– Alissandre, est-ce toi ?

– Non, je regrette de n'être que sa plus ancienne encyclopédie.

– Où puis-je trouver cet œil ?

– La dernière fois que nous l'avons vu, le maître le remisait dans une malle.

Intéressée par cette nouvelle quête, Béthanie mit fin à sa pratique d'escrime, remercia François et le fit disparaître par sa seule volonté. Tout comme Donald et Nicole, elle se mit à fouiller partout jusqu'à ce qu'elle découvre un petit coffre en bois au fond d'une caisse plus grande.

– Quelque chose comme ceci ? fit-elle.

– Oui, je crois que c'est cela.

L'adolescente déposa sa trouvaille sur la table, sous les regards intéressés du médecin et de sa femme. Elle ouvrit prudemment le couvercle et découvrit une boule de cristal enveloppée dans un carré de soie noire.

– Est-ce dangereux ? demanda-t-elle.

– Seulement si on laisse l'œil trop longtemps à découvert.

– Comment fonctionne-t-il ? s'enquit Donald.

– Le magicien mettait la main dessus en prononçant le nom de l'endroit ou de la personne qu'il voulait voir.

– Pas de formule magique ? s'étonna Béthanie.

– Cet objet n'en requiert pas, car il est suffisamment puissant.

– Bon, faisons un essai.

Elle retira la sphère transparente de l'enveloppe sombre et posa sa main dessus.

– Je veux savoir où est Aymeric.

Donald aurait préféré qu'elle s'enquière des progrès des adultes et espéra pouvoir utiliser cet instrument de connaissance à son tour. Le cristal de la boule se brouilla, tandis qu'elle semblait se remplir de fumée immaculée. Puis, soudain, une image y apparut. C'était Aymeric qui tirait sur un énorme anneau en fer, comme s'il tentait d'ouvrir une porte qui refusait de céder.

– Merci, fit une voix qui sema aussitôt la terreur dans l'âme de l'adolescente.

La fumée passa du blanc au noir, et le visage du sorcier s'y dessina, arrachant un cri de frayeur à Nicole.

– Justement, je les cherchais, ricana Mathrotus.

Sans hésitation, Béthanie recouvrit la sphère du carré de soie et la flanqua dans le coffre, dont elle fit vivement claquer le couvercle.

– Je viens de trahir mon frère, se désola-t-elle, les larmes aux yeux.

Amy et Hélène accoururent.

– Tu n'avais aucune façon de savoir ce qui allait se passer, répliqua Donald. Et puis si l'on doit jeter le blâme sur quelqu'un, ce ne sera pas sur toi, puisque c'est moi qui voulais voir ce qui se passait à l'extérieur.

– Comment puis-je aider Aym, maintenant ?

– Nous cherchons la réponse à cette question, affirma l'encyclopédie.

– Nous ne sommes pas des magiciens, ma chérie, s'opposa Amy. Je pense que nous devrions cesser d'intervenir pour le moment.

– Je dois trouver une façon de prévenir Aym.

– Même si je déteste cette impuissance, ta mère a raison, Béthanie, ajouta Donald. Nous devons laisser Alissandre et ton père régler leurs comptes avec le sorcier.

Le médecin déposa le coffre sur la plus haute tablette de la bibliothèque et ramena tout le monde dans le salon. En s'efforçant de reprendre son humeur joviale, il proposa une partie de cartes. Les femmes n'en avaient pas vraiment envie, mais elles avaient besoin de se détourner de leurs pensées négatives. Béthanie se prêta au jeu, surtout pour rassurer Amy.

Elle mangea ensuite avec le groupe et se coucha en boule dans son lit pour la nuit, ou du moins ce qui semblait l'être à travers la large fenêtre.

Une fois que tous les autres furent endormis, l'adolescente quitta ses couvertures et se rendit au salon sur la pointe des pieds.

– J'ai une question, chuchota-t-elle, et ne parlez pas trop fort.

– Nous y répondrons de notre mieux, murmura l'encyclopédie.

– Comment pourrais-je sortir d'ici ?

– Tant que le maître est en vie, il est le seul à pouvoir vous ramener dans votre réalité.

– Donc, s'il devait lui arriver malheur, nous serions enfermés ici pour toujours ?

– Pas du tout. S'il devait être détruit par son rival, le lien qui nous unit à lui serait brisé, ce qui nous obligerait à obéir au second commandement qu'il nous a laissé avant de partir.

– En quoi consiste-t-il, si ce n'est pas trop indiscret ?

– Nous vous offririons de partir après avoir vérifié que le monde extérieur n'ait pas éprouvé trop de dommages.

– Ce sont vraiment les seules façons de retourner chez nous ?

– Je le crains.

– Désirez-vous que l'un de nous vous raconte une histoire pour vous endormir ?

– J'ai passé cet âge, mais ce soir, je crois que cela me ferait du bien.

Elle écouta donc avec intérêt le récit des débuts du jeu entre le sorcier et le premier magicien, jusqu'à ce que ses paupières soient trop lourdes pour rester ouvertes.

35

Se tenant à la proue du dromon, Terra Wilder observait l'île qui grossissait de plus en plus sous ses yeux. Le soleil se levait à sa droite, apaisant peu à peu le cœur de ses soldats éprouvés par les attaques des démons volants. Il serrait toujours dans sa main le pommeau d'Excalibur. Elle avait cessé de briller à l'apparition de l'astre du jour, mais Terra pouvait toujours ressentir sa magie dans son bras.

– Le sorcier a certainement installé des pièges aux abords de son île, fit remarquer Galahad en se postant près de lui.

– J'y songeais, justement. Marco tient-il toujours le coup ?

– Comme un vrai chevalier. Il est même impatient de se battre à nouveau.

– Espérons que ce ne soit pas contre des créatures aquatiques, cette fois.

Puisque Galahad gardait le silence, lui qui avait toujours un commentaire à tout, Terra chercha son regard.

– Dis-moi ce qui t'inquiète, mon ami.

– À part le fait que nous naviguons sur une embarcation moins que sûre, au milieu d'un océan dont nous ignorons tout ?

– Ce n'est pas ce qui te tracasse.

– J'ai été entraîné à combattre sur bien des terrains différents et dans des circonstances encore moins favorables que celles-ci. En fait, je me demandais si le sorcier se doutait qu'un jour sa propre forteresse serait ainsi prise d'assaut par les pions de son rival.

– À mon avis, il a commis une erreur en choisissant un champ de bataille aussi rapproché de son antre. Cette imprudence le conduira à sa perte.

Un des marins signala alors la présence d'écueils, droit devant.

– Contournez-les ! ordonna Terra.

Utilisant les voiles plutôt que les rames, l'équipage parvint à demeurer à distance des récifs d'origine volcanique.

– Ils entourent toute l'île, constata Galahad, au bout de quelques heures. Où est donc Alissandre lorsqu'on a besoin de lui ?

– Il ne peut pas utiliser sa magie pour nous aider, lui rappela le Hollandais.

Galahad et Terra baissèrent en même temps les yeux sur l'épée magique.

– Pourquoi pas ? murmura ce dernier.

Terra se pencha au bord de l'embarcation et plongea la lame dans l'eau. Aussitôt, un rayon de lumière blanche s'en échappa, dessinant un parcours erratique sous les flots. Galahad courut jusqu'à la poupe en évitant de bousculer les croisés, qui reprenaient leurs forces.

– Quelle est cette nouvelle malédiction ? s'écria le timonier.

– C'est plutôt une aide providentielle, le rassura le chevalier. Pouvez-vous suivre cette voie lumineuse jusqu'au rivage ?

– Êtes-vous bien sûr que cette route nous vient de Dieu ?

– Absolument sûr.

Le timonier aboya des ordres à l'équipage, les exhortant à manipuler les voiles tantôt à gauche, tantôt à droite afin d'entreprendre les virages serrés entre les récifs. Lentement, le dromon progressa en direction de l'île.

– L'ange qui vous guide reviendra-t-il ? demanda alors Renaud à Marco, tandis que les deux hommes observaient les rochers à fleur d'eau.

– Évidemment qu'il reviendra ! Mais il est important pour lui que nous apprenions à nous débrouiller par nous-mêmes.

Les hommes gardèrent le silence. On n'entendait que la voix du timonier et le grincement des planches du bateau. La proue s'enfonça finalement dans la vase entre deux coulées de lave noire. Terra rengaina son épée et se tourna vers les croisés.

– Le diable habite-t-il vraiment ici ? s'inquiéta Geoffroy.

– Oui, quelque part tout en haut du volcan, répondit calmement Terra. C'est ici que vous devrez faire preuve d'une grande bravoure, car il y aura certainement d'autres créatures malfaisantes à affronter avant que nous puissions y pénétrer.

– Nous ne craignons pas la mort, capitaine ! scanda Galahad.

Les croisés reprirent cette phrase en chœur.

Après s'être assuré que l'équipage les attendrait, Terra débarqua le premier. De toute façon, ils ne pourraient pas retrouver le chemin entre les écueils sans lui. Galahad, Marco et les croisés mirent aussi pied à terre. Le sol était très glissant. Ils suivirent un sentier formé par l'érosion des vagues, jusqu'à ce qu'ils atteignent un premier plateau.

– C'est à toi de jouer, Galahad, indiqua Terra.

Le chevalier frotta ses paumes l'une contre l'autre, puis les dirigea vers le sol, attentif.

– J'ai rarement ressenti autant d'énergie maléfique, avoua-t-il.

– Quelle direction devons-nous prendre ? le pressa le Hollandais.

– Par là.

– Prends les devants.

Galahad se mit au travail et se concentra sur son pouvoir de détection des courants telluriques. Une fois que le groupe eut grimpé là où les vagues ne mouillaient plus la pierre, l'escalade devint plus facile. Toutefois, des odeurs nauséabondes se mirent à incommoder les hommes. Ils protégèrent leur nez avec un pan de leur surcot et poursuivirent leur route.

* * *

Mathrotus s'arrêta net dans le corridor de sa forteresse lorsqu'un loup se mit à hurler. Furieux, il s'envola jusqu'à sa salle de pouvoirs. Dans la boule de cristal, il aperçut les templiers qui escaladaient le volcan.

– Non ! hurla-t-il.

Il laissa son esprit partir à la recherche de son ennemi juré, mais ne détecta pas sa présence aux alentours de son repaire.

– Où est le magicien ? Pourquoi utilise-t-il tous ses pions contre moi sur mon propre terrain ? Qu'est-il en train de manigancer ?

La seule façon de protéger son château, c'était d'affaiblir le chef de cette expédition. Il remonta donc à l'étage supérieur et se planta au milieu du balcon. Une seule incantation et la plate-forme se détacha du mur, flottant d'elle-même dans les airs.

L'imprudente jeune fille qui avait utilisé l'œil omniscient lui avait révélé les plans de ses otages. Il lui suffisait maintenant de les cueillir et de les immoler sous les yeux de leur père. Mathrotus leva les bras de chaque côté de son corps, indiquant à son aérostat de perdre de l'altitude. Il se dirigea ensuite devant le portail qui donnait accès à sa forteresse et retira le sort qui le protégeait.

De l'autre côté de l'entrée, les deux fuyards s'acharnaient depuis un petit moment à ouvrir la monumentale porte en tirant sur ses anneaux en fer. Lorsqu'elle céda enfin, ils crurent que c'était grâce à leurs efforts, alors qu'en réalité, la magie qui la maintenait fermée venait de disparaître. Dès qu'ils eurent suffisamment d'espace pour s'y faufiler, Aymeric et Jacob s'échappèrent. Ils freinèrent aussitôt leur ardeur lorsqu'ils arrivèrent face à face avec le sorcier, les bras croisés sur la poitrine, debout sur une petite terrasse en pierre suspendue dans le vide.

– Vous voilà enfin.

Aymeric n'avait aucune intention de retourner dans sa prison, alors il fonça comme un joueur de football américain sur son geôlier. Sans réfléchir, Jacob l'imita. Le balcon volant prit subitement de l'altitude et les garçons déboulèrent tête la première dans les marches usées qui menaient à un sentier de cailloux noirs. Malgré l'atroce douleur qui venait de l'assaillir dans son épaule gauche, Aymeric se releva rapidement et aida son frère à en faire autant. Jacob replia son bras contre sa poitrine avec une grimace.

– Es-tu capable de marcher ? le pressa l'aîné.

– Je pense que oui.

Aymeric lui agrippa solidement la manche et le tira sur le sentier visqueux. Ils aboutirent devant un étang qui dégageait des odeurs fétides. « De quel côté aller ? » s'énerva intérieurement Aymeric. Le sentier se poursuivait à gauche au milieu d'une véritable forêt de ronces géantes, alors que de l'autre côté, le sol semblait moins dangereux. Il n'eut pas le temps de prendre une décision. Un vent glacé ébouriffa ses cheveux, et il sentit une terrible douleur à la nuque. Le sorcier venait de saisir les adolescents par la peau du cou à l'aide de ses longs ongles. Ils se débattirent jusqu'à ce que Mathrotus les laissent finalement retomber sur le plancher du balcon.

Combatif comme il ne l'avait jamais été de toute sa vie, Aymeric se précipita sur la balustrade avec la ferme intention de retourner sur le sol. Il arrêta son geste en constatant que la plate-forme s'était considérablement élevée dans les airs. Jacob venait de passer lui aussi la jambe par-dessus la rambarde.

– Non ! hurla Aymeric en l'obligeant à reculer.

– Je savais bien que vous pouviez être raisonnables, apprécia Mathrotus.

Aymeric fit volte-face, le visage déformé par la haine.

– Ta colère fait vraiment plaisir à voir, Thibaud. Tu seras facile à convertir.

– Je vous tuerai avant !

Une partie de la balustrade, derrière le sorcier, se transforma en un magnifique trône, sur lequel ce dernier prit place en replaçant soigneusement les pans de sa tunique dorée. Aux quatre coins du balcon volant s'allumèrent des flambeaux.

– J'aime mon confort, ricana Mathrotus.

Les adolescents jetèrent un nouveau coup d'œil en bas en évaluant leurs chances de tomber dans l'étang plutôt que sur les rochers.

– Soyez sans crainte, je ne vous laisserai pas vous fracasser tous les os. J'ai besoin de témoins pour terminer ce jeu lassant.

Des chaînes sortirent de terre et mordirent les poignets des garçons à la manière de serpents. Aymeric se débattit, en vain. Ils étaient faits prisonniers, encore une fois. Il se laissa tomber en position assise, son cerveau roulant à plein régime.

– Ce n'est pas Jacob que vous voulez, c'est moi, conclut-il finalement. Laissez-le rentrer chez lui, et j'accepterai de devenir votre apprenti.

– Quel bel esprit de sacrifice…

– Je ne partirai pas sans toi ! protesta le métis.

– On dirait bien que vous êtes devenus de vrais frères.

– Je vous en conjure, libérez-le, implora Aymeric, les larmes aux yeux.

– En dépit de ma belle apparence, je suis suffisamment âgé pour avoir appris d'importantes leçons au cours de ma longue existence. Il ne faut jamais laisser derrière soi un enfant dont on a eu à tuer le père, car il est certain qu'il se vengera.

– Vous n'avez pas été capable de le tuer lors de la dernière partie et vous n'y arriverez pas cette fois non plus !

Mathrotus détestait les invectives. Ses traits se durcirent jusqu'à ce que son visage ressemble presque à la face d'un dragon chinois.

– Tu me mets au défi, jeune homme ?

– Non, je vous prédis votre avenir ! continua de le provoquer Aymeric. Il y a une justice naturelle en ce monde, même pour les sorciers. Tous ceux que vous avez cruellement torturés, tous ceux que vous avez assassinés la réclament, et c'est mon père qui en sera l'exécuteur !

– Ce sont de braves paroles dans la bouche d'un enfant qui est en mon pouvoir.

– Je n'ai plus peur de vous. Sous vos grands airs, vous n'êtes qu'une pauvre créature qui n'a plus sa place dans l'univers.

– Alors soit. Lorsque j'aurai éliminé tous les pions du magicien, y compris le roi et les reines, je te jetterai pour toujours dans un cachot et je ferai de Jacob mon apprenti.

– Jamais ! s'écria le métis.

– Maintenant, taisez-vous !

Des bâillons se déroulèrent sur la nuque des adolescents et firent le tour de leur tête en se resserrant sur leur bouche. Satisfait, le sorcier se mit à la recherche du peloton de templiers qui venait à sa rencontre.

36

Galahad en tête, la petite armée du roi blanc arriva sur un second tablier de l'énorme volcan. À cet endroit, la pression du magma avait fait sortir du sol des pointes de roc qui se dressaient à la verticale depuis des milliers d'années. On aurait dit une forêt d'arbres pétrifiés. Les templiers se faufilaient tant bien que mal entre ces menhirs basaltiques, convaincus que le chevalier savait ce qu'il faisait.

Terra marchait en silence derrière son ami. Il aurait sans doute possédé le même pouvoir de radiesthésie que lui s'il n'avait pas perdu cinq ans de sa vie dans un hôpital militaire à se faire rafistoler le bas du corps. Les membres de l'ordre de Galveston, avant leur revirement de loyauté, avaient considéré qu'il était un bon candidat pour les sciences naturelles. Avec le temps, le Hollandais avait finalement compris que rien n'arrivait pour rien. Malgré toutes les souffrances physiques et émotionnelles qu'il avait endurées à Houston, il voyait maintenant qu'elles avaient été nécessaires pour lui permettre d'arriver exactement là où il devait être. Si l'accident de voiture ne s'était jamais produit au Texas, il n'aurait pas connu Amy, ses enfants ni ses précieux amis de Nouvelle-Camelot. Il n'aurait pas non plus reçu son don de guérison, qui avait profité à des centaines de personnes depuis.

Galahad s'arrêta brusquement, mettant fin aux réflexions de Terra.

– Que captes-tu ? s'enquit ce dernier.

– Il y a une place forte droit devant, mais je doute que ce soit celle du sorcier.

– Pourquoi ?

– Il n'en émane aucune vibration négative.

– Se trouve-t-elle sur le sentier que tu suis ?

Le chevalier hocha affirmativement la tête. Ils poursuivirent donc leur route jusqu'à ce qu'apparaisse devant eux une forteresse qui semblait taillée à même la roche volcanique.

– Est-ce la maison du diable ? demanda Renaud.

– Je ne le crois pas.

– C'est peut-être un piège, par contre, les prévint Terra qui avait été jadis retenu dans un château qu'il avait miraculeusement trouvé sur son chemin.

Le sorcier en avait profité pour le torturer mentalement en lui faisant revivre des épisodes particulièrement éprouvants de son passé et de son présent. Ils lui avaient paru si réels qu'il avait failli y laisser sa santé mentale.

– Il n'y a qu'une seule façon de le savoir, indiqua Galahad.

Le groupe s'approcha prudemment de la passerelle qui menait à la barbacane. L'eau dans les douves n'était pas aussi méphitique que partout ailleurs sur l'île.

– Y a-t-il quelqu'un ? s'enquit Renaud.

– Je ne perçois rien, affirma Galahad. Il semble bien que l'endroit soit désert.

– Qui voudrait rester au pied de la forteresse du sorcier ? s'étonna Marco.

Il n'y avait aucune porte sous le mâchicoulis ni aucune herse.

– La seule façon de savoir ce qui s'est passé ici, c'est d'explorer cet endroit, leur dit Galahad. J'irai seul.

– Pas question, s'opposa Terra. Nous y entrons tous ensemble ou nous passons notre chemin.

– Quelque chose m'attire ici.

– C'est bien ce que je vois et c'est aussi ce qui m'effraie. Le sorcier se faufile facilement jusqu'à nos pensées les plus secrètes. Je ne voudrais pas que ta curiosité cause ta perte.

– Moi aussi, j'aimerais savoir ce qui s'est passé ici, avoua Marco.

Terra céda devant leur insistance en leur rappelant qu'ils ne pourraient pas s'attarder très longtemps. Chaque minute perdue permettait à leur ennemi de s'organiser davantage.

Galahad franchit le pont à pas prudents, de peur que le bois, très ancien, ne cède sous son poids. Celui-ci craqua, mais le supporta. Le chevalier pénétra dans la grande cour déserte, au milieu de laquelle il n'y avait qu'un puits. De chaque côté se dressaient de hautes murailles et, tout au fond, la demeure des châtelains montait une garde silencieuse. Tandis que Galahad examinait attentivement les lieux, les soldats se rassemblèrent derrière lui.

– Il y a de la lumière dans la fenêtre, là-bas, indiqua soudain Galahad en la pointant du doigt.

En effet, une faible lueur dansait dans l'ouverture.

– Est-ce une illusion ? demanda Marco.

– Allons y jeter un coup d'œil.

Avant que Terra ne puisse faire connaître son désaccord, toute la bande marchait déjà vers le palais. Ils arrivèrent dans une grande pièce où brûlait une flamme perpétuelle dans une assiette en marbre blanc. Derrière elle, sur un autel en carrare, reposait une épée en équilibre sur le dos de deux statuettes de licornes dorées.

– On dirait un temple, fit remarquer Marco.

– Ou un tombeau, répliqua Renaud.

Terra remarqua l'air de béatitude qu'affichait son vieil ami astrophysicien.

– On dirait que tu en sais plus long que nous, décoda le Hollandais.

– C'est l'épée forgée par Salomon lui-même, l'instruisit-il dans un souffle.

Galahad contourna la flamme pour aller se placer derrière la table, les yeux chargés d'étoiles.

– Mais ce n'est qu'une légende, protesta Marco.

Les croisés, eux, n'en avaient jamais entendu parler.

– Galahad, prends garde, recommanda Terra, car il s'agissait bien là d'un moment dont il avait rêvé toute sa vie.

– Salomon l'a conçue dans l'espoir qu'un jour un chevalier parfait s'en servirait…

– J'ai peur que ce ne soit qu'une ruse.

– Si cette arme est toujours ici, c'est donc que personne ne l'a réclamée ? tenta de comprendre Simon.

– Il est dit qu'un seul homme pourra soulever cette épée sans trouver la mort.

Un vent de panique secoua aussitôt le groupe. Plusieurs croisés se signèrent en implorant la protection du ciel.

– Je préférerais que tu attendes que nous ayons vaincu le sorcier avant de tenter ce genre d'expériences, laissa tomber Marco.

– J'ai reçu le nom de Galahad lors de mon adoubement.

– Parce que tu étais le fils de Lancelot, lui rappela Marco. Ne trouves-tu pas bizarre que Salomon ait caché ce présent sur une île maléfique ? Moi, ça ne me dit rien de bon.

Pour mettre fin à cette discussion qui ralentissait considérablement leur ascension vers l'antre du sorcier, Terra alla se poster près de Galahad. Il examina scrupuleusement les inscriptions sur la lame qui brillait de mille feux en se gardant d'y toucher.

– Elle ressemble en tout point à celle qu'on nous a montrée sur le parchemin, admit-il.

– Je sais que c'est elle.

– Sans vouloir t'offenser… commença Marco.

Trop tard. Galahad plaça ses paumes sous la garde et sous la pointe de l'épée, puis la souleva. La pièce tout entière fut alors plongée dans une douce lumière dorée qui fit reculer les croisés vers la sortie. S'attendant à voir surgir son ennemi juré, Terra sentit tous les muscles de son corps se crisper. Mais ce ne fut pas le sorcier qui émergea d'un des murs. Un vieil homme transparent, portant une longue tunique et une couronne toute simple sur le front, s'avança vers Galahad. Voyant qu'il s'agissait d'un roi, les templiers s'agenouillèrent avec respect.

– Je savais que tu viendrais un jour, déclara l'apparition d'une voix caverneuse.

Galahad avait la bouche ouverte, mais aucun son n'en sortit.

– Approche, chevalier parfait.

Ses jambes le portèrent malgré lui jusqu'au fantôme.

– Quel est ton nom ?

– Galahad, sire. Et à qui ai-je l'honneur ?

– Je suis Salomon, fils de David et de Bethsabée, roi d'Israël. Je t'attends depuis bien longtemps, Galahad. Voici Seusdar. Son nom est synonyme de perfection. Je l'ai fabriquée il y a des millénaires, car je croyais que les hommes seraient un jour plus méritants. Elle sera à ton service tant que ta quête sera juste. Utilise-la bien.

Le spectre s'évapora, un sourire sur le visage. Pendant plusieurs minutes, personne ne bougea.

– Est-ce une épée magique comme celle du roi de Nouvelle-Camelot ? demanda Étienne.

– Elle n'a pas les mêmes pouvoirs qu'Excalibur, articula finalement Galahad.

– Savais-tu que tu la recevrais un jour ? s'émerveilla Marco.

– C'était une légende...

Pendant que les soldats du magicien revenaient de leur surprise dans le palais oublié, le sorcier flottait sur sa plate-forme à leur recherche. Autour de lui volaient ses hideux démons tout noirs qui flairaient le vent, à la recherche de leurs proies.

Aymeric n'arrêtait pas de tirer sur ses chaînes, cherchant à se libérer. Mais chaque fois qu'il tentait d'approcher une main de sa bouche pour enlever son bâillon, ses liens raccourcissaient. Résigné, Jacob était assis, le dos appuyé contre la balustrade. Il semblait en état de choc.

– Si vous étiez plus obéissants, je n'aurais pas à recourir à ces méthodes barbares, indiqua Mathrotus.

Le jeune Wilder n'allait certainement pas laisser passer cette chance. Il imita Jacob et prit place sur le plancher en pierre.

– Très bien...

Les étoffes tombèrent sur le sol, libérant la bouche des prisonniers.

– Vous n'avez pas le droit de nous retenir contre notre gré, gémit le plus jeune.

– J'ai tous les droits et, un jour, je les léguerai à mon apprenti.

– Et vous lui donnerez tous vos pouvoirs ? voulut s'assurer Aymeric.

– Pas tous, non, mais suffisamment pour en faire un être très dangereux.

– Et s'il se retournait contre vous ?

– Il le paierait chèrement, mais je serais tout de même fier de lui.

Aymeric trouva ces contradictions fort étonnantes. Il allait poser une autre question quand les gargouilles aériennes se mirent à couiner en se rapprochant du balcon.

– Un peu de patience, mes chéris. Avant que vous puissiez vous en régaler, je dois d'abord les faire sortir de leur trou.

Mathrotus leva les deux bras au ciel, rassemblant au-dessus de lui de sombres nuages. Le tonnerre se mit à gronder quelques secondes plus tard et des éclairs fulgurants piquèrent vers le sol en passant de chaque côté de la plate-forme.

– Le spectacle va bientôt commencer.

Sous le balcon, la foudre ébranla la cité abandonnée du roi Salomon, faisant perdre l'équilibre aux croisés, qui s'apprêtaient à quitter la forteresse.

– Ce n'est pas une tempête naturelle, indiqua Galahad en glissant Seusdar à sa ceinture.

– Il est là, n'est-ce pas ? devina Terra.

Le chevalier se contenta de hocher la tête, l'air lugubre.

– Alissandre ne nous laissera pas tomber, tenta de le rassurer le Hollandais.

– Comment ces hommes réagiront-ils devant les abominations que peut créer le sorcier ? murmura Galahad.

– Tu oublies que ce sont des templiers. Une fois la surprise passée, ils se battront comme des lions. Toi, comment réagiras-tu ?

– Je suis plus vieux et plus sage, maintenant. Je ne me laisserai pas impressionner.

– Nous avons besoin d'un plan, fit remarquer Marco.

– Le sorcier utilisera sans doute des loups ou des dragons, indiqua Galahad.

– Nous les repousserons comme nous avons repoussé les chauves-souris ! tonna Terra.

– Rien ne nous fera plus plaisir, déclara Renaud au nom de ses frères d'armes.

Un autre coup de tonnerre, encore plus violent, détacha des fragments de pierre du plafond, qui tombèrent comme de la pluie sur les humains.

– L'heure est arrivée d'en finir avec notre ennemi ! s'exclama Terra comme un véritable chef de guerre. Chevaliers du Temple, ceci pourrait bien être votre dernier combat.

– Nous délivrerons les chrétiens du Mal ! clamèrent-ils tous ensemble.

– Ne vous laissez pas effrayer par ce que vous allez voir. Les soldats du diable peuvent prendre diverses apparences, mais ce ne sont à l'origine que des hommes qui ont péché.

Les templiers poussèrent un cri de guerre et suivirent le roi de Nouvelle-Camelot dans la vaste cour du château. Ils formèrent tout de suite un cercle en cherchant vainement leurs adversaires. Le ciel continuait à gronder, et l'enceinte était régulièrement illuminée par les éclairs, mais il ne pleuvait pas.

– Là-haut ! s'écria Galahad.

Un rectangle sombre était suspendu au-dessus de leurs têtes. Les mêmes hideuses créatures que les croisés avaient affrontées sur le bateau volaient tout autour.

– Qu'est-ce que c'est ? s'enquit Renaud.

– Nous allons bientôt le savoir, répondit Terra.

En effet, l'objet devenait de plus en plus gros, car il perdait de l'altitude. La main sur le pommeau d'Excalibur, le Hollandais observait la scène en tentant de calmer les battements de son cœur. Il n'avait pas participé au jeu de son plein gré lors de la première partie, mais cette fois, il voulait en finir pour de bon et surtout en sortir vainqueur.

Le balcon volant descendit jusqu'à quelques mètres du sol et s'immobilisa. Puisque les jeunes otages étaient assis derrière la balustrade, les templiers ne les virent pas tout de suite. L'air hautain, le sorcier quitta son trône et s'approcha du bord de son perchoir.

– Suis-je en train de gagner cette partie par défaut ? ricana-t-il. Où est l'avorton qui vous sert de magicien ?

Galahad se mordit la langue pour ne pas répondre à cette insulte.

– Vous ne m'en voudrez pas de mettre fin sans lui à ce jeu qui me lasse, n'est-ce pas ? poursuivit l'horrible personnage.

– Vous pouvez toujours essayer, rétorqua bravement Terra. Que votre roi noir s'avance et me défie.

– Il est retenu ailleurs, où il est en train de faire beaucoup de dommages.

« Medrawt ? » se demanda Galahad.

– De quoi avez-vous peur, sorcier ? continua Terra.

Appuyé contre la balustrade du balcon flottant, Aymeric écoutait leur conversation en attendant le bon moment d'aider son père. Il aurait été dangereux pour lui de lui révéler trop rapidement sa présence.

– Certainement pas de vous, Arthur, cracha le sorcier.

– Alors, pourquoi dissimulez-vous votre pièce maîtresse ?

– Dois-je vous rappeler que vous n'êtes qu'un pion et que vous n'êtes censé voir que ce qui se trouve devant vous ?

– Il est étrange que vous ne vous rappeliez des règles du jeu que lorsqu'elles sont à votre avantage.

Les nuages noirs devinrent encore plus denses au-dessus de Mathrotus, si bien qu'on n'y vit bientôt plus rien dans la grande cour. D'un geste de la main, le sorcier fit sortir du sol d'énormes flambeaux qui délimitèrent l'aire de jeu. Sans pouvoir s'en empêcher, Galahad se mit à trembler, car cette soirée ressemblait de plus en plus à celle où il avait failli perdre la vie.

– Si je me souviens bien, chevalier supposément parfait, vous n'appréciez pas particulièrement les dragons, le harcela le sorcier.

– Ne le laisse pas pénétrer dans ton esprit, Galahad, l'avertit Terra.

Le chevalier s'efforça de troquer ses pensées négatives contre des images plus harmonieuses, comme lorsqu'il avait remporté son premier tournoi à Galveston…

– Cela ne vous sauvera pas ! cracha Mathrotus.

L'un de ses sombres serviteurs se transforma instantanément en un dragon en tout point semblable à celui qui avait enfoncé jadis ses crocs dans le corps de Galahad. En rugissant, l'animal ailé piqua sur les humains. N'ayant jamais affronté une pareille menace, les templiers ne savaient plus comment s'organiser. Ils restaient sur place, pétrifiés. Terra prit donc les choses en main. Il dégaina Excalibur et serra le pommeau dans ses deux mains, campant ses pieds dans le sable.

La bête noire aux écailles luisantes releva le nez juste à temps pour ne pas s'écraser au milieu des humains. Elle plia le cou pour regarder sous elle et tenta de s'emparer du roi de Nouvelle-Camelot avec ses griffes. Terra frappa les serres du dragon et l'épée magique fit son œuvre. Des étincelles argentées jaillirent de sa lame brillante et causèrent d'effroyables douleurs à l'animal géant. Devant cet échec, le sorcier transforma tous ses pions en dragons.

Rasséréné par le succès de son ami, Galahad dégaina Seusdar, prêt à repousser lui aussi une attaque. Toutefois, les monstres n'eurent pas le temps de procéder au carnage qu'espérait leur maître. Une plate-forme immaculée venait d'apparaître au-dessus des templiers. Il s'en échappa une lumière si intense que les dragons rebroussèrent chemin en poussant des cris de frustration.

– Il était temps que vous arriviez, maugréa Marco.

Alissandre était si concentré sur son rival qu'il n'entendit pas ce commentaire.

– Libérez tout de suite ces enfants, ordonna le magicien. Ils ne font pas partie du jeu.

– Quels enfants ? s'étonna Galahad.

Aymeric profita de l'inattention du sorcier pour se relever suffisamment longtemps pour que son père reconnaisse son visage.

– Ce sont mes futurs apprentis, annonça Mathrotus avec une fierté exagérée.

L'adolescent secoua aussitôt la tête pour indiquer à Terra qu'il mentait.

– Y a-t-il d'autres enfants avec toi ? cria le Hollandais en pensant à sa fille.

Le sorcier empoigna Jacob par les cheveux et le força à se relever. Aymeric tenta de frapper leur bourreau avec ses pieds pour l'empêcher de maltraiter son frère, mais ses chaînes le ramenèrent brusquement sur le plancher, face la première.

– Mais où sont mes manières ? persifla Mathrotus. Voici votre second fils, roi de pacotille. Sa mère est une autochtone qui habite un pays qui s'appelle Californie, je crois.

Terra tituba sous le choc de cette révélation. Avait-il vraiment conçu un enfant avec Hélène ? L'adolescent semblait avoir le même âge qu'Aymeric...

– Je vous ai dit de les libérer ! insista Alissandre. Les règles sont claires au sujet de...

– Vous savez ce que je pense de ces règles !

– Si vous ne les laissez pas partir à cet instant, je cesserai de les observer à mon tour.

Mathrotus ignorait la véritable puissance de cet apprenti qu'il avait perdu de vue pendant plusieurs années. Était-il sage d'attiser sa colère ?

– Je vais faire un marché avec vous, se radoucit-il. Et ne me citez plus ces stupides règlements. À ce stade-ci du jeu, tout est permis.

– Dites-moi ce que vous voulez.

Alissandre détestait le chantage, mais il ne désirait pour rien au monde avoir la mort des deux garçons sur la conscience.

– Si vous gagnez la partie, je vous rendrai les petits princes, lança Mathrotus.

– Et si je la perds ?

– Ils seront à moi.

Alissandre croisa les bras sur sa poitrine en analysant la situation. Il pouvait sentir le désarroi de Terra, le nouveau courage de Galahad et la bravoure de Marco et des templiers, mais serait-ce suffisant pour l'emporter contre son rival ?

37

Malgré les avertissements des adultes, Béthanie continuait à croire que l'œil omniscient avait une importance capitale dans ce jeu cruel que se livraient le sorcier et le magicien. Évidemment, elle n'en reparla plus et accepta même de jouer aux cartes avec Nicole, Amy et Mélissa, tandis que Donald tentait d'expliquer aux livres d'Alissandre ce qu'était un téléviseur.

– L'un d'entre vous est une encyclopédie, non ? s'impatienta le médecin. Les encyclopédies sont censées contenir toute la connaissance du monde.

– Le vôtre ou le nôtre ?

– Ne jouez pas au plus fin avec moi.

Hélène, qui avait réussi à obtenir un cahier de mots croisés, observait Donald sans pouvoir s'empêcher de sourire.

– Si vous savez ce qu'est le golf, alors quelque part dans vos entrailles se trouvent certainement la définition d'un téléviseur ou d'un ordinateur.

– Je crains de n'avoir reçu aucun amendement depuis fort longtemps et, pour votre gouverne, le golf se pratiquait déjà aux Pays-Bas au XIIIe siècle.

– Les fers que vous m'avez fournis ne proviennent certainement pas de cette époque.

– Donald, il y a sûrement autre chose que tu pourrais faire pour passer le temps, tenta de l'amadouer Nicole.

– Je veux juste savoir ce qui se passe chez nous.

– Le maître se fera un plaisir de vous renseigner à son retour, affirma l'encyclopédie.

Le médecin poussa un cri de frustration et alla s'asseoir sur le sofa, à quelques pas d'Hélène. Elle déchira une page de son cahier et la lui tendit.

– Je n'ai pas envie de faire des mots croisés, grommela-t-il. Je veux regarder la télévision.

– Ne fais pas l'enfant, Donald, l'avertit son épouse.

– Moi aussi, j'aimerais avoir un ordinateur en ce moment, avoua Mélissa, mais ils ne savent pas ce que c'est. Il n'y a rien que nous puissions y faire.

– Tu prends plutôt bien cette captivité, on dirait, remarqua soudain Donald.

– Je préfère être ici plutôt que dans un camping-car que le sorcier pourrait faire glisser à tout moment dans un précipice, répliqua l'adolescente.

– Ne commencez pas à vous quereller tous les deux, les avertit Nicole. Viens plutôt jouer aux cartes avec nous, Donald.

Le médecin fit la sourde oreille.

– Y a-t-il une façon d'aller marcher dans ces montagnes ? demanda-t-il au mur couvert de livres.

– Ce ne sont pas de véritables montagnes... commença l'encyclopédie.

– J'ai besoin de bouger, de faire de l'exercice !

Une corde à sauter apparut dans sa main. Les filles s'esclaffèrent en apercevant la surprise sur son visage. Elles lui offrirent de lui montrer comment s'en servir, mais il la lança plutôt sur la bibliothèque et alla se planter devant la grande fenêtre, qui offrait un paysage artificiel.

Béthanie alla se coucher après avoir embrassé tout le monde. Elle n'avait pas réussi à se faire apparaître un baladeur, mais elle était tout de même parvenue à convaincre les livres de faire jouer de la musique dans son oreiller pour qu'elle puisse se relaxer. Une fois de plus, elle attendit patiemment que tous les autres soient endormis et quitta son lit. Sur la pointe des pieds, elle retourna dans le grand salon et tira une chaise près des étagères, afin d'atteindre la tablette où Donald avait rangé le petit coffre.

– Mademoiselle Béthanie, que faites-vous ? demanda un portulan qui veillait toujours.

– Rien du tout. Je vous en prie, ne vous occupez pas de moi.

Le pauvre livre ne connaissait rien aux humains, hormis leur comportement singulier qu'il observait depuis quelques jours. Il ne vit donc pas la nécessité d'avertir les autres ouvrages de l'initiative de l'adolescente.

Béthanie apporta son trésor sur la table basse, tournant le dos à la bibliothèque. Galahad lui avait enseigné que lors d'un duel, il fallait bien souvent arrêter de penser et s'en remettre à son instinct, mais que lorsque l'ennemi tardait à agir, il était préférable de formuler un bon plan. Elle savait de quelle façon utiliser la boule de cristal, mais comment faire pour ne pas attirer l'attention du sorcier ?

« Cet œil remplace en quelque sorte le téléviseur dont rêve oncle Don », songea-t-elle en posant doucement les mains sur le couvercle. Elle l'ouvrit prudemment. La sphère était enveloppée dans son carré de soie.

– Que fais-tu là ? demanda Mélissa.

Béthanie referma sèchement le coffre en sursautant.

– Je veux savoir si mon père et ses amis ont fait des progrès, chuchota-t-elle.

– Cette chose est dangereuse, Béthanie.

– Seulement quand le sorcier se trouve à l'autre extrémité.

Mélissa prit place à côté d'elle, très inquiète.

– Et s'il te jetait un sort à travers cette boule de cristal ?

– C'est un risque que je suis prête à courir, affirma la jeune guerrière.

– As-tu au moins pensé à nous ? Que nous arriverait-il si le sorcier faisait de toi l'instrument de sa vengeance ? Il pourrait mettre un poignard dans ta main et t'ordonner de tous nous tuer.

– Je n'avais pas pensé à ça...

– Il faut que tu fasses confiance à ton père et à ton frère. Ils vaincront le sorcier et ils nous sortiront d'ici.

– Je pensais que tu te plaisais chez le magicien.

– Pas du tout, mais mon niveau d'acceptation est apparemment plus élevé que celui de mon père, se moqua-t-elle.

Elles continuèrent à bavarder de tout et de rien. Béthanie ne put s'empêcher de remarquer que, de temps en temps, le petit cristal en forme de bouclier que son amie portait au cou se mettait à briller. Peut-être était-ce le reflet des flammes qui brûlaient encore dans l'âtre...

Puis arriva enfin le moment que Béthanie attendait : Mélissa s'endormit au milieu d'une phrase. La jeune Wilder la recouvrit d'une chaude douillette et retourna dans sa chambre avec le coffre. Cette fois, personne ne l'empêcherait d'utiliser l'œil omniscient. Elle sortit la boule de verre de son enveloppe et la déposa sur ses couvertures. Après avoir pris une profonde inspiration, elle posa sa première question en plaçant sa main sur la sphère.

– Je veux savoir où est mon père.

L'œil se remplit de fumée blanche. « C'est déjà bon signe », songea Béthanie. Toute autre couleur indiquerait l'intervention du sorcier. Une image se forma petit à petit. Terra se tenait debout avec plusieurs hommes dans une cour illuminée par des flambeaux. Il portait un costume médiéval tout blanc avec une croix rouge. Dans ses mains brillait la plus belle des épées. « Est-ce mon père tel que j'aimerais le voir, ou est-ce la réalité ? » se demanda-t-elle.

– Que fait-il ?

– Il défend sa vie, bien sûr, répondit la voix tremblante d'un vieil homme.

– Qui êtes-vous ? s'alarma aussitôt Béthanie.

– Permettez-moi de me présenter. Je me nomme Fredegar Markvart.

– Êtes-vous le sorcier ?

– Ciel, non ! Toutefois, je ne prononcerai pas son nom ici, de crainte de l'attirer. J'ai été l'un de ses plus coriaces rivaux au cours des derniers siècles.

– Comme Alissandre ?

– Qui a d'ailleurs pris ma place. Comment se débrouille-t-il ?

– Ce serait plutôt à vous de me le dire.

– Je ne peux qu'interpréter les images que vous invoquez.

– Donc, si je demande à l'œil de me dire où est Alissandre et ce qu'il fait, vous m'aiderez à mieux comprendre ce que je vois ?

– C'est le but de ma présence dans votre conscience, jeune dame.

– Vous êtes dans ma tête !

– Dans vos pensées, plutôt.

L'image d'Alissandre debout sur une plate-forme toute blanche se dessina dans la fumée. Les étoiles au creux de ses mains étincelaient comme des joyaux.

– Il est en mode de combat, commenta Markvart. Je suis heureux de constater que sa concentration est excellente. Il ne quitte pas son adversaire des yeux.

– Pouvez-vous me dire s'il est en train de gagner ce combat ?

– Il faudrait pour cela que vous changiez le point de vue de l'œil.

– Je ne suis pas habituée aux objets magiques. Que dois-je faire ?

– Demandez à l'œil de vous fournir une perspective globale de la scène.

Béthanie suivit sa suggestion. Même si tous les personnages avaient beaucoup rapetissé, elle vit qu'un homme sur un rectangle noir et un autre, sur un rectangle blanc, se faisaient face dans les airs, tandis que des soldats habillés comme son père se trouvaient sur le sol entre eux.

– Ils n'ont pas commencé à utiliser leurs pouvoirs l'un contre l'autre, remarqua Markvart.

– Est-ce une bonne nouvelle ?

– Ils s'étudient. C'est toujours à ce moment-là que le sorcier rassemble son énergie pour frapper sournoisement son opposant.

– Pouvez-vous faire quelque chose ?

– Mon passage dans le monde des mortels est terminé. C'est au tour d'Alissandre de porter le flambeau.

– Qu'arrivera-t-il s'il est vaincu ?

– Tous ses pions disparaîtront et le sorcier régnera à tout jamais sur cette planète. Il a bien failli nous avoir la dernière fois, mais non seulement j'avais un apprenti pour prendre ma relève, je gardais aussi en réserve un quatorzième pion dont il ignorait l'existence. Alors même en tuant mon roi et mes soldats, il ne remportait que la partie, pas le jeu.

– Moi qui croyais que les magiciens avaient mieux à faire que de s'entretuer.

– C'est l'équilibre que nous nous efforçons de conserver entre le Bien et le Mal qui vous permet de continuer votre évolution sur Terre.

– Qu'arriverait-il si vous réussissiez à enrayer complètement le Mal ?

– En théorie, vous connaîtriez la paix en permanence, mais puisque nous n'avons pas encore réussi cet exploit, il est difficile d'évaluer ce qui se passerait dans la réalité.

– Je dois trouver une façon d'aider Alissandre.

– Il faudrait pour cela que vous soyez magicienne.

– Je sais me servir d'une épée.

– Le sorcier aurait tôt fait de la changer en serpent.

– Mais je ne peux pas rester ici à ne rien faire !

Le vieux fantôme poussa un soupir de découragement, car il était tout aussi désarmé qu'elle.

– Je veux savoir où est mon frère, demanda Béthanie.

L'œil lui montra l'adolescent assis sur un vieux balcon de pierres usées, les poignets attachés par des bracelets reliés à des chaînes.

– Il semble plutôt mal en point, remarqua Markvart.

– Mon père le sauvera, tenta de se convaincre la jeune fille. Je veux savoir où est Jacob, le fils d'Hélène.

La boule de cristal le lui montra dans la même position qu'Aymeric.

– Ils sont ensemble ! s'exclama-t-elle.

Béthanie passa en revue tout ce que Markvart lui avait dit.

– Si je comprends bien, la seule chose que je puisse faire, c'est trouver un autre magicien qui joindra ses efforts à ceux d'Alissandre.

– Si ma mémoire est bonne, il n'y a rien dans les règles du jeu qui empêcherait une telle association, d'un côté comme de l'autre.

– À qui dois-je m'adresser ?

– Je sais qu'il reste un magicien au Tibet, deux en Australie et un en Écosse…

– Aucun en Colombie-Britannique ou en Californie ?

– Il y a une jeune oréade quelque part au Canada. Elle s'appelle Thuia.

– C'est son prénom ou son nom de famille ?

– C'est son seul nom.

– J'imagine que si vous n'avez pas de téléviseur ici, vous n'avez certainement pas non plus de téléphone.

– Je ne me suis jamais vraiment intéressé à tous ces appareils modernes. Ma magie servait à peu près aux mêmes fonctions.

– Béthanie, à qui parles-tu ? demanda sa mère.

L'adolescente fit aussitôt disparaître la boule de cristal dans son carré de soie et la flanqua dans le petit coffre. Amy entra dans sa chambre.

– Tu ne croiras jamais tout ce que je viens d'apprendre, maman.

Amy prit place sur le lit près d'elle.

– Tu as toute la nuit pour me le raconter.

Heureuse de trouver une oreille attentive, Béthanie lui récita tout ce que le vieux magicien venait de lui révéler.

38

Puisqu'il avait cessé de résister, les chaînes qui retenaient Aymeric se relâchèrent peu à peu. Il en profita pour s'asseoir et frotter son menton éraflé. Le sorcier avait laissé retomber Jacob, qui ne bougeait plus du tout, étendu sur le ventre. Aymeric se fit violence pour ne pas lui adresser la parole, car il ne voulait surtout pas attirer l'attention de son geôlier sur eux. Un plan venait de naître dans son esprit.

Il glissa doucement sur le plancher. À son grand soulagement, ses chaînes s'allongèrent au fur et à mesure qu'il s'éloignait de Mathrotus. Ce dernier était debout, les jambes appuyées contre la balustrade. Il observait son opposant, le visage plissé de déplaisir. « Il est en train de tisser sa toile », comprit Aymeric. Il ne pouvait pas le laisser s'en prendre à son père, surtout de façon déloyale. Il savait que Terra était un homme courageux et intelligent, mais était-il capable de vaincre un sorcier ?

L'adolescent ne possédait aucun pouvoir surnaturel, mais il avait l'habitude de jouer à des jeux vidéo qui exigeaient des réactions rapides et des décisions hasardeuses. Risquant le tout pour le tout, il bondit derrière Mathrotus, lança ses chaînes maintenant suffisamment longues autour du cou du sorcier et se laissa tomber sur le sol derrière lui, tirant de toutes ses forces sur ses liens métalliques. Une décharge électrique courut le long des maillons et lui causa une terrible douleur dans les bras, mais il ne lâcha pas prise.

Un petit objet tomba alors sur le sol à côté de lui. Les yeux remplis de larmes de souffrance, Aymeric ne distingua pas la forme du talisman qui s'était détaché du cou du sorcier sous la pression des chaînes. Il sentit plutôt, à son grand étonnement, que l'homme cessait graduellement de se débattre. En vérité, c'était un fragment de sa pierre de pouvoir qu'il venait de perdre.

– À moi ! hurla Mathrotus en s'étranglant.

Les dragons convergèrent tous vers la plate-forme noire, qui recommençait à s'élever dans les airs. Sans prendre le temps de réfléchir aux conséquences de son geste, Galahad rengaina Seusdar, s'élança, sauta et s'accrocha à la balustrade. Il remercia le ciel de n'avoir jamais cessé d'exercer ses bras, car grâce à leurs muscles, il parvint à se hisser sur le balcon volant. En voyant Aymeric tirer de toutes ses forces sur ses chaînes, Galahad regretta de l'avoir cru plus faible que sa sœur jumelle.

Au-dessus d'eux, tentant de s'attaquer tous en même temps au jeune humain qui malmenait leur maître, les dragons se heurtaient les uns aux autres et n'arrivaient pas à allonger suffisamment le cou pour atteindre la plate-forme. Galahad profita de cette confusion pour tirer Seusdar de son fourreau. Aymeric capta son geste.

– Tue-le ! hurla l'adolescent, qui perdait des forces.

Le chevalier fonça, pointant son épée droit devant lui. Mathrotus tendit aussitôt une main vers ce nouvel agresseur. Des éclairs jaillirent de ses doigts et frappèrent Galahad de plein fouet, l'envoyant rouler à l'autre extrémité du balcon.

– Non ! hurla Aymeric.

Le chevalier parfait secoua la tête pour reprendre ses esprits. Il vit alors le sorcier s'accroupir pour se débarrasser des chaînes qui l'étouffaient et ramasser d'une main le bijou qui était tombé sur le sol. Dès que l'amulette toucha sa paume, Mathrotus recouvra tous ses pouvoirs et ses yeux se mirent à briller comme des rubis. Sans effort, il se dégagea de l'emprise des chaînes et se retourna face à

Aymeric. Le visage déformé par la haine, il planta ses longues griffes dans la gorge de l'adolescent et le lança par-dessus bord. Aymeric tomba dans le vide et rebondit au bout de ses liens, uniquement retenu par les bracelets.

Un dragon se détacha aussitôt des autres et fonça sur cette proie qui n'avait plus le courage de remonter jusqu'à la balustrade. Déployant ses larges ailes, la bête piqua sur Aymeric, la gueule ouverte. Mais au moment où elle allait se saisir de lui, une flèche enflammée se planta dans sa gorge. La créature hurla de douleur avant d'aller s'écraser dans la cour du château abandonné, à quelques pas des templiers.

– Continuez à tirer ! ordonna Terra.

Alissandre venait d'armer ses pions d'arcs en bois immaculés et de flèches en cristal qui s'enflammaient dès qu'elles étaient lancées. Comme elles étaient envoûtées pour ne viser que les dragons, même si les soldats n'étaient pas d'habiles archers, ces dernières évitaient le garçon suspendu à la plate-forme pour ne s'en prendre qu'aux prédateurs qui cherchaient à le dévorer.

– Abattez-les tous ! fit Terra.

Les flèches apparaissaient les unes après les autres entre les doigts des croisés et ces derniers n'avaient qu'à les décocher.

Véritables torches meurtrières, elles striaient le ciel assombri de sillons lumineux. Les dragons se mirent à tomber, les uns après les autres.

Sur le balcon qui continuait de s'élever dans les airs, le sorcier faisait maintenant face à Galahad. Tenant Seusdar solidement à deux mains, ce dernier avait repris son aplomb et attendait que son adversaire fasse un geste pour déclencher son attaque.

– Vous vous croyez de taille à m'affronter, chevalier imparfait ?

Galahad ferma son esprit à sa langue de vipère.

– Tous les magiciens du monde ne sont pas arrivés à me faire disparaître, et vous croyez pouvoir y arriver ?

– Le Bien triomphe toujours du Mal, clama Galahad.

– Je crains que l'histoire ne vous donne pas raison.

Des filaments étincelants se mirent à briller au bout des doigts du sorcier. Pour éviter d'être électrocuté une seconde fois, Galahad fonça. En poussant un retentissant cri de guerre, il enfonça sa lame au milieu du corps de Mathrotus, mais ce dernier ne broncha pas. Appuyant le plat de sa botte sur la poitrine de sa victime, le chevalier retira aussitôt son épée et recula en chancelant. Le sorcier pencha doucement la tête de côté.

– Je croyais vous avoir dit que j'étais déjà mort, ricana l'immonde personnage.

Il bombarda Galahad de rayons meurtriers. Par réflexe, le chevalier plaça Seusdar devant lui. Miraculeusement, l'épée dévia toutes les charges électriques. Furieux, Mathrotus pressa son attaque. Chaque salve repoussait le guerrier de quelques pas vers l'arrière, et il se rapprochait de plus en plus dangereusement de la rambarde.

– Ne faites pas cette tête-là, Galahad. Les bardes célébreront vos exploits après que je vous aurai tué.

– Vous avez suffisamment commis de crimes contre l'humanité, sorcier !

– Si vous disposiez d'un peu plus de temps, je vous en dresserais volontiers la liste.

– Vous irez tout droit en enfer !

– Encore faudrait-il qu'il existe. Les humains sont décidément des créatures incultes qui ne méritent même pas de respirer.

La dernière décharge de Mathrotus écrasa son adversaire contre le parapet de pierre. Galahad comprit que la prochaine le balancerait dans le vide mais que, contrairement à Aymeric, il ne serait pas retenu par des chaînes. La plate-forme était maintenant très haute dans le ciel et son plongeon serait fatal. « Je n'ai plus rien à perdre », se dit alors le chevalier en crispant ses muscles.

Il bondit sur son ennemi, relevant l'arme au-dessus de sa tête en lui faisant exécuter un mouvement circulaire, mais n'eut pas le temps de la balancer sur le cou de Mathrotus. Celui-ci laissa partir un tir si puissant qu'il frappa Galahad comme une massue. Le chevalier tomba à la renverse, assommé. Lorsque le brouillard se dissipa devant ses yeux, il vit le visage déformé du sorcier qui se baissait sur lui.

– Assez ! retentit la voix d'Alissandre.

Mathrotus tendit le bras avec l'intention de planter ses longues griffes dans le cou du chevalier, mais un vent glacial le projeta plus loin.

– Ce jeu stupide a assez duré ! poursuivit le magicien, excédé.

– Vous avez raison, grommela le sorcier en reprenant son équilibre. Mettons-y fin.

Les deux immortels échangèrent des projectiles enflammés qui éclataient sur leur bouclier respectif puis, brusquement, Mathrotus disparut. Alissandre tourna sur lui-même à sa recherche et se dématérialisa à son tour.

Malgré la douleur qui lui martelait le crâne, Galahad parvint à se remettre sur ses pieds. Il s'empressa de se rendre à l'endroit où il avait vu Aymeric tomber par-dessus la balustrade et tira sur ses chaînes pour le remonter sur la plate-forme. Il déposa l'adolescent inconscient sur le plancher et, avec son épée, cassa ses liens. Il fit de même pour Jacob, qui gisait un peu plus loin, puis se pencha au-dessus du vide pour estimer l'altitude qu'ils avaient gagnée. Les templiers se tenaient à au moins trois cents mètres sous lui. Ils avaient cessé de tirer des flèches et regardaient vers le ciel.

– Es-tu capable de faire redescendre la plate-forme ? cria Terra.

– Je ne possède pas cette magie ! répondit Galahad.

– Comment vont les enfants ?

– Ils sont en bien piteux état !

– J'ai une idée !

Pendant que Terra discutait avec ses hommes, Galahad appuya ses mains sur le parapet et reprit son souffle. Il regrettait de ne pas avoir pu massacrer le sorcier tandis qu'il l'avait à sa portée, oubliant que seul un immortel pouvait en occire un autre.

– Galahad ! l'appela Terra.

Le chevalier se pencha de nouveau et vit que les templiers tenaient les quatre coins d'une grande couverture tendue entre eux.

– Envoie-nous les garçons, l'un après l'autre ! ordonna Terra.

Dans l'état où ils se trouvaient, ni Jacob ni Aymeric ne s'en plaindraient. En fait, leur inconscience leur permettrait de faire cette chute sans se blesser, car ils ne se crisperaient pas. Le chevalier prit d'abord le plus jeune des deux dans ses bras, tremblant sous cet effort supplémentaire, et le soutint jusqu'au-delà de la balustrade. Tout de suite, les croisés coururent se placer directement sous lui.

– C'est parti ! les avertit Galahad.

Il laissa alors tomber Jacob, qui s'enfonça dans la couverture quelques secondes plus tard. Il refit ensuite la même chose avec Aymeric, qui rejoignit les adultes.

– C'est à ton tour ! fit Terra en lui faisant signe de sauter.

Galahad mit le pied sur la rambarde, mais n'alla pas plus loin. Comme si son maître venait de la rappeler au bercail, la plate-forme se mit vivement en mouvement, projetant Galahad sur le plancher.

39

Les templiers déposèrent les garçons sur le sable et Terra se pencha aussitôt sur Aymeric, dont le chandail était maculé de sang, pour examiner les plaies dans son cou. Il remercia le ciel que le sorcier ait manqué les artères importantes de quelques millimètres. Puisqu'il n'y avait aucun arbre sur cette île pour lui redonner des forces, Terra se retint de soigner les blessures de son fils avec ses pouvoirs de guérisseur. Il devait conserver son énergie au cas où le sorcier leur tendrait un nouveau piège. Il déchira donc le bas de son surcot et en fit des bandages pour stopper l'hémorragie.

– Aym, est-ce que tu m'entends ?

L'adolescent battit des paupières et esquissa un faible sourire.

– Je savais que tu viendrais… murmura-t-il.

– Conserve tes forces, fiston. Nous allons bientôt rentrer chez nous.

Aymeric sombra une fois de plus dans l'inconscience. Terra se tourna alors vers Marco, qui examinait Jacob.

– Comment va-t-il ?

– Je n'ai trouvé aucune blessure, mais il est en état de choc, répondit le physiothérapeute. J'espère qu'il n'a pas ingurgité de poison.

– Il faut nous dépêcher de les ramener sur le bateau.

– Mais Galahad ?

– Il me connaît suffisamment pour savoir ce que j'ai l'intention de faire. Il nous y rejoindra. De toute façon, si les deux immortels sont sur le point de s'affronter, nous ne pouvons certainement pas rester ici sans risquer de recevoir des pans de montagne sur la tête.

Marco n'aimait pas l'idée d'abandonner son mentor sur cette île maudite, mais il obéit tout de même aux ordres du roi blanc. Il souleva Jacob dans ses bras, tandis que le Hollandais prenait Aymeric dans les siens.

– Sans Galahad, il ne sera pas évident de retracer nos pas, fit remarquer Renaud.

– Vous n'avez qu'à me suivre, indiqua le roi de Nouvelle-Camelot.

S'il ne possédait pas les facultés magiques de son ami, Terra jouissait cependant d'une excellente mémoire et il retrouva assez facilement les sentiers qu'ils avaient empruntés à l'aller.

– L'ange a-t-il poursuivi le diable jusqu'en enfer ? demanda Geoffroy.

– C'est possible, répondit Marco en faisant attention de ne pas glisser sur le sol visqueux.

– Croyez-vous qu'il l'emportera ? s'enquit Frédéric.

– Je n'en sais rien.

Le sorcier avait tué le magicien lors du premier match auquel avait participé Terra et pourtant, c'était un vieil homme expérimenté...

* * *

Ne sachant pas où se dirigeait sa nacelle, Galahad s'agrippa fermement à la balustrade et attendit l'occasion de sauter en lieu sûr, mais elle ne semblait pas vouloir perdre de la vitesse. Malgré le vent froid qui fouettait son visage, il leva les yeux vers le ciel. L'immense forteresse du sorcier lui apparut pour la première fois, taillée à même le volcan. Dans les fenêtres des étages les plus élevés brillaient des éclairs de toutes les couleurs. « Le magicien et le sorcier sont en train de s'affronter », comprit

Galahad. La plate-forme retournait-elle vers son maître pour lui permettre de s'enfuir ? Si telles étaient les intentions de Mathrotus, le chevalier se devait de la détruire le plus rapidement possible. « Mais avec quoi ? » se découragea-t-il. Seusdar était certes une épée magique, mais elle ne viendrait jamais à bout d'une structure aussi épaisse.

Croyant que le balcon s'arrêterait là où le combat faisait rage, Galahad fut bien surpris de le voir dépasser cet étage, grimper beaucoup plus haut, se maintenir là où il avait été arraché, et finalement, se rattacher au mur par magie. Prudemment, le chevalier franchit l'ouverture qui donnait accès au château, la main sur le pommeau de son épée. Il faisait très sombre dans la pièce.

– Je n'y vois rien…

Seusdar se mit à briller dans son fourreau, tout comme l'avait fait Excalibur. Il la dégaina lentement et s'en servit comme une lanterne, éclairant les murs autour de lui. Quelle ne fut pas sa surprise d'apercevoir sur des étagères, qui grimpaient jusqu'au plafond, des milliers de petites sphères transparentes ! Curieux, il s'approcha de celle qui se trouvait à la hauteur de ses yeux et remarqua qu'elle contenait une ville miniature de l'Antiquité. Il marcha le long de la tablette et vit que toutes les autres boules recelaient aussi des cités d'époques différentes, jusqu'à ce qu'il reconnaisse celle de Nouvelle-Camelot !

« Ce sont les parties qu'il a disputées avec le magicien depuis la nuit des temps ! » constata-t-il. Une violente secousse ébranla alors la forteresse, faisant chanceler le chevalier. Le volcan était-il en train de se réveiller ? *Fuyez*, fit la voix d'une femme dans son esprit. Galahad ne la reconnut pas, mais s'il voulait un jour apprendre à qui elle appartenait, il devait commencer par sortir vivant de l'antre du sorcier. Pas question de retourner sur le balcon, qui s'était ressoudé au château. Il devait vite trouver une autre sortie. Il courut à travers la vaste salle et aboutit dans un long corridor.

« Par où dois-je aller ? » se découragea-t-il en tournant sur lui-même. Aussitôt, Seusdar l'attira vers la droite. Il ne résista pas à sa force mystérieuse et, au bout d'un moment, il découvrit un escalier en colimaçon. Sans hésitation, il dévala les marches aussi rapidement que le lui permettaient ses jambes.

Une dizaine d'étages plus bas, il fut aveuglé par un éclat lumineux d'une grande intensité et s'arrêta pour protéger ses yeux.

– Ne reste pas ici ! hurla Alissandre.

Galahad battit des paupières et distingua finalement sa silhouette entre ses doigts. Alissandre se tenait debout au milieu du corridor. Les étoiles au creux de ses mains étaient incandescentes.

– Je veux t'aider ! protesta le chevalier.

– Tu n'es pas magicien.

– Je possède une arme remarquable !

– Elle ne te sera d'aucun secours ici, Galahad ! Sauve-toi pendant que tu le peux !

– Mais laissez-le donc rester, grinça la voix du sorcier, qui se trouvait à l'autre bout du corridor. Cette fois, je ne le manquerai pas.

Une décharge éblouissante se fracassa sur le bouclier d'Alissandre. « Combien de temps pourra-t-il tenir encore ? » se demanda le chevalier. Une étrange image apparut alors dans la tête de Galahad : au pied de la forteresse, une pierre rectangulaire ne ressemblait pas à toutes les autres. Légèrement en saillie, elle était de couleur bronze, alors que toutes les autres étaient noires. Il était évident que c'était le magicien qui lui transmettait cette information, mais qu'était-il censé en faire ?

– Détruis-la ! ordonna Alissandre en lançant à son tour un éclair immaculé sur son rival.

« La pierre d'assise du château ! » saisit Galahad.

– Mais si je le fais, tu…

– Ne discute pas ! se fâcha le magicien.

Le cœur en pièces à l'idée que son geste puisse anéantir son ami en même temps que le sorcier, le chevalier s'élança dans l'escalier. Le combat entre les adversaires magiques continuait à ébranler la montagne, projetant parfois Galahad contre la rampe, mais il se remettait en équilibre et poursuivait vaillamment sa descente vers la sortie.

Il aboutit finalement sur le dernier palier et se heurta à deux immenses portes ornées de gros anneaux de fer. Il rengaina Seusdar et tira sur l'un d'eux sans même faire craquer le bois. « Elle est magique », fut-il forcé de conclure. Il ne connaissait pas l'incantation qui permettait de l'ouvrir. Peut-être y avait-il une autre sortie. *Il n'y en a aucune*, fit une voix féminine dans sa tête.

– Dites-moi comment sortir d'ici !

Vos mains. Elles possédaient le pouvoir de détecter certaines énergies, à la manière d'un sonar, mais rien de plus !

– Je ne suis pas magicien.

Appuyez vos mains sur les planches et pensez à celui qui vous a donné votre épée.

Galahad n'avait plus rien à perdre. Il frotta ses paumes l'une contre l'autre en se remémorant le visage magnanime du roi Salomon et les plaqua sur les portes. Ces dernières se mirent à gémir comme des démons qu'on aurait tenté d'immerger dans un bénitier. Le chevalier ne broncha pas. Il ferma les yeux et se rappela les paroles du fantôme.

– Je suis votre fidèle serviteur, murmura-t-il.

Les portes éclatèrent en morceaux, projetant Galahad tête la première à l'extérieur. Heureusement, il avait appris à tomber sans se blesser. Il effectua plusieurs roulades sur le sentier de petits cailloux noirs, se releva et promena son regard sur les fondations de la forteresse.

– Où cette pierre se trouve-t-elle ?

Seusdar émit un son cristallin. Il la sortit de son fourreau et sentit qu'elle le tirait vers la gauche. Il marcha sur le terrain inégal et gluant, obéissant de son mieux à l'attraction de l'épée. Quelques minutes plus tard, il se retrouva devant la pierre de la vision.

– J'imagine que tu sais aussi comment la détruire ?

Le métal de la lame s'embrasa et l'arme fonça vers le mur avec une telle force qu'elle faillit échapper à son maître. Elle pénétra dans la matière solide comme si celle-ci avait été du beurre et la fit exploser. Galahad protégea son visage des fragments qui volèrent de tous les côtés, puis recula de quelques pas. Seusdar avait repris son aspect normal.

Il ne se passa absolument rien pendant plusieurs secondes, si bien que le chevalier se demanda s'il avait détruit la bonne pierre. Puis des craquements sourds résonnèrent sur les rochers avoisinants. Le sol se mit à valser sous les pieds de Galahad, l'empêchant de conserver son équilibre. Les balcons qui s'avançaient vers l'extérieur sur la façade du château furent les premiers à s'en détacher. Lorsqu'ils commencèrent à s'écraser autour du soldat, celui-ci comprit qu'il était temps de quitter les lieux pour de bon. Il s'élança sur le sentier qui contournait un étang aux eaux sombres, mais n'alla pas très loin.

Une crevasse s'ouvrit devant lui, laissant échapper de la fumée, ainsi qu'une intense chaleur. Galahad aperçut tout au fond de la lave en fusion. « Le volcan va entrer en éruption ! » s'alarma-t-il. Il chercha une autre issue des yeux, mais il n'y en avait pas. Il était coincé entre la forteresse qui s'effondrait sur elle-même et le sol qui se dérobait de plus en plus sous ses pieds.

– Seusdar ! s'écria-t-il.

L'épée répondit à son appel en s'élevant dans les airs. Comme une fusée, elle décolla vers le ciel. Galahad s'accrocha à deux mains au pommeau. Il regarda en bas et vit le château se désagréger de toutes parts dans une mer de magma !

Puis, le volcan cracha des tonnes de scories, suivies d'une épaisse colonne de fumée. Galahad sentit de la chaleur sous ses pieds et crut que sa dernière heure était venue. Mais Seusdar veillait. Au lieu de continuer son ascension, elle piqua vers l'océan. Le cœur du chevalier se réjouit lorsqu'il y aperçut une embarcation qui hissait les voiles en grande hâte. Le bateau se rapprocha, jusqu'à ce que l'épée projette finalement son propriétaire à son bord. Les templiers poussèrent un cri de guerre, prêts à transformer le nouvel arrivant en passoire, lorsqu'ils le reconnurent.

– Mais comment ?... s'étrangla Renaud.

– C'est une longue histoire que je vous raconterai lorsque nous serons hors de danger.

Des projectiles commençaient à s'abattre dans l'eau, de chaque côté du dromon. Ils risquaient de transpercer le pont d'un instant à l'autre. Le vent soufflait dans les trois voiles, mais il n'était pas assez fort. Si les débris brûlants ne les coulaient pas, l'effondrement de l'île allait certainement créer un raz de marée qui les ferait chavirer.

Galahad courut jusqu'à la proue, sous le regard étonné des templiers. Il planta son épée jusqu'à la garde à travers l'extrémité supérieure des bordages.

– Sauve-nous, implora-t-il.

De la même façon qu'elle avait propulsé son maître vers le ciel, l'arme magique se mit à tirer l'embarcation de plus en plus rapidement vers le nord. La violence du grain força l'équipage à s'attacher aux cordages et à ramener vivement les voiles pour éviter qu'elles ne soient déchirées. Le vent sifflait si fort que les hommes ne s'entendaient plus, même lorsqu'ils criaient de tous leurs poumons.

Solidement accroché au pommeau de Seusdar, Galahad tourna la tête et vit au loin le volcan qui illuminait le ciel en rouge. « Comment Alissandre s'en sort-il ? » s'inquiéta-t-il. C'est alors qu'il distingua un mouvement menaçant sur l'océan.

– Une lame de fond ! hurla-t-il.

Même si les marins avaient pu entendre ses paroles, ils n'auraient pas compris ce qu'elles signifiaient, puisque ces termes ne seraient utilisés que des centaines d'années plus tard. Toutefois, le timonier, qui s'était solidement attaché à la barre, vit aussi le tsunami qui se préparait. Se croyant perdu, il fit le signe de la croix. Galahad refusa de capituler. Il n'avait pas fait tous ces efforts pour voir le vaisseau emporté par la colère des éléments.

– Seusdar, je t'en conjure, fais-nous échapper à ce péril.

Rien ne sembla se produire, mais lorsque la gigantesque vague atteignit le bateau, elle se scinda en deux et déferla de chaque côté sans le heurter. L'épée magique cessa également de tirer l'embarcation, ce qui lui fit reprendre un rythme plus normal. Galahad demeura allongé sur le ventre un long moment, afin de se remettre de ses émotions. Marco fut le premier à se pencher sur lui.

– C'est le magicien qui t'a permis de nous retrouver et de nous sauver ? demanda-t-il.

– Non. C'est mon épée et une voix inconnue qui me dictait mes gestes. J'ignore si cette voix est celle de Seusdar ou d'une alliée que nous ne connaissons pas encore.

Il appuya le pied sur le bordage et retira son arme.

– Il y aurait donc d'autres joueurs qu'Alissandre dans notre camp ? raisonna Marco.

– Peut-être que certains des croisés ne faisaient pas partie du groupe des treize soldats du magicien. Ou peut-être s'était-il réservé une arme secrète en cas de fourberie de la part du sorcier.

– L'a-t-il vaincu, au moins ?

– Je l'ignore. Lorsque j'ai quitté Alissandre, il se battait en duel contre le sorcier. Je suis parti avant l'issue du combat. Où est Terra ?

– Il est à l'arrière, dans la cabine du capitaine.

– Essaie de savoir où nous sommes et dans quelle direction nous nous dirigeons.

– Oui, tout de suite.

Ils marchèrent ensemble jusqu'à la poupe. Marco se dirigea vers le timonier éprouvé tandis que Galahad se faufilait sous l'abri, qui ressemblait davantage à une grande niche qu'à une cabine. Les embarcations anciennes n'offraient pas le luxe dont jouissait le monde moderne. Le chevalier marcha à quatre pattes et alla s'asseoir à côté de Terra, qui caressait les cheveux blonds d'Aymeric. Celui-ci avait le teint blafard et respirait à peine.

– Il s'en sortira, affirma Galahad.

– Comment peux-tu en être aussi certain ? s'attrista le père.

– Il y a beaucoup de magie à l'œuvre, ici. Nous venons d'échapper aux pires calamités.

– Comment as-tu réussi à descendre de la plate-forme ?

– Elle est retournée d'elle-même à la forteresse du sorcier. Tu ne croiras jamais ce que j'y ai vu.

Galahad lui décrivit fidèlement les nombreuses boules de cristal qu'il avait découvertes et leur contenu. Puis il lui raconta les quelques instants du duel qu'il avait surpris dans un couloir, ainsi que sa fuite après avoir détruit la pierre d'assise du château.

– Tu es le vrai héros de cette aventure, Galahad, le félicita Terra.

– N'importe qui aurait fait la même chose que moi.

– Je n'en suis pas si sûr, et le roi Salomon lui-même est d'accord avec moi.

Le compliment fit rougir le chevalier. En détournant le regard, il vit que le jeune Jacob venait de reprendre conscience et qu'il tentait de se redresser. Galahad rampa jusqu'à lui et posa la main sur son estomac.

– N'essaie pas de t'asseoir trop rapidement, jeune homme.

– Qui êtes-vous ?

– Je me nomme Galahad et je suis un ami de ton père. Comment t'appelles-tu ?

– Jacob Deux Lunes.

Son nom fit tressaillir Terra, car il confirmait les dires du sorcier.

– Est-ce que tu as peur, Jacob ? demanda Galahad.

– Je suis terrifié…

– Alors sache que tu n'as plus rien à craindre. Nous sommes des soldats capables de te protéger.

– Où allons-nous ?

– Nous sommes en route pour ta maison.

– Ma mère doit être morte d'inquiétude…

– Comment s'appelle-t-elle ? demanda Terra en se tournant vers le gamin.

– Hélène. Elle est médecin.

Galahad fixa intensément son ami, insistant silencieusement pour qu'il révèle à l'enfant son identité.

– Je m'appelle Terra Wilder, lâcha-t-il finalement.

– Êtes-vous… mon père ?

– Il semblerait que oui. Ta mère t'a-t-elle parlé de moi ?

– Oui, mais elle n'avait aucune photographie de vous. J'ai toujours imaginé que vous seriez un Amérindien, comme moi.

– Ma mère était néerlandaise et mon père était britannique. Je suis né au Pays-Bas.

– C'est loin d'ici…

– J'ai roulé ma bosse. Je me suis marié une première fois en Angleterre, puis j'ai émigré aux États-Unis. Lorsque mon épouse est morte dans un accident de voiture, je suis allé vivre en Colombie-Britannique, où j'habite toujours.

– Moi, c'est la première fois que je quitte la réserve.

– Tu as choisi toute une aventure pour ton premier voyage, le taquina Galahad.

Tout à coup, derrière lui, car il faisait dos à la poupe, le volcan disparut dans les flots et l'épaisse colonne de cendres qui s'en échappait se transforma en un immense nuage avant d'éclater en une myriade de petites étoiles, qui retombèrent dans la mer.

– Avez-vous vu ça ? s'étonna Jacob.

– C'est de la magie, l'informa son père.

– Je savais bien qu'elle existait même si maman prétend le contraire. Elle explique toujours tout par la science.

– J'ai déjà fait la même chose.

– Mais maintenant, vous y croyez.

– Oh, que oui. J'ai appris que beaucoup de choses dans notre univers ne peuvent être ni quantifiées ni mesurées.

– Pourquoi le sorcier m'a-t-il pris, moi ?

– Parce qu'il voulait me faire du mal en m'enlevant mes enfants.

– Comment a-t-il su que j'étais votre fils si vous l'ignoriez vous-même ?

– Les créatures immortelles ont accès à beaucoup plus de connaissances que nous, répondit Galahad à la place de Terra.

– Vous êtes immortel, vous aussi ?

– Non ! s'en défendit le chevalier en riant.

Un magnifique coucher de soleil parait maintenant le ciel derrière lui, signe évident que le combat entre les deux joueurs était terminé.

– Toutefois, il a eu et continue d'avoir de nombreux rapports avec des magiciens, précisa Terra.

– Réellement ?

– Les mages ne font pas facilement confiance aux humains, mais tous se fient à lui.

– Comment sont-ils ?

– À l'opposé du sorcier, affirma Galahad en conservant son sourire rassurant.

Il se mit à raconter ses premières rencontres avec le vieux magicien, alors que Terra et lui-même faisaient partie de l'ordre de Galveston. Voyant qu'Aymeric dormait à poings fermés et que Jacob était absorbé par le récit de Galahad, le Hollandais alla s'informer du moral de ses soldats. Ils étaient tous soulagés d'avoir quitté l'île maléfique et ses créatures immondes. Marco s'était évidemment fait un devoir d'apaiser leurs craintes, une fois que le bateau avait perdu de la vitesse.

– Avons-nous défait le diable ? s'enquit Renaud.

– Nous avons détruit son repaire, mais nous ne saurons que plus tard si nous avons également anéanti le Malin, répondit Terra en regardant au loin.

– Où allons-nous ?

– En Italie, je crois. De là, vous pourrez rentrer chez vous.

– Et nous ? s'inquiéta Marco.

Terra demeura muet, car tout dépendait du sort qu'avait subi Alissandre. S'il avait survécu à son duel, il ne tarderait pas à apparaître et à les ramener à Nouvelle-Camelot. Mais s'il avait perdu… Le Hollandais préféra ne pas y penser. Il se sentait responsable de ces braves guerriers et des deux enfants qu'ils avaient soustraits à la méchanceté du sorcier. Si ce dernier devait revenir, il se mesurerait à lui sans la moindre hésitation.

Marco se leva et s'approcha de son ancien professeur, afin de lui murmurer à l'oreille, sans que les croisés ne l'entendent.

– Sommes-nous coincés ici ?

– Je n'en sais rien. Il nous faudra être patients et surtout, garder l'œil ouvert.

– Nous établirons des tours de garde. Rien ni personne ne pourra nous surprendre.

Terra porta son regard au loin en espérant que ce serait suffisant.

40

Amy et Nicole venaient de faire disparaître le repas du matin lorsque l'air se mit à vibrer dans le chalet artificiel. Instinctivement, elles se précipitèrent sur Béthanie et Mélissa, assises sur le grand sofa, pour les protéger. Les adolescentes arrêtèrent leurs bavardages pour tendre l'oreille, comme les adultes. Hélène déposa le tricot sur lequel elle travaillait depuis son réveil. Contrairement aux femmes, qui s'étaient réfugiées près des murs, Donald demeura debout au milieu de la pièce.

– Que se passe-t-il ? demanda Hélène.

– On dirait que la magie d'Alissandre s'effrite, murmura Béthanie.

– Pourquoi es-tu toujours aussi négative ? se troubla Mélissa.

– Je ne suis pas négative, je suis réaliste. Regardez le plafond.

Il semblait s'être liquéfié ! Des ondes concentriques s'éloignaient les unes des autres à partir du centre de la vaste surface.

– On dirait que quelque chose est sur le point de sortir de là, remarqua Donald, de plus en plus inquiet.

– Et si c'était le sorcier ? s'étrangla Amy. Il n'y a aucune façon de partir d'ici.

– Pourquoi les livres magiques sont-ils silencieux tout à coup ? demanda Hélène.

Béthanie voulut quitter la sécurité des bras de sa mère, mais cette dernière resserra son emprise.

– Maman, je suis peut-être la seule à pouvoir nous sauver.

– Pas avec une épée.

– Non, avec de la magie.

– C'est trop dangereux, ma chérie.

– Amy, laisse-la aller, lui conseilla le médecin. Elle est beaucoup plus à l'aise que nous avec ces trucs bizarres.

L'adolescente se dégagea et s'approcha de la bibliothèque en scrutant le plafond aux formes ondoyantes. Habituellement, on observait les étangs en regardant vers le bas. Il était vraiment curieux d'en avoir un au-dessus de la tête. Béthanie se planta devant l'impressionnante collection de grimoires du magicien.

– Dites-moi ce qui se passe, exigea-t-elle sur le même ton autoritaire que Terra.

Les livres frétillèrent sur les étagères sans prononcer un seul mot.

– Vous êtes certainement au courant de ce qui nous arrive. Vous n'avez pas le droit de nous cacher la vérité, même pour nous épargner.

– Le portail est en train de s'ouvrir, lui apprit finalement un vieux recueil à la couverture tout usée.

– Le portail vers quoi ?

– Celui vers l'extérieur, évidemment.

– Donc, quelque chose essaie d'entrer ici.

– C'est une hypothèse plausible.

– Comment pourrais-je savoir de quoi il s'agit ?

Les livres se mirent à se consulter. En attendant leur réponse, Béthanie se mit à marcher en rond en cherchant à localiser le centre exact de l'étrange fontaine du plafond.

– Lorsqu'il revient chez lui, Alissandre apparaît-il sur la grande table ? demanda-t-elle.

– Juste un tout petit peu en retrait, affirma le recueil.

– À quoi cela te sert-il de le savoir ? s'étonna Mélissa.

– J'essaie d'imaginer un piège…

– Tu crois que ça se passera comme dans les jeux vidéo et qu'en pressant sur un simple bouton, tu réussiras à nous éviter le pire ?

– Ce n'est pas moi, la maniaque de ces quêtes électroniques.

– Les filles, ce n'est pas le moment, trancha Donald. Si tu as une idée géniale, Béthanie, je te suggère de nous en faire part maintenant.

Elle se tourna une fois de plus vers la bibliothèque.

– De quelle façon pouvons-nous empêcher un sorcier d'entrer ici ? s'enquit-elle.

Les livres se mirent à trembler à l'unisson.

– Y a-t-il une potion ou une incantation qui nous permettrait de lui bloquer l'accès à cette pièce ?

– Il me semble avoir déjà vu…

Une déflagration secoua alors la caverne, projetant Donald et Béthanie sur le sol et arrachant des cris de terreur à Amy. Seule Hélène demeura figée et silencieuse. Comme ils le redoutaient, une masse en forme d'œuf traversa la membrane liquide et s'écrasa sur la table. Donald s'empressa de se relever et d'aller se placer devant celles qu'il avait juré de protéger.

Béthanie, qui maîtrisait toujours sa peur avant tout le monde, s'approcha du cocon immaculé en écarquillant les yeux. Le sorcier leur avait-il envoyé une larve de monstre ? Elle tendit prudemment la main pour toucher sa surface huileuse, mais ne l'atteignit pas. L'œuf s'ouvrit d'un seul coup, la faisant tressaillir. Il ne contenait pas une abomination malfaisante, mais un pauvre magicien trempé de la tête aux pieds, qui grelottait comme si on venait de le sortir d'un réfrigérateur plutôt que d'un couvoir.

– Alissandre ? s'exclama-t-elle.

Le reste de la bande se précipita pour constater les dires de l'adolescente.

– Attention, c'est peut-être un piège, les avertit Donald.

– Est-ce votre véritable maître ? demanda Béthanie à tous les livres, qui s'étaient dangereusement penchés au bord des tablettes.

– Oui, oui, c'est lui ! s'égaya son journal intime.

Les plis des vêtements blancs de l'immortel étaient carbonisés. La peau de son visage et de ses mains montrait des traces de brûlures graves.

– Aidez-moi, implora Donald en se tournant vers Hélène.

– Dégagez, je vous prie, fit la femme médecin en reprenant son sang-froid.

Nicole obligea Amy, Béthanie et Mélissa à reculer pour leur permettre de faire leur travail.

– Ciseaux ! ordonna Hélène.

Ils apparurent aussitôt dans ses mains.

– Ce serait vraiment pratique dans la salle d'opération, ne put s'empêcher de commenter Donald.

Hélène tenta de découper la tunique de l'immortel à partir de son cou pour découvrir sa poitrine, tandis que Donald inspectait les plaies sur ses bras.

– Je n'y arrive pas, l'informa la femme médecin. On dirait du caoutchouc.

Donald essaya à son tour et dut en venir à la même conclusion.

– Mes vêtements n'existent pas dans votre réalité, murmura Alissandre d'une voix tremblante.

– Comment sommes-nous censés te venir en aide si nous ne pouvons pas examiner tes blessures ?

– Donnez-moi juste un petit moment…

Impuissants, les deux praticiens firent ce qu'il demandait. Sous leurs yeux, les brûlures se mirent à disparaître, les unes après les autres, y compris celles sur sa tunique. Alissandre parvint également à s'asseoir sur la table et laissa pendre ses jambes sur le côté.

– Que s'est-il passé ? Pourquoi es-tu dans un état aussi lamentable ? s'exclama Donald.

– J'ai affronté le sorcier en duel.

– Dis-moi qu'il est encore plus amoché que toi.

– Il est mort.

– Toutes mes félicitations !

– Malheureusement, nous ne pouvons pas encore nous réjouir.

– Ne me dis pas que c'est un phénix capable de renaître de ses cendres.

– Le jeu comporte un grand nombre de règles, et l'une d'entre elles énonce que si le roi noir n'a pas été mis en échec, le sorcier peut s'emparer de son corps s'il est détruit par le magicien lors d'un duel.

– Dans ce cas, ne perdons pas de temps et trouvons ce personnage !

– Tout ce que j'ai réussi à extraire des pensées de mon rival avant qu'il ne brûle sous mes yeux, c'est que ce roi était un citoyen de Nouvelle-Camelot.

– Laisse-nous sortir d'ici, Alissandre. Nous ne le démasquerons jamais en restant enfermés dans ta caverne.

Ils observèrent le magicien en silence tandis qu'il rassemblait toute sa puissance. Ses vêtements devinrent de plus en plus lumineux, puis éblouissants. Les humains protégèrent leurs yeux pour ne pas être aveuglés. Lorsqu'ils les rouvrirent, ils constatèrent qu'ils étaient de nouveau dans le camping-car.

– Quoi ! explosa Donald. Comment allons-nous mettre rapidement la main au collet de ce roi si je suis obligé de ramener le véhicule au Canada ?

– Attendez une minute, fit Béthanie en regardant dehors. Je connais cette forêt.

Elle sortit du véhicule, aussitôt suivie des autres, et tourna sur elle-même en s'orientant.

– Nous sommes à dix minutes de Caer Nobilis ! Le vieux magicien m'a dit que nous aurions besoin de l'aide d'une magicienne qui vivait au Canada. Il faut la trouver.

– C'est vaste, le Canada, lui rappela le médecin.

– Elle s'appelle Thuia.

– J'ai soigné absolument tout le monde à Nouvelle-Camelot et je peux t'assurer que personne ne porte ce nom.

Elle habite tout près d'ici, fit la voix de Markvart dans la tête de Béthanie. *Empruntez le sentier droit devant. Il débouche sur sa maison.*

– Suivez-moi ! lança l'adolescente.

– Béthanie, il ne s'agit pas d'une quête comme celles auxquelles tu participes avec les élèves de Galahad, l'avertit Amy. Ne nous fais pas perdre de temps.

– Faites-moi confiance.

Sans attendre leurs protestations, Béthanie s'élança entre les arbres. Donald grommela de mécontentement, mais fut le premier à lui emboîter le pas. Le sorcier ne les menaçait plus, en principe, mais il ne voulait pas non plus qu'elle se retrouve face à face avec son roi noir.

Ils coururent à en perdre haleine jusqu'au jardin de la maison d'Elsa Goldstein.

– C'est ici, annonça fièrement Béthanie.

– Chez la mairesse ? s'étonna Nicole.

L'adolescente poursuivit sa route vers la porte et s'arrêta net lorsque Elsa vint à sa rencontre. Elle portait une longue robe noire et prune, lacée sur la poitrine et retombant en une multitude de voiles jusqu'à ses chevilles.

– Madame Goldstein ? voulut vérifier Donald.

– On m'a prévenue de votre arrivée, leur dit-elle avec un sourire aimable.

– Comment ? Nous ne savions pas nous-mêmes que nous nous dirigions ici.

– Vous avez des amis dans le monde invisible.

– Êtes-vous bien la mairesse de la ville ?

– Vous êtes un ami du roi Arthur et de son magicien, et vous vous étonnez de découvrir que j'ai peut-être une double personnalité ?

Cette affirmation cloua le bec au médecin.

– Nous n'avons pas de temps à perdre si vous voulez revoir ceux que vous aimez, poursuivit-elle. Venez.

Elle les emmena dans son salon et leur demanda de s'asseoir. Hélène, autrefois sceptique, fit ce que la jeune femme demandait. Son seul désir était de revoir son fils.

– Prenez vos mains en formant un cercle, ordonna la mairesse.

– Ce ne sont pas des morts que nous voulons voir, mais des vivants, protesta Amy.

– Il ne s'agit pas d'une séance de spiritisme, rassurez-vous. J'ai besoin de votre énergie.

– Est-ce nous qui allons mourir ? s'effraya Mélissa.

– Je ne vous prendrai rien que vous ne voudrez pas me donner, assura Elsa. Toute crainte que vous pourriez avoir maintenant nuirait à ma magie.

– Mélissa, si tu as peur, va t'asseoir plus loin, lui recommanda sa mère.

L'adolescente ne se fit pas prier pour sortir du cercle. Elle alla se pelotonner sur un moelleux fauteuil en priant le ciel que toute cette aventure prenne fin au plus vite. Elle avait envie de revoir Aymeric et de poursuivre sa vie comme avant, sans soucis et sans sorcier.

Béthanie, quant à elle, commençait à vraiment aimer le monde surnaturel et l'exaltation qu'il lui procurait. Lorsque cette affaire serait terminée, elle s'informerait auprès de Galahad sur la façon de devenir magicienne.

– Chassez toute appréhension et respirez le plus normalement du monde, recommanda Elsa. Vous devez être libres et confiants.

Donald trouva l'exercice plus contraignant que ses compagnes, car il avait tendance à continuellement s'inquiéter pour ses semblables. Il se mit donc à s'imaginer flottant à travers les nuages, libre comme un oiseau.

– Très bien, les félicita la mairesse quelques minutes plus tard. Je vois que votre première préoccupation est de ramener vos êtres chers à Nouvelle-Camelot.

Béthanie voulait aussi découvrir l'identité de la personne qui risquait d'héberger le sorcier dans son cœur, mais elle se doutait bien qu'elle n'y arriverait pas sans son père et ses amis.

– Visualisez dans votre esprit les visages de ceux qui doivent rentrer à la maison. Je m'occuperai du reste.

Hélène ne pouvait mettre en images que les traits de son fils et de Terra, car elle ne connaissait pas les autres participants de la quête. Toutefois, Donald, Nicole, Amy et Béthanie se chargèrent de se représenter ceux de Galahad, de Marco et d'Aymeric.

– Je les vois, annonça Elsa.

Ils sentirent alors une grande chaleur entre leurs doigts, tandis que l'oréade rappelait à elle ceux qui l'avaient aidée à débarrasser le monde de la plus grande menace de tous les temps.

– Ils sont tout près, maintenant.

Une formidable explosion secoua la maison. Mélissa plongea dans les coussins du fauteuil voisin en hurlant de terreur. Le reste du groupe ouvrit les yeux.

– Qu'est-ce que c'est ? s'alarma Donald.

– Dites-nous que ce n'est pas le sorcier, supplia Nicole.

– Vous pouvez cesser de tenir vos mains. Ils sont ici.

– Où ? s'égaya Béthanie.

– Devant la maison.

L'adolescente se précipita à la fenêtre et écarquilla les yeux en apercevant, presque couché sur le côté, un bateau ancien d'une trentaine de mètres de long. À son bord, trois hommes vêtus de surcots blancs se relevaient avec difficulté. Deux d'entre eux semblaient protéger quelqu'un dans leurs bras. Les adultes s'agglutinèrent derrière Béthanie. Ils observèrent la scène un instant sans la comprendre.

– C'est papa ! s'exclama finalement la jeune fille lorsqu'il se tourna enfin vers elle.

Elle décolla comme une fusée en direction de la porte, qu'elle fit claquer contre le mur en l'ouvrant avec précipitation. Terra venait de mettre les pieds sur l'asphalte lorsque Béthanie jeta ses bras autour de lui.

– Où sommes-nous ? s'étonna-t-il.

– À Caer Nobilis ! Vous êtes enfin rentrés chez nous !

Remarquant finalement le sang sur les vêtements de son frère, que Terra portait dans ses bras, Béthanie repoussa les mèches blondes collées par la sueur sur son visage.

– Est-il vivant ? s'effraya-t-elle.

– Oui, mais il est très mal en point. J'ai besoin d'un médecin.

– Ça tombe bien, déclara Donald en arrivant à la hâte. Il y en a deux ici.

Il cueillit Aymeric dans les bras de son père, qui tremblait sous l'effort, puis se dirigea vers la maison de la mairesse, Amy sur les talons. L'autre adolescent était en bien meilleur état, alors Marco le déposa sur le pavé. Jacob vit les adultes accourir et reconnut un seul visage parmi eux.

– Maman ! s'écria-t-il, soulagé.

Hélène l'attira dans ses bras et le serra à lui rompre les os en pleurant toutes les larmes de son corps.

– Je te jure que je n'ai pas fugué, fit Jacob.

– Je sais, mon trésor.

– Où sommes-nous ?

– Je ne me souviens plus du nom de la ville. Je sais seulement que c'est en Colombie-Britannique, où habite ton père.

– Il est aussi formidable que tu le disais, maman, même si nous n'avons pas eu beaucoup de temps pour bavarder.

– S'il le veut bien, nous passerons deux ou trois jours ici pour vous donner le temps de faire plus ample connaissance.

– Ce serait vraiment génial. Je t'aime tellement, maman.

– Pas autant que moi, caneton.

Elle ramena son enfant vers la maison en le gardant serré contre elle et en se jurant que plus rien ne le lui enlèverait. Tout le monde avait suivi Terra à l'intérieur, même Marco. Il ne restait que Galahad aux abords du dromon. Béthanie s'approcha de lui.

– Ne me dites pas que vous percevez une menace, chevalier, hasarda l'adolescente.

– Non, rien de tel. Je me remémorais ce que nous venions de vivre.

– Où naviguiez-vous ?

– Nous venions d'accoster en Italie. L'équipage et les templiers étaient sortis du bateau lorsque nous avons été transportés dans une trombe d'eau.

– C'est leur uniforme que vous portez, n'est-ce pas ?

– En effet. C'est tout ce qu'Alissandre a trouvé sur le champ de bataille. Pour tout te dire, j'en suis très fier. Combien de soldats modernes peuvent-ils se vanter d'avoir combattu aux côtés de ces guerriers légendaires ?

– Vous avez eu beaucoup de chance.

L'embarcation disparut aussi subitement qu'elle était apparue dans la rue.

– Heureusement que vous en êtes descendus, laissa tomber Béthanie.

En marchant vers la maison, elle lui raconta leur court voyage en Californie, leur arrêt chez Hélène Deux Lunes dans la réserve, la rencontre avec le sorcier et leur séjour dans l'antre du magicien jusqu'à son retour, ainsi que l'intervention d'Elsa Goldstein.

– Il a triomphé du sorcier ? s'égaya Galahad en pénétrant dans la demeure de la mairesse.

– Oui, mais si nous ne retraçons pas le roi noir très bientôt, il pourrait bien prendre possession de son corps.

– Et tout serait à recommencer…

Ils trouvèrent les autres dans la salle à manger, où on avait déposé Aymeric sur la table. Elsa était penchée sur ses blessures au cou, l'air soucieux.

– Ce ne sont pas des plaies ordinaires, murmura-t-elle comme si elle se parlait à elle-même.

– Dites-nous ce que nous pouvons faire pour lui venir en aide, insista Terra.

– La médecine ne pourrait pas le délivrer du sort qui accompagne ses blessures. Je dois le faire seule. Ne le déplacez pas pendant que je rassemble ce dont j'ai besoin.

Elle quitta momentanément la pièce. Posté près de la tête de son enfant, Terra glissait ses doigts dans ses mèches blondes sans prêter attention à ce qui se passait autour de lui. À l'autre bout de la table, Hélène gardait Jacob collé contre elle. Ils observaient tous les deux le Hollandais qui avait si brièvement traversé leur vie.

Nicole serrait la main d'Amy pour lui donner du courage. Les bras croisés, Donald était debout à côté de Terra. Il détestait s'avouer impuissant devant le mal qui rongeait Aymeric. Quant à Galahad, il préféra rester à l'entrée de la salle à manger, près de Marco et Béthanie. Contrairement à la plupart des gens, le chevalier parfait savait quand agir et quand s'abstenir de le faire. Cette situation, même si elle était grave, ne requérait pas son intervention. Il se tenait toutefois prêt à agir au besoin. Béthanie trouva plus difficile que lui de ne pouvoir rien faire. Tout ce qu'elle voulait, c'était retrouver le roi noir et lui régler son compte au plus vite.

Elsa revint une minute plus tard avec quelques fioles qui contenaient des liquides. Elle déboucha la première et versa quelques gouttes dorées sur les cinq plaies dans le cou d'Aymeric. Rien ne se produisit. Elle refit la même opération avec les bouteilles verte et argent. L'adolescent sursauta comme si on l'électrocutait ! Amy fit un pas en avant pour aller réconforter son enfant, mais le traitement n'étant pas terminé, Nicole freina son élan. Juste derrière Aymeric, Terra demeurait impassible, priant pour que son fils sorte enfin de son coma. Elsa attendit que cessent les convulsions, puis leva les yeux vers le père.

– C'est à vous de jouer, guérisseur.

Terra ne se fit pas prier et appuya ses deux mains sur les lacérations causées par les ongles du sorcier. Ses doigts s'illuminèrent l'espace d'une seconde.

– Le Mal l'a quitté, assura la mairesse. Vous pouvez le ramener à la maison.

– Merci mille fois, hoqueta Amy.

– Il n'est pas question que nous marchions jusque-là, décida Donald. Je vais aller chercher le camping-car pendant que Terra reprend des forces.

Galahad, Marco et Donald aidèrent le Hollandais à sortir de la maison par la porte du jardin et le plantèrent devant un grand chêne, qui le prit aussitôt dans ses branches. Galahad jeta un coup d'œil du côté du sentier sur lequel le médecin venait de s'engager.

– Vas-y, l'encouragea Marco. Je veille sur Terra.

Le chevalier s'élança à la suite de son ami.

– Cet uniforme te va à merveille, le complimenta Donald.

– Merci. J'ai toujours rêvé de le porter. La vie fait bien les choses, on dirait.

– Comment ça s'est passé pour vous ?

– C'était aussi éprouvant qu'il y a quinze ans, peut-être même un peu plus en raison de notre âge. Béthanie vient d'ailleurs de m'apprendre que le sorcier pourrait prendre une nouvelle forme, même après sa mort.

– C'est ce que prétend Alissandre. Tu avais démasqué le roi noir la dernière fois. Tu devrais être capable de répéter cet exploit, non ?

– Il est certain que je vais passer les prochains jours à ratisser Nouvelle-Camelot. Mais je me doute déjà de son identité.

– Le type qui t'a empoisonné ?

– Oui, lui.

– Mais il est disparu dans la brume, Galahad.

– Même s'il se cachait sous terre, je serais capable de le retrouver.

– Si tu veux, je te donnerai un coup de main.

Ils ramenèrent le gros véhicule devant la maison de la mairesse, où les y attendaient leurs amis. Terra déposa Aymeric sur le grand lit, et tous les autres s'entassèrent sur les sièges et les fauteuils. Il était illégal de transporter autant de passagers dans un camping-car, mais Caer Mageia se situait à quelques minutes à peine de Caer Nobilis.

Donald laissa d'abord sa propre famille chez lui, puis alla reconduire les Wilder, qui hébergeraient temporairement Hélène et Jacob. Il fila ensuite vers la cité et déposa Marco devant sa maison. Il ne restait plus que Galahad à mener à son château.

– Je commencerai mes recherches tôt demain matin, annonça le chevalier lorsqu'il descendit finalement du véhicule.

– Appelle-moi quand tu seras prêt.

Galahad acquiesça d'un signe de tête, comme il avait l'habitude de le faire. Il regarda s'éloigner le véhicule, puis se retourna vers l'entrée de sa demeure. Il n'avait pas fait un pas que la porte s'ouvrait brusquement devant lui. Chance s'élança et l'étreignit avec force.

– J'ai eu si peur de ne jamais te revoir, pleura-t-elle dans ses bras.

– Tu as si peu confiance en mes talents ? la taquina-t-il.

Il la souleva dans ses bras et la ramena à l'intérieur. Il prit place sur son fauteuil préféré et l'embrassa pendant un long moment.

– Raconte-moi tout ! exigea-t-elle.

Il commença son récit dans le salon, puis le poursuivit dans la salle de bains, tandis qu'elle le débarrassait de ses nouveaux vêtements.

– Je ne comprends pas pourquoi nous sommes arrivés au XIIIe siècle nus comme des vers et qu'au retour, nous avons pu conserver les vêtements que nous avions trouvés là-bas, fit-il soudain en se lavant les cheveux.

– C'est pourtant très simple. Vos vêtements modernes n'existaient pas dans le passé, tandis que ceux du passé peuvent très bien s'être rendus jusqu'à aujourd'hui, comme cela arrive souvent dans les musées, par exemple, à la différence que ceux-ci sont en très bon état.

Elle les expédia dans la chute qui donnait sur la salle de lavage, mais garda la cotte de mailles, qu'elle avait du mal à soulever.

– Comment faites-vous pour vous battre avec des trucs pareils ? grommela-t-elle en la laissant tomber sur le plancher.

– C'est une question d'habitude.

Ce qu'il aimait le plus chez Chance, c'était son inépuisable compréhension. Elle ne partageait pas tous ses goûts, mais elle ne tentait jamais de lui faire changer les siens. Elle le laissait vivre dans son monde de chevalerie et de combats et, de son côté, il la laissait évoluer dans son univers de musique classique.

Lorsqu'il fut propre comme un sou neuf et enveloppé dans un peignoir en molleton, il l'attira une fois de plus contre lui.

– Aurais-tu oublié de me dire quelque chose avant mon départ ?

– Je me doutais que tu le devinerais, mais je ne voulais pas que cette nouvelle te cause de la distraction.

– Comment se fait-il que tout à coup nous y arrivions, alors que nous avons tout essayé pendant quinze ans ?

– C'est souvent lorsqu'on lâche prise qu'on obtient des résultats. Nous avons cessé d'y penser, et voilà. Es-tu capable de me dire si c'est une fille ou un garçon ?

Il plaça les mains sur son ventre et ferma les yeux.

– C'est un garçon. Je vais être père d'un petit chevalier.

– Une fille aurait pu l'être tout autant, Galahad Dawson !

Comme il n'avait pas du tout envie d'avoir une autre discussion avec elle sur les droits des femmes dans la société du XXIe siècle, il s'empara de ses lèvres et l'embrassa passionnément.

41

Terra trouva la porte de sa maison déverrouillée, ce qui l'inquiéta aussitôt. Il mit ses bonnes manières de côté et entra avant les femmes, transportant son fils dans ses bras. Tendant l'oreille, il avança prudemment dans le couloir des chambres et poussa la porte de celle d'Aymeric avec son pied. Il le déposa sur son lit et jeta un coup d'œil dans sa penderie et sous son lit pour s'assurer qu'il ne s'y cachait pas un ennemi.

– C'est son ordinateur que tu devrais condamner, lui conseilla Hélène, immobile sur le seuil de la pièce. C'est de cette manière que Jacob a été enlevé.

Terra avait jadis appris à faire confiance à cette femme extraordinaire à l'esprit aussi cartésien que le sien. Il débrancha tous les fils de l'appareil électronique et sortit de la chambre pour laisser dormir le pauvre enfant.

– Nous n'avons qu'une seule chambre d'invités, indiqua-t-il à Hélène.

– Ça ira.

Il l'y conduisit pour qu'elle puisse s'y isoler si elle en avait envie, mais il faisait encore jour. Amy s'affairait déjà dans la cuisine, car ils n'avaient pas mangé depuis longtemps.

– Où est Jacob ?

– Il a suivi Béthanie dans sa chambre. Il est important qu'ils apprennent à se connaître.

– Hélène, je...

Elle appuya le bout de ses doigts sur ses lèvres pour le faire taire.

– Après ton départ, lorsque je me suis aperçue que j'étais enceinte, j'ai maudit tous mes ancêtres, mais au bout du compte, Jacob est la plus belle chose qui me soit arrivée dans la vie. Il est mon soleil, ma raison de vivre, mon univers.

– Pourquoi ne m'as-tu rien dit ?

– Je ne suis pas le genre de femme à mettre en péril un ménage heureux.

– J'aurais fort bien pu m'occuper de lui tout en conservant mon bonheur.

– Mais tu m'aurais brisé le cœur chaque fois que je t'aurais revu. J'avais assez souffert, Terra. Essaie au moins de comprendre ma situation. Cela fait quinze ans que tu as quitté la réserve pour aller vivre avec ta famille, et je pleure chaque fois que je pense au bonheur que nous aurions pu connaître avec Jacob.

Des larmes se mirent à couler sur les joues de l'Amérindienne.

– Je ne veux pas te faire de mal, Hélène. Tu as été si bonne pour moi.

– Ce n'est pas ta faute si la vie est si cruelle.

Elle essuya maladroitement ses yeux.

– Je vais aller me rafraîchir un peu avant de manger, hoqueta-t-elle.

Avant qu'il puisse ajouter une parole pour la réconforter, elle s'enferma dans la salle de bains. Songeur, Terra alla s'asseoir dans le salon. Lui qui savait comment dépanner les astronautes et les habitants des stations spatiales de toutes les difficultés qu'ils pouvaient éprouver, il n'avait pas la moindre idée de la façon de consoler Hélène. Il ne voulait pas lui causer plus de souffrances, mais Jacob était son fils. Il avait le droit de s'immiscer dans sa vie…

Amy le fit sursauter lorsqu'elle arriva derrière lui et appuya ses mains sur ses épaules.

– Ce n'est que moi, le rassura-t-elle aussitôt.

– Je suis désolé, Amy. Je voguais dans les contrées les plus lointaines de mon esprit.

– Lorsque tu t'absentes ainsi, c'est que quelque chose te tourmente. Et je crois savoir de quoi il s'agit.

Elle contourna le fauteuil et vint s'asseoir devant lui.

– Avant que tu ne me le demandes, la réponse est oui.

– Comment fais-tu pour lire aussi facilement en moi ?

– Parce que je te connais mieux que toi-même, évidemment. Tu as un sens du devoir exemplaire, Terra. En ce moment, tu es en train de planifier l'avenir de ton nouveau fils.

– Il est certain que je ne veux que le meilleur pour mes enfants…

– Tu aimerais passer du temps avec lui, mais c'est à nous que tu consacres toujours tes vacances.

– Et la réponse est oui ?

– Je ne suis pas prête à te laisser partir avec sa mère et lui, mais si tu voulais aller quelque part avec Jacob pendant quelques jours, je ne m'y opposerais pas.

– Il faudra d'abord que j'élimine le roi noir.

– Oui, tu as raison. Je l'avais oublié, celui-là.

– Nous ne devons pas devenir trop confiants, Amy. Notre vie en dépend.

– Donc, si je lis bien entre les lignes, la famille Deux Lunes ne pourra pas retourner en Californie avant que tu aies vraiment terminé le jeu, n'est-ce pas ?

– Cela te met-il en colère ?

– Pas du tout. Je vais même me comporter en hôtesse parfaite. Mais tu es à moi, Terra Wilder, ne l'oublie jamais.

Le mince sourire qui se dessina sur les lèvres de son mari lui fit comprendre qu'il appréciait cette petite pointe de jalousie. Amy avait depuis longtemps accepté que Terra ne soit pas un homme démonstratif.

– Il me restait deux grosses lasagnes au congélateur, annonça-t-elle. Dès qu'elles seront prêtes, je sonnerai le rassemblement.

Elle l'embrassa sur le nez et retourna dans la cuisine. Au lieu d'imaginer une façon de se débarrasser du roi noir avant que le sorcier ne puisse s'emparer de lui, Terra se mit à penser à des activités qui pourraient plaire à son benjamin. Puis, l'avertissement d'Hélène au sujet des ordinateurs lui revint en tête.

– Béthanie...

Il fonça vers la chambre de sa fille et en trouva la porte entrebâillée. Il n'était pas dans ses habitudes d'espionner ses enfants, mais la conversation qu'il surprit le toucha profondément.

– Tu aurais adoré grandir en Colombie-Britannique, lui disait Béthanie, surtout dans cette famille. Nous avons le droit d'avoir nos propres opinions, de les exprimer, de tenter des choses nouvelles même si elles ne sont pas nécessairement bonnes pour nous. Mon père tient à ce que nous apprenions par essais et erreurs. C'est vraiment extraordinaire de jouir d'autant de liberté lorsqu'on est adolescent.

– Ma mère ne me lâche pas d'une semelle, soupira Jacob.

– Eh bien, sache que tu as un père plutôt libéral. Quand tu auras appris à le connaître, tu ne pourras plus t'en passer.

Terra frappa quelques coups sur le chambranle de la porte pour annoncer sa présence.

– Est-ce que tout va bien, Béthanie ?

– Entre, voyons.

Le Hollandais poussa la porte. Ses deux enfants étaient assis sur le lit, le dos appuyé contre le mur. Côte à côte, leur ressemblance était encore plus frappante.

– Je sais bien que cette trêve n'est que temporaire, soupira Béthanie, mais je suis contente d'être de retour à la maison.

– Nous devons demeurer vigilants, en effet.

– Je sais que tu gagneras ce jeu.

– Nous allons manger dans quelques minutes. Je ne voudrais surtout pas donner l'impression à Jacob que je suis un père surprotecteur, mais je préférerais que vous n'utilisiez pas l'ordinateur.

– Je l'ai débranché en entrant dans ma chambre, comme me l'a suggéré Jacob. On ne peut jamais être trop prudents.

Rassuré, Terra alla prendre une douche et s'habiller de façon plus moderne. Lorsqu'il se présenta à la salle à manger, toute sa marmaille y était, sauf Aymeric, qui dormait toujours. Béthanie avait fait asseoir Jacob à la place de son frère et le couvait des yeux. Elle prenait vraiment son rôle de grande sœur au sérieux.

Le père écouta les conversations de tous les membres de la famille sans s'en mêler. Il pensa plutôt à Galahad, qui partirait sans doute à la chasse au roi dès qu'il le pourrait. Ses sens aiguisés lui permettraient certainement de le localiser, mais aurait-il le temps de le désarmer avant que le cœur de ce dernier ne soit noirci par le sorcier ? Lors de la dernière partie, il avait été obligé d'enfoncer son épée dans le corps d'un homme qui était son ami…

– Nous allons jouer à des jeux vidéo, à moins que vous ne réquisitionniez tout de suite la télévision, annonça Béthanie.

– Elle est à vous, répondit Amy.

Terra revint de sa rêverie au moment où les deux adolescents quittaient la pièce en courant. « L'insouciance de la jeunesse », songea-t-il.

– Je vais prendre l'air, annonça-t-il.

Amy et Hélène, qui desservaient la table, se tournèrent vers lui en même temps.

– Je ne sortirai pas du jardin, les apaisa-t-il. De toute façon, ce n'est pas vous que cherchera à atteindre le roi, mais moi.

– Dans ce cas, il n'est pas question que tu sortes de la maison, l'avertit son épouse.

– Je suis d'accord avec elle, renchérit l'Amérindienne.

– Vous n'allez pas vous mettre à deux contre moi.

– Seulement si tu continues d'être déraisonnable, poursuivit Amy.

Devant leur insistance, il baissa pavillon et dirigea plutôt ses pas vers le salon, où les jeunes avaient déjà commencé une partie d'un jeu d'inspiration médiévale. Il les observa pendant un moment, puis se remit à penser à l'épreuve qui l'attendait. Comment pourrait-il la traverser sans y mêler sa famille ? La sonnerie du téléphone retentit, le faisant sursauter. Il décrocha aussitôt.

– Oui, allô.

– Terra, c'est moi, fit Galahad. J'ai parcouru toutes les notes de l'ordre et j'ai découvert qu'au fil des siècles, les rois noirs ont toujours été des hommes reliés d'une façon ou d'une autre à la loi.

– Devons-nous nous méfier encore une fois du chef de la police ?

– Il pourrait aussi s'agir d'avocats ou de juges, comme ce fut le cas lors d'un jeu à Londres au XVIIe siècle.

– Nous avons au moins une piste. Je me mettrai à la recherche de tous les juristes de Nouvelle-Camelot dès demain.

– Je t'appelais justement pour te demander de ne pas le faire. Laisse-moi d'abord le trouver, puis nous choisirons le terrain sur lequel tu l'affronteras.

– Le temps presse, mon ami. C'est le roi que je veux combattre, pas le sorcier.

– Je suis un homme expéditif.

– Appelle-moi dès que tu trouves quelque chose.

– Promis.

Terra raccrocha, satisfait de constater que les adolescents n'avaient pas épié sa conversation. Ils étaient bien trop concentrés sur leur propre personnage, qui évoluait sur l'écran géant. Il finit par s'assoupir et ne se réveilla que lorsque Béthanie, ayant finalement perdu la partie aux mains de son petit frère, décida de lui montrer les albums de famille qui étaient rangés dans l'armoire, derrière le fauteuil sur lequel il était assis. Terra accepta volontiers d'aller s'asseoir plus loin.

Les adolescents s'installèrent sur la table basse, devant leur mère respective, et épluchèrent absolument tous les recueils de photos, de la naissance des jumeaux jusqu'à la fin des classes cette année-là. Amy et Hélène semblaient bien s'entendre, mais Terra savait qu'il ne s'agissait que d'une façade.

Le repas du soir fut plus animé que celui du midi, car ils commençaient tous à bien se connaître. Aymeric dormait toujours, et Terra empêcha son épouse d'aller le réveiller. À son avis, le pauvre garçon venait de vivre une terrible aventure et il avait besoin de récupérer. Une fois la vaisselle desservie, lavée et rangée, Béthanie plaça un jeu de société sur la table et implora les adultes de jouer avec Jacob et elle. Ils s'amusèrent pendant quelques heures, puis allèrent regarder un film à la télévision.

Il était tard lorsqu'il se mirent tous au lit. Ayant fait une sieste durant l'après-midi, Terra n'avait pas sommeil. Il jura à Amy qu'il la rejoindrait dès que ses paupières deviendraient lourdes et alla s'installer au salon avec un livre sur les mœurs des dauphins, qu'il avait commencé avant les vacances.

Vers une heure du matin, Béthanie vint le rejoindre, en pyjama, ses longs cheveux noirs tressés dans le dos. Terra eut à peine le temps de déposer son livre qu'elle sautait dans ses bras.

– Je ne m'en serais jamais remise si tu avais péri durant ce sauvetage, chuchota-t-elle.

– Tu es la plus forte d'entre nous, Béthanie. S'il m'était arrivé malheur, je serais mort l'esprit en paix, en sachant que tu t'occuperais de ta mère et de ton frère.

– Si tu avais été tué par le sorcier, Aymeric ne serait pas revenu à la maison.

– Juste de ta mère, alors.

– Je ne m'en serais jamais remise, d'une façon ou d'une autre.

– Toi, quand tu fais la mauvaise tête comme ça, c'est que quelque chose te ronge.

– Est-ce que Aym aura changé quand il se réveillera ?

– J'ose espérer qu'il sera moins insouciant.

– Ce n'est pas ce que je veux dire. Est-ce qu'il deviendra maléfique ?

– Ça m'étonnerait, mon ange. Il n'y a aucune trace de méchanceté dans son cœur.

– Cela serait très embarrassant pour moi d'avoir un frère sorcier.

– Embarrassant comment ?

– Connais-tu beaucoup de magiciennes qui sont liées par le sang à un mage noir ?

– Une magicienne ? Est-ce que j'aurais manqué quelque chose, par hasard ?

– Pendant que nous étions chez Alissandre, j'ai goûté à la magie et j'ai adoré.

– Il y a certainement de bonnes écoles d'illusionnisme à Vancouver.

– Mais je ne parle pas de prestidigitation ! s'offensa-t-elle en se redressant. Je parle de vraie magie !

– Alissandre t'a-t-il raconté comment il était devenu lui-même magicien ?

– Nous avons à peine eu le temps de le voir.

– Alissandre s'appelait Ben Keaton et il travaillait pour l'armée américaine. C'est lui qui s'occupait des écrans de surveillance de la maison où on me retenait prisonnier. Son prédécesseur, un très vieux magicien qui veillait sur mon ordre de chevalerie, cherchait à ce moment-là une façon de m'en faire sortir. Il s'est mis à étudier tous ceux qui entraient de près ou de loin en contact avec moi, pour voir si j'avais des alliés, et il en a trouvé un en la personne de Ben.

– Je suis ton alliée, moi aussi.

– Attends, il y a plus encore. Le soir de mon évasion organisée par l'ordre, un autre militaire désœuvré est arrivé à la maison d'arrêt. Il a ouvert le feu sur tout le monde et il a tué Ben.

– Il faut mourir pour devenir magicien ? s'horrifia-t-elle.

– Le magicien a mis un autre corps dans son cercueil et l'a ramené avec lui pour en faire son apprenti.

– C'est un mort vivant ?

– C'est un immortel.

– Toutes les procédures connaissent au moins une exception, s'entêta Béthanie. Tu nous le répètes souvent.

– C'est en effet une loi mathématique.

– Me laisseras-tu parler avec Alissandre pour savoir s'il en connaît une ?

– Oui, bien sûr, quand cette affaire sera vraiment terminée, car malheureusement, elle ne l'est pas. Pour que la partie prenne fin, l'un des deux rois doit s'incliner.

– Je suis certaine que tu vas y mettre un terme en un rien de temps.

– Je suis flatté par ta confiance en moi. Mais pourquoi voudrais-tu devenir magicienne, alors que tu possèdes un potentiel scientifique énorme ?

– Je trouve ça chouette de faire apparaître des trucs et de converser avec des livres.

Terra arqua un sourcil.

– Alissandre ne t'a jamais invité chez lui ?

– Non, et j'avoue que cela ne fait pas partie non plus de la liste des lieux que je veux absolument visiter durant cette vie.

– Il possède une grosse bibliothèque de livres magiques. Au lieu de les lire, on n'a qu'à leur poser des questions.

– Ce métier comprend aussi de nombreuses obligations, ma chérie. Tout doit demeurer en équilibre dans l'univers. Lorsque tu prends, tu dois aussi donner. Le magicien est toujours aux prises avec des forces sombres qui tentent de briser cet équilibre. Ce n'est pas un travail de tout repos.

– Mais il correspond à mes aspirations de guerrière.

– Béthanie, je suis las. Ne pourrions-nous pas reprendre cette importante conversation demain, à tête reposée ?

– Je ne changerai pas d'avis pour autant, affirma-t-elle en descendant de ses genoux.

– Mais tu vas prendre le temps de bien considérer les deux aspects de la question en t'endormant, ce que je vous ai aussi répété très souvent.

– L'autre aspect comporte-t-il les dangers ?

– Les dangers, les esprits, les démons et toutes les créatures sans nom qui évoluent secrètement dans les basses couches de l'astral.

Béthanie lui décocha un regard incrédule.

– Si tu crois que j'exagère, alors parles-en à Alissandre. Il connaît sûrement un plus grand nombre d'êtres surnaturels que moi.

– Tu essaies juste de me pousser vers une carrière en sciences !

– Je tente simplement de te faire comprendre que c'est un sujet qui mérite plus de réflexion. Maintenant, au lit, jeune fille.

Il se leva et la poussa devant lui dans le couloir.

42

Galahad ouvrit les yeux avant le lever du soleil. Il avait fait d'horribles cauchemars toute la nuit et n'avait pas envie du tout de se rendormir. Il se glissa hors du lit en faisant bien attention de ne pas réveiller Chance, car une femme qui fabriquait un petit bébé dans son ventre avait besoin de tout le repos possible. Il s'habilla et descendit à la cuisine, où il trouva des fruits frais. Il mangea en se dirigeant vers l'écurie. Les chevaux dressèrent les oreilles en le voyant entrer dans le bâtiment à une heure aussi matinale.

Le ciel était gris, mais il ne pleuvait pas encore. Le chevalier guida son cheval dans la cour et se hissa en selle en se disant qu'il préférait le climat de son nouveau pays d'adoption à celui de la Méditerranée. Il suivit le chemin qui menait à la ville et la traversa sans se presser, guidant l'animal d'une seule main. L'autre cherchait la vibration maléfique du roi noir. Dans la cité encore endormie, on n'entendait que le claquement des sabots.

Katy venait tout juste d'arriver dans sa boutique lorsqu'elle vit passer le chevalier par la fenêtre. Elle se précipita dehors.

– Galahad !

Il fit pivoter son cheval pour revenir sur ses pas.

– Marco voulait t'appeler à son réveil, mais je ne crois pas qu'il m'en veuille si je te fais tout de suite le message. C'est au sujet de Medrawt.

– Vous savez où il est ?

– Il est mort.

– Depuis un an. Oui, je suis déjà au courant.

– Non, non, l'autre Medrawt. Celui qui a pris son corps. C'est madame Goldstein qui l'a éliminé.

– Quand ? Comment ?

– Dans le cimetière, il y a quelques jours. Nous l'avions suivi là-bas, mais il a voulu s'en prendre à Fred et à Frank, alors elle a fait quelque chose de magique.

Galahad refusa de se réjouir trop vite. Avant d'annoncer la bonne nouvelle à Terra, il se devait de vérifier les dires de la boulangère.

– Merci, Katy.

Il talonna son cheval et galopa en direction des murailles. La sentinelle le reconnut bien avant qu'il n'atteigne les portes et les lui ouvrit en secouant la tête. Jamais elle ne comprendrait pourquoi certains hommes étaient incapables de respecter les heures d'ouverture de la cité.

Galahad piqua à travers les champs pour atteindre Caer Nobilis, ignorant si Elsa était déjà debout. Si elle était magicienne, alors il était fort possible que ses activités commencent précisément avec le lever du soleil. Dans le cas contraire, il pousserait l'audace jusqu'à frapper à sa porte et à la tirer du lit. Le cheval, qui n'avait pas été monté depuis quelques jours, apprécia l'exercice. Son maître passa derrière plusieurs caers avant d'arriver à celui de la mairesse. Il arrêta finalement la course de la bête devant la maison, surpris de trouver Elsa sur les marches.

– Milady, la salua le chevalier.

– Je vous attendais, sire Galahad. Vous savez où laisser votre cheval.

Elle tourna les talons et rentra chez elle. Galahad s'empressa de faire entrer l'animal dans le garage et de diriger ses pas vers le salon.

– Parlez-moi de ce qui s'est passé au cimetière, fit-il en prenant place devant la mairesse.

– Il s'y cachait un être sournois.

– Medrawt.

– Un nom qu'il a emprunté à un homme qu'il a probablement tué parce qu'il avait des racines communes avec le sien.

– Mordred…

– C'est exact.

– Vous étiez donc déjà au courant du jeu lorsque je vous l'ai mentionné pour la première fois.

– Puisque vous en faites partie et que les Grands Conseillers ont une bonne opinion de vous, je me sens plus à l'aise d'en parler, maintenant.

– Je suis au courant de presque tout ce qui touche au jeu, mais je n'ai jamais entendu parler d'eux.

– Ce sont les entités invisibles qui règnent sur la bonne marche du monde.

– Dans ce cas, pourquoi ont-ils laissé le sorcier faire autant de victimes ?

– C'est une question d'équilibre, Galahad. La seule façon de contrer le Mal, c'est d'utiliser le Bien. Ils ont donc créé le premier magicien et lui ont demandé de mettre Mathrotus en échec.

– Mais quand ils ont vu que ce dernier détruisait tous leurs magiciens, n'avaient-ils pas le droit d'agir eux-mêmes ?

– Vous êtes un guerrier. Il vous est difficile d'appréhender la résolution d'un conflit autrement que par les armes.

– Vous avez pourtant détruit Medrawt vous-même, à ce qu'on raconte.

– Il ne faut pas toujours se fier à ce que l'on voit. Ce qui a paru être un meurtre aux yeux de ces observateurs était en fait une arrestation. Le corps de Medrawt a été retourné à la terre, mais son esprit est actuellement détenu par les Conseillers.

– Pourquoi ne soumettent-ils pas le sorcier au même traitement ?

– Il est déjà trop tard pour Mathrotus. Il a appris à leur échapper.

– Combien de magiciens a-t-il tués ?

– Six. Heureusement, le septième, au lieu d'utiliser ses propres pouvoirs pour le neutraliser, s'est plutôt servi de l'énergie de son adversaire contre lui.

– Alissandre est un homme très intelligent, acquiesça Galahad. Mais a-t-il vraiment éradiqué le Mal sur Terre ?

– Je crains que non. Mathrotus était le plus fort de tous les êtres maléfiques qui cherchent à s'en emparer, mais d'autres attendent, tapis dans l'ombre.

– Le jeu n'est donc pas fini…

– Celui de Mathrotus s'achèvera lorsque vous aurez mis son roi en échec. Quant aux autres démons, ils trouveront sans doute leur propre façon de tourmenter l'humanité. Nous espérons seulement que d'autres braves guerriers tels que vous s'élèveront pour les combattre.

– Je croyais que Medrawt était le roi noir.

– En fait, il était officiellement l'un des vôtres, mais il servait deux maîtres, ce qui n'est pas permis par le Grand Conseil. Tous ceux qui se rendent coupables de pareille perfidie devront un jour ou l'autre en payer le prix.

– Qui êtes-vous, en réalité, lady Goldstein ?

– Je suis une oréade.

– Une nymphe ? s'étonna Galahad.

– Je préfère dire que je suis une représentante du Grand Conseil sur Terre.

– Y a-t-il une raison pour laquelle vous avez choisi de vous présenter à la mairie de Nouvelle-Camelot ?

– C'est une ville dont la lumière brille intensément dans les autres mondes. Il est important que nous la protégions des esprits malins qui chercheront à l'éteindre. Vous avez fait du bon travail, chevalier parfait. On me dit même que vous avez réussi à mettre la main sur l'épée de Salomon. Pourquoi ne la portez-vous pas ?

– Je l'ai mise en sûreté chez moi.

– Ce symbole de justice et d'honnêteté a été forgé pour resplendir aux yeux de tous les humains.

– Alors, elle ne me quittera plus jamais.

Galahad détacha le cordon d'une petite bourse qu'il portait attachée à sa ceinture et en retira une bague, qu'il déposa dans la main d'Elsa.

– Merci de me la rendre.

– Aurait-elle vraiment pu renseigner mon ami magicien si j'avais pu la lui remettre ?

– Pas entièrement…

– Lorsque j'ai touché votre main, j'ai vu des vagues se briser sur des rochers.

– Votre perception s'étend donc au-delà des champs énergétiques.

– Je ne saurais vous le dire. C'était la première fois que cela m'arrivait.

– Vous avez entrevu mes origines, pour ainsi dire, car jadis, je sauvegardais aussi les rivages.

– Vos pouvoirs remontent donc à une très ancienne époque. Sont-ils suffisamment puissants pour m'aider à retrouver le roi noir ?

Malheureusement, je ne reconnais mes ennemis que lorsqu'ils menacent la forêt ou les gens de la cité. En tant que mairesse, j'en rencontre forcément tous les habitants. Cela m'aide beaucoup à les passer au tamis. Jusqu'à présent, je n'ai flairé la puissance du roi noir nulle part.

– Il s'agit peut-être d'une possession récente.

– Je pourrais organiser une grande fête sur la place centrale au cours de laquelle je serrerais la main de tout le monde.

– Cela prendrait trop de temps à préparer. Je dois aider le magicien à neutraliser ce dernier pion dans les plus brefs délais.

– Alors, il faudra vous fier à vos seules capacités, chevalier.

Galahad remercia la mairesse d'avoir débarrassé Nouvelle-Camelot de Mordred et quitta sa demeure. Il retourna au centre de la ville, qui commençait à s'éveiller, le traversa en entier et s'arrêta à la porte du cimetière. Ses mains ne percevaient pourtant rien de surnaturel. Il dépassa les grilles, gardant sa monture au pas, et trouva finalement l'endroit où Medrawt avait été rapatrié par le Conseil, car ses paumes se mirent à brûler comme s'il les avait plongées dans de l'eau chaude. « Il y a dans l'énergie de ce traître une étincelle qui ne lui appartient pas », déduisit le chevalier. C'était exactement cette force qu'il devait maintenant s'efforcer de découvrir.

Galahad se promena à travers toutes les rues de Nouvelle-Camelot jusqu'à ce que Chance finisse par le rattraper, montée sur sa belle pouliche rousse.

– Mais qu'est-ce que tu fais à cheval ? s'alarma-t-il.

– Puisque tu ne rentrais pas, j'ai décidé de t'accompagner.

– Non seulement je suis à la recherche d'un homme dangereux, mais tu es aussi enceinte.

– Oui, mais pas infirme.

– Chance, rappelle-toi ce qui est arrivé la dernière fois.

Le sorcier avait enfermé la jeune femme dans une cage pour l'obliger à assister à la torture de son futur mari.

– Sois sans crainte, Galahad. Je ne suis plus sans défense comme jadis.

– Je ne me le pardonnerais jamais s'il t'arrivait malheur.

– Eh bien, figure-toi que c'est la même chose pour moi.

– Chance…

– Arrête d'insister, je reste avec toi.

– J'ai déjà ratissé toute la cité.

– Dirigeons-nous vers les caers, dans ce cas.

Il arrêta son cheval et présenta une moue contrariée à son épouse.

– Si nous ne retrouvons pas le roi noir bientôt, le sorcier poursuivra son règne de terreur sur la planète, Galahad. Je ne veux pas que notre enfant grandisse là-dedans.

Le village le plus rapproché se situait à quelques minutes des fortifications. Caer Artigian regroupait les artisans de Nouvelle-Camelot qui n'avaient pas trouvé de logement à l'intérieur des murailles. Certains y avaient établi leur commerce, tandis que les autres se rendaient à leurs échoppes, situées le long de la rue principale de la cité.

Tout en sondant les alentours avec ses mains, Galahad cherchait une bonne raison de forcer Chance à rentrer au château.

– Mes amis t'ont-ils raconté ce qui s'est passé au cimetière ? lui demanda-t-elle soudain.

– J'ai croisé Katy, ce matin, et elle m'en a parlé.

– Je trouve anormal qu'autant d'événements bizarres se produisent au même endroit. Le monde est pourtant vaste. Pourquoi les forces du Mal s'en prennent-elles continuellement à Nouvelle-Camelot ?

– Probablement parce que Terra a choisi de s'installer ici et qu'il est toujours le roi blanc.

– Il serait étonnant que nous trouvions son rival dans ce hameau. Les artisans ne sont pas des gens malfaisants.

– Tu as sans doute raison, mais je dois regarder sous chaque pierre.

Ils poursuivirent leur route jusqu'à Caer Scribam, où vivaient un grand nombre d'écrivains et de musiciens qui s'étaient retirés de la vie trépidante des grandes métropoles pour pouvoir composer en paix. Là non plus, Galahad ne trouva pas ce qu'il cherchait.

– Tu veux aller jusqu'à Caer Nobilis ? demanda Chance.

– Non. J'y ai été ce matin et je n'ai rien ressenti.

– Caer Mageia, alors ?

– Nous pourrions en profiter pour visiter les Penny.

Lorsqu'ils arrivèrent enfin dans le petit bourg où vivaient la plupart des intervenants de la santé, il était presque l'heure du repas du midi. Galahad se chagrina de ne pas voir le véhicule de son ami médecin dans l'entrée, mais puisque ce dernier était en vacances, il ne devait pas être allé bien loin. Ils laissèrent les chevaux paître dans la grande cour clôturée et frappèrent à la porte.

– Je pensais que vous nous aviez oubliés ! s'exclama joyeusement Nicole en les poussant à l'intérieur. Je suis justement en train de préparer un goûter.

– Donald n'est pas à la maison ?

– Il est allé faire une course avec Mélissa. Il sera de retour dans quelques minutes. Venez vous asseoir.

Au lieu de se reposer, Chance suivit Nicole dans la cuisine pour l'aider à terminer les plats. Galahad alla se poster près de la fenêtre du salon et observa les chevaux pour s'assurer qu'ils ne s'attaquaient pas au parterre fleuri. C'est là que Donald le trouva un quart d'heure plus tard.

– Dis-moi que tu n'as pas de mauvaises nouvelles à m'annoncer, s'angoissa tout de suite le médecin.

– Je ne faisais que passer, assura Galahad en pivotant vers lui. Je fouille méthodiquement la région à la recherche de l'ennemi.

– As-tu demandé à Alissandre de t'aider ?

– Je l'ai appelé silencieusement plusieurs fois ce matin, mais il ne répond pas.

– Ce qui ne m'étonne pas, dans l'état où il était la dernière fois que je l'ai vu. Mais n'abandonne pas. Les créatures surnaturelles semblent se remettre bien plus rapidement que nous de leurs blessures. Pendant que j'y pense, on pourrait l'inviter à partager notre repas. Appelle-le.

Galahad s'exécuta, surtout pour faire plaisir à son ami, car il savait que les mages ne consommaient pas la même sorte de nourriture que les humains. Mais encore une fois, ce fut le silence.

– Espérons qu'il a une boîte vocale magique dans laquelle se sont enregistrés tous tes derniers messages, plaisanta Donald. Quand il verra combien tu lui en as laissés, il s'empressera de te retrouver. En attendant, viens te rassasier.

Ils rejoignirent les femmes dans la salle à manger.

– Où est Mélissa ? s'inquiéta Nicole.

– Je l'ai laissée chez son amie Lucie.

– Est-ce prudent ?

– Ce n'est pas elle que le roi noir cherche. On ne peut pas l'enfermer dans cette maison jusqu'à ce que Terra lui règle son compte.

Galahad hocha doucement la tête pour donner raison au médecin. Les seuls enfants qui risquaient quelque chose étaient ceux de Terra.

– Arrêtons de parler de ce jeu insensé pendant au moins une heure, les implora Nicole.

– Parlons plutôt de la nouvelle vie qui nous attend, suggéra Chance, car Galahad et moi allons bientôt être parents.

– Enfin ! s'exclama Donald.

Chance s'élança alors dans un long discours sur l'avenir qu'elle entrevoyait pour son fils.

43

Terra était assis à la table de la cuisine, en train d'écrire dans son journal intime. C'était un cadeau que Béthanie lui avait offert pour son anniversaire, au mois de janvier. Il avait souri sans vraiment en comprendre l'utilité, puis quelques mois plus tard, ressentant le besoin de faire le point sur sa vie, il avait extirpé le joli recueil en cuir de sa bibliothèque privée pour y écrire quelques lignes. Depuis ce jour, il ne pouvait plus s'en passer.

De temps en temps, il jetait un coup d'œil par la grande porte-fenêtre, car sa famille avait éprouvé le besoin de prendre l'air malgré le temps menaçant. Hélène et Amy se prélassaient dans les chaises à bascule, tandis que Béthanie enseignait les rudiments de l'escrime à Jacob. Dès que le jeu serait terminé, Terra irait reconduire ses invités jusqu'en Californie. Il était justement en train d'écrire que Marie et Max Aigle Blanc lui manquaient.

Il entendit alors du bruit derrière lui et fit volte-face. Aymeric s'avançait dans la cuisine, enroulé dans son drap de lit, pâle et les cheveux défaits. Le père se précipita pour le maintenir en équilibre.

– Comment te sens-tu ?

– J'ai la tête qui tourne.

Terra l'aida à s'asseoir.

– J'ai aussi du mal à me rappeler ce qui s'est passé, avoua l'adolescent.

– Ne t'en fais pas. Tes souvenirs reviendront en temps voulu. Le plus important, pour l'instant, c'est que tu reprennes des forces.

– Si j'ai faim, est-ce que c'est bon signe ?

Le père s'empressa de lui faire chauffer du potage, puis le regarda manger, heureux de le revoir sain et sauf.

– Il y a quelque chose dont je veux te parler, fit Aymeric en repoussant le bol vide. Avant cette histoire de jeu et de sorcier, j'avais commencé à faire des cauchemars et je me demande s'ils pourraient être reliés à cette affaire.

– Je t'écoute.

– Habituellement, quand je rêve, je vois des choses se produire devant mes yeux sans que je puisse faire quoi que ce soit. Le plus souvent, ce sont des situations absurdes qui ne pourraient jamais se produire dans la vraie vie. Mais ces rêves-là sont différents. Je me retrouve réellement ailleurs. Les gens me parlent et je leur réponds, mais les conversations ont lieu dans une autre époque et tout le monde m'appelle Thibaud.

– S'agit-il toujours du même rêve ?

– Non. Je ne suis jamais au même endroit et je ne vois jamais les mêmes personnes, mais je porte presque toujours une espèce de tunique blanche avec une croix rouge. Je rencontre même des hommes habillés comme moi.

Sans dire un mot, Terra alla chercher son surcot, qu'Amy avait lavé, et le déposa sur le dossier d'une chaise.

– Mais où l'as-tu eu ?

– Je le portais lorsque je me suis porté à ton secours avec Galahad, Marco et Alissandre. C'est l'uniforme des Templiers, que nous avons rencontrés sur le champ de bataille choisi par le sorcier.

– Mais mes rêves ont commencé bien avant ce jour-là.

– Tu vois, Aymeric, il y a plusieurs sortes de rêves. Certains servent à satisfaire des désirs refoulés, d'autres n'ont pour but que de laisser notre esprit voguer librement. Il y a aussi des rêves prémonitoires, qui nous annoncent des événements heureux ou des catastrophes qui ne se sont pas encore produites, ainsi que des rêves qui rejouent dans notre conscience des épisodes du passé.

– Mais je ne connais même pas les lieux où ils m'emmènent.

– Ils pourraient faire partie d'une autre vie.

Aymeric garda le silence pendant un moment. Terra ne le pressa pas.

– Si la magie existe, j'imagine que l'idée d'avoir eu des vies antérieures n'est pas si farfelue qu'on le dit, raisonna l'adolescent.

– Avant d'arriver en Colombie-Britannique, je ne croyais qu'à ce que je pouvais calculer. La vie m'a donné bien des leçons depuis. Notre naissance n'est apparemment pas le fruit du hasard. Nous arrivons sur Terre exactement là où nous sommes censés être, avec une mission à accomplir. Mais en raison du choc entre la mort et la naissance, nous oublions beaucoup de choses.

– Où as-tu entendu parler des vies antérieures ?

– Lors d'une séance d'hypnose pour mettre fin à des cauchemars récurrents.

– Ça se lègue de père en fils, les mauvais rêves ?

– Je pense qu'ils servent à identifier les âmes qui appartiennent à un même groupe.

– Ça aussi c'est nouveau pour moi.

– Nous ne sommes pas tous rendus au même niveau dans notre cheminement spirituel, expliqua Terra. Certaines âmes sont moins avancées, d'autres plus. Nous avons tendance, juste avant notre naissance, à rechercher des vies où nous pourrons retrouver des gens qui traversent le même genre d'épreuves que nous, afin de nous soutenir mutuellement. Quand je suis arrivé à Little Rock, je pensais pouvoir m'isoler et ruminer en paix sur toutes mes infortunes, car je n'y connaissais absolument personne.

– Mais tes cauchemars t'ont prouvé le contraire, c'est ça ?

– Ils m'ont obligé à voir avec des yeux nouveaux cet accident de voiture qui avait gâché ma vie. En état d'hypnose, j'ai appris que ce soir-là, à Houston, j'étais mort pendant plusieurs minutes, mais que des êtres lumineux m'avaient demandé de retourner dans mon corps atrophié et d'utiliser les dons de guérison qui venaient de m'être donnés sur des gens que j'avais lésés autrefois, plus particulièrement à Rome, dans une très ancienne vie.

– Alors moi, je suis censé faire la même chose avec les gens que j'ai peut-être trahis ?

– J'en suis venu à croire que nous sommes effectivement ici pour régler nos vieilles dettes et surtout, ne pas en accumuler d'autres. En ce qui concerne ces trahisons, je te connais assez pour affirmer que ce n'est plus du tout un de tes traits de caractère, alors tu ne risques pas d'amasser plus d'obligations.

– Mais ces gens que j'ai livrés sont morts depuis des centaines d'années.

– Si ces rêves se produisent maintenant, il est à peu près certain que ces personnes sont de retour dans ta vie et qu'elles ont besoin de ton aide.

– Est-ce qu'il pourrait s'agir de toi ou de maman ?

– C'est possible.

– Comment fait-on pour en être sûr ?

– À moins de posséder des dons de voyance, il est impossible pour le commun des mortels de les identifier. Alors, la meilleure méthode pour y arriver, c'est de faire du bien à tout le monde en espérant qu'il y aura dans le lot quelques personnes envers lesquelles on a une importante dette.

– J'en ai peut-être une envers Mélissa.

– À vous voir vous entraider depuis que vous êtes tout petits, cela ne fait aucun doute.

Amy, qui venait d'entrevoir son fils par la porte-fenêtre, se précipita dans la maison pour le serrer avec bonheur.

Fort de la leçon qu'il venait de recevoir de son père, il se laissa faire sans rechigner.

– As-tu faim, mon chéri ?

– Papa m'a déjà fait manger.

Aymeric répondit à toutes ses questions sans s'impatienter et fila sous la douche pour faire disparaître tous les relents de son séjour sur l'île du sorcier. Il rejoignit ensuite Béthanie et Jacob au salon et bavarda avec eux jusqu'au soir. En retrait, Terra les observait avec satisfaction. Même si ses rejetons étaient séparés par la frontière entre le Canada et les États-Unis, il était important pour lui qu'ils conservent des liens d'amitié.

Après un repas des plus animés, les adolescents s'enfermèrent dans la chambre de Béthanie pour écouter de la musique. Les adultes parlèrent plutôt des arrangements pour le retour. Étant donné qu'Hélène et son fils étaient en quelque sorte entrés au Canada sans franchir les douanes, il leur serait impossible de retourner chez eux sans avoir à faire face à des accusations d'illégalité. Ils avaient donc besoin de l'intervention d'Alissandre.

Terra s'isola dans la cour et appela son ami magicien, en vain. Le Hollandais refusa toutefois de se décourager, se doutant bien qu'un duel contre un sorcier pouvait facilement vider un immortel de ses forces magiques. Puisque Galahad avait plus de facilité dans les contacts surnaturels, Terra retourna dans la maison et lui passa un coup de fil.

– Je n'arrive pas à joindre Alissandre, lui expliqua-t-il.

– Moi non plus, avoua Galahad. Mais Donald me dit qu'il était dans un état lamentable lorsqu'il l'a quitté. Alors, donnons-lui un peu de temps.

– Comment avancent tes recherches ?

– J'ai parcouru les trois quarts de la ville sans rien trouver. Demain matin, je ferai le reste.

– Continue à appeler Alissandre. Nous avons vraiment besoin de lui.

– Sans faute. Comment va ton fils ?

– Il s'est enfin réveillé et il semble être redevenu lui-même. Je m'attends à ce que le choc de sa captivité finisse par le rattraper. À ce moment-là, je le confierai à un psychologue.

– C'est une bonne idée.

Mélissa arriva quelques minutes après que Terra eut terminé sa conversation avec son vieil ami. Lorsque les adultes lui apprirent qu'Aymeric avait enfin repris conscience, elle fonça immédiatement dans le corridor.

– Les choses sont revenues à la normale dans cette maison, remarqua Terra en s'asseyant avec les femmes au salon.

Il ne prêta guère attention au film qu'elles avaient choisi de regarder. Il pensa plutôt à la paix qu'il voulait installer dans sa vie, une fois pour toutes.

Ils se mirent au lit un peu avant minuit. Mélissa coucha dans la chambre de Béthanie, et Jacob dans celle d'Aymeric. Terra regarda longtemps le plafond avant d'arriver à fermer les yeux. Tout ce qui s'était produit depuis quinze ans lui revenait à l'esprit et l'empêchait de s'assoupir. Une brise fraîche se mit à souffler à travers les rideaux vers deux heures du matin, ce qui lui apporta beaucoup de réconfort, et il sombra enfin dans le sommeil. Mais il ne dormit pas longtemps.

Un vieux réflexe, acquis du temps où il participait régulièrement aux activités de l'ordre de Galveston, refit surface. Sans savoir pourquoi, il ouvrit brusquement les yeux. À la lumière de la veilleuse de sa chambre à coucher, il vit luire le métal d'une lame. Réagissant aussitôt, il poussa Amy sur le sol, de l'autre côté du lit, et roula sur lui-même.

– Aïe ! bougonna Amy en se relevant sur ses coudes.

Le couteau s'enfonça dans le matelas à l'instant même où Terra allumait la lampe de chevet.

– Mélissa ! s'étonna-t-il.

En fait, il reconnaissait à peine sa physionomie tant son visage était rongé par la haine.

– Nous gagnerons le match, cette fois ! hurla-t-elle en dégageant son arme.

Terra bondit et lui saisit fermement le poignet. Il constata aussitôt que la force de Mélissa n'était pas celle d'une adolescente, mais d'une créature possédée par un démon.

– Je vais appeler la police ! fit Amy, effrayée.

– Non ! l'avertit Terra.

Amy se souvenait très bien de la fin de la partie précédente : Terra avait planté une épée dans le corps de l'ancien chef de la police de Little Rock. Le pauvre homme n'avait jamais porté plainte, mais il ne s'était jamais remis de cette agression.

Terra retenait de son mieux la jeune fille, qui se débattait férocement.

– Vous allez tous mourir ! hurla-t-elle.

– Alissandre, si tu m'entends, j'ai besoin de toi ! implora-t-il.

Amy vit qu'une épaisse fumée noire commençait à s'amonceler au plafond. Elle s'empara du téléphone et appela la seule personne capable de venir en aide à son mari. Pendant que ce dernier tentait d'immobiliser Mélissa et d'éviter la pointe du couteau qui s'approchait parfois dangereusement de son visage, elle laissa le combiné sonner en priant le ciel que son interlocuteur se réveille.

– Allô… marmonna le chevalier.

– Galahad, c'est Amy ! Viens tout de suite ! Le roi noir est ici !

Elle entendit un déclic et se demanda si le chevalier avait raccroché ou si le sorcier venait de couper la ligne.

– Mélissa, écoute-moi, exigea Terra. Une entité malfaisante te pousse à faire des gestes que tu regretteras lorsqu'elle t'aura abandonnée !

– Causez toujours, Arthur, gronda l'adolescente comme un fauve.

– Tu es jeune et forte. Chasse cette entité de ta tête avant qu'il ne soit trop tard.

Dans les ténèbres qui couvraient maintenant tout le plafond apparut le visage du sorcier.

– Vous pensiez vous débarrasser aussi facilement de moi ? ricana Mathrotus.

– Ce n'est qu'une enfant !

– Pourtant, vous n'arrivez pas à la mettre en échec. Mais dès que je serai entré dans son corps, moi, je vous tuerai.

Des coups violents furent frappés à la porte de la chambre.

– Papa, maman ! Ouvrez ! réclama Aymeric, alarmé.

– Ce sera un massacre dont on parlera dans les journaux, et votre précieuse petite ville médiévale s'attirera la défaveur du public.

Le visage de Mathrotus se rapprocha de la tête de Mélissa. Pour qu'il ne s'empare pas d'elle, Terra attira cette dernière vers le fond de la chambre, tout en continuant à lutter contre ses tentatives de lui trancher la gorge.

– Amy, sors par la fenêtre, ordonna le Hollandais.

– Vous ne vous échapperez pas.

La fenêtre se referma sèchement sous le nez d'Amy et refusa de s'ouvrir malgré tous ses efforts.

– J'obtiens toujours ce que je veux, Arthur. Vous devriez pourtant le savoir.

Terra fit reculer Amy dans un coin de la pièce et entraîna Mélissa avec eux. Le sorcier se rapprochait dangereusement de sa victime. Au moment où il allait l'atteindre, la vitre vola en éclats. Aymeric continua à frapper sur les morceaux de verre toujours coincés dans le châssis avec la masse qu'il tenait à bout de bras. Le vent qui se mit à souffler dans la pièce repoussa les nuages noirs plus loin.

– Tiens, tiens, mon apprenti, railla Mathrotus.

– Ne reste pas là ! ordonna Terra.

L'adolescent pointa vers le mage noir le seul crucifix de la maison.

– Crois-tu vraiment pouvoir me détruire avec ce colifichet ?

– Tout dépend de la main qui le tient, déclara une voix que le sorcier reconnut sans peine.

Dans un éclair éblouissant, Alissandre et Galahad apparurent entre le sorcier et la fenêtre.

– Votre règne est terminé, Mathrotus, fit le magicien, menaçant.

– C'est ce que vous croyez, jeune imbécile.

Les nuages noirs prirent davantage d'expansion. Alissandre créa une bulle autour de lui et de ses protégés, mais elle n'engouffra pas Mélissa. Le sorcier éclata d'un rire sonore. Aymeric profita de cet instant d'inattention pour pénétrer dans la chambre par la fenêtre afin de prêter main-forte à son père, qui avait du mal à maîtriser la jeune fille. C'est alors qu'il vit le petit bouclier en cristal qu'elle portait au cou. « C'est ce fourbe de Medrawt qui le lui a offert ! » se rappela-t-il. Aymeric referma aussitôt sa main sur le pendentif et arracha la chaînette d'un coup sec. Mélissa s'effondra comme un pantin dont on venait de couper les fils.

– Si ce n'est pas elle, ce sera l'un de vous ! hurla le sorcier, mécontent.

Aymeric comprit que s'il gardait le bijou dans sa main, il risquait la même possession que son amie. Il le lança aussitôt sur le visage hideux qui flottait au milieu de la fumée. Au même moment, Alissandre laissa partir de ses paumes étoilées des filaments électriques qui se mirent aussitôt à comprimer les nuages.

– Non ! cria Mathrotus en cherchant à s'en libérer.

– Tâchez donc de mourir, cette fois, sorcier, maugréa Galahad.

Terra reconnut les paroles que Mathrotus avaient prononcées à la fin de la partie précédente, lorsqu'il avait tenté de tuer son ami chevalier. Il espéra de tout son cœur que ce dernier ne soit pas en train de les prononcer en vain. Le Hollandais laissa Aymeric se charger de l'adolescente évanouie et se plaça devant sa famille pour prévenir toute ultime tentative du mage noir de se sortir de ce mauvais pas.

– Disparaissez à tout jamais ! s'écria Alissandre en doublant le flot lumineux qui jaillissait de ses paumes.

L'explosion secoua toute la maison, et probablement les caers voisins. Terra recula pour écraser Amy, Aymeric et Mélissa contre le mur, les protégeant du choc magique. La porte de la chambre s'ouvrit brusquement, et Béthanie, Jacob et Hélène déboulèrent à l'intérieur.

– C'est fini, leur annonça Terra.

Aymeric transporta Mélissa hors de la pièce pendant que le reste de la bande s'y entassait.

– Je te dois la vie, fit le Hollandais.

– Je n'ai fait que mon devoir, sire, affirma Alissandre avec un sourire soulagé.

– Comment occuperas-tu tes journées maintenant que tu as éliminé ton rival ? demanda Galahad.

– Je vais en profiter pour visiter plus souvent de vieux amis.

– Et former un apprenti ? s'enquit Béthanie.

– Peut-être bien.

L'adolescente décocha un regard intéressé du côté de son père, mais il choisit de ne pas réagir.

– Cette dernière mésaventure ne nous permettra pas de retrouver facilement le sommeil, soupira Amy. Je vais aller préparer des chocolats chauds pour tout le monde.

Pendant que la famille Wilder se remettait de ses émotions, Aymeric venait de déposer sa meilleure amie sur le sofa du salon. Mélissa battit des paupières et lui adressa un faible sourire.

– J'ai fait un cauchemar, moi aussi, murmura-t-elle.

– Je te promets que ce sera le dernier, fit Aymeric en serrant sa main dans la sienne. Il n'y aura plus de jeu, de loups géants ou d'alchimiste hypocrite. Nous allons pouvoir recommencer à vivre une vie normale.

– Est-ce qu'on pourrait la commencer avec deux cachets d'aspirine ?

Aymeric éclata de rire et l'attira dans ses bras. Il n'était pas tout à fait exact de dire que son existence serait la même, car les derniers événements lui avaient fait acquérir une grande maturité pour son âge.

En grandissant, au lieu d'aller rouler sa bosse dans les grands centres scientifiques du monde, cet adolescent deviendrait le principal protecteur d'une magnifique petite cité médiévale située au nord de la Colombie-Britannique.

Composé par Nord Compo Multimédia
7, rue de Fives, 59650 Vileneuve-d'Ascq

IMPRIM'VERT® PEFC 10-31-1510

Imprimé en France
par Corlet Imprimeur
14110 Condé-sur-Noireau
Dépôt légal : juin 2013
N°d'impression : 154759
ISBN : 978-2-7499-1970-6
LAF : 1342B